刘轼聿 著

四川文艺出版社

图书在版编目（CIP）数据

江年 / 刘轼聿著. -- 成都：四川文艺出版社，2023.8
ISBN 978-7-5411-6682-2

Ⅰ.①江… Ⅱ.①刘… Ⅲ.①长篇小说—中国—当代 Ⅳ.①I247.5

中国国家版本馆CIP数据核字（2023）第104141号

JIANG NIAN

江 年

刘轼聿 著

出 品 人	谭清洁
责任编辑	路　嵩
封面设计	琥珀视觉
内文设计	史小燕
责任校对	蓝　海
责任印制	桑　蓉

出版发行	四川文艺出版社（成都市锦江区三色路238号）
网　　址	www.scwys.com
电　　话	028-86361802（发行部）　028-86361787（编辑部）
排　　版	四川胜翔数码印务设计有限公司
印　　刷	四川机投印务有限公司
成品尺寸	145mm×210mm　开　本　32开
印　　张	13　字　数　280千
版　　次	2023年8月第一版　印　次　2023年8月第一次印刷
书　　号	ISBN 978-7-5411-6682-2
定　　价	58.00元

版权所有，侵权必究。如有印装质量问题，请与出版社联系调换。联系电话：028-86361796。

序

曾外祖每到松花江边，就会聊起哈尔滨久远的故事。他参加了那个雪夜的不幸晚宴，还是葬礼上六个抬棺人之一。晚宴中他碰巧目睹两个大人物私下间胆战心惊的对话。

严先生说："爱情不能解决所有，却是一切的种子。"

康先生反唇相讥，仰着脖子指点着他的胸膛："你什么都不知道。爱情是英雄之地，不是传宗接代的必要前提，传宗接代也不是爱情的必要结果。"

严先生高贵如常，暗自试图把对方的挑衅变成粗鄙："爱情，要么促进一个人，要么摧毁一个人，总要有个结局。"

康先生冷笑三声，表示听出他的恶毒，对诅咒不以为然，再讽刺他反躬自省才最好："毁就毁在爱情没有好亲戚，爸爸是性欲，妈妈是欺骗，哥哥是虚荣，弟弟是虚伪，姐姐是淫荡，妹妹，妹妹是自私。"

众所周知两个大人物是天人相隔后才图穷匕见。曾外祖的讲述过于危言耸听，姑妄听之，任君评说。

至于江水为什么容易打开老人的幻想之门，这是江水、城市、流年三者穿越时空的眷恋与对峙之后，终于达成有如江轮汽笛般渡己渡人的死生契阔：

繁华有尽头，风月无际波。

1

很多年以后，他终于等来濒死一刻。

当最后一缕阳光开天辟地般进入眼帘的刹那，他神奇地想起了那个充满爱情和血腥的日子，这本在意料之中。

一切就像无情利刃划过崭新冰面。

那年，哈尔滨像在森林中走失的孩子，天上的光线时明时暗，脚下的土地泥泞不堪，每挪动一步都能感到危险，各种不怀好意的奇怪声响像怪兽的巨齿獠牙般错落起伏，顾不上迷惘、混沌和迟疑，只有恐惧、委屈和战栗。

他梦见他死了，他就真的死了。

这天的清晨，身着暗色过膝大衣的严世岱走进新城大街上的一栋公寓楼。稍微低头，小心跺跺脚抖落皮靴上的残雪。对着墙上的衣冠镜，缓缓端起双臂抖索一下大衣，面无表情地轻咳一声，声音显出几分老态，也有几分威严。他了解要去的楼上那套公寓的主人整洁干净，想到这一点，有些失落，鼻子一酸，薄薄的嘴唇哀伤地抽动了一下，尤其自责昨晚不祥的梦。

宽敞的房间布置简单克制，高高的棚顶上硕大的吊灯开着，发出暧昧的光，在阔气的实木地板上投射出奇怪的影子，让室内本就暗淡的自然光愈显清冷孤独。屋子里早有了一些人，小心翼翼，异常安静。

他在落落寡合的气氛里似乎看到了一阵清幽芬芳的幻影。严世岱的眼睛里出现了樱花，从屋顶的吊灯倾泻而下，穿越每个蹑手蹑脚的人视而不见的眼光，在地板上像雪一样融化，连一个流连忘返的花瓣都没留下。在哈尔滨严寒的冬天，这种想象让严世岱有些奇怪，想起了日本人著名的谚语："樱花树下埋死人。"他用瘦削高挺的鼻子刻意闻了闻，发现一种熟悉的味道在消失。他在上了年纪才知道，世上一切人都有味道，不同的人不同的情分有不同的味道，而这种始终如一的味道在不同地点不同时刻或浓厚如酒或淡薄如烟，或陶醉近死或挫骨扬灰。

看到明显高人一头的严世岱进来，众人都默不作声，但眼神里对这位城中赫赫闻名的大人物流露出敬意，也对在这种场合遇到这位德高望重风度翩翩的长者稍显无措。一个警察恭敬地递过来一个信封，上面写着严世岱的名讳和电话，这显然是他清晨被电话惊醒的原因。严世岱缓缓接了过来，拆开信封，取出一张信笺，稍皱眉头，用一种尊重又不失身份的表情仔细看了一遍，然后小心放在衣兜里。

他谨慎地思索了一下，最后重重吸了口气，才沉沉移步到里间的卧室。这里落下的无数无辜的樱花被一阵邪恶的风裹挟着，正危险地扑向房间里那张曾承载爱情孕育生命见证誓言却在该死时刻羸弱不堪的床，深仇大恨死不罢休。

严世岱想到了爱情，危险的爱情。樱花和爱情在一起，这是严世岱从不对人启齿的想象。语言是身份的密码，修辞是心里最私密想象的涟漪，荒诞不经的比喻不好出现在一位严谨优雅的男人口中。不过，严世岱瞬间打消了路上的猜测，他罹患了不能治愈的绝症,所以体面地告别人世,这其中别有隐情。

　　死去的是一位老人,这是房间内波澜不惊的原因之一。他的脸色暗青,如同稀疏的头发一般凋零、腐朽。只有眼睫毛还是黑色挺拔的,它和身体其他部分不同,只会告别,不会苍老。严世岱躬身端详了一下死者斑驳的面容,在褶皱不堪的皮肤上看不到任何扭曲的痛苦,而是一种逆来顺受、死而无憾,这让所有最后见到他身体的人感到欣慰。这个人此刻就像他的家一样,因为岁月沧桑而显得陈旧落寞,又因为喧嚣已尽显得了无牵挂。至于在他深深塌陷的皱纹之中还隐藏着什么,那是另外一回事。一根文明棍倚靠在床头,擦拭得一尘不染,在晨光的照射下闪现着规则、深沉、隐晦的木质纹理。严世岱暗想,求死之人因自私而高贵,身死之人因痛苦而丑陋。

　　他眯起双眼,抬起胳膊,伸出一只手指,微微勾着,似乎想责怪什么,但最终没说出话来。手指在半空中轻轻颤了几下,丧气地放下了。

　　周边的人看这位大人物没有嫌弃的意思,就搬过一把椅子。严世岱就势坐下,习惯性地跷起腿,又马上放下。他凑身轻轻握住死者的手,意味深长地慢慢摩挲着。严世岱手腕上的表闪耀着高傲的金光,光彩夺目地微微颤动,好像有一种能量在无声处积累、酝酿,会在山穷水尽的光景里如神降临,就像世上所有赤诚情谊的最终时刻。死者的皮肤虽然褶皱不堪,但有着和婴儿的皮肤一样的质感,轻柔、细腻却毫无伤害性。一定是因为爱的原因,才让历经岁月侵蚀的肌肤,在风停雨休之后又回复到初始的状态。这象征着所有的爱情,无论漫长炽热还是冰冻彻骨,都是初心使然。严世岱知道是这只手在昨夜的某个时刻写了这封信,字数不多,但浸染着庄严的情感,这是他一生中最后的几个动作,应该是悲怆和幸福的,毕竟在生命最后的时间里,还可以掌控自己的行为和思想。没有一次死亡不是英雄的,能这样告别人世,似乎更像个英雄。

严世岱瞥见床头的写字桌上搁着一个深色小药瓶,用平静幽深的眼神抬头看了一下周围站着的警察,得到示意后才拿起来。这是一瓶安定药片,只剩下小半瓶,已被重新拧紧,放在一个空玻璃杯旁边。严世岱知道这是路新斋先生作为一位优秀医生的特点,无论什么时候都条理严谨。老路身上盖着一条陈旧但洁净的精美毛毯,看上去有些年头了,显然一直被精心保存着。严世岱欣赏这样的习惯,虽然老路医术高明收入不菲,但这种生活细节表明一个人纯洁的品性,他对所有其他事物也会如此讲究和认真。在他自由的天空中,克制是星辰般高贵和不凡的光。

在人们早已懒得提起的很久以前,年轻文雅的医生被严世岱姐姐的风采倾倒,在没有任何许诺的时候,就轻而易举被爱情一箭穿心。这个开场就自寻短见的爱情傀儡却从此和严世岱结下了深厚友谊,把命定的真诚爱屋及乌给了严世岱,而严世岱也投桃报李,视他为最好的兄长。这份情谊并没有因为路医生再一次投入爱情而稍显逊色,反而天长地久成全一段不逊于爱情成色的友谊。

严世岱年轻时从日本读书回来,就处于哈尔滨社交圈的顶层。作为城中富豪的唯一继承人,又喝过洋墨水,自然备受瞩目,他的声名鹊起就和这个城市漫长难熬的冬天一样自然而然。老路则开着一家私人诊所,也有名气,他经常穿梭于城中官绅富贵的府邸之间。两个人在岁月的催促下不慌不忙地衰老，他们的友谊众所周知。

严世岱的身体格外好，七十多岁的人身姿挺拔走路如风，整日神采奕奕地出入城中各种社交场合，似乎有着用不完的精力。这其中，少不了严家最信赖的医生无微不至的关爱。

英国毕业的内科专家无法根治灵魂的痛苦，像所有曾罹遭灾难的人一样，路医生眼神冷漠言语寥寥也多少能得到他人额外的体恤。也正因为这种内敛古板的做派让他更得城中名流的青睐，毕竟谁家的问诊信息都是隐私，交给寡言的名医才让人放心，路医生知道他获得的高昂诊费中包含着守口如瓶的费用，更让双方都心安理得。

最好的朋友都有一双相似的眼睛，其他的不同是曼妙的阳光打在人世间的不同角落，随缘认命就是。

两位老人经常要比一比书法。他们对流行千年的草书都不做评价，只是安心各自笔体，互相品头论足。

严世岱写的是楷书，端正秀丽，贵不可言。这是自小临摹颜真卿《多宝塔碑》的结果，落笔如刃落石，抬笔似鹤起舞，就像在历史的烟尘中寻觅到不老秘方，笃信云消雾散之后字字化金句句成玉。写不好瘦金体的人不是真正世家子弟，严世岱在书信中就会用瘦金体，一派舍我其谁的磊落王气，一纸情意婉约的谆谆美意，收信人会觉得气质超然深邃优雅可资信赖的严老板见字如面。

路医生的字体让人觉得特立独行，倒不是因为不认得，恰恰是每个字都认得，就像他的诊断，简洁清晰，不藏头不捉尾，准确得让人拍案叫绝。这是"爨体"，是隶书到楷书中间过渡的一种字体。隶书"蚕头雁尾"的少有飘逸已经变成了一种力透纸背的至拙，除了意义什么都不剩，反而凸显出造型艺术的强烈味道。至于楷书的精细和娇嫩，还是远远看不到的。这字看着简单，没有一笔三折声声慢，却能看到深刻的情感在山河日月中潜行不停。这种字在千年的时光中过渡成一种奇异的美，藏着书写者的秘密，永远无须抵达目的地，也就不必和盘托出，似乎是釜底抽薪的阴谋。

两人闲暇时，经常在中央大街的俄国酒吧里聚一聚。严世岱一杯咖啡之后就喝茶，让侍者端出最昂贵最精美的俄国茶炊，慢悠悠品上两杯。这时候，侍者就会贴心地送上来法国红酒，在客人面前熟练地开启。等到最后的程序会停顿一下，等严世岱凑近一些，再稍微用力，让瓶塞半湿半干顺畅无比的动人告别声准确无误传到客人耳朵里，从而被挑剔的主人验明正身纯洁无瑕。红酒醒上半小时，严世岱就会开始自斟自饮。路医生则不然，把糖皿和奶杯推到一边，一晚上从头到尾一杯接一杯苦咖啡。严世岱略有醉意，路医生也喝得额头冒汗。

有一次，严世岱对达·芬奇的《维特鲁威人》产生了兴趣，和路医生请教个没完。路医生知道老友的心思，他不厌其烦细致地讲述了达·芬奇对于人体构造的精准分析，同时不露痕迹地巧妙告诉最好的朋友女人身体只有专业医生才了解的立竿见影的秘密。就这个话题，严世岱看似无心破天荒说起了爱情。路医生却突然喝干净一杯苦咖啡，拿起餐巾小心擦了擦嘴，也没看严世岱，云淡风轻到含糊不清："总有人盼你死。"

人没到一定年纪，或者到了一定年纪，友谊就会显得纯粹。

两人常常在临近午夜才结束聚会。这节目繁多的每一个晚上，喝够了谈尽兴了，他们会在酒吧里扔一会儿飞镖，最终在侍者的记分牌上争执谁为今晚买单。如果计分出现冲突争执不下，一旁的台球室早为两个角斗士空出厮杀之所。

等路医生小心翼翼地拎起一旁的文明棍，严世岱则潇洒接过侍者递过来的阔边呢帽，再气宇轩昂地前后走出咖啡馆。严世岱让汽车在后面不远处跟着，他陪着路医生在中央大街走上一会儿，再从七道街的路口往东转，一直到新城大街路医生的住所，两人才礼貌话别，对酒吧里的争斗相逢一笑泯恩仇，结束一晚相聚。

此刻，严世岱怔怔地看着路医生的遗容，长长呼出口气，在冰凉的空气中划出一道长长的感叹号。他又抬头看看窗外，这是一个晦暗阴郁的早晨，萧瑟的景色本就让人郁闷不安，而此刻的警惕和克制更让人觉得压抑和伤感。严世岱站起身来，手背在身后轻轻搓动着，在房间内踱了几步，又站定仔细端详墙上的几幅相框。之前来做客注意过这几张照片，只是现在，才有机会靠近，认真地审视它们。人死了反而给周遭所有的人一种理所当然的权利。

最正中是一张全家福，路医生和妻子还有两个差着几岁的小女孩，相纸有些发黄，就像他们曾经在这所房子里的时光，早到了该被遗忘的时候。

严世岱蓦地想起老路说起过，他和太太共同生活的时间是整整二十年。他的目光又落在并排挂着的一张照片，之前是隔着一段距离看，以为这是路医生年轻时候的照片，此时发现并不是。这是一张瘦削坚毅的脸，戴着一副玳瑁眼镜，眼神里是专业人士才有的倔强和自信，这样的人都是纯粹而孤独的，所以似乎和路医生有点相似。他盯着这张照片，努力在记忆中搜索着这张似曾相识的脸,半晌,才想起来这是真正的大人物——伍连德医生。他在数十年前那场几乎灭绝哈尔滨的鼠疫大流行中,不顾个人安危,用相当进步的医疗理念拯救了这座城市。路医生曾说起过,用西方神学的认知来说,他永远是这座城市真正的守护者。只是不知道为什么,有的城市和人民只要统治者,不要守护者。

十几年前"满洲国"建立时,伍连德医生远走海外。多年未见,严世岱费了好大劲儿才认出来。路医生把他的相片悬挂在家里最重要的位置,和自己的家人并列,一点不奇怪,这是今天内心冰凉的严世岱感觉到的唯一一点温存,但这突然出现的温存反而助燃了悲伤的火焰。严世岱稍微仰起头,看着天花板,让眼角的湿润在旁人注意之前消失。路医生从没有跟严世岱说起过自己的隐痛——和伍连德医生的恩情过往,但他早从旁人口中知道了那段往事。

伍连德医生对在这座城市中生活的人有天大的恩泽,说是再造之恩也不为过,其中就包括路医生。至于因为幸存而永世生活在患难和煎熬之中,那又不是医生的职责了,反而更让医者的声名凌然苦难之上。就像不幸的爱情,不能责怪赐予爱情的神明,明智的人只知道感恩,只能知道感恩。

严世岱想起自己多年前曾恶狠狠说过的话:憎恨爱情的人和诅咒生活的人,像绞刑架上的绳子一样愚蠢和污秽。他到现在也没觉得自己说错了,只是有些后悔,年轻的嘴有时候只配愚蠢的话。

小时候,严世岱的爷爷告诫他,如果有人说,他能看到魔鬼的影子,能听到魔鬼的脚步,那一定是个无恶不作的骗子。

暗无天日的灾难来临之初，无辜的城市没有意识到大祸临头。受过现代医学教育的路新斋专长在内科，也对傅家甸突然爆发的群体性死亡无所适从。刚开始，他理所当然认为这是贫民区肮脏环境和落后医疗条件导致的类似于伤寒一类的疾病，直到出于医生的责任参加了在傅家甸的义诊，看到病人高烧不退全身浮肿甚至出现类似于天花一类的疱疹，才知道大事不妙。

路新斋想起早年读书的时候听老师讲过，在大航海时代，登陆北美的欧洲人最大的敌人并不是土著的刀枪陷阱，而是当地蛰伏的传染病毒。当地人对这种病毒早已经免疫，但对初来乍到的欧洲人来说则是致命武器，无药可治。反之，欧洲人带来的潜伏在身体里的病毒也让当地人无可抵挡地大量死亡。

对于哈尔滨这座新兴的城市，大量欧洲移民聚集于此，东清铁路便捷地把欧亚大陆连通，同时也有可能把某种致命的传染病毒带到这里。不但路新斋绞尽脑汁建议使用的各种疗法毫无疗效，即便是哈尔滨、奉天的医疗界对此也束手无策，大批民众离奇死亡，而且病毒呈现出极强的蔓延之势。在哈尔滨的各个城区，乃至就近的城市也出现了大量病例。民众对于周边日渐增多的死亡从悲伤到恐慌，最后陷入了麻木的绝望之中。路新斋悲哀地断定，这座新生的城市面对灭顶之灾，所有的繁荣将毁于一旦，最终成为死寂的废墟，而他无能为力。

生死关头，伍连德医生衔钦命而来，无惧各路成见，勇敢地判定这种病毒就是曾让欧洲人近乎绝种的鼠疫，并且迅速搞清病毒的传播机制，随之顶着巨大压力采取一系列卓有成效的措施阻断传染源，疫情最终得以遏制。

路新斋知道，在鼠疫肆虐欧洲大陆的时候，很多国家的人口减少了一半多，伍连德的出现让哈尔滨逃过一劫，也是神州之幸。很多年以后，哈尔滨已经富庶繁荣，成为北方的耀眼城市，记性好的人就说这座城市新生之际就渡过大劫，是必有后福的。

苦难只有落实到自己身上才有真实的意义。路新斋在察觉这种病毒危害性的时候为时太晚，义诊的时候不幸染病。陷入昏迷之前他痛苦地发现已经传染给整日相处的家人们，这种自责和悲伤让他在进入长达十数天时而清醒时而昏厥的弥留状态时痛入骨髓，不是因为疫病本身，而是百身莫赎将死不能的后悔使然。也许因为伍连德医生高明的医术，也许因为那种不甘心不放心导致的泼天生命力，路新斋竟然在鬼门关止步，奇迹生还。

他柔弱的妻子和两个孩子没有因为他无穷无尽的悔恨内疚而重新绽放生命之花，在病毒的冷酷折磨下先后枯萎。

路新斋听闻噩耗从病床上恸哭着跌落在地，双手扒紧红砖地面的缝隙，就像中枪垂死的人，向病房门口挣扎，一寸一寸艰难地挪动着。他要出去，到外面的寒天冻地去，为妻儿送上一程见上最后一面。一个瘦削的身影出现眼前，用疲惫不堪但不容置疑的南方口音告诉他："先生，你不能去，所有死去的人都会被集中火化，除去必要的人任何人不能靠近！"尚存理性的路新斋知道此事的分量和理由，他不能像别人那样用无知和浅薄的情感助燃邪恶的病毒之火。他指缝流出了鲜血，颤抖不止像个荒郊野外孤苦无依的弃儿，再之后就是长长地抽泣，最后"哇"地大哭起来。他的私心是用这种无所顾忌、惊天动地的哭使得自己窒息，让自己的五脏六腑知道大限将至，不要再存一分生存之想，他们的主人是必死之心。后来，那人蹲身面前，在绝望中他恍惚看到口罩上方那双悲悯灵性的眼睛，那是善与勇气交织着道义与责任所造就的圣灵般的眼睛。路新斋一刹那觉得自己是那么的卑微惭愧和苟且。他最终听到那句语气淡定但气势万钧的话："你还是个医生！"

再见到伍连德医生是疫情退却的两年后，新落成的哈尔滨传染病院大楼里。他拘谨地站在伍连德面前，听到伍连德决定不录用他的理由："你是精湛的内科医生，擅长在临床，不需要在这里做传染病研究，这是对才华的浪费，医者的天职是治病救人而不是知恩图报，这就是医者仁心。你若有回馈诚意，不如放之世间，所谓医者无疆，爱人如爱己。"伍连德说罢就低头研究病例，再不抬头。

路新斋悄悄退出去。在把医生办公室的门轻轻关上时，同时打开了另一番人生。在冷酷的岁月面前，命运有时会心生怜悯，网开一面，给生活一线生机。

当伍连德在"沈阳事变"之后离开哈尔滨的时候，有人看到，在深秋飘满落叶的火车站站台，一个人站在远远处望着被众人簇拥的伍连德一家登上火车。汽笛响起的时候，他双手垂握身前，面向着徐徐开动的列车深深鞠躬，长久不动，就像一座和爱情永别的雕像。再抬起头，沧桑的老人已泪流满面。旁观这一切的人刹那间明白，年老的人流泪不是因为悲伤，而是因为绝望。

隔壁房间传来隐隐哭声，打断了严世岱的回忆。他顺着门缝看到是路医生的俄国用人，这个女佣每天八点钟准时到这里为路医生准备早餐并开始一天的工作，显然是她报了警，而警察过来看到遗书就拨通了自己的电话。想推门进去安慰她一下，但眼光被走廊边上的鱼缸吸引了，鱼缸已经被清理干净一点水也没有，养的鱼不知去向，前几天来做客的时候还在的。

严世岱停住脚步，索性打消了和女佣寒暄的念头。他转身回到了卧室，双手毕恭毕敬打开衣橱，迎面一排排崭新衣装，其中多数是价格不菲的毛料西装，几乎能和严世岱的媲美。他伸出手，一件件打量着和路医生克制本性背道而驰的昂贵衣服。愈加猛烈的樱花没有遮蔽严世岱的眼睛，他轻而易举地找到了不同寻常的端倪，随后，走到电话旁边，拿起了话筒……

他突然想起，今天晚上是小孙子的百日宴，三儿子夫妇已经为这一天准备了很久，并给城中很多名流都发了邀请函。虽然是不太平的年月，但是对于自己这样的大家族来说，这么做也无可厚非，战争形势不是自己决定的，枪子儿没有落到自己身上前，老百姓的喜怒哀乐还是如常的。况且对于早已妥善安排好大部分财产的自己来说，这并不会让人不安，反而很期待，未雨绸缪是严世岱一生的习惯。不过深藏心底的樱花和爱情的想象，终究把他也裹挟到充满危险诱惑的风里，化作一朵不能自已的樱花。

对于冬天哈尔滨恶劣的交通状况来说，要去的地方毕竟不是很近，时间有些紧，而自己还要回家换身衣服才好出席晚宴。所以，他要尽快。

严世岱趁着没人注意，回到卧室，把手上的表摘下来，攥在手里看了看，用大拇指在表盘上擦了擦，恭敬地戴在路医生手上。这块表曾陪他度过很多经久难忘的时光，其中也包括无数个与路医生度过的愉快夜晚。他想不出还有什么朝夕相处的东西更能配得上他和医生天人相隔的情谊。

严世岱后退了一步，轻轻咳了一声，双手垂在两侧，在被樱花淹没以前，深深鞠躬，转身向门口走去。

一旁的警察递过一把伞，说："严先生，外面下雪了。"严世岱略挺了一下本已笔直的身体，轻轻扬一下手，知道司机会张开伞在楼下等。他顿了一下，侧身拍拍警察的肩膀，轻轻叹了口气，表达了这种场合必需的但不会被轻易解读的遗憾。屋内的警察心情都比较放松，正值多事之秋，否则，城中名医留给一位富豪遗书后服药自尽，一定会吸引来很多小报记者编排出一通无聊逸事，可如今，这些人已经像感受到寒冷的苍蝇一样不知踪影了。警局也不会有什么压力，写个报告给上面，就算万事大吉。自己命运未定之际，别人的生死连一块面包都不如。

窗外大雪下得正起劲，行人很少，只有零星的关东军士兵在路上走过，无精打采如丧考妣。严世岱坐在车里，看到外面一派萧条萎靡，断定这就是末世气氛。严氏家族，在这座城市经营三代人，经历了清政府、北洋政府、俄国势力、"满洲国"轮番登场唱大戏，刀光中闪身，剑影下夺路，迎腥风决断，淋血雨砥砺，筚路蓝缕坚忍万分才化作旁人眼中的春风得意黄金甲。事非经过不知难，这一转眼又到了不得不抉择的关头。

他隐隐预感这次与以往不同，很可能真是一次彻底的改天换地。对于政治局势的敏感来源于这个家族几代人的漫长磨砺，已深深浸透到血液里，并被准确无误地传承下来。他记得父亲说过，万物的狂欢和绚烂，归根到底都会用绝望和毁灭偿还。城市可以重生，国家可以重整，而人的时光却比玻璃杯还不堪一击，粉碎得不成样子还会继续伤人，怙恶不悛。

在汽车的颠簸里，他想到这是平生第三次面对遗言，每一次都记忆深刻，都随之而来某种割裂，某种新生。他确信，因为他的忠诚和恪守,每一次都完整地实现了遗嘱本身和其所表达的意义。手中这封遗嘱还不同,立言人并不是自己的家人,内容也并不复杂,只有熟悉的耐人寻味的字体:"世岱,愚兄有劳。"

遗嘱是世上最稀奇的文本,企图了断生前的纠葛,总会适得其反惊起身后的人望穿秋水。这是遗嘱的秘密,死到临头的人希望自己会被忘记,而不是遗忘。想到这儿,严世岱倒希望快点到达目的地。他好奇这次的割裂或者新生……

自从俄国在克里米亚战争中吃了大亏,就把注意力转向了远东,想把在黑海失去的地缘优势在太平洋找补回来。也就是从那时开始,大清国的东北边疆就不太平,断断续续一直折腾到现在。严恩山就是在那时来到这块走上十天半个月都见不到人烟的富饶土地,他是朝廷派遣的地界勘测使团中的脚夫。

严恩山老家是山东兰陵,哪见过这种山高水阔万里黑土。无边的黑土地随手掬上一把都能在手心里见到油花花,一行人蹚水过河都能遇到簸箕大的鱼从水中受惊跃起,钻进老林里数不清的黑天白夜都走不出来,参天的林木都是上好的木料,不多一会儿就能遇到山禽走兽,遍地木耳蘑菇,一行上百人从不操心吃食,哪里都能养活人。这等丰美富饶着实令为了生计背井离乡的严恩山觉得欢喜。

勘界、谈判,旷日持久而极其复杂,日子久了,聪明伶俐的严恩山看出了门道,俄国人外表粗狂豪爽、不拘小节,实际心思狡诈、耍奸弄滑、毫无信用,你是亲也无用严也无果,着实一堆针扎不透盐渗不进的滚刀肉。而北平使团这边权限极小,大事小情都要请旨,一来一去通个信儿少则两三个月,多则半年。上谕大多是些不痛不痒让人琢磨不透的官话文章,这让使团的官吏们进退难定苦不堪言。俄国人的外交经验与谈判经验甩中国人几条街,他们似乎总能找到使团的痛点,屡生事端,初期以为他们简直荒诞不经不可理喻,实际人家是步步为营精心做局,自以为是还妄自尊大的天朝使团被耍得毫无招架之力。几年下来,严恩山看着无数山川良田从舆图上一块块划给俄国人,心里面纵有百个不服千个不忿但又毫无办法。

一日,使团的文吏生病,严恩山临时顶替去俄国人驻地送文书,文书送到之后天已擦黑,俄国人给严恩山指了条返程的近路。未想严恩山顶着风雪走了几个时辰彻底迷失方向,左思右想才断定他误入了额尔古纳河附近的原始森林,豁然明白上了俄国人的当。他曾听说这片林子里有个金沟沟,很多年前有些不怕死的老客在此淘金,可就像所有暴富的神话一样,无数次听闻有人发了大财,可谁也不知道那些人身在何方。但大家都能确定,这里夏时沼泽密布,冬时大雪封山,常年狼群横行,绝大多数奔富贵的人都因为这里恶劣的生存条件而命丧于此。老人说,金沟沟吃人,进去的人有命赚没命花。再后来这里慢慢就没了人烟,只留下各种瘆人的鬼怪故事。

严恩山意识到自己误入死地吓得魂飞天外,他在林子里乱闯了两天两夜找不到出路,最终饥寒交迫倒在一个小山坡上,精疲力竭地看着漫天大雪正在慢慢埋葬自己。他想起了早逝的双亲,想起了从小结下娃娃亲的月儿,是这姑娘的一家人节衣缩食把自己养大才不至于成为路边饿殍。月儿还眼巴巴等着自己赚到钱回去娶她,看来自己是辜负了人家了,眼泪像决堤的河水汹涌而出,很快就和雪混在一起结了冰碴儿,视线模糊起来，意识如同泼在地上的热水一样慢慢消失，直到像铺天盖地的雪一样模糊混沌。

不知过了多久，他觉得燥热难耐，慢慢扭动挣扎着，在连天风雪里一件件撕拽掉身上的衣服……之后，他觉察到了生的气息，但已无力动弹，勉强睁开眼睛，半天才定神看清是一匹狼，灰蒙蒙的一团正小心挨着自己的身体转来转去，又抬头在自己的脸上嗅了嗅，严恩山没有力气害怕，他看见狼的獠牙白花花的，闻到一股腥气。一股厌恶和疲惫让他想把眼睛闭上，他不想再看见这个世界，再也不想了。这时狼猛地一转头，向后方瞭去，严恩山恍惚觉察远处好像有一只鹿轻盈地奔驰而过，在视野中划出一道彩虹，他不能确定这是不是临死幻象，总之都不重要了，他死了过去，似乎听到一声巨响，以为这是生命大门关上的声音……

严恩山在山场子余把头的小木屋里昏睡了三天才有了意识。余把头带着姑娘把这个魁梧的汉子抬回来着实费了好大一番功夫，用雪搓，用火烤，又折腾了一晚上，他的身子就像被放置在林子里冻了两天的死狍子一样，僵硬如铁没有丝毫生气，只是鼻子里时断时续的微弱气息表明他还算个活人。

第二天天一亮，余把头到山场子干活之前，想把这个没救的人拖到外面扔了，毕竟在自己屋子里死人不是个吉兆，任何在生死线上讨生活的人都不免有些讲究。鹿儿站在一旁打开父亲的手，顺势一用力把余把头推出门外。余把头在门外呆立好一会儿，眯着眼睛长长抽了口烟袋说："闺女儿啊，丑话说头里，咱尽力了。你是未出嫁的姑娘家，名声比命贵呢。这世道，白眼狼满山梁子跑。"说罢一跺脚转身在风雪里没了踪影。

又隔一天，余把头干完活回来推开门，看见两人赤身裸体紧紧抱在被窝里，那小子闭着眼睛嘴里嘟囔着胡话，知道是姑娘身子的热度搭救了这条命。后悔不迭之余，才顿悟父亲的警告对孩子不是警告，更像是激励。他闷声坐在外屋椅子上，耷拉着脑袋，吧嗒吧嗒抽了一夜烟。

严恩山活了过来，想着这事儿就蹲在墙角里抹眼泪，余把头路过狠狠蹬了一脚，恨恨说："站着撒尿的玩意儿，别他妈蹲着。"严恩山半夜溜到后山坡上，跪向山东老家的方向，"砰砰砰"磕了三个头，瞪着天上亮澄澄的月亮，凄惨地长啸一声，又声嘶力竭吼道："月儿，我欠你们家的，下辈子指定还！"余把头没睡着觉，远远听见这话，用烟袋锅子在自己头上重重敲了几下，伴着一声长叹，头发上渗出了血。

开春严恩山身子彻底复原。因为没有冰冻的雪道往山外运输木材，山场子一到春天就没了活儿。他打算跟着余把头父女回南岔老家种地。临走时候，突发奇想和鹿儿到差点丢了性命的地方去看看。原来鹿儿那天和父亲去林子里打野鸡，不知道怎么见到一头颜色极其鲜艳的梅花鹿在附近转来转去。余把头在姑娘出生那天遇到了梅花鹿，所以给姑娘起了这名字。兴许是因为这，鹿儿觉得这生灵和自己特别有缘，就拉着余把头静静地看。谁想小鹿突然跑了起来，翻过山梁，最后把父女带到了这地方。余把头看见了狼，鹿儿看到了奄奄一息的严恩山。鹿儿慌忙拔下父亲枪管里的干树枝，余把头赶紧开枪吓跑了狼，才让严恩山死里逃生。

两人坐在那天他将死的大树下聊了好久，这时已是万木复苏一片生机的时候，树干的枝丫和早熟的野花都有了端倪。严恩山打量着树下的花草感慨万千，觉得自己就是这脆弱不堪的小小生命，谁承想一个严寒凛冽的冬天之后还能逢凶化吉。他蓦地看到树下有一块石头不太对劲，怎么都觉得有刻意的痕迹，就唤着鹿儿一起搬开石块，一看还有冬天的积雪在石头底下没有融化。严恩山走南闯北见过些世面，并没有就此打消疑虑，他听长官说过，事出反常必有妖，凭直觉这块大石头就不该放在这里。他随手掰下根枝条在地上撅了几下，竟然看到一个腐烂的布袋绳儿。

严家的发家大运就系在这根不知埋藏了多少年的布袋绳儿上。余把头事后分析说，这是早年掘金的人藏下的，金子有魔性让人不要命。他们为了沙金不断窝里斗，死的人海了去了，哪一次发现金脉都是残杀的开始，这不知哪个冤死鬼留下的东西，这一袋子沉沉沙金如果真到了山外，能换上几百亩好地，能开一个家族的百年财运。这真应了老人们的话，有命赚，得有命花啊。

严家从此在东北黑土地上扎了根。年轻的严恩山没有听从余把头的建议，回到余把头老家买地做个土财主，反而撩起膀子闯荡白山黑水做起了生意。从旅顺到奉天，从公主岭到哈尔滨，从通化长白山再到三江口，几十年工夫，在鹿儿的帮衬下打下了一番大大家业，他们拥有了烧锅酒厂、林场、参场、贸易行，成了"满洲"的一方巨富。

又过了几十年，他的生命走到尽头，在病榻上虚弱不堪交代了后事。他对年轻时被俄国人算计依旧耿耿于怀，对唯一的儿子严奇峰说，俄国大鼻子都是浑蛋，最擅长贼喊捉贼，他们那天设计陷害我，是想撒谎说没收到公函，再拖延谈判，趁咱们着急回禀朝廷再抬高要价，只是没承想，咱们严家绝处逢生福大命大。这帮大鼻子不好惹，肚子里全是黑心坏水，一定要提防啊！在"满洲"，中国人、日本人、朝鲜人都不是个儿，这地界早晚全让他们占了去。严奇峰心里并不信服，老爷子病得太久了，不相信在山东海面，小日本已把大清国不可一世的北洋舰队打得全军覆没，"满洲"这块大肥肉以后叨到谁嘴里还真说不好。

老爷子眼瞅着就接不上气了，浑浊的眼睛却突然亮了一下，像被挑动的烛火，盯着一旁泣不成声的鹿儿，虚抬起胳膊指着炕头的一个木盒子，嘴里嘟囔着什么。大家都听不清，发怔的工夫，老爷子死盯着鹿儿，脸上竟然有了一丝莫名其妙又让人觉得匪夷所思的内疚神态。鹿儿泪眼婆娑，稍微琢磨了一下，哆哆嗦嗦握紧老严的手，仿佛在质疑眼前一切的真实性，又像个犯错的孩子一般哭着说："当家的，我懂，我明白，你放心走，我知道呢，鹿儿知道呢。"听到这话老严才一蹬腿儿，闭上了眼睛。

严世岱童年最早的记忆就和爷爷有关。那是一个温暖的午后，他坐在爷爷身上，摆弄着老人花白的胡须，听他跟父亲悠然自得地说："我是咱们家第一个埋在哈尔滨的人啊，有人埋在这里，这以后就是咱们的家乡喽……以后就看你们的了……"那是他第一次看严奇峰流露出那么恭敬、虔诚的神情。直到很多年以后，他慢慢知道爷爷一生走过无边的沼泽、挨过无穷尽的饥饿、曾在莫测凶险的风浪中侥幸逃出生天，并为严家获得了祖祖辈辈从未有过的幸运与富贵。这样大幅跨越阶级的先人值得后人尊崇，也是不为后人所遗忘的唯一理由，配得上子孙们无穷尽的尊敬。

鹿儿恭敬地打开那个木盒子，拿出一个红包包，打开是一只做工精美的金鹿，这东西家里人谁都没见过。稍一用力，才发现这是可以从当间儿分开的两部分。鹿儿两手摆弄着金鹿，老泪又流了出来，就像即将干涸的枯井不放弃地浸润出最后一点可怜的水渍。严奇峰和一众家人不明所以怔怔发呆，都觉得老爷子的遗言可能在这个横空出世的金鹿里。

操办完老严的丧事，鹿儿把严奇峰和年幼的严世岱叫来，拿出一沓让人眼晕的银票，同时讲述了后辈不知道的陈年往事，她又低着头看着金鹿说："其实啊……他年轻时候就安排人悄摸地打了这个鹿，我知道，知道啊，两口子搭伙过日子……心里明镜似的，都不易啊……"

最后老太太拿出一半金鹿，小心翼翼包在原来那块红布里，交代严奇峰和孙子带着这些银票和这一半金鹿到山东兰陵孟良崮，把这些东西交给月儿，说这是老严的遗愿，要给人家三拜九叩，人家不点头，咱不起身！

严奇峰父子舟车劳顿两个多月，到了山东老家才知道，月儿一生未嫁，骂走了每一个心思狡诈的媒婆，打跑了每一个试图上门讨吃的闲汉，孑然一身清清白白地度过了每一个思念成魔的凄凉夜晚。如今她在自家破烂不堪摇摇欲坠的老房子里孤老寡居，绝望地等着不公平的命运给她最后的交代。她一辈子土里刨食攒的钱都用在了修缮老严家留下的小院子上，隔上几天一打扫，严家祖居这几十年没人气儿倒还有模有样。老严的父母坟堆也年年添新土，每逢春节清明，月儿都风雨无阻踮着小脚去上足了香火，说这能保佑严恩山的血脉，让严家世世代代兴旺。严奇峰父子本来只是心怀内疚，一路忐忑不安做好了各种打算以备不测。听闻这一切,两人百感交集羞愧难当,不约而同跪在月儿破落的房门外泣不成声。

月儿听罢原委,老眼眯缝起来,不发一言,好像突然停摆的座钟,反而让人更为清晰地听到了时光无情的嘀嗒声,血流悲伤的呜咽声。这一刻,万籁俱寂,万物要么都不在,要么都在。

老人过了半晌才笑着颤巍巍扶起爷俩儿,忙里忙外生火做饭,给爷俩儿精心准备了丰盛的晚餐,还烙了老严生前最爱吃的煎饼,像看自己孩子似的看着他们大快朵颐。月儿说:"看见你们就觉得山哥回来了,自己照看老严家的房子和祖坟,老了老了,还怕以后断了人伺候呢……终于等到了你们,能还给你们了,能还给你们了……"她坚持不要银票,把一半金鹿握在手里看了又看,露出了少女一般鲜活的神色,那一刻好像时光都是骗人的而爱情不是,许久才说:"这鹿儿对老严家有恩呢,救了山哥……俺不怨,俺替老严家高兴呢,他不会写字,俺也不识个字儿,那年捎口信儿回来,说有路了,不能回头了,俺还想不通呢,多少年想不通,有路了,咋不带着月儿呢,咋回事儿,咋回事儿啊……现在明白了,不赖他,老天爷给的这个鹿啊,是金鹿啊,你们老严家祖祖辈辈受了那么多苦,他不是不带着月儿走新路,是没招儿了,人家金鹿来了,那是命啊……世上哪有全乎事儿啊……"

又过了几天,她带着严奇峰父子到爷爷奶奶坟前,跪着自言自语说了许久,最后隐约听到她的语气高了些:"爹啊,娘啊,山哥是好人呢,他不得已碰了人家金鹿的身子,他没碰我的身子,他说要回来明媒正娶呢……山哥,我不怨他,日子咋不抗过呢,他咋没了呢……"之后就动也不动了,直到严奇峰上前端详,才发现月儿嘴角挂着笑死了,一脸事了拂衣去的安详模样。那一刻,少年严世岱觉得这个老人身上有无穷尽的为爱所打磨的针芒,将天上的光割裂成无数晶莹透亮的碎片,一定会在某一刻变作奇彩星辰。

严世岱在车里看着外面的雪越下越大,城市已成雪国。他把头重重放在靠背上,眼睛眯成了一条缝,他的眼神像年轻时候一样犀利明亮,好像家族的富贵秘密就藏在深不见底的漆黑瞳仁里。他在思索什么,又没什么头绪。于是又盯着路新斋的信,想到了自己,突然发觉一生的顺利连自己都惊讶。到了这个年纪,他明白很多痛苦是不可能被遗忘的,很多因为命运磨难而产生的痛苦是永不会愈合的伤口,经常作痛甚至滴血,让一个人到死都不安生。这种苦难的产生有着强烈的宿命逻辑,人本性的善与恶在其中起不到任何作用。归根到底是为人的不幸。严世岱不觉得自己有这种不幸,而路新斋,似乎就是这种不幸的人,甚至有可能为之失去性命。

严世岱似乎开始理解路医生的绝笔了,就像自己在温暖的车厢里,外面的雪国是风景,只有身处其中的人,才能体味那种本来的苦寒,这种迥然不同才是大雪的本质,人们总是不顾及本质而要享受表象并以此为乐。自己的幸运到底起源于何处,只有他知道,并不全是因为遵守了父亲的遗嘱,起码在爱情上不是的,这只有很少人才知道。尊贵的人有一种特权,他们的不堪会被有意无意地隐瞒。

严奇峰一生的商业生涯被外界大大低估了,很多事情都是这样,防患于未然的设计者都被轻视,反而是等危机发生再耗费极大成本去弥补的人会成为英雄。人们短视地认为他就是一个还算合格的守业者,其实创业维艰,守业更要勇气、智慧和定力。创业者有一种品质特别突出就可能会见效,甚至纯粹运气使然,但守业者需要的素质林林总总就像木桶上的许多木板,哪个短了可能就功亏一篑。

严奇峰对父亲"有恒产者有恒心""有地斯有财"之类的教诲不以为然,他顶住压力,在很多年里瞅准时机陆陆续续卖掉了老爷子留下的所有固定产业,什么酒厂、林场都以相当不错的价格统统卖掉,从而专心发展贸易,低买高卖,连仓库都是租的。因为这份专心,在他的手里,老严家成了"满洲"最大的综合贸易商,把"满洲"的奇珍特产、煤炭林木出售到全国各地乃至临近的很多国家。因为严奇峰长袖善舞的商业手段,等他交班的时候,严家的资产不声不响足足翻上了几番,手里更积攒下数目让人咋舌的硬通货,而他甚少置业,人们对严家的资产数额都是雾里看花说不清楚,严奇峰这一辈子信奉的是:闷声发大财。

严奇峰是在一个午后告别人世的,本来还在和严世岱闲聊着。谈起自己的一生,没有大起大落的传奇故事,但其实润物细无声般地躲避了数不清的险滩暗流,他不想让别人评价什么,旁人说自己命好,那份短视只能证明评价者的浅薄,而自己则对非议多多的乾坤大挪移般的业务转型引以为自豪,这是他穷尽毕生精力追求的商业智慧。对于当初石破天惊的举动,他对儿子第一次解释说,在日俄战争正酣时,他恰巧料理完生意从旅顺往哈尔滨赶路,看到被炮弹炸平的山坡上焦黑一片,残肢碎肉像让人作呕的垃圾一样散落各处。滴血斜阳下,俄国牧师手里拿着一个金灿灿的十字架正在挨个给整理好的尸首诵经祈祷，那一刻他觉得这世上的东西都是可以摧毁的，什么物业良田在政治局势面前都是废品，只有把生意变成牧师手里那闪着神奇光芒的黄金才能保存下来。战争结束，严家在旅顺的商铺被日本人洗劫一空，还放火烧了。这就更坚定了严奇峰的信念，乱世要藏金，盛世也要藏，乱世盛世都是眨巴眼儿的事。

打旅顺回来，严奇峰对基督教产生了兴趣。很多年以后，他成了鳏夫，最终成为一名虔诚的教徒，也是这一点，更坚定了旁人对他古板、保守的印象。严世岱听父亲说起这些事情，心里最想知道的却是关于母亲的猝然离世。没见到母亲最后一面一直是他耿耿于怀的事，其中缘由更让他无时无刻不如芒在背。多少年来他一直希望听到父亲亲口说些什么，可老人对此事从来都缄口不言。

严奇峰安卧在太师椅上，说了很多话，显得有些疲倦，但严世岱没有阻止父亲。严奇峰身上突然一抖，面容变得冷漠僵硬，盯着远方硬硬地说："你记住啊，如果财富没有让我们灵魂变得自由，行为获得自律、道德，更高尚地爱人、爱家庭，那么，那么财富就只是金钱，受到诅咒的金钱。你明白吗，财富不能受到诅咒，可金钱可以。"严世岱神情紧张起来，双手扶着父亲想着要马上叫医生，严奇峰一把紧紧抓住严世岱，哀鸣般说了平生最后一句话，这句话让严世岱电闪雷鸣般解开了所有的困惑，也去除了折磨他多年的委屈："把我和你娘葬在一起！"

严世岱收起思绪，放好手中的遗书，视线投向了窗外。他沉浸在三份遗嘱所营造的悲伤的空间里，甚至想自己是不是该提前写点什么以备万全，随之，又厌恶地摒弃了这不祥念头。

大雪并不能掩饰傅家甸街区的衰败景象。正阳大街上的商户大多都上了窗板没有营业，平时人满为患的饺子铺、熏酱店顾客寥寥，曾经熙熙攘攘的新环球商场门可罗雀。严世岱知道南方愈演愈烈的通货膨胀已经传到了"满洲国"，再加上盟军在欧洲的胜利，日本人的命运也就不妙了，可想而知国家的货币信用随之江河日下。内忧外患，市面一片惨淡。别说人们承担不起暴涨的物价，即便商户使出浑身解数也根本无法采购到足够多的物资供应市面。大厦将倾，昔日炙手可热的铺面、工厂在短短一年里价格暴跌不止，几乎到了给钱就卖的境地，真是树倒猢狲散。局势一泻千里，同行哀鸿遍野，严家却暗中奏响了得胜凯歌。严奇峰的深沉智慧长远谋略在他和妻子合葬的几十年以后，短短几个月时间里，就击溃所有经年的质疑和诟病，凤凰涅槃，成了让人叹为观止的商业传奇。

车子经过桃花巷之后，在大白楼商场路口转进了深深的居民区，低矮屋檐下垂着硕大的形态各异的冰溜子，无一例外都是尖尖对着地面，这些像悬在行人头顶的冰锥，随时可能断裂跌落并毫无悬念把某个倒霉蛋的脑壳击穿。无论是在二层楼围合的住着几十户人家的大杂院，还是路边独门独户的小平房，凭着门口堆积的煤块多寡就能判断这家人的生活是否还过得去。零下四十几度的严寒天气里，那东西化作的热量非同小可，是生活里温暖的唯一来源。

严世岱的车子在从没有好好清过雪的路面蹒跚前行，稍微不慎就打滑失控，半雪半冰的路面上转了个圈才能勉强停下来。这让严世岱觉得狼狈、不体面。这里是哈尔滨最早的居民聚集区，但一直缺乏规划，无论北洋政府，还是俄国人或者是日本人，最终都没能改变这里落后、浑浊的江湖气质。想到这里，他叹了口气，想起大学同学说过的话，贫穷不是命，却是病，非痛下狠手刮骨疗毒不能治的病。

要不是赶时间抄近路，他几乎忘掉了这地界在哈尔滨的存在。他不愿承认，但本能地厌恶穷病。治穷病是革命家的事情，他不是。严世岱想到这里，回忆起路医生的话，年纪大了，不能记得太多。

严世岱对这座城市的热爱众所周知。在他的一生里，耗费很多精力和金钱为城市的公共治理做出了不菲贡献。尤其是"满洲国"建立之后，留学日本的背景派上了很大用场。他混迹各种社会活动，参与这座城市需要社会力量的各项举措，这为他带来了理所应当的尊敬。随着时间的流逝，这种尊敬不可避免地演化成一种令人景仰的声望，这让严世岱感受到无比的自信与得意，成为更爱这座城市的理由。

无论在电车通车的庆典上，还是煤气或公共供水的开通仪式上，他的轩昂器宇非凡举止以及得体言辞都成为市民津津乐道的话题。他相信自己没有辜负重托，正把严家的名望推向顶峰。

城市开通供电的那天，中央大街上举行了声势浩大的典礼，政商名流济济一堂，"满洲"各地的记者也都来捧场。省主席当着数千位聚集在一起的市民的面兴奋地做完冗长的讲演之后，把按动电钮的环节交给了严世岱，以此表彰他对这座城市持久的热诚，也感谢他在新京利用东京故旧的私交为此事奔走，还出资赞助了"满洲"电业株式会社的部分工作。听到省主席在讲话里把这次市政电力开通比作像松花江铁路大桥通车一样伟大的城市里程碑，见惯世面的严世岱手心冒汗，颤抖着按下了电钮。中央大街上的路灯还有就近的楼宇依次亮起了黄彤彤光亮时,他觉得这景象比漫天星斗更加灿烂炫目。严世岱新奇得像个孩子,甚至有些语无伦次,由此发现光亮代表着新世界,一旦获得光亮,城市和市民就永不会回到黑暗之中。意识到遐思无限的象征意义之后,更坚信人们永远不会忘记他。虽然智慧早就告诉他,人们对于他者贡献甚至牺牲的记忆都靠不住,就像窗纸一样,只要有风吹雨打就会七零八落,但是人就不能免俗。

傅家甸的深处,严世岱绝少涉足。路上偶尔经过的行人,遇见这辆气派的黑色轿车,会驻足观看指指点点,这让他有些不安。他对这里逼仄的街道、不祥的宁静感到陌生,有一种落入尘烟的坠落感。绕了很多圈,司机问了几次路,才终于在荟芬里的街角停下,这是这一带还算体面的公寓楼。严世岱整理了一下大衣,顺着司机的指点看看钉在墙上的门牌,定定神,恢复了体面气度,上楼敲响一扇房门。

开门的是一位面容平静的端庄女士,她的气质不算高贵但有一种谦卑居多的亲和,应该受过足够的教育,但没有很高的社会地位。严世岱认得这个哈尔滨最好的裁缝之一,只是从没说过话。她看到严世岱,眼神就黯淡下来,将他带进客厅的时候,严世岱觉察女人的肩膀轻轻抖动了一下,准确地说是痉挛。他从对方的表情中知道她认识自己,这当然不奇怪。他看见客厅一角摆着一个崭新的鱼缸,里面游动着两条熟悉的金鱼。

在客厅落座的一刻,严世岱看了一眼窗外,如果现在的哈尔滨有什么可以和樱花联系在一起,只能是大雪的颜色。房间内的整洁让他想到了路新斋的家,这份干净整洁是因为她本来如此,还是他影响了她?这是一个不是问题的问题。

严世岱是从那些西装里面同一个裁缝店的名字想到了路新斋家附近的那个裁缝店，和路新斋散步的时候无数次经过那里，这个女人经常在玻璃窗下低头做活。他通过公署的关系，很容易查到了女人的住址。

女人沉默了一会儿，在断定面前的大人物不会轻易开口之后，竭力掩饰住脸上的悲伤，轻轻咽了咽唾沫，卑微而又充满勇气地说："我知道，这几天，我知道。一定在今天之前。"有些沙哑的嗓音还是暴露了她的情绪。在严世岱恰当的安慰下，她终于揭开谜底，让严世岱知道了老友新奇、伤感、浪漫、绵长的爱情故事，而这一切都在过去的日日夜夜发生在自己身边。因为以往浑然不觉，更让他此刻百感交集，最终又认为这是老路对自己最好的告别，仿佛看到那个房间里冰冷的死人脸上露出了一丝淘气的笑容。最好的朋友需要推心置腹，需要娱乐欢聚，但绝不能缺少一点——共谋。老路安排自己死了以后，让严世岱参与进来。老友一定会审慎处理自己的后事，从而发现自己一生中隐藏的线索，从而把这秘密作为对老友的奖励，也就完成了这跨越生死的共谋。他一定觉得，这样的足金故事就对得起严世岱手上那块漂亮的金表。

他们认识于二十年前，一切都没有妨碍正值妙龄的女裁缝无可救药地爱上了她的主顾，她相信医生也是如此。在这座盛行小道消息的城市，他们成功躲避了所有可能的猜测，这是一份真正只属于两个人的爱情，而恰恰因为这一点，这份爱情就像被精心呵护从未经历风吹雨打的秘密花园一样，在二十年之后也和当年一样蓬勃盛开。

他们的浪漫让这座城市在不为人知的角落保持着迷人的气质。当松花江铁路桥上一列火车轰隆隆从江上开过时,衣装得体的路医生正在江畔的长椅上远远眺望,优美的铁桥,长长的火车。那是这座城市最壮观的风景,没有人会对路医生的深情表示任何疑惑。谁也不会注意到,大桥上的人行过道,一个才华横溢的美丽女裁缝正在火车的轰鸣中心满意足望着江畔那绿色长椅;太阳岛上的俄侨餐厅,盛装打扮的女人安静地度过下午茶时光,她悠然自得让人不忍打扰美丽女人欣赏窗外江湾的水光一色。谁也不知道,江湾上的小船里,名闻遐迩的医生正在水鸟啁啾明媚春色里凝目岸上风景。

幽会的地点要么在彼此家里,要么在深夜无人的夜晚,严世岱没有注意到,在很多次,他告别路医生坐上轿车绝尘而去的时候,那间裁缝店也熄灭了灯光。

路新斋比这女人年纪大上许多,他在二十年里掌控着他们的爱情,并让彼此充分享受着甜蜜,为了这种私密的幸福的关系,耗费了不为人知的巨大精力。路新斋年轻时候就爱喝太太煮的咖啡,到了晚年,已经不可救药。一杯又一杯漆黑的散发着浓郁苦味的咖啡让人皱眉,却成了医生的救命良药,只有他能在难以下咽的苦涩中体察到令人惊喜的香味。同时他却有着严重的失眠症,每天夜里只有服用大剂量的安眠药才能获得不长的睡眠。裁缝问他:"医生,你不如戒掉咖啡试一试?"

路新斋毫不迟疑地说:"你知道吗,不喝咖啡,我会死。有人在盼我死。"

在又一次天衣无缝而散发着难以言表刺激的暗度陈仓之后,卸下浓妆的路新斋盯着窗外盛开的樱花,而不是像以往一样,对自己精巧绝伦的策划能力沾沾自喜,对女人唇齿相依的配合心满意足。在脆弱的樱花被一阵风吹落之后,他搂过女人的肩膀,语调轻松地说:"我输了,没有打败爱情。"

女人听出了不祥的兆头,看见了爱情利刃下累累白骨发出的荧光鬼火,像个不甘心的俘虏一样哭着说:"不,我不想输给爱情。"

前几天,路新斋最后见了一次女人,并把家中的金鱼托付给她,叮嘱她不要伤心,因为这份爱情在维持二十年以后已经功德圆满,这是他经历过的也是听说过的最长时间的爱情,他都没见过活这么久的金鱼。对挚爱事物最好的珍惜就是及时巧妙地结束它,他恳切地贪心地希望女人理解这一切并能认同。

路新斋没有说谎,这份地下恋情之所以不想浮出水面,没有其他原因,是因为他的爱情没有死,一直在心中蓬勃地生长着,在每一个黑夜都不放过他灵魂里的每一点空间,枝条如蛇蜿蜒,叶子则遮住每一点企图照射进来的重生之光。这颗贪婪大树的种子是他死去的妻子,在这面前他无能为力。他企图用另一颗爱情的种子和她争夺一点喘息之地,但是结果却像个营养不良的爱情禾苗,为了一点肉欲随风摇摆。

因此,他不想破坏在鼠疫中死去的妻儿的名分,他相信这种保留是最后的怀念,她们的幸福在很多时候来源于人们认知他们是路新斋的家人,这份怀念如今已经持续了太多年头,现在到了该聪明地结束时候,就像他经历的最久的爱情一样。

路新斋最终决定投诚认输,不要让眼下的爱情禾苗再苟延残喘下去,甚至活过那枝蔓横生的爱情老树。他要告别那杀人无形的失眠的苦楚,他要摒弃那苦的发涩的咖啡中一丝若有若无的香气。他挣扎在其中，除了痛苦不堪狼狈地老去，毫无体面可言。这么一想，他幸福无比。

女人悲恸地意识到正在经历他们的最后一面，没有任何生离死别的气氛，只有还未冷却的身体，还未平息的热血，还未散去的体液的腥味，还没尽兴也永远不会尽兴的欲望，还没听够的亢奋之极花样翻新的羞耻之言。她明知无用还是娇喘着哀求路新斋不要抛弃他们的爱情，直到路新斋苍老的面容有些扭曲，愤懑地晃动双臂大声说他了解自己的身体，他在用药物维持自己的性能力，蛇年纪大了，连青蛙都对它指手画脚。自己将要面临的衰弱不堪不是爱情而是自私。老人最终将手指向了墙上的照片，自言自语说怀念也不是爱情，只有会死的才是爱情，不应该在生命的尾声去僭越自己的爱情，这是不能被诋毁的。女人知道已无可挽回，最后哀求希望可以去参加他的葬礼。医生不为所动捧起裁缝的脸，用无以复加的真诚说："够了，亲爱的，我们的爱情够了，死的时候爱情该死了。"

"你的爱情在复活。"女人无力地争辩道，她的卑微决定了悲剧的结尾不可避免。

"你相信吗，爱情不是一个圆，如果复活了，就是一个圆，可爱情是一条线，是一条跨越生死永远没有尽头就像从来说不清开始的线。"

严世岱看着面前这个真正拥有过爱情的女人，想象这皮肤细腻颇具风韵的女人和老友做爱时候的样子，那种来源于好友之间暧昧的好奇心得到了极大的满足。

女人缓缓站起身来，恭敬地拿出一套崭新的西服套装交给严世岱，这是女人在数年前听到路新斋石破天惊的死亡宣言之后就开始制作的，在任何一个无人打扰可以平心静气的夜晚，精心选材，又陆陆续续穿针引线，中间一旦觉察到路新斋的身材发生变化就会重新修改。在这种日复一日的单调工作中，女人却获得了所有裁缝都没有获得的体验，为老去的爱情做一个幸福的裁缝。路新斋不允许她以任何形式纪念他，但是在他活着的时候做这套衣服她觉得并不是纪念，如果他泉下有知表达否定的态度，那么这是对他唯一的一次不忠。

  昨天，和很多个夜晚一样，她在这套没有大功告成的西装陪伴下熟睡着，却梦见他死了。女人从睡梦中惊醒，在零点之前的一刻，她恋恋不舍地终结了最后一个孤独的针脚。她用针尖儿扎破手指，让纯洁的血落在针脚上面，一滴，又一滴，在针脚和衣料周围出现了一朵慢慢绽放的花朵，一层层盛开，就像一层层绚烂的回忆。她突然觉得自己是青蛙，水塘上的青蛙，迷路的青蛙，寻欢的青蛙，高潮的青蛙，她忘记了他是蛇。

  严世岱为这种相似的梦境震惊，决定立马终结这个哀伤的故事。他站起身来，双手捧着西装认真地鞠了一躬，承诺说这套衣服会最后穿到路新斋的身上。走出房门的时候，他又沉下心来仔细回想了一下老友的遗嘱，一字一顿说："女士，我想您有资格拥有路先生的财产。"

  女人突然咧嘴一笑，她的面容被一种突如其来的畅快所扯动，嘴角不平衡地伸展开，但是随之又被一种奇怪的力量凝固住，好像不能面对接下来的思想。总之，这是一种笑容，一种发自内心的首先让人愉悦的笑容。接着，她的嘴角开始抽动，不住地抽动着，随之额头出现了难看的皱纹，鼻子周围的三角区被明显的法令纹包围住,眼睛出人意料地眨了几下,之后发出一种杂乱晶莹又让人惊诧的闪光。女人抬起长着几个老茧的手,嘴里同时发出极力克制的难听的声音。

严世岱是第一个认可她和路医生爱情的人。

女人迅速摒弃了奇怪的表情,发出了半声勉为其难的笑声:"先生,我不要,我能养活自己。"

严世岱走下楼梯,身后传来被压抑的哭泣,然后就是门被关上的声音,那是双手抓住脸庞掩盖着的悲痛的锐利哭声。她的情绪终于崩溃了,从人生时光遥远的上游倾泻而下的留恋、不舍、忘我的洪流将很快永远淹没那曾盛开爱情的秘密花园。

严世岱走出门,秘密花园的樱花已经铺天盖地,似乎在和绝望与死亡厮杀成魔争夺大地的主宰。突然想起妻子说过的话:"我们无所事事,感觉到余生每一个夜晚都是孤独的长夜。"这位城中显贵嘴里有了苦涩的味道,方想起与路医生一起时,曾经无数次见过这张脸。他们在餐馆吃饭的时候,曾经有这个女人在某一个角落就餐;他们在出去看戏的时候,不远的几排也会有这个女人目不转睛欣赏着演出。他们不只是在江边,在太阳岛上,他们是这个城市浪漫的精灵爱情的余孽,最终一起给该死不死陈旧的爱情殉葬。

这个老人看着漫天飞舞的白色,眼中透露出一种凌厉闪亮的光,可是随之又陷入了一种老态龙钟和无能为力。他潇洒地抬起胳膊,慢慢伸向樱花的来路,一点点想着和路医生偶遇过女人的时刻。他伸出一个指头,好像穿透风中的枯树枝,伸出两个手指,来往晃悠着,好像盟军胜利的旗帜,伸出三个指头,好像醉酒迷路的流浪汉,嘴里数着:"一,二,三……"

世上很多城市的名字都来源于传说，而来源本身就是传说的不多，比如哈尔滨。从长白山天池奔腾而下的水流和自大兴安岭丛林而来的嫩江汇流为松花江，不知经过多少风云际会多少浸润滋养，慢慢在这处平坦辽阔的土地上诞生了部落、市集和城镇，而悲欢离合的人间烟火一旦出现就不会再消失。在辽阔的高山上可以看得很远，却很难看得真切，第一个望到地平线的人并不见得是知道真理的先知，就像爱情，不需要天地辽阔豁然开朗，灵魂深处的秘密暗无天日也无妨。

寒冷的土地总让温暖显得格外温暖，让悲伤变得尤为深切。

土地都有文明的印记，外来文化的侵扰会造就城市独特的风姿和别样的魅力，不分光荣还是可耻。这座城市有着令人又爱又恨的分明四季。春天，满城的榆树丰茂葱郁，夹杂着俄国人喜欢的白桦林，日本人带来的樱花树，一种蓬勃的爱的气氛在城市的各个角落悄然萌芽，再像蒲公英一样随风飘荡。夏天，被寒冷压抑得太久的市民把爱情、亲情、友情公布于众，在江畔公园的樱花树下，在江面上星星点点的小舟中，在太阳岛芳草萋萋的草地上，在色彩斑斓的洋房中。秋天，城市一派繁荣，中央大街上欧洲或者东洋风格的商场里，挤满了采购的人们，很多都是刚交割了收成手里有了余钱的外地客人，他们要在寒冬来临之前在这座应有尽有的城市采购一年所需，此时城市就像落叶和黄昏装扮的金色的希望之城。至于冬天，才是最令人印象深刻的季节，血统多元的城市迸发出旺盛的生命力。严寒的街道、过短的日照、不停歇的风雪都不能阻止市民的才华和热情，在大直街的俱乐部里，桃花巷的风月里，地道街的影院里，在每一处温暖的空间里，音乐、舞蹈还有爱情轮番上演永不停歇。西方人的圣诞节、日本人的新年、中国人的春节又接二连三在乐曲里、在聚会里、在舞蹈里、在拥抱里把冬天里幸存的爱情推向生命中最难忘的巅峰时刻。爱情只要死去一分钟，就像死了一万年，人们终会走进教堂、神社、寺庙，在凛冽的风里用虔诚换取缅怀。

现在，一切都似乎恢复成冬天本来应有的样子——寒冷、凋敝、萧条，厚厚的积雪下面似乎某种危机正在潜伏、正在伺机而动，路旁光秃秃的树林好像丢掉了武器的士兵，单薄、可怜又死气沉沉。严世岱不由想起父亲说过的话，这世上没有绝望沉沦的土地，只有荒芜死寂的人心。

富人区和城市的繁荣无关，只和文明程度有关。东清铁路在哈尔滨开通之后的半个世纪里，城市形成了几处富人区。在中央大街沿线，多是流亡哈尔滨的俄国没落贵族，而大直街西侧到尼古拉大教堂一带，就是中东铁路公司的高层或者发铁路财的富商们居住的地方，早年是俄国的木制别墅居多，日本人来了以后就兴建了很多东洋大宅；颐园街则是这些年崭露头角的新贵们的住所，每一栋都占着不小的花园，建筑看过去都富丽堂皇不可一世；而靠近马家河一带的花园街上，是中国官僚和老一代富人们中意的地方。

花园街上林林总总的华宅中，有一栋房屋并不起眼，院子里几棵大榆树挡住了路人的视线。宅子规模并不大，外墙的式样也很普通，但行家能看出来，这是一块两条林荫小路在地势最高处垂直交会的风水宝地，格局方正，雄踞中央，视野极佳，这家人一定有丰厚的身家和卓越的眼光。严家从初到哈尔滨就居住在这里，三代人都没有搬过家。这房子在每年开春的时候会请人修缮加固，而不会重新粉刷，由着岁月的痕迹肆意蔓延，反而愈显不凡。房子就像充满记忆和磨砺的人，会充满尊严和体面地健康地老去。

梁珂帮严世岱脱掉外套和皮靴，又把文明帽交给女佣挂起来。严世岱并不是强势的人，也没有那年代男人习以为常的大男人作风，但他很享受这一过程。毕竟男人回家的时候，无动于衷的女人都是傻女人，梁珂当然不是。

严世岱进了书房，坐在大班台前，把路新斋的遗书拿出来，斟酌一下，又拿出一张纸写了几行字，然后把两张纸叠放在一起，明天他会交给得力的人妥善处理好故人的财产。现在天已经见黑，雪下得愈加大，严世岱有些担心晚宴会因为这糟糕的天气受影响，断定应该不能在预定的时间开始。他想到这儿，打开抽屉，拿出早准备好的一个红布小包，放进了身上的马夹口袋里。

梁珂得到严世岱的爱情之初，有的人认为理所当然，因为她是这座城中最漂亮的女人，有的人认为毫不般配，因为她只是一个漂亮女人。在这三十多年的时间里，人们忘记了自己原来的猜测，又生出很多新的猜测，在猜测中消磨一辈子从来都是安然度过一生的好办法。

已步入老年的梁珂失去了漂亮，留住了美丽。她走路的样子和年轻的时候没有任何区别，笔挺的身姿，不紧不慢落落大方的步子。腰、臀在摇曳中恰如其分地适当摆动，连带着修长的腿展现着难得的和谐的肢体关系，脚也适当在下半身形成的路线上滑出优美的弧线，最终落地是笔直的，让人挑不出毛病。这样的女人给任何衣服都赋予灵动和洒脱。

严世岱曾说，东洋的美女要坐着看，因为妆容得体，语调温婉，上身端庄婀娜，气质过人，但站起来不行，下半身一塌糊涂，走起来就更是东倒西歪；中国的美女要站着看，坐着有些不够精美不够落落大方，站着就好看，个子高，比例好，打扮得精致，经得起华服，但又不能走，走着要么不那么端庄，要么有失拘谨，小腿要么内翻，要么外翻，肢体关系有些别扭；欧洲美女则要走着看，因为坐着显得粗糙，站着显得莽撞，但走起来就漂亮，四肢修长胸脯高耸尽显性感，身上各个部位都显出活力、自信，好一番飞流碧落舍我其谁的出众魅力。而梁珂，是难得一见的，坐着、站定、走动都让人倾倒的女人。

她细长的脖颈总是装饰着各色得体的珠宝项链，就像每年秋天在江北沼泽地经过的丹顶鹤，优雅得让空气都腼腆。五官就像画家的精心构想，以完美的比例生长在白皙的面庞上，无法挑剔出一点瑕疵，那双大大的明眸就像天池的水一样幽深平静又含蓄轻柔，数十年的岁月没舍得搅动她眼中幽深的高贵，所以没有任何浑浊迹象。对于一个时隔很多年再见到她的人来说，并不会因为想起她年轻的样子而感觉到岁月无情，而会感叹这女人留住了除去青春以外所有的美好东西。

那饱蘸着渴望、迟疑披着世上最长等待外衣的新婚夜晚如约而至，她永远也不能说，她想象的第一个赤身裸体的男人不是严世岱。他把她放在床上，一丝不挂脱掉自己的衣服，梁珂好奇、激动、兴奋，同时羞涩、恼怒、厌恶。她想印证所有的想象，贪婪地仔细研究一下这个男人的身体。但是心里一种隐秘的声音告诉他，忘掉吧，就好像你从没想过男人这回事。再之后他为她上了人生中关键的一课，让她知道如何把无关紧要的情绪抛掷脑后，任亢奋、震颤、忘我的刺激带来不可替代的幸福体验，让她发誓相信爱情从这时候才刚刚开始。

她从震撼和疼痛中逐渐恢复意识时，断定这个男人已经夺走了她曾经拥有的一切而毫不吝惜，继续让她疯狂喊叫而绝无心疼罢手的意思，并且似乎要把她带到未知恐惧的非人之境。梁珂竟然没有本能地推开他，训斥他，而是心甘情愿忍受着这罪恶滔天的蹂躏和欺辱，死心塌地像个贱妇一样抱住凶手去同归于尽。

她终于恍然大悟，莫梵是对的，爱情和所有文学戏剧描述的都不尽相同，爱情不需要时间考验也不需要坎坷磨砺，只是在某一时刻萌发的神奇感受，艺术家对于爱情的刻画无一例外是笨拙、贪心而且望梅止渴的。也许关于誓言的故事是客观的，关于承诺的讲述是可靠的，但这一切其实和真正爱情的关系只能算牵强附会，每个人都有只属于自己的爱情，任何他者的爱情都虚伪，不是秘密没有爱情。

严世岱从不会说起，假设这个女人的胸再丰满一些，那才让自己少一点的遗憾，而最初忽视这一点，是因为即便年纪不小，睡过的女人林林总总，但只要没结过婚的男人总是缺乏应有的经验。严世岱欣赏着另一种美，只有他能独享的美，这让男人心生因独占而产生的爱怜。她平躺的时候双手总是安静地放在身上，而侧卧的时候她的胳膊会出现各种不同的角度，恰到好处地和身体的曲线组成美丽的姿态，她的呼吸都是淡然平缓的，发出轻柔安详的声音，就像动听美妙的音乐。大多数美人，睡着了就算不上美人了。多少女人丧失了严世岱的专情，至死也浑然不觉睡觉的时候摧毁了自己和他那并不牢靠的爱情。恰恰相反的是，梁珂在睡觉时毫不费力用天生的美感再度加深了严世岱的爱情。曾经在很多年里，她睡着时，会无意识地把一只胳膊搂住严世岱肩膀或放在他的胸膛上，有些冰凉的修长手指总让严世岱怦然心动，不能自已。

他在和路新斋的交流中确信男人兴盛和衰败唯一的标准就是性能力。当这能力衰退的时候就是老去的开始，而性欲是性能力的关键。严世岱在今天的事情发生之后开始重新考虑是不是误解了路医生的意思，爱情才是性能力的关键，当爱情衰亡的时候，男人就开始老去了。性欲应该先于爱情消失，晚于爱情消失是一种背叛。

他这些年开始变得经常起夜如厕，经常失眠，有时会因为在半夜梦到死亡的景象而不由自主地哭泣，少有安睡整夜的时候。背地里他曾把近些年身体的衰老归咎于和妻子很多年前的一场轩然大波，那是他们平生最大的一次感情危机，也损害了他的健康。这次风波收场之前梁珂去三江平原的老家住了足足四年，已经不堪重负的爱情之花在人生的悬崖边失足跌落又幸运地在峭壁缝隙中获得一线生机。代价则是他们的余生都在深深的愧疚和望不到尽头的痛苦中一点点绝望腾挪，永远也无法得到救赎。梁珂在激愤之中说的那句话："你那该死的煤气！"让严世岱受到平生最大的凌辱，在一瞬间甚至想丢掉斯文，抛弃一切卓越和不凡，上前掐死这个深爱的女人。

不过，冷静下来的严世岱对自己的爱情没有坐视不理，特意带着梁珂去东京度假，到求学数年的故地寻找曾经的印迹，寄希望于煞费苦心的安排能让已在情感中泛滥经年的杂木野草消失殆尽。旅行的季节正是樱花开放的时候，他们漫步在皇居附近的千鸟之渊，清澈的河流照映着春天的绿意，两岸的樱花树盛开的粉白花朵像哈尔滨的大雪一样无穷无尽，随风飘荡又腾空而起，随后又遁入河流泥土，绽放、绚烂、死亡的生灵和宿命、古朴、玄妙的诗意在春天的时光里相爱相杀，似乎永远都看不到尽头。梁珂触景生情落寞地说："好像日本诗人说，樱花树下埋死人，如果是真的，真想埋在这里啊。"严世岱盯着梁珂，好久才尴尬地笑了一笑，他伸出曾企图杀死她的双手想接住飘落的樱花，最终两手空空。

严家的大黑狗跑了进来，在他腿边趴下，仰起头一动不动地看着主人，他低下身伸手抚摸了它，让它得到满足。这是梁珂从佳木斯带回来的，严世岱原本不喜欢动物，日子久了，也就习惯了，还对这条狗产生了感情。他有时觉得，这些年要不是两人在外面散步时候带着它，那么他们的散步就会孤独落寞，和年轻时候已大相径庭，会被细心的人看出来。有了这条黑狗，一切好了很多，情感的世界里狗似乎比人有天赋。因为和它的亲近，严世岱的心绪有所舒缓，在换上梁珂拿过来的出席晚宴的礼服之后，他端起一杯茶，边饮边简单说了路医生的事情。严世岱巧妙地回避了爱情："他可能是，是得了不幸的疾病，所以——"

这一刻，严世岱善意又慎重的谎言像迅猛而至的毒蛇，在梁珂的心头狠狠咬了一口，猝不及防的攻击让她瞬间陷入可怜的境地。梁珂的身体猛地一震，天旋地转，勉强死拉住衣柜的门才让自己不至于跌倒。背对着严世岱的脸上出现了震惊、怀疑和痛苦交织在一起的复杂表情。她用尽心力，低下脖子，轻轻喘了一口粗气，然后费力抬起头，逼着自己恢复过来，不会流露出什么线索。她像个高超的表演艺术家一样云淡风轻说："或许，路医生很享受这个秘密，这和你们的友情无关。谁都有秘密……"

"只有几个字，几个字。"

听到这句话，梁珂松了一口气，惆怅和哀伤理所当然地浮现在脸上。她从路医生的坚守中看到了死神也有无能为力的时候，死神带走了所有，却不能摧毁所有，比如品德和风范。

严世岱盘算着今天不寻常的事，沉浸在自己一种莫名畅快的情绪里，并没有发觉异常。他起身换好晚宴的服装，在镜子前面照了照，整理了一下衣服，欣赏了一下自己修长的身材，然后看着梁珂，有些意味深长地说："其实——我想，这不会影响到他的名誉。"说完回头深情地看了一眼妻子，又自怨自艾般说，"誓言，无论真假，都是刀子。"

"也许……也许吧，你知道，人是很复杂的，尤其在爱情上，不过，每个人都有自己的想法……"梁珂说完，严世岱犹豫了一下，没有作声，他突然意识到奇怪的畅快是因为自己白天某个时刻，流下了眼泪，这不是常见的事情，有些心疼自己。梁珂平静了自己的情绪，走到严世岱身前，急切而不急迫地说："不早了，我们该出发了，宗嶂筹备很久了。"

严世岱站起身，低头看着梁珂，委屈的情绪疲惫地绕过心中块垒，在两人之间无所适从。梁珂打破僵局也终结了开局，把手轻轻按在严世岱胸前，用手指轻轻敲打了几下，传递出一种暧昧温暖的气息，接着又稍稍用力用手拍拍他的胸口，变成了一种带有距离感的体贴，顺势给他平复了一下西装，一低头又一抬头:"好了,走吧。"

任何宴会上,梁珂都是最引人注目的女人,即便在满头白发之后,着装和风采还会展现出得体而意味深长的光辉。为这种超越年龄的状态,她付出了无数艰辛努力。在还是个少女的时候她就懂,女人因为年龄而失去的,可以依靠自律弥补回来,还可以用勤劳获得更多,而因为年龄得到的,除了伤痛和智慧,一无所有。她把这话说给严世岱的时候,是在旅顺开往横滨的客轮上,他索性舒展身体躺在软绵绵的大床上,看着平静的海平面和在轮船上方盘旋的海鸟,有些自负地回答:"智慧啊,智慧,总在已经没什么用的时候才出现。"

严宗嶂和妻子那钰提前一天就为天气提心吊胆。广播里对今天的暴风雪做了准确的预报,他们清晨在大风吹动窗棂的响声中醒来,看到天色晦暗阴沉,希望天气预报出错的侥幸彻底落空。那钰娘家为外孙人生第一个宴会准备了丰厚的礼物,满载山珍的马车天没亮就从大财主的宅院启程,穿过呼兰河上的石桥,经过十几里路的颠簸,才上了冰封的松花江,誓要席卷一切的暴风雪让江上的能见度几乎为零。车队用了足足两个时辰在冰面上摸索缓行,才赶在晚宴预定时间之前五分钟穿越大直街抵达中东铁路俱乐部,这时候小两口正在门口望眼欲穿地等着各路来宾。

越在关键时刻,那钰头脑就越清晰敏捷。从起床开始,她一边关注着被奶妈照顾的孩子,一边和中东铁路俱乐部联系,增加了一些赏钱,让他们安排人手全天在俱乐部附近的道路上随时清扫积雪,这样路面就不会结冰,来宾的车子就易行些,也会感到主人家的诚意。她给严宗嶂安排了一系列事项,包括给市警察署的朋友打电话，让他们派几名警察在几个关键路口维持秩序，尤其是莫斯科商场和尼古拉教堂附近，使得通往大直街的车辆获得些照顾，其中一定有赴宴的嘉宾；再跟铁路俱乐部对面的中东铁路局协调，请他们以暴风雪交通阻塞为由，封闭雄伟的前门打开后门，让下班时候拥出的人流和车辆都从后门离开，从而最大程度减缓大直街上的交通压力。凭着严家的影响力，又以严家第五代百日宴为名，折腾一天下来，杞人忧天般的大事小情总算在各个部门的支持下获得了圆满解决。临近下午万事俱备，那钰在去俱乐部的路上，让司机在秋林商行门前停车，又进去买了一些陈设用的喜庆摆件，嘱咐下人在晚宴之前按自己的心意布置在大厅烘托气氛，才赶到俱乐部和严宗嶂会合。

夜晚临近，气温骤降，暴风雪不但没有停歇反而更加肆虐，城市仿若被天神诅咒一样，飘摇不安瑟瑟发抖。严宗嶂和那钰站在俱乐部明亮奢华的门厅外面，招呼稀稀拉拉抵达的来宾，他们已经通知俱乐部把宴会时间推迟一小时。直到客人都齐刷刷落座之前，宴会主人的心情都是忐忑不安的。

严宗嶂下午收到了大哥的来信，这是一封从上海书信局中转来的信函，从上面盖的邮戳可以看到这封信在邮路上耗时足有两个多月。这让他的心思从儿子的百日宴上有些分神，毕竟信中的信息是家族大事，虽然都是预料之中的，可如此大的转折迫在眉睫，这让自己百感交集。起初，他并不觉得局势会急转直下如此之快，总觉得是父亲作为一个老人的谨小慎微使然。但今年一开头，国外的战况通过各种渠道穿透日本人的新闻审查手段传到严宗嶂的耳朵里，再加上社会上各种细微的变化都让他觉得"满洲国"的国运真的岌岌可危。收到信后，他得知一切正如父亲当初的设想，大哥已把一切安排妥当。这个下午，严宗嶂第一次觉得父亲有些陌生，因为远超自己的高明。

严家生意交到严世岱手里时已是日进斗金，这让他能够把大把精力投入到哈尔滨的社会活动中，在更广泛的领域建立严家的声望，并且实现自己对这座城市的热爱。他暗地里相信，"有福之人不用忙，无福之人跑断肠"。小时候，父母请的极乐寺高僧为他断八字，偈语出来满座欢喜：金玉满堂。这个有益的心理暗示伴随了他的一生，再加上丰厚的家境和优良的教育，必然有了豁达从容的性格。毕竟是严家后代，他也是精明的，知道自己要做的就是在重大挑战来临之时做出一项英明的决策，以福泽后世。只是到了那时候，自己千万不能糊涂，要毕其功于一役。

几年前，留学德国的长子严宗峻回国，跟他说起了一个神奇的国度——巴西。说他喜爱的一个叫茨威格的作家写了一本书——《未来之国》，描述这个国家有无穷尽的良田沃土，漫山遍野的珍禽良木，还蕴藏着让世上人艳羡的矿产宝藏，而最稀罕的是这个地方人烟稀少，在他们的宗主国葡萄牙衰落之后，这块广袤富裕的土地就像被上帝遗忘的珍珠一样无人关注。说者无心听者有意，他的描述让严世岱想起了爷爷跟自己说过的一百年前的"满洲"。严世岱没有多说什么，只是在某一个下午独自一人去到哈尔滨市立图书馆，找来了一些关于巴西的资料，心无旁骛地阅读了很久。这些资料并不完备，经济数据也是星星点点，但令严世岱记忆深刻的是，五百年前大航海时代的葡萄牙人发现了这块应许之地，从而给这个欧洲小国带来了巨大的财富，并且葡萄牙国王每次分封给重臣的位于巴西的良田，动辄比葡萄牙本国的国土面积还大。在之后相当长的时间里，严世岱经常在办公室无人的时候，走到屋子中间的大型地球仪前面，拨弄到巴西的位置，注视良久。

就是这一年，珍珠港事件爆发，日美在太平洋大打出手，严世岱暗地思索了好几个月，在一个午后发电报给已经回到德国读书的长子，让他不惜一切代价去巴西考察，并且在年底回国的时候给他尽量详尽的信息，而同时暗暗地发动自己广阔的社交资源，争取获得关于巴西的一切第一手消息，甚至还和巴西政府的个别高官取得了间接联络。

在和考察归来的长子在花园街邸宅进行了漫长的谈话之后，他拍板决定把家族存放在欧洲、日本的财富中非常可观的一部分，先换成美元，然后转道投向巴西换成大把良田矿产。他不觉得这是对父亲商业智慧的违逆，相反他用了相当漫长的时间去学习、体味父亲的思维精髓，这个举动同样是一种乾坤大挪移，是事隔几十年之后对父亲的真正致敬。他深信这是一生都在等待的机会，足以让自己对于家族的贡献不逊于先人，他要缔造严家的"未来之国"。而至于买或卖，对于真正的商人来说，并没有区别。他没有跟两个孩子多说什么，只是举重若轻地解释这是财产配置的需要，由长子负责，并要求他们对外界守口如瓶。他相信一点，对于聪明的人，一切都会明白，而反之，一切苦口婆心都是废话，多言是对意义本身重要性的消磨。

严世岱夫妇抵达时，大多数宾客已经到了。如果天气能压抑住好热闹的豪爽，局势能遏制住朋友捧场的情义，那就不是东北人了。何况，参加严家聚会，心里总是知道"与有荣焉"四个字。

当梁珂挽着他的胳膊走进宴会厅的时候，他看到外面门厅摆放着一副硕大华美的鹿角，那钰在一旁说这是娘家刚刚送到的。严世岱之前没有和后人说起过祖辈故事的细节，但这还是让他心中极度不快，他本来想在晚宴之后把准备好的一半金鹿交给儿子儿媳，并讲述那个古老神奇的家族往事。长子连生了三个女孩儿，严宗嶂第一胎就是个男孩儿，这是严家第五代的长子。他的盘算本没错的，此刻心念却动摇了，鹿对这个家族的意义非常，也正因为这一点，严世岱一生都把鹿作为家族命运的象征，必须精心选择一个合适的时机才会跟后人交代，才能让这份庄严被恰如其分地继承下去，而不会因为年代久远失去应得的尊重。严世岱坚信众人眼目如盏盏鬼火，危险叵测，路人皆知的事情不会得到善终。

严世岱和妻子坐在主桌首位，接受着各界来宾的祝福，对这一切他们习以为常应付自如，当看到襁褓里的孙儿，严世岱的心情也舒畅了许多。

宴会第一首曲子是肖邦的《G大调玛祖卡舞曲》，严世岱没有跳舞的兴趣，而是和一位故旧聊起天来，他注意到梁珂被人邀请在舞池跳了一曲。在梁珂回来的时候，他调侃了一句："谁都可以演奏肖邦，谁都觉得自己是天才。"梁珂听出一丝妒意，知道这是他的修养，在女士面前表示适当的嫉妒，用似是而非的打趣来表达。

严世岱很喜欢肖邦，他曾说过这个音乐家的才华充满了空前的情感和深邃的激情，在他的音乐里，感情变成了一种无限的语言，似乎可以解读一万年。肖邦的音乐虽然宏大有力但并不粗野奔放，在细微之处也是温和自然毫不造作，都合严世岱的性格。严世岱热爱哈尔滨的一个理由是，他发觉这座城市似乎和音乐有缘——尤其是西乐，经常会在城市里遇到颇具水准的演奏家，在哈尔滨欣赏来自世界各地的音乐都会自然而然毫不违和。个中原因他也搞不清楚，类似的感受在东京就没有，东京只应该属于东洋音乐。东京再大，也是江户时代那座小小日本桥的延伸。

接着的曲子还是肖邦，严世岱感觉这似乎是那钰讨好自己的安排，他对这个音乐家情有独钟并不是秘密。梁珂听到这首《F小调幻想曲》也明白了儿媳的心意，看了一眼远处和客人周旋的那钰，她对这个姑娘有种说不出的情绪，也许这是婆媳之间天然的形态。而此刻，她却想到了自己的二儿子，这让她感到一阵隐痛，必须努力压制才能保持宴会上该有的状态。严世岱在一旁说："这个曲子是肖邦在法国诺昂时期创作的，那时候，他和妻子感情很好。"梁珂端起杯子喝了口水，平静了些，才说道："他的爱人很幸福，生活在音乐和玫瑰之中。"

"嗯，为了相同的理想而努力，很好。我觉得，没有比爱情更能把人紧紧联系在一起的事物了，他们达到了为了对方的生存而生存的境界，经受着别人带给他们的痛苦，也经受着彼此带给对方的和为了对方所付出的痛苦，这很不容易。"严世岱想起了白天的事情。

"所以，你应该理解路医生了……保留着对爱情的信仰，很多事情都可以理解。"梁珂若有所思，显得有些心不在焉。

"呵呵。"严世岱不满妻子的态度，还是轻轻笑笑，说了句意味深长又得体的话,"时间这东西,真是个多才多艺的表演家。"

严世岱看着觥筹交错的人群,听着终身迷恋的肖邦,又想起路医生。到了如今的年纪,他见过不少死亡,可今天在看到路医生的那一刻,突然有了不一样的想法,他头一次感觉死亡在和自己发生某种关联,那种樱花的味道就像爱情的味道,里面也有着死亡的味道,现在回忆起来尤为肯定这一点。他有些担忧,害怕有一天自己所在的房间也会散发出一样的味道。这种想法让自己非常不舒服而又难以摆脱,他希望早点回去,好好地歇一歇。他想着在医生的葬礼上,应该请人演奏肖邦的《葬礼进行曲》,那首悲伤郁闷但非常好听的曲子节选自肖邦的35号奏鸣曲,每次听到那个曲子严世岱都觉得无助,感受到一种渺小的力量正消失在脚下的泥土里,某种缥缈的联系消失在虚空中,某种和情感呼应的联系在乐曲的某一处轻轻地被割断了。严世岱拿出怀表看了一下,觉得现在离开并不失礼,毕竟今天的主角是宗嶂一家,不是自己。

严世岱和梁珂离开时,注意到的宾客都围了过来,人们对他表达着敬意,同时压抑住疑惑,当下世道波诡云谲,所有大商贾都寝食难安苦思良策,而严家却云淡风轻一如往常,甚至还有心情大摆宴席。严世岱自然知道众人心思,其实世上所有的答案都显而易见,只是缺少一颗敏锐发现的心。此时,他心中突然升起个疑问,真想迫不及待地问问周围这些人,爱情是不是也一样。

他稍显困顿的眼光和一个人正巧碰到,这人是国民银行的大班康石,并不熟悉,但在不同的场合都打过照面。他总觉得康石有些不对劲，这种莫名其妙的感觉在过去几十年里每次碰面都会有，倒成了康石在他脑海里特定的标记。这次不同的是，康石身边站着一个身材修长眉目清秀的少爷，康石介绍说这是他的儿子康忆然，严世岱转念想这孩子一定继承了哪位美人儿优良的基因，幸运地躲过了父亲的五短身材和严重脱发的大脑袋。

他寒暄着，注意到梁珂在一旁默不作声，脸色突然变得不太好看，这让他有些烦闷。他从康石平淡无奇的眼睛中看到了一种奇怪的光，这种光倒不是不友好，就是有些别扭。他突然想起路医生说的话："总有人盼你死。"严世岱干脆扔下众人转身快几步走下台阶，想看看自己的车子怎么还没到。

大雪下得太大，工人还没有来得及清扫刚落下的雪。这些浮雪让大理石台阶变得危险，严世岱昂贵的真皮鞋底本就不耐滑，烦乱的心绪让他失去了一贯的谨慎，身子一斜沿着台阶飞了出去，用一种极为滑稽的姿势摔在地上，奢华的外套盖住了他的脸。众人惊呼着蜂拥而至，试图抢先扶起尊贵的严先生。

老人感到浑身巨疼，从而一股莫名的火气从天而降。他赶在众人之前先跪了起来，才在别人的搀扶下站了起来。他扭头看见搀起自己的人正是康石，更加恼怒，甚至觉到一种羞耻。就在这一刻，因为白天路医生那过于隐秘爱情的启迪，往事突然涌上心头。他那美若惊鸿的妻子曾拥有无比的高贵纯洁，就连最逼真嫉妒的传说也过于简单粗糙而且无从考证。可是康石眼中的谦恭明明含有着爱情，一朵朵樱花正在从他肥大嘲笑的嘴脸向自己迎面袭来。这一生中之前两次印象深刻的摔倒场景再度复燃，跳跃着的煤气点燃的那种蓝色火苗正和樱花狼狈为奸。

严世岱一天的苦闷已无可抑制，他本应该向爱情求助，可并没有，他是掌控一切的高贵的严先生。这让他忘记了——摔跤是老人的梦魇。严世岱甩开康石的胳膊，就像多年前一样，重新回到摔倒他的地方。他低头看着樱花在台阶上发出狡诈的微笑，用只有自己能听见的声音恨恨说："你还能摔死我！"说罢，再一次从台阶上大步流星走下去。

这时，正开过来的轿车突袭而至的灯束凄凄惨惨地打了过来。严世岱猝不及防，本能抬起胳膊遮住眼睛，随之重重摔在了地上，而这次，头颅不幸地砸在最下面的石阶上，发出闷闷一声重响。

他梦见他死了，他就真的死了。

在无路可逃的忏悔的死亡光亮中，梁珂呆呆地看着人们蜂拥上前去查看严世岱。这次，她看到地上大片的雪瞬间被不幸地染红，升起一阵阵热气，让人害怕作呕。来历不明的数不尽的凶残的樱花从天上蜂拥而至好像要享用一次饕餮盛宴。

她不自觉用双手捂住忍不住要张口尖叫的嘴，不是因为涵养不够，是因为爱人之间由千千万万根看不见的线彼此联系着，即便在几十年之后的今天，还残存着游丝般的几根线，维系着一点爱人间应有的感应，可以等着和生命一起消失。就是这一瞬间，属于爱情的神秘意识先于在场所有人告诉梁珂一个震惊的事实，一切都断了。

严世岱的葬礼哀荣备至。社会各界的代表在墓地为他送行，人们在心里琢磨，这个人一生中无数次在城市遭遇灾难时慷慨解囊，并且屡屡在社会活动中身先士卒推动城市进步，这样做的时候是不是会想到身后的葬礼哀荣备至。城中官绅名流都在这一天亲临葬礼，目送那黑色巨大的棺椁被深埋入泥土里。他的死向人们宣告生命的无情，甚至会剥夺一个善良热忱不可或缺的市民的全部权利。同时几乎所有参加葬礼的人都觉察到，他的意外身死是个不祥的兆头，这座城市的幸运正在消失，连最挚爱它的人都无法保护，又或者冥冥之中用他的死向人们敲响丧钟。

严世岱的声望之外还有贯穿一生的极好人缘，这一切都在证明他的所作所为并不是富绅的沽名钓誉或心怀鬼胎，其中有让人艳羡的智慧、文明和人性。毕竟，在多元文化并存的哈尔滨，中国人在相当长的时间里都是尴尬的存在，虽然人口众多，却并不能占据城市的主流。

东北人——人们习惯称其为闯关东人的后代。他们的祖辈大多数是中原地界在生存线上苦苦挣扎的贫民，在饿殍遍地的大灾年别无出路才携家带口背井离乡，遥远的东北是这些家庭唯一生的希望，在逃荒中九死一生起码比坐以待毙要强些。在自以为高贵的外国人眼里，这些人并没有很好继承中国的传统文化，他们对于文化的认知很片面，没有系统性，因为他们的家族本身不是中华传统文化的受益者，否则也不至于成为人口稠密地区残酷生存斗争中的失败者，但凡有身体面的衣服和薄薄的棺材板能相对体面地去死，大概率都不会摒弃一切去逃荒。中国传统乡村中，人们的道德和行为都受到血缘系统和乡绅文化以礼教仁义为名的双重约束，可一个家庭千里奔袭到一个陌生的地域从头开始，实际上摆脱了固有的束缚，斩断了和血亲、乡土的联系，再加上清政府在东北的统治本就薄弱，这就让人自私、暴力的缺陷有了滋生的空间,难以教化。

  无论俄国人还是日本人,来到哈尔滨之后就没想过离开,这两个国家都对土地充满贪婪和眷恋,不同于荷兰或葡萄牙人,只对能搬回家的黄金和物资感兴趣。他们对于哈尔滨的治理深深困惑,当他们把西洋的文明礼仪和阶层观念渗透到市民的教育之中,又发现中国人骨子里的文化观并不如设想那般脆弱,反而非常顽强。这对于统治者极为不利,正当他们头疼的时候,严世岱在哈尔滨的声名鹊起让一切有了转机。这个人受过中国和日本的教育,具备广阔的国际视野,深谙东西文化的不同,在哈尔滨的多元文化中游刃有余长袖善舞,他现代又不失传统,高贵又不失谦和,能被哈尔滨各个阶层接受。同时他聪明地不接受任何官方职务,和政界保持若有若无的联系,这在恪守独立的同时也保住了自己的声望。

  严世岱的出现是哈尔滨多元文化的结果,也是这座城市的成就,就像一道理想中的光,有助于统治者对这座城市的未来保持乐观,有助于遭受苦难的民众因为保存一点侥幸而安于现状。他在风雪肆虐的凄凉夜晚横死街头,验证了人们津津乐道的话,没有一个人能从始至终得到上天的眷顾。很多年之后,人们又痛苦地嫉妒地意识到,其实这是另一种眷顾,他在瞬间的痛苦后离开人世,他的一生在标志性的冬天,城市的繁荣即将烟消云散之时,在众目睽睽之下光荣地彻底终结,且以尊敬之名。

  严世岱的画像被悬挂在住所门厅的正中间,这是城内最优秀画家的作品。他以一种平生从没出现过的悲悯的神圣的眼神俯瞰着什么,虽然五官极其相似,但这种眼神让所有看到画像的人都会意识到画中人已升入天界。这是一幅绝妙的油画,深入地揭示了一个真理,眼睛就是生死之门。

当梁珂第一次看到这幅画的时候,内心掀起被侵犯的波澜,她的手不自觉紧握起来,牙关紧闭,她控制自己想上前摘掉它撕得粉碎的冲动。她就像一个瞬间启动加速的汽车又被狠狠地毫无人道地重重踩下刹车,逼迫一切静止下来,一定要静止。当静止出现的时候,又发现没什么忍受不了的,滔天的怒火和无所顾忌的欢喜一样,只要控制住,就没什么大不了的。自从成为寡妇的一刻起,她就知道控制和缄默要成为自己的常态,并成为生活中自己坚持的最高原则,否则,她将成为一个真正不幸的人。默许这幅画在家中的存在,就是对自己的一次考验,执拗的她要渡过这道难关。

严世岱死后的这些日子里,她经常会觉得一种黑暗的力量在心怀叵测地搅动自己内心的海洋,让怒火化作恐惧的岩浆,从孤独的悬崖上倾泻而下,从而在身体内化作狂啸、悲惨、地狱一般的滔天巨浪。她在每个时刻都提醒自己,巧妙地把悲伤的力量疏导到心灵的旷野里,在广阔无边的荒原上从容化作一种绵长但可以控制的痛苦,让自己在无边无尽的煎熬中感受到自控的力量在生长在增强,从而让那独自面对世界的勇气死而复生。

葬礼上,披着黑纱的她看到了很多人,曾经在生命中留下或多或少或深或浅印迹的人。那天,她无法像往常一样逐一调动自己的记忆从而产生应当的情绪去面对这些人,只能用悲戚的面容憔悴的身姿万能地和每个人点头致意。直到一个身影的出现,那个人没有到梁珂身边来表示慰问,她只是远远在人群外侧静静地看着棺椁被绳索一点点放进深坑里。她傲人的身段并没有被素色的装扮所掩盖，反而表现出年轻人才有的蓬勃生命力。甚至在这个哀伤的场所，她竟然焕发出别样的魅力，凄美、哀婉、动人，一定有人为葬礼上出现这样的人而羡慕严世岱。她看不清她的脸，但能感受到这种不同寻常的美，那人没有往梁珂站立的地方看上哪怕是嘲弄的一眼。梁珂在这个瞬间想让心中之火冲破自己所有的设防，化作末世火焰烧掉世界上所有的油画。而那女子安静地肃立，浑然不觉，她的全部精力都在棺椁，在棺椁里的那个人身上。她的逃避成了对未亡人的懈怠，大大刺激了梁珂，甚至被认为是羞辱。在看到她最后上前把一个白色的人形偶恭敬放在黑色墓碑前面的时候，梁珂没有表露出任何异样的情绪，只是高高抬了一下脖子，轻轻地长长地换了一口气，然后吞咽下所有，她相信没人能在此刻她闪着婆娑泪光的血红眼睛里看到什么异样。

严世岱生前曾对她说，你愿意在虚无的幻想中屈服于你想象的魔力，像个温柔的小猫，但却从不在现实中折服一星半点儿，让自己和他人能在岁月中安然度过。

天色将黑，梁珂让用人在客厅点上蜡烛，找到琴谱，坐在一架年头很久但保养极佳的钢琴前面，弹起了肖邦的35号奏鸣曲。她和严世岱一直喜欢这个曲子，但因为这个曲子常被用作葬礼的哀乐，所以两人都有意无意地避开。她现在是可以无所顾忌地弹起这曲子的时候，她发现了音乐里之前没有觉察到的情感，以前认为是悲伤的语言，现在觉得更是回忆的诉说；以前认为是哀婉的节奏，此时觉得更是抚慰的低吟；以前觉得是告别的音符，这时觉得更是坚定的情话。这种天才的音乐在人的内心找寻灵感,在残酷的世界中选取素材,最终在人的灵魂深处点燃一盏盏人性的灯火,照亮敢于追寻自己灵魂的勇敢之人。

在严世岱摔倒之后,梁珂看到了,他倒在地上从慌乱的人群中寻找到自己,死死盯住自己,喉咙似乎在吞咽着什么,再回想起来,梁珂觉得他是在和她说话,那时他的胳膊在伸向自己的瞬间断线一般垂了下去。他的眼神是她从没有见过的坚定和顽固,他就要在注视她之中死去,这是他在这世界上的最后一眼。她在一瞬间感觉到了他们之间幸存的爱情的线,它们是在断开的一刹那才哭泣着告诉她它们曾经顽强地存在过。她从他眼睛里看到了无辜、痛苦,还看到了留恋和爱慕。回忆起那一刹那,哀伤就像这音乐里的气氛一样无尽无涯无休无止。

此时悦动的手指带她再走进那一刻,在音乐的帮助下读懂了他的眼神,同时明白了他那一刻在和自己说什么,这是确定无疑的,也是不能不相信的,严世岱用最后的力量重新拥有了自己——"我爱你,一生一世"。梁珂想,这个男人奇怪地认为,只要他愿意,就可以把疯狂的爱一直持续下去,这是为什么。

梁珂静静坐在钢琴前面,觉得自己的心情出现了久违的安宁,看着摇曳的烛火呆坐。半晌,听到了院子外有人低语,她叹了口气,捏起一支烟,慢慢地擦燃火柴。用人进来说国民银行的康石来拜访,她停滞了一下,点点头,没有吩咐请客人进来,而是许久才缓缓站起身,走到窗户前,少许拨开窗帘,就像很多年前一样,轻轻吐着烟圈,享受着香烟的味道,看那个男人在雪中等。

严家对突如其来的葬礼乱了手脚。康石挺身而出,几夜没有休息，尽心尽力，帮严家打点好了一切。人们对康石的殷勤并不觉得意外，因为他们都是哈尔滨享有名望的人，虽然没有人见过康石和严世岱有什么频繁交往，但富人之间的交情是真是伪，外人从来都看不透的。康石的地位也正合适主持严家丧礼的大事小情。六十多岁的年纪，个子不高，发福的身材让他显得其貌不扬，鼻子上戴着一副眼镜，这让他衰老肥胖的脸有了一丝和善。他的穿着像所有银行大班一样一丝不苟，而行事则果断机警不同寻常，和一般金融业老板的小心谨慎循规蹈矩有着明显不同。这人身上有着无数谜团，大多集中在他年轻的时候，当年他横空出世接管了康家的产业成为威风八面的银行大班，很多人才发现几乎没人能说清这个继承人是什么时候出现在哈尔滨金融业的，又是什么时候成为康家继承人的，而关于他的成长则有着更多恶意或者善意的传说。流言止于智者而亡于时间，如今康石早成为理所当然的城中富商，而因为扑朔迷离的身世，不知道从什么时候开始，他身边多了一个风姿翩翩气度不凡的儿子，人们倒见怪不怪了，懒得再去猜测孩子的母亲姓甚名谁了。

梁珂隔了许久才独自走到院子里，打开了铁门。

这是个没有风雪的傍晚，一片宁静。门前夜灯让彼此二人能一目了然。梁珂从没有如此近距离地单独和康石站在一起，似乎是第一次看清楚这个男人的面容，岁月在他脸上毫不留情留下了衰老的痕迹，但也彰显了平和坚毅和精明。极度哀伤的往事会在面容中留下谁也说不清楚的影子，因谁而起，无须粉饰，当事人都会像认出自己亲生骨肉一样心知肚明笃定不疑。他的眼镜反射出门厅里照出来的黄色光芒，这让梁珂不能清晰地看到他的内心世界，不过她并不关心这一点。站在门外的客人都是卑微的，康石有些慌张地从怀里拿出一张泛黄的照片，试图想把它交给梁珂，她本能地退后了一步，并没有接过来。他有些尴尬，飞速地把照片放回口袋中又抿了抿嘴唇，因为低温，他急促地呼吸产生了大量的水蒸汽，这让两人之间的气氛有些混乱甚至狼狈。

他终于鼓足勇气伸手扶住半开启的铁门，因为激动头部颤颤地，充满自豪地说："你知道，很久以前就知道，梁小姐，我期待爱情，我中了爱情的毒，上了爱情的当，患了爱情的瘾。你知道，你一定知道。"康石不知道，有些发自肺腑的话在心里如歌如诉，可一旦脱离了自己的空间变成词语飞向未知彼岸时，就会变身荒腔走板荒诞不经。

没有相爱加持，世上的蠢话比松花江的水还多。

梁珂的脸在月光里，迷离得像一朵云雾里的粉色郁金香。这是一朵花期足够长，让人垂涎欲滴流连忘返的花，它盛年的光彩和芳香依然流淌在花瓣纹路里。

这朵圣洁的郁金香认真听完这句话，精致的花瓣里闪出惊骇的光像黑夜闪电，感觉被扔进了污秽不堪的泥沼，此生芳华就此终结。濒死的愤怒让她摔上铁门，发出"吭"的一声，差点夹住了康石的手，之后，又狠狠地把铁门开启了一下，让充满着火焰的眼神可以看到他，停顿一下，突然轻轻张开了嘴，抽动了转瞬即逝的轻蔑笑容，然后像个寡妇一样，低沉着声音斩钉截铁地快意恩仇一般地说："你——"突然，她止住了话，把两只手指并拢伸在嘴唇前面，轻轻地冷酷地左右摆动了两下。不知道她记得不记得，这个动作曾把眼前的男人投入到时光河畔腐朽的教堂里,让他在刺耳如寒冰的钟声里忏悔而死。随即,梁珂再度摔上门。那是一声巨响,康石却听不到任何声音了,这次是在那终身不能忘怀的钟声里羞辱而死。

梁珂重新回到琴椅坐下,心神不宁。她又一次体会到了寡妇的羞辱,这让人近乎歇斯底里。她双手打开精心装扮的寡淡的发髻,让头发洒落下来,然后一遍遍地用手指从前额向头顶梳理着。隔了好久,又弹起了刚才的曲子,难以抑制的委屈让她这么做。梁珂费了好大劲才让自己的演奏不至于荒腔走板,直到心神被琴声的清脆和悦动安抚,才慢慢缓和了一些。这时候她再度感觉到了寂寞落魄和屈辱,但是当她的思绪开始在音乐中寻找这种感情的共鸣的时候,又发现一切似乎不是如自己所想象,反而奇妙地给了她一个新的世界,这个世界似乎和康石有关。音乐把她带到了关于这个人的遥远的记忆之中,而在漫长的人生岁月里,她早断定这个人与自己有关的一切早就不值一提地活着或者死去,那本是残酷地不可逆转的遗忘而已。她无法在音乐里愤怒,这是音乐的魔力,进而复活了埋藏在灵魂深处的种子,那或许是可以长成一座花园的浪漫的谁也不认识的孤独的种子,除了她谁都知道那是无辜的种子,曲终人散也不会死去的委屈的种子。

音乐结束,黑暗又宁静地把她重重包围。她抽着烟呆呆对着琴谱无所适从,突然意识到这架钢琴是严世岱订婚时送的礼物,专程从东京运来的,已经在家里摆放了三十多年。她早因为习惯而忽视了它的存在,而此时,才蓦地想起它的身世。她注视着黑白的琴键,赌气似的伸手用力按了两下,发出几声清脆的声音。她想到当岁月流逝,所有东西消失殆尽,只有声音还有能力让岁月逆转让往事历历在目，又轻轻摇了摇头，脸上的表情是穿越生命荒原远道而来的时光才能让人发出的感慨。她听到外面寂静的街道传来窸窣声音，那是脚步踩在雪中的响动。她长长吐出一个烟圈，想到那人刚才听到了她演奏，这让她再度光火，不过不像面对他时那样火光冲天了。

等那声音远了，梁珂站起身来，再度走到窗户前，透过窗帘望着茫茫黑夜出神，雪地上留着一串孤独羞怯且犹豫失望的脚印，一直通到恐惧的无边的叵测的浓重的却熟悉的黑暗里。一个模糊的背影，把他短粗的胳膊抬向了天空，一个手指一个手指慢慢伸起来，似乎在数着什么……

她就像少女时一样，一只手托着胳膊，平静优雅地抽着烟，默默地思索着。

从成为寡妇的那一刻起，她还没有让眼泪这么任性地从脸颊上面滑落。已经记不清具体的日期了，可是肖邦的葬礼乐曲让她冥冥中知道可以对康石的话深信不疑。

现在，黑暗里伸出一双惊悚的无形的又巨大的恳切的手，扶住梁珂美丽的轻柔的肩膀，用低沉的不容置疑的又爱护有加甚至有些性感和几分挑逗的声音告诉她危险的事实：小珂，在窗外这串通往黑暗的脚印产生之前，已经过去了很久很久，他，他在……

2

很久很久以前,新世界还没来临,革命没有革掉无数人的命。

韦庭芳误认为体内躁动的青春血液是天赋异禀,用浅薄的眼光解释看到的一切,自然而然生出愚蠢心思,危险地认定自己是天选之人。

他把财富当作追求时,只有十六岁。没用多少时日,就发现无法在污浊劳累的工厂坚持下去,他的体质和习性都不能应付繁重的体力劳动,暗无天日的做工生活也无法满足鸿鹄之志。工头本就吹毛求疵,对眼皮下的懈怠更不会高抬贵手,屡次当众双手叉腰指责谩骂,让他觉得像丧家犬一样羞辱难堪。一次口角中,他热血上头失去理智,抄起身旁的铁棍怒吼扑向工头,因为没有搏斗经验,力气单薄,工头轻松躲过袭击,招来帮手,最终让挑战者鼻青脸肿连滚带爬结束了工人生涯。

韦庭芳经过几日几夜思索之后,开始整日奔波在八杂市。这里是哈尔滨一处鱼龙混杂的市集,从山货米面到日常百货应有尽有。他很快熟悉了这里的规则,在市场繁忙的交易活动中寻找机会。他头脑灵活,客人一进到八杂市,就悄悄跟在后面偷听客人之间的谈话,再根据穿着和神态揣度客人需求,最终上前搭讪,把客人引到相熟的商户那里。几年下来,他发现凭借磨破嘴皮跑断腿赚取的微薄佣金,除了勉强养活自己,不可能收获梦想的财富。

　　深感前途暗淡时,他收获了爱情。康翠跟着家人在八杂市采买的时候,把自己搭出去换了爱情。其貌不扬的韦庭芳经过几年历练,早学得察言观色花言巧语,涉世未深的康翠根本不是对手,没多久就情窦初开,为这人感到幸福和迷乱。爱情没有让韦庭芳心满意足收起一颗躁动的心,相反让他更加顾影自怜感叹命运不公。

　　康翠像所有初尝禁果的少女一样,用无原则的纵容和无来由的崇拜来表达爱情。于是,韦庭芳的雄性荷尔蒙像狗熟睡时的口水一样旺盛分泌,野心更随之膨胀。他不知道爱情是短暂的春药漫长的迷药,可以让狗成为狼,笨猫成为猛虎。韦庭芳困兽一样处在壮志未酬和怀才不遇的煎熬之中,直到八杂市街角捡到的破烂小册子带来希望之光。

　　韦庭芳把自己的未来押注在"革命"身上,断定自己是天生的革命家。充满蛊惑性的书里宣扬的清廷腐败民生凄苦和自己的感受产生神奇呼应,一一对症。他恍然大悟自己数年的郁郁不得志应该归咎于朝廷无能列强压迫,冥冥之中觉得自己是改天换地的大人物。他毅然告别八杂市,每天和一些神神秘秘的人物混迹,出入一些隐秘场所。日子久了,他知道了更多外部世界的新闻和各种让人心潮澎湃的新名词,从而进一步坚信自己使命神圣,开始浑然忘我地投入到一知半解的不知去向何处的奋斗中。

　　康翠是孤儿,自小寄居在哈尔滨的表亲家里。她表面温顺善良,内心秉直孤僻,从不轻易敞开心扉。她习惯一个人无声地吞咽下遭遇的所有苦涩,这让她分不清坚忍和执拗的区别。当韦庭芳大逆不道的想法流露出蛛丝马迹被这家人察觉之后,他们仁慈地没有去报官,而是明智地把康翠扫地出门,防萧墙之患于未然。韦庭芳夜晚在一栋公寓的地下室里,一只手搂着她柔软的身子取暖,另一只手在眼前挥舞,毫不气馁充满激情地说:"神州沉沦,何以家为。"他闪烁着灿烂光芒的眼神和牵强附会的乐观主义语言打动了康翠,她更加死心塌地地把自己和这男人捆绑在一起,彻底断了要个名分的念头,那是传统的庸俗的人们对爱情一知半解的结果。他们都已走火入魔。

张口世界闭口神州的男人那时还从没有离开过哈尔滨。经过无数次折腾才终于和"革命家"的名分贴近了,道台府开始张榜捉拿他。四处躲藏的同时,风闻道台府误认他和南方的革命党有紧密勾连才大张旗鼓,反让他沾沾自喜愈加膨胀。当花尽最后一个铜板走投无路时,听说革命党的领袖们准备在南方的一个城市聚会,这些大名鼎鼎的人物都是在梦里见过的。他背着铺盖卷,里面塞满了康翠提前蒸好的馒头,兜里揣着她仅有的几件祖传金首饰,在一个深夜偷偷跳上了去往奉天的运煤车,临走前他眼带泪花地让她静候佳音,他会想方设法抵达南方,必定会和真正的革命党取得联络,并且在获得革命经费后就回来大展宏图。他现在所做的一切就是在一点一点积攒看不见的赌本,在改朝换代那一天将给两人千倍万倍的回报。他信誓旦旦地说,革命家是真正坐庄的大赌徒,稳赚不输。

从爱人在西大桥离开那一刻起,康翠的心就再没有平静过,一种让人焦灼不安的情绪无时无刻不在吞噬她的内心,使得她对除了思念以外的一切事情麻木迟钝乃至厌烦。她暗自下定决心,无论发生什么,都会等那个男人一辈子。她做好他不会如所承诺的一个月就回来的打算,毕竟路途漫漫,可无论多久她都会等下去。

思念是她一生没有医好的病。为了谋生，同时为了能更持久地等待爱人，她开始在西大桥附近一家旅馆做洗衣工。那里聚集着城市底层讨生活的各色人等，每天她在冰凉的水里洗掉无数桶污秽腥臭的衣物，挑着扁担不停地在水井和洗衣间之间来回换水。每当夜幕低垂下工之后，她都趴在西大桥围栏上，盯着南来北往的车马，让思念麻醉身体的每一处神经。身体因为疲惫而疼痛，灵魂因为期待某一个归来的身影而充满生命力，康翠无意中接近了某种修行的状态。

几个月孤独时光之后，一个晚上，当她和往常一样在西大桥上翘首而盼时，一个像从泥水里爬出来的肮脏身影出现在她面前。被这面容晦暗不清臭气熏天的人惊吓之余，她欣喜若狂地发现这个眼神呆滞、满面污秽、蓬头散发的人就是朝思暮想的韦庭芳。她背叛了坚持了许久的修行，身子慌乱摇摆起来，又像只失散了很久的小鹿一样扑到他怀里，在这男人身上污浊呛人的味道中寻觅到了让自己迷乱的熟悉的气味。她闭着眼睛，手指在他胸膛上轻轻滑动，抑制不住激动而粗重杂乱地喘着粗气，哆哆嗦嗦含糊不清地呓语："我知道，你一定会回来的。"

他和康翠在散落秦家岗上的"地包"里住了下来，这是哈尔滨最贫困的人的安身地。顾名思义就是依据坡地挖出的低矮窑洞，外面再用废弃的铁皮或者木板搭建出窗户和房门，勉强有个房子的模样。整整十几天里，韦庭芳不发一言，只是呆呆地看着外面破败的景象，整个人瘦脱了相，皮肤遍布疥疮，骨骼在皮肤下面可怜地蠢蠢欲动。经过康翠整日细心照料，他才逐渐有了活泛气，但是经历过的残酷使他的眼神泯灭了年轻人的天真，在某一刻会不经意流露出狡猾和阴暗凶恶。他话变得很少，似乎整日处在一种冥想之中，他的手经常神经质地跳动一下，好像被什么猛然惊动。夜里，他会突然跳下床，在斗室地上到处乱撞，就像误入人群慌不择路的黄鼠狼。

焦灼的康翠请来郎中，翻了翻他的眼皮，摸了摸脉象，又问了一下他的症状，才和她说："这男人没有什么大病，只是被吓破了胆。"吃了几服郎中开的中药之后，韦庭芳似乎有些醒过神来，间断讲述了他的遭遇。

到南方之后他并没有见到那些神一样的革命领袖，但是联络到了一个妄图推翻清廷的秘密团体。据这些人所说领袖们在秘密会议后就奔赴天津、广东等地，在那里登上船去日本或者美国，他们将在国外筹措经费并且遥控国内革命。失望之余他还是决定入伙，参与了就要进行的武装暴动。筹备过程中，一个成员抽烟时不小心点燃了存放在桌子下面的炸弹。这声巨响惊动了官府，当上百官兵挥舞大刀、端着洋枪杀气腾腾冲进他们藏身之所的时候。韦庭芳被刀光剑影吓得丢了魂，像筛糠一样瑟瑟发抖，藏在桌子下面，目睹咫尺之外的同伙被当场射杀或人头落地，血流成河腥味扑鼻。他豁然发现干这事业的人命连鸡狗都不如，同时认识到自己是个胆小如鼠的人，对"革命家"的幻想登时烟消云散。他在混乱中顺着院子的地沟屁滚尿流侥幸逃出，头也不回地踏上逃亡之路，一路凭着乞讨甚至小偷小摸，历经曲折才终于回到哈尔滨。

几个月后，哈尔滨下了入冬第一场雪的那天，刚刚恢复元气的韦庭芳向路边报童买了一份报纸，看到西南地区频频爆发武装暴动，清廷疲于应付。刚刚找回的心神开始蠢蠢欲动，夜晚在"地包"里看着门缝外飘落的雪花，想起南方的温暖和富庶，想起曾经的美好希望，假想如果不是因为偶然的意外，那次暴动成功后自己早就名扬天下名利双收，康翠温暖体贴的照顾让他淡漠了曾死到临头的惊悚万状。妄想像深夜里魔鬼的影子，悄无声息把渺小的他包围吞噬。

第二天早上，他坐在床上把被子披在身上，露出一张单薄苍白的脸，嘴唇紧闭高傲地倔强地拱起，盯着室内地面因为寒冷结上的冰碴，恶狠狠说出再度南下的决定。本以为他已经断了这根脉的康翠痛苦万分，不知道怎么说服这个男人，虽然在她心中，爱情本质上就是为一个男人殉葬。她久久才想起没被扫地出门以前，表亲家里人说过的话：飘风不能终朝，骤雨不能终日。韦庭芳听到这句转述的话感觉是万恶诅咒，从床上跳了起来，狠狠地甩了她一记耳光，又猛低下头朝地上干脆地"呸"了一口，咬牙切齿小声骂道："洪秀全在广州捡到小册子，才有太平天国半壁江山，你们懂个屁！"

他在春节前一天的夜里，背着新缝制的铺盖卷，还是塞着热乎乎的馒头，兜里是康翠跟旅馆老板预支的一点工钱，再度消失在铁道线的尽头。临别之际，他摸着康翠微微隆起的肚子，意识到因为责任而产生的愧疚正在让自己眼睛湿润起来，他长叹一口气，为"革命家"的英雄泪短儿女情长感到惭愧。

时光从不等人，孩子更不会等时光。当这孩子满月的时候，康翠叫他石头，希望他能顽强，甘于平凡，不要想着上天。孩子的名字是父母内心之门的密码。当石头长到三岁的时候，康翠预感她对于爱情的坚守是梦幻一场，那个做了父亲的人永远不会再有任何音讯。当石头八岁时，她希望他是真的死了，只要爱上的不是一个狼心狗肺的"革命者",她孤苦的等待并没有被辜负,就可以死心了。当石头十二岁已经开始帮忙生计时,她终于梦想成真,从此可以解脱。一个南方辗转传来的信息告诉她韦庭芳在一次官兵抓捕中舍生成仁尸骨无存。康翠为了十二年没见的男人偷偷大哭一场,然后把她的爱情收拾好,神奇地转换成另一种形式,放大很多倍,全部给了石头。

这些年里,为了生存,她坚忍不拔、头脑清醒,警觉、勤劳、任劳任怨。她做了爱情的奴隶,现今宁愿做生活的奴隶,只是因为孩子。爱情把她骑在身下,凌辱她、摧残她、毁灭她,孩子却让她站起身来,义无反顾,走进生活的未知丛林里,毫无畏惧。爱情跟她索取了一切,怜悯她送给她石头。

石头长大后和当年的父亲一样,在市集混迹讨生活,只是转场到了这几年新兴的商市街。少年的他诚实热情,吃苦耐劳,对这世界充满感激和热爱,和他母亲一样。天命好欺可怜人,他看似平静的生活因为天生的不幸而暗藏凶险。

不知什么时候开始,石头开始盼着夏天,因为发现了女人屁股的秘密。这种部位有神奇的魔力,牢牢控制着自己的眼神,就像吸铁石一样。不同的屁股因为形状和摆动曲线的不同,让人有无数种遐思,甚至可以在身体里形成汹涌的气流,让人浑身舒坦。在商市街他可以领略俄国、日本、朝鲜、中国不同风情各式各样千姿百态的屁股,在心里总结评价不同国别不同年纪不同性格的各种屁股。他经过审慎研究发现,屁股其实是女人的第二张脸,而且更真实,可以毫无遮掩展示一个女人最原始的魅力。最重要的是,他可以在任何角度偷窥不同女人的屁股而不被发现。石头知道不是所有女人的屁股都有风情有内涵，就像不是每张女人的脸都赏心悦目。女人怕脸上年纪，不怎么操心屁股，这是傻女人，不明白不懂屁股只懂脸的男人不是好男人。屁股熟了女人才熟了，屁股和脸一样都怕老，脸老了女人不一定老，屁股老了就真老了。

市场常来一个穿着时髦的朝鲜女人，属于他念念不忘的十大屁股中的一个。她每次来市场，都是石头最累的时候，他会制造出各种机会以使得自己的眼神可以不远不近不高不低地精准落在这女人屁股上，像苍蝇一样。最好的时候是女人急走几步路，而他的视线恰好没有遮挡，动感跳跃若即若离不断摩擦的两团肉让石头的眼神羞涩贪婪，想躲闪又绝对不会躲闪。

这日市集上人特别多，石头忙里偷闲跟着朝鲜女人的屁股转悠了许久，女人今天弓身挑菜的时候多，穿着紧致的丝绒裙装，屁股的曲线就更显得丰腴圆润。她早不年轻，石头咽着唾沫想女人的屁股比脸成熟得晚，此刻才像熟透的桃子一样丰腴多汁。女人两腿并紧时候，屁股就高耸起来，中间一条缝露出深不可测的沟壑似乎能吞没石头，他的身体被一种莫名其妙的气流推动着，不自觉在人群中就近了些，他的眼睛忘了平常的掩饰，竟有些呆了，手不自觉就在身下张开微微颤着，想象着遥不可及的触感。一个扛活的身上背着装满土豆的大大麻袋，摇摇晃晃从石头后面挤过去，猛一看，就像只有麻袋在走动。扛活的视线看不到旁人，重重地碰到了石头，全神贯注的石头猝不及防就冲那女人的屁股踉跄了几步，手不偏不倚重重按在了女人的大桃子上。

一记迅雷不及掩耳的耳光和无休无止的尖叫让石头变成了掉进粪坑里的石头，掀起无数污秽不堪。朝鲜女人不像她的屁股一样圆润可亲，一屁股坐地上大哭大骂，双手拍着大腿发出和打石头耳光一样清脆的声音,一把鼻涕一把泪地哭诉石头毁了她的好名声,让她死去的丈夫丢了颜面,让她两个正在读书的孩子没法做人,骂到气恼处,两腿在地上乱蹬几下,试图用屁股的弹性让她站起来和这个毁掉她贞节牌坊的流氓拼命。石头第一次感受到屁股比脸还能骗人,它和主人的性格禀赋大相径庭天上地下。因为受害人惊人的爆发力和尖锐的嗓门,看热闹的人们吹着口哨、打着拍子叫嚷着,整个商市街沸腾起来。

石头的脸一阵红一阵白,脑子一团糟,直到他被架不住受害者哀求的一群闲汉押进了警察局,面对警察劈头盖脸的训斥恐吓谩骂,他才逐渐恢复清醒,马上又无地自容恨不能死去。

从警察的训斥里,他知道朝鲜女人早就注意到他这个流氓的存在,因为她的屁股不知什么时候开始,一到商市街就火辣辣地疼,由此可知流氓的眼光有多毒辣。直到今天石头被抓现行,她才忍无可忍无须再忍。几个警察挤眉弄眼哈哈大笑,问石头朝鲜女人的屁股和中国女人有什么不同,难道更香吗?石头蹲在地上垂头丧气不说话。这让他们觉得乏味,于是不由分说一拥而上,拳脚相加把石头打得满地打滚,又皮靴警棍好一顿折腾才算罢。一直挨到太阳落山,劳累一天的朝鲜女人同意石头拿出可以买一车子大白菜的钱财进行赔偿来息事宁人。

几个警察押着石头回到傅家甸的家里,翻出他所有积蓄,又寻到几个石头相熟玩伴的家,东挪西借,好不容易才凑够了数。临走,带头的警官还狠狠踹了石头一脚,龇着牙花子讥讽道:"穷种一个,乱抓个屁。"

康翠洗了一辈子衣服,洗掉了和青春有关的一切,却没有洗掉爱情的印记。她用多年积蓄在中国大街附近经营起一个洗衣房，厚道、勤劳和用心为她的店换来不少好名声。晚上关店还没到家，就听说了今天儿子的遭遇，坏事跟阳光下的影子一样，不知不觉就覆盖每一个角落，事无巨细。康翠转身去屠户家切了块后鞧肉，又拎上一个血淋淋的腰子。进了家门，看到石头孤零零躺在床上，把脑袋藏在被子里。她进厨房把猪腰子一刀刀割成粗细正好、纹理像迷宫一样的腰花，又好一顿忙活才拾掇好饭菜，叫石头起床吃饭，半气半逗说了一句："臭老娘儿们的屁股有什么好看的，咱家小子有的是好屁股，管够。"一把拽起石头拉到饭桌前，又说："爷们儿吃饱了才有力气！"

康翠爽快的语气和无所谓的表情给了石头安慰，让他在绝大的耻辱和委屈之中抓住了救命稻草。她决心好好宽慰儿子，不想让没有父亲的孩子经受如此屈辱，更不想他在人生之初就受到挫折。从听到这事情那一刻起，就在紧密盘算着，如何能最大限度地消除孩子的委屈和耻辱。爱情的德性是翻脸不认人，爱情之后漫长的艰辛生活让康翠从倔强变成坚强。

趁着石头狼吞虎咽的工夫，康翠在床底下的箱子里攥出一个小金疙瘩塞到怀里。因爱情遍体鳞伤的女人，直到如今仍然时常被久远爱情噼啪作响的余烬烫伤，她用对自己近乎刻薄的节俭在生活中独自修行，企望有朝一日给孩子一点富足来为自己赎罪。多年来她有了一些积攒，东躲西藏小心保管在房间不同的角落里，这些钱本打定主意为儿子操办成家才能用，这一块金疙瘩她琢磨了一下大概占去全部家财的五分之一。

石头吃完饭，被康翠领他到桃花巷锦绣园，此时这里正是繁花斗妍时分，张灯结彩人来人往就像谁家在办婚事。她让石头在门口等着，进去找到锦绣园东家甘二爷，这是她洗衣店的老主顾。甘二爷瘦得跟猴精似的,面容白皙,两眼射着精光,四十岁左右年纪,打扮极为富贵讲究,一身上好毛料的西装穿在身上,不见一丝褶皱,反射着屋内耀眼的光线,整个人显得精神气派。听明来意,他忍住笑,感叹这么多年康翠第一次登门求助,自己多少要给面子。他有着生意人的豪爽,还有一丝分不清真假的仗义。甘二爷让康翠屋内喝茶,出去吆喝了一声,跟来人小声吩咐几句,不多时就有老鸨搀着懵懵懂懂的石头上了二楼。

石头进了房间,豁然发现是从没见过最宽敞最豪华的房间,里面一派妖娆缠绵的装饰,床帏、窗幔、卧榻看着就舒服,让人情不自禁想躺下。石头看了一圈,心里泛着嘀咕不知道娘卖的什么药。老鸨请石头在沙发坐下,沏好茶,就晃着屁股出去,石头盯了一眼赶紧把目光挪开。片刻,走廊里传来一阵阵窸窣的脚步,老鸨推开门,随后进来一群蜂乱蝶舞搔首弄姿的姑娘,石头这一刻双手按住两侧沙发,身子恨不得藏在沙发缝里,眼睛却死死盯着。不但是姑娘漂亮勾人,而是这些姑娘下体赤裸。进来后就齐刷刷蹲身问了声"石头爷好!"石头感觉自己白天被打入人间地狱,晚上又上了青云仙境,他为自己不久前的沮丧、伤痛、自责、绝望感到不值。石头左右往返看着面前十多个排成一排的姑娘下体,眼睛彻底迷了路。姑娘们含羞带笑地盯着石头,又慢慢扭动腰肢转身背对着石头。

他第一次看到女人屁股,真屁股,还是十几个豆蔻年华新鲜初长成的屁股,同时在扭动摇摆上下起伏为自己摆出各种姿势的屁股。石头就像久旱逢甘霖的种子,蓬勃着,茁壮着,歌唱着,挺拔着,生长着,狂欢着。他盯了好长工夫,慢慢适应了十几个屁股就像二三十个月牙儿同时迸发的耀眼的光芒，逐一验证了以往看到的各种姿态的屁股实际该有的样子，并且对自己以往的猜测验真或者验伪，获得绝大满足。

大概一个时辰以后，甘二爷把康翠母子送到大门口，一路不住地盯着石头看。他不停摸着石头的脑袋，流露出欣赏和喜爱，石头个子虽不高还瘦骨伶仃，但面部线条清晰有力，两只不大的眼睛清澈黑亮透出聪明和灵性，上唇中间有一道深深的线，表露出一种倔强或者说勇敢，这让他看上去可靠。甘二爷因为对石头的好印象，心情非常不错，他把康翠的金疙瘩扔还过去，连声说这是小事一桩，没帮上什么忙，孩子舒心了就好。康翠拗不过，千恩万谢。甘二爷目送二人走远，说了一句："这小子，天上掉馅饼拿屁股接着！好！有出息！"

康翠留意着石头出来的变化，觉得那块本要压在他心头一辈子的耻辱被尽可能化解了，但是又有担心问不出口，因为她知道血气方刚的儿子刚才除了尽兴地欣赏了屁股，并没有任何其余的举动。石头似乎知道康翠的心思，他在众多屁股的照耀下感到温暖，但是也在这幸福的时间里思考了很多事情。快进家门的时候，他满脸满足和陶醉，跟娘说："娘，我没事了，真看了，娘们儿屁股也就这么回事啦！哈哈！"康翠心才算放下，没想到石头接着的一句话没头没尾，却让她比晚饭之前还焦心："娘，我想着要把自己的第一次留给爱情。"

石头在李鑫记营造厂干了没多久，就引起了李谋知的注意。他这间营造厂在哈尔滨的建筑界很有名气，是看着甘二爷的面子才收下这个学徒。起初只是让这小子跑腿打杂，石头聪明伶俐还会瞅眼色，每天从早到晚从不歇着，到处忙碌，四处找活帮忙。他注意到李谋知有腰疼的毛病，特意让娘缝了一个大靠枕，里面塞着紧紧实实的鸭毛，放在椅子上靠着就舒服，而尺寸大小仔细想来是石头细心观察过李谋知的身高和坐姿然后计算好的。李谋知高兴，就让石头去帮办商务往来文书公函，这是最见世面练能力的好活。

石头做了不久，就把营造厂业务了解了个大概，一日赔着笑跟李谋知说："李老板，我想去工地试试。"李谋知看石头两只小眼睛笑得憨厚，心里看出他的打算，两手搓了搓，点点头，转回身暗自为石头竖起了大拇指。石头脱下没穿多久的长襟马褂，重新换上商市街时候穿的粗布衣裳，每天去工地现场帮活。抹灰、搬砖、运沙、砌墙，脏活累活从没怨言，工地把头怎么说，他就怎么做，边做边学。

他最爱做的工种是一般人怕危险而有所忌惮的架子工，每当把高高的竹架子一层层搭建在建筑物的外面，就是这座建筑大体完工要进行外墙装饰的阶段。石头不怕高，瘦小灵活，他喜欢在高高的竹架子上干完活以后，一屁股坐在竹竿上，两只脚悬空晃动着，俯瞰这座新兴的城市，然后尽情唱着自己喜欢的歌，感觉这时自己是城市的主宰。他极有唱歌天赋，有从娘那里学的，有从商市街的朋友那里听来的，中国的、俄国的、日本的，只要听过一次，石头就能模仿个八九不离十。他在索菲亚教堂的洋葱顶上面唱，在秋林商行的钟楼外面唱，在环球商场的穹顶上面唱，也在遍布哈尔滨大街小巷的公寓楼上面唱，总之那段时间，哈尔滨街上行色匆匆的人们会看到一个小伙子敞开衣襟，在风里，在夕阳里，甚至在雨里，仰着头放声唱着好听的歌，没人知道他唱给谁，但每个人都感觉到扑面而来的爱情的气息。石头得意地看着脚下的城市，感觉自己像一只自由的鸟，享受着自己的情歌，自己的阳光，自己的世界。经常有多情的姑娘每天特意转到这里，被这动听的歌声所吸引，从而开始远远地爱慕他，暗自祈求这些歌声会属于自己。石头不理不睬，这不代表他不期待爱情，只是因为爱情还没有来。

那时候哈尔滨还少有樱花，多的是榆树，这种高大的树种一到春夏就郁郁葱葱散发着蓬勃威武的生命力，还有满城的硕大乌鸦，像黑武士巡逻一样在城市上空游荡。城市这两样生灵，平白就多了威武的气势。

那是个落日余晖的凉爽傍晚，石头在中国大街上一栋接近完成的公寓楼上做完最后一点工作，大汗淋漓，和往常一样坐在高耸林立的脚架上休息。

他看着这条新规划的大街，到处是新建的各式风格建筑，有奢华的马迭尔宾馆，应有尽有的万国洋行，价格不菲名声在外的西式餐馆，上映各国新电影的电影院，听人说等脚下的面包石道路铺设完毕，这里将是中国北方最繁华热闹的地方。远处他曾经游荡多年的商市街，依旧生意兴隆人来人往，但和这条规划中的高楼林立商场密布的欧式大街又是完全不同的世界，生活着完全不同的人生。

他常能看到康翠在洗衣房里忙里忙外，她的主顾多是附近的俄国人。娘常说，俄国人生活很讲究，只要生活还过得去的人，都有一两套熨烫整齐的西装或者礼服，可以在重大场合中穿出来，这好像是他们生活的底线。而富贵的俄国人，只要是正装，无论是貂皮的，还是布料的，都要在每个季节交替之际送到专门的洗衣店打理清洗，非常仔细。尤其是貂皮的冬装，需要精心护理清洁，再放上樟脑丸，否则很容易变旧甚至损坏。近些年，一些富裕的中国人也开始抛弃厚厚的布料棉袄，学着俄国人穿起貂皮大衣来了，人显得格外利索精神，这给店里带来不少新生意。康翠跟石头很认真地说过，等石头结婚的时候，她要置办三件上好的貂皮大衣，全家人每人一件，风风光光迎新娘子过门。

石头坐在脚架上，看着天空中红彤彤的火烧云，浮想联翩。身旁掠过好奇的乌鸦，落脚在屋檐下，似乎知道这个人会唱歌。他对乌鸦莞尔，唱起了一首俄罗斯情歌，舒缓的歌声让疲惫一扫而空，微风吹动他的衣裳，也吹动他的灵魂，让他觉得飘飘欲仙。

石头的眼光落在不远处一个漂亮的院落，这是一栋独立住宅，花园内开着各色的鲜花，簇拥着不大的房子，夕阳余晖正好照射在这栋房子，好像镀上一层金碧梦幻的色彩。他透过白色的窗棂看到一个姑娘，穿着白色裙装，正跳着芭蕾舞，她踮起脚，一手托起另外一只手伸向天空，缓缓旋转着，好似正从空中轻曼滑落。她抬起修长的脖颈，眺望着自己伸起的高高在上的指尖，似乎在陶醉于自己的舞蹈，又或许只是在神往。那是一种独特的神圣的耗尽心血的艺术的美，是舞台上的，聚光灯下的，万人眼中的，来自幻境的，并不是生活的。石头停下歌声，揉揉眼睛，确认不是自己的幻觉。他呆呆地看着窗中人，挺拔优美的身姿，高贵俊秀的面庞，还有一种让人臣服而不是远离的高傲，这一切都让石头如见神迹恍若梦中，他下意识紧紧抓紧脚架，以便自己不会在灵魂的幻象中坠落，冲那间房子飞奔而去。乌鸦疑惑地看着石头，意识到歌声莫名其妙地停止了，"呱呱"叫了两声，宣泄着不满飞起，扑闪着黑色翅膀，消失在茂密的榆树林中。石头第一次见到梁珂的那个热泪盈眶的黄昏，正是卑微地站在严家门前表达刻骨铭心爱情之前的整整一生。

　　石头的名字下面好像压着亿万年生灵残骸进化而成的油料，一旦被点燃，就永世不能熄灭。他一面本能地保守秘密，另一面用所有力所能及的方式打听这家人，压力巨大而且心急如焚。他知道了这家的主人叫梁寿年，那个仙女一样的姑娘是他的独生女儿，叫着世界上最好听的名字——梁珂。

　　四年前妻子病逝后，梁寿年用自己的马队把家当从佳木斯搬到哈尔滨，而他和女儿梁珂则是坐着松花江上的俄国人的高级轮船用了一天一夜逆流而上，在春暖花开的季节抵达。他置办这个位置优越的院子花了不少钱，又费了大心思布置以满足独生女儿的愿望。

　　梁寿年是垛头出身，人们风闻他早年在三江平原一带给人运货押镖发家，后来有了自己的马帮，规模还不小，运输路线也从三江原拓展到东北全境，北到海参崴，南到山海关。他人长得高大魁梧，脸上刀刻般的皱纹显露出这个人曾饱经风霜，不大的眸子里投出凶光，也只有这样才能镇得住走南闯北的马帮伙计。

　　梁寿年一晚上能喝下五斤烧刀子白酒，呼出的气味能熏倒一条狗。就是凭着好酒量，创业之初，胡子劫了他的货，他单枪匹马上了山，和土匪头子兴安龙摆上流水席喝了三天三夜，愣是让货物完璧归赵，还和人家做成了兄弟。这份胆识和酒量一样，让跑江湖的人对梁寿年有了恭敬。梁寿年性格直爽杀伐决断，面对自己的掌上明珠则完全是另外一个人，只要梁珂要的，就算披肝沥胆赴汤蹈火也从不说个"不"字。

梁珂在新开办的舞蹈学校读书，这学校的高昂学费让人咂舌，而梁寿年送女儿入学第一天，就给据说为沙皇跳过《天鹅湖》的舞蹈教师送上一根大金条。教师瞪着眼睛接过金灿灿沉甸甸的见面礼，回家做梦笑醒好几次。家里还请来圣彼得堡来的俄文老师，他心里清楚哈尔滨是俄国人说了算，熟悉这门语言大有益处。人们盛传他对女儿寄予厚望，希望她嫁入哈尔滨顶级名流家里，晋身更高层次的阶级，最终成为一个幸福完美的贵妇人，他将以此为终身荣耀，也为此费尽心力。

作为一个移民城市，外来户并不惹眼，这里富商云集藏龙卧虎，梁寿年的财产也不出众，但他的女儿确是让他得到一些侧目。人们对他以及他所在的行当有粗陋的印象，但是梁珂和父亲完全不同，就像温室里的名贵花朵，身上总洋溢着阳光清新的味道，人们看到这个姑娘每一年都变得更加别致优美，不觉暗自感叹和艳羡，就像一株行将绚烂绽放的鲜花，根茎和枝叶正在丰盈着色，等待着傲然绽放的季节。梁寿年的苦心没有白费，人们都认为他的女儿已经是也将会是他一生最大的骄傲，也应该是他一生最大的生意，这是明摆着的。

石头得到的信息给了他极大鼓舞，更认定这就是属于他的爱情，为自己的幸运欣喜若狂。这女孩儿备受关注的名声同时让石头忐忑不安，他并没有气馁，而是藏着万分的焦急，像个猎人一样小心翼翼地开始他注定孤单而危险重重的狩猎之旅。

起初是在每天黄昏的时候，直到这家人的窗帘拉上，他才离开。后来即便这家熄灭灯火陷入一片黑暗，他也会趁着月色静静欣赏这栋房子和花园里的每一个角落,想象梁珂在这个花园的每一棵花草前面停留过。最后,他在一切可能的时间里都会攀缘到那座脚架的最高处。

他是羞涩的,假装是个建筑工人在工作期间休息,但只要他浮光掠影装模作样的眼光一落到梁珂家的位置,他的眼睛就会静止,出神地凝视。有时候,觉得自己化作这屋顶的一块砖,能够长远地注视这个地方,偶尔瞥见窗户前的倩影,也是心甘的。只要那个已烂熟于心的身影出现,他都是慌张的,手心攥在架子上都会出汗,会像个贼一样,眼神开始飘忽不定,想看又不敢看,生怕被那双美丽的眼睛发现,这样他的秘密就昭然若揭,或者被人误会也说不定。

他开始体会到失眠的痛苦,从此以后,这个让人抓狂的病症伴随了他一生。而之前即便在那个被抓进警局又峰回路转看了无数屁股的夜晚,他也没有失眠过。而这种失眠并没有带给他精力的缺失,相反他像打了鸡血一样,天不亮就起床上工,像个猴子一样在高高的脚架上爬上爬下,每一个喘息的工夫,都会扭头望向那个花园,虽然姑娘白天在学校并不在家,可那里的一切都在深深吸引他。有一天,梁珂的女佣不在房间,姑娘准备换衣服练习舞蹈,窗帘竟然忘了拉上,显然她没有习惯周边建设了一栋六层高的楼房,虽然没有人住,但会有工人在上面。这时候,石头热血上涌,感觉自己浑身发僵,猛烈的心跳几乎让他窒息,他预感到会看到什么,感觉就要死了。突然不知道哪里来的一股神秘的力量,让他闭上眼睛把头转向了另一边,狠心阻挡住内心的狂飙。他并不后悔,相反感谢这股神秘的力量,不可以偷窥自己的爱情,那个人神圣得如同自己的生命，可以为她去死。那一刻最大的冲动是想敲响梁家的门，告诉她周围盖了高楼会有诸多不便。他开始担心会有为非作歹的恶人占到梁珂的便宜。从此以后，他不但关注着梁家的院落，还监视着脚架上的其他人，如果真有这种可能，他会不顾一切地摇动架子，把那个人摔得脑浆迸裂。

在亢奋、激动、澎湃、担忧、幻想的复杂的情绪中，石头的内心在进行一场又一场的革命，独自进行着情感的脱壳……有一天，梁珂在花园的阳伞下面坐着读一本书，这是她周末的习惯，也是石头最能仔细遥望她的唯一机会。她先是两手重叠放在书本上，认真地读完一页后再轻轻滑动到下一页，偶尔会喝上一口桌子上的红茶。某个时刻，她的阅读速度慢了下来，她上下微微颔首地持久地读着一页，然后又把书本重新翻回到前面，再这样反复，嘴里轻声默念着书上的句子，她抬起右手来回捻动垂下来的一束头发，然后脸上显现出悲戚，之后用手绢反复擦了擦眼角，显然她被书中的内容所感动。石头看到梁珂楚楚可怜的柔弱之美，心中一紧，终于有勇气生起了让爱情开花的心思。

他斟酌再三，通过间接的关系联系到了几个舞蹈学校的学生，觉得通过同学的关系来表达自己的爱慕之情最合适不过。然而却被一盆冷水当头淋下，学着西方舞蹈的高贵学生们显然不把工地干力气活的人放在眼里，仅有的会面尝试，都被直接拒绝，即便偶尔碰巧的成功会面，也是话不投机爱搭不理，不欢而散，石头连说出自己真实目的的机会都没有。

石头的失眠愈发严重，精神开始难以集中。有一天在脚架上心猿意马一脚踩空，整个人在高高的架子上翻了个个儿，直接滑到下一层，幸亏他瘦小轻快，在紧急关头醒过神来抓住了突出的架子连接处，然后用腿勾着架子停止了跌落的趋势，赶过来的工友用绳索捆住他的腿，然后几个人用死劲将他拉到楼房里面。这次危险让石头浑身上下狂冒冷汗，更加剧了他的焦灼，当头朝下对着地面，头脑在失重的刹那眩晕，第一次觉得死亡迫在眉睫，如果那时脑壳撞得粉碎，这么好的爱情就会烂在自己心里。

根据那本精美的书的厚度、封皮颜色和设计款式，石头终于在马街上的尤利西斯书店找到了一模一样的。这是一本大部头的俄文书，问过店员才知道这本书拗口的名字——《安娜·卡列尼娜》。石头又顺着店员的指引找到了中文版，他不心疼昂贵的价钱，但翻动几页后就彻底地放弃了。早早辍学的石头根本读不进去，哪怕一页，看上一行都让他头晕眼花。从这一点上，他更加爱梁珂，能读懂这种装帧高贵有如天书的人，一定有着高贵无比的内心世界，这意味着自己开始接近爱人更隐秘的世界。他最终买下了那本昂贵的牛皮精装的俄文原著，像珍宝一样搂在怀里带回了家。

石头决定用自己的歌声赶在来生之前表白自己，他火急火燎，甚至神经兮兮的生怕某个意外夺去他的生命，让爱情无疾而终。他精心拟定了一个歌单，包括不同时间、不同天气、不同日子唱什么歌，并且在家里镜子前面精心练习在脚架上唱歌时候的姿势，并且着重考虑这样的姿势会不会让自己再倒霉地失足坠落。这种迫切的另外一个理由是，那栋房子接近竣工，不久以后就会拆除掉脚架——石头的爱情天梯。

石头的表白在一个精心挑选的黄昏进行，这个时候工地上的人都下班了。下午时候，他看到她在花园里赏花，站在五颜六色的花丛中，仔细观察花木的长势，时不时俯身去闻一闻，然后跟身后的女佣说着什么,脸上绽放出和花朵一样迷人的笑,心情似乎很不错。更重要的一点是,梁寿年还没有回家。这个男人平时早出晚归,但是周末一般会在家里不出去,他尽量抽时间陪女儿,而这个周末坐上马车出去后还没有回来。

石头找到脚架上最好的位置,判断这个位置可以轻易被房中人看到,而且他的歌声也会毫无阻碍地传到梁小姐在东南角的卧室里。他清了清喉咙,又摆出自觉最帅气的姿势,一手抓住架子,一手伸向空中,一只脚作为保持平衡的支点,另一条腿做出各种动作,来配合深情款款的歌声。他的手在空中翻舞,而整个人在架子上表现出了自己独创的舞蹈动作。他任风吹起衣裳,露出年轻的胸膛,任风吹乱头发,凌乱地盖住发烫的额头。他唱着悠扬古老的俄罗斯情歌,模仿着听过的俄语发音,虽然并不确切明白歌词含义,但是从旋律中判断大意是不会错的。石头一首接一首地唱着,为自己饱满的爱情所感染,觉得此刻的自己,是这世上最帅气最自信的人。几首歌之后,窗棂边没有任何动静,没有出现朝思暮想的人,这让他有些失落。他判断房间内的人一定能听到歌声,可是,当下的现实让他对想当然的事实产生了怀疑。

经过几天的失落颓废冥思苦想,他的热情并没有熄灭,反而更为爱情的艰难所激励,火焰燃烧得更加猛烈。在又一个黄昏,石头决定换上日本情歌试试,之前想当然认为学习俄语的姑娘会对俄语歌情有独钟,这个判断不见得准确。当他像个战士一样站在脚手架上的时候,用自己最温柔的声音,最大的肺活量,最具备难度的高音殊死一搏。这次从日落时分,唱到明月高悬,从路上人流如织,唱到雨水倾盆而下街上空无一人。

那扇窗户毫无动静，好像他的歌声并不存在。直至深夜，梁寿年的马车出现在视线里，才算作罢。

晚上回家石头就发起了高烧，腰酸腿疼，肝肠寸断。在家里休息了几天，他对自己说，爱情只有死亡才能凋零，于是又酝酿新一轮冲锋。为此特意去正阳大街买了一套笔挺的新衣裳，还学着西方插画里看到的，在新上衣胸前的口袋里别出心裁地插上一枝鲜艳的红花。当找准新的时机开始歌唱的时候，石头有种预感，这次会有不同的结果，这让他意气风发。

石头在脚架上编排的各种姿势，已经很熟练，整个人上下左右怎么配合歌声摆弄姿态都像挂在脚架上一样天衣无缝，再加上崭新的打扮，反而比以前自信了很多。他能感觉到自己的歌声浑厚温暖真挚感人，甚至能吹动不远处那扇窗户挂着的薄薄纱帘。他陶醉在自己的歌声里，还有音乐带来的对爱情感伤的幻想里。过了许久，终于发现窗前出现了隐约身影，身影似乎有些犹豫又有些焦急，他嘹亮的嗓音变得更高亢更真切更动人。当他望穿秋水看到那人终于站在窗前，竟是一张臃肿的脸。女佣双臂伸出来往回重重关上了那扇对开的窗户，脸上愤怒的表情和期待相差万里。歌声戛然而止，鲜花掉落在空中，石头看见一只求欢的青蛙被路人一脚踢飞到空中，接着眼前一黑又觉得干脆也这么掉下去摔死算了。石头通过口型能判断出来她在关上窗户时说出的话，"滚！臭流氓！"

石头从没喝过这么多酒，深更半夜倒在院子里人事不省，是邻居起夜上茅房发现，把他背上了楼，到了家才发现崭新的皮鞋在半路丢了一只。康翠了解儿子，早就看出石头最近心事重重，从他的眼神中她知道这和爱情有关，只是孩子不提她不知如何开口,况且她最近因为爱情受到挑战也处在苦恼之中。本想着擦擦身,睡上一会儿就能解酒,未想石头在肝肠寸断地吐了几次之后陷入昏迷,嘴里胡乱唱着歌,又说着含糊不清的话,直到第二天下午才勉强睁开了眼睛。就这样时而清醒不言,时而昏睡呓语,一口水都喝不下去,如此又持续了两天。昏天黑地的日夜,是那眉宇间无法抗拒的美丽和冷傲,不舍得就此堕入绝望的坚毅,在维持石头游丝般的生命意识。康翠守在他身边,觉察到儿子遇到了天大的难事,如果这真的和爱情有关,那这孩子是像极了自己。这病症丝毫不见好转,她急得六神无主。当初给石头他爸看过病的郎中再度登门,仔细听了康翠的叙述和猜测,又翻开石头的眼皮、张开他的口腔仔细查看了一番,最后低垂眼帘沉思一会儿,捋着胡须慢慢说:"这个还是心病,他不是胆子吓破了,是害了相思病。"

康翠就这么守着石头,数不清几个昼夜,中间就像石头小时候一样,一口一口小心把米汤送到儿子干裂的嘴唇上,再耐心地徐徐送进口里。终于在一个早晨,石头的眼睛露出了久违的光亮,这时他面容颓废形销骨立。在喝下康翠喂食的小米粥之后,他有了些力气,面对心疼又欣慰的母亲,多日的委屈化作大滴眼泪沾湿了被子。康翠并没有如石头所料,在知道这家的门第和自己的遭遇之后,劝慰石头知难而退另寻她人。她在屋内转了几圈,从郎中诊断后的惊骇和恐惧中冷静下来,相思病是不治之症,是天下最疼的病。她也知道,这病得了就不能怕不能躲,病入膏肓也是命,只有相思的人是唯一对症的解药。

人的一生会遇到很多怪人,这些人企图伤害自己的爱情,那是愚蠢的行为。唯有这样认识,才可以避免愚蠢的仇恨和反抗,永远保持自己的尊严是让爱情存活的唯一理由。康翠下定决心后坐在石头旁边，双手爱抚儿子的额头，又把他抱在自己怀里，轻轻拍着他，说："这事儿有的人一生都遇不到，不做早晚会后悔。咱是爷们儿，不能怕了娘们儿，就算真是仙女下凡也不怕。"石头在娘那里得到莫大的鼓舞，这是复原的良药。他听从了母亲的建议，要勇敢地进一步试一试，最好和她当面谈一谈，在这之前，暂时什么也不要做，自己的情歌其实应点到为止，而不是无休无止，这会给一个姑娘极大的压力，对追求者是极为不利的。

李谋知听说有个伙计从脚架上掉下来摔死的时候从椅子上跳了起来，直到弄清楚当事人是一个热河来的中年劳工才又坐下，顺手整理了一下身后的鸭毛靠垫。他早已耳闻石头的异常表现，一向认真的他最近在工地屡屡出错，最严重的是弄错了工序，使得涂料调色偏差，本来刷在外墙的赭青色石灰调成了暗灰色，工人在作业进行到一半的时候才发现，这个楼远看像座墓碑。传到他耳朵里的种种细节让他断定石头一定是看上了梁寿年的独生女，他曾经在本地商会的一次活动中领略过梁珂的风采，也知道梁家的地位，当时就觉得那是个长大后可以让男人豁出性命的女子。在石头复工的时候，他注视着这个青葱少年，第二次暗地为他竖起大拇指。他让工头给石头以额外的照顾，爱情是善良人给人予方便的理由。

在一次偶遇石头时，李谋知提醒他应该去找甘二爷，他最懂世上女子心。石头把娘的话放在了心上，但没有轻举妄动，因为他知道经受不起拒绝，不可能如娘希望的磊落。他在李谋知提醒后如获至宝，翌日就到访甘二爷的园子，相信必有收获。

甘二爷好不容易才从石头因激动而语无伦次的冗长讲述中知道了原委,他又从石头眼神里的迫切和渴望中,看出石头所遭受的苦痛不但没有丝毫消磨小伙的斗志反而让他愈挫愈勇,他断定这就是爱情。二爷和梁寿年打过交道,知道这个人和东北境内的绺子都有关联,否则断不能把马帮的生意做得风生水起。这个人心狠手辣,并不是好惹的主,所以他不像康翠和李谋知那般乐观,走江湖的人没有现实感是活不久的。

面对真挚的爱情,甘二爷思忖不能用老成世故或者玩世不恭来对待,油滑和算计最终会毁了所有因善良和真情才横空出世的美好梦幻。如果石头只是一时冲动,他有无数种办法可以让这个年轻人得偿所愿甚至全身而退,但是事关爱情,自己所有的办法都会彻底毁了石头的爱情,让他覆水难收。甘二爷的长久沉默让石头的心忽上忽下,他眼巴巴希望得到的锦囊妙计化作泡影。甘二爷端起茶杯,喝了一口浓香的龙井,清清嗓子,跟石头说:"孩子,爱情的事情,只能靠自己……求欢有人帮,求爱无人靠。"石头有些不甘地说:"二爷,如果,我能得到她,死也愿意的。"甘二爷正是看出石头的心思才踌躇为难,他咳了一声,拍下大腿,豪气地指指窗外面的园子说:"爱情会要命的,别急。你要觉得真是苦海无边,就回头是岸。那一天,二爷全园子的姑娘都光着屁股等你。"石头悻悻告辞,甘二爷看着他的背影,觉得人就是自己教育自己,人也有必要持续不断地教育自己。

梁珂的卧室里,有扇大大的试衣镜,周边装饰着金色欧式花纹木框,这在富贵千金的房间毫不稀奇。石头没有注意到这面试衣镜可以反射窗外的景物,包括自己的一举一动。他当然不会想到在另一侧角落的梳妆台是姑娘的另一双眼睛。坐在梳妆台前面，又可以对着梳妆镜一览试衣镜折射的景象，外面的人绝对不会看到自己。梁珂这个年纪的女孩子非常敏感，尤其是来自异性的一举一动，都逃不过她们单纯清澈的眼睛。她们的神经像花蕾一样敏感，外表又像花蕾一样不动声色。她从很久以前就注意到了窗外的歌声，还有那个分不清舞蹈和杂耍的男孩。

梁珂深知自己的不同，从很小的时候开始。起初以为是长辈的客套，到了哈尔滨，在舞蹈学校，在陪同父亲出席的各种场合，她从众人艳羡的目光里逐渐确认自己确实是不一样的。从懂得欣赏美的那一天起，每天坐在梳妆台前看着镜中人，都是欣喜和高傲的。

她的美貌遗传自母亲——一个绝美的女人。父亲迎娶三江平原上最漂亮姑娘的壮举直到很多年后都为人津津乐道。母亲去世那年，她只有十一岁，不过，她从母亲那里学到了很多在这世界生存的道理，那是属于女人的秘密，也是母亲不为人知的爱情经验。

在父亲宽大厚实的羽翼下，她来到哈尔滨以后的生活是顺利平静的。她能感受到父爱和母爱的不同，母爱是肌肤相亲水乳交融，父爱是无言守望身影相顾。每当父亲晚上回到家，浅尝辄止地抱抱她，摸着她的头发，将她的头顶放在自己的下巴下面轻轻触碰，她都能闻到父亲身上呛人的烟味中饱含关爱与温柔。她曾经不理解为什么舞蹈学校的男同学都在背后远远地张望她而不上前搭讪几句，有时候是失望的，甚至严重到怀疑自己的美丽。直到闺蜜的提醒，她才明白，声名在外的父亲和出众的美丽一样，都可以压制轻佻和冲动，那和自己怀春般思念的爱情根本不搭边。在父亲的社交圈里,有几个家庭有着年纪相仿的男孩,这些人衣着考究彬彬有礼,梁珂觉得他们的眼睛里多少会有些暗示,而言语中又不留痕迹,这种习惯并不能吸引自己,她厌恶爱情世界里的一切虚伪,决不能容忍。年轻的女子总会轻易地定义虚伪,痛苦地定义爱情。

梁珂起初对窗外的歌声觉得烦闷,这种歌唱水平无法让一个对艺术有很高鉴赏力的人产生共鸣。但是当这歌声在一个大雨倾盆的傍晚响起的时候,她感觉到了异样。

梁珂喜欢听雨声,或者说对大自然一切的声响都充满兴趣,甚至在花朵的绽放中都能听到幸福的声音。当情意绵绵的歌声和着雨滴敲打在玻璃上,又传到她的耳朵里,她觉察出了非凡的情感,爱的痕迹。这种感觉在一个人的心中一旦出现,就代表那正是被爱之人,这是心电感应作为邮差的使命。那时她正双手摘下一只耳环,这种感觉让她的动作迟缓呆滞了一下,一种害怕在意识到真相时悄然而生。她放好耳环,轻轻转动了一下身子调整一下坐姿,就能在镜子里看到外面的景象,外面的雨不小,清脆的声音和洁净的水滴让夜色变得有些暧昧。透过窗帘的缝隙,她借着微弱的路灯光线看到脚手架上那个矫健的身影,虽然看不清楚,但是能感到那是个渴望的人。害怕的感觉此时变成了一种无名的怒火,她的脸变得发烫,尤其是在听清楚赤裸裸的歌词之后。她随手关掉了房间内的灯光,用牙齿轻轻咬着嘴唇,说不出是委屈、羞涩还是气恼。

这歌声在之后的日子不断出现,她在断定外面的人绝对看不到自己以后,通过镜子看清楚了那个胆大包天的人。这是个瘦削的年轻人,虽然看不清他的脸,但根据独特的歌声还有匪夷所思的行为，觉得他应该有坚毅的棱角，高挺的鼻梁，薄薄的嘴唇，茂密的头发，还有坏坏的眼神。她猜测这个人是用心的，只有父亲不在家的时候，歌声才会响起。日子久了，并没有什么特别的伤害，害怕渐渐消弭，恼怒也就消失了。

在日光和煦的假日午后，她会在花园里消磨一会儿，用人为她泡好红茶，坐在喜爱的白色椅子上，翻起喜爱的小说，让花朵在身旁低声细语说着悄悄话，传来阵阵幽香，陪伴自己沉浸在悱恻的爱情故事里。她会偶尔不经意地瞥向那座公寓楼，当然这是极为小心的一眼，此时她的好奇心占据了主导。这种游离地捉迷藏的心态让梁珂感觉到没有过的刺激，她处在一种暗自涌动的复杂的水流之中，或者说恰恰在这水流中央，可以看到一切而不被发觉。

有一天，那歌声再度响起，当看到那人断了线一般坠落又被施救的时候，她控制不住惊呼出声，随即用手捂住了嘴。她希望这种危险不要再出现，也祈祷这个人不要再来唱歌。他却并没有被吓倒。一天，她惊奇地发现这个人换了全套的新衣服，还有一朵花插在胸口，在梳妆台前笑出了声，不小心把桌上的杯子碰到地上摔得粉碎，这让女佣有些警觉，轻轻敲门进来问出了什么事。梁珂忙换作一脸嫌弃，说外面太吵了。女佣在打扫好地面之后，到窗前嘟嘟囔囔地抱怨并重重关好窗户。

很多年以后，当石头回忆起那个热闹的下午，总为那种迷乱的味道和四处游动的魔幻景象感动不已泪流满面。多少年过去了，他更觉得那就是爱情天堂的味道。也是从那个生命里最具里程碑意义的一天开始，他用无数个夜晚折叠出无数个漫天飞舞的思念的纸鹤，在无尽的生命时空里飞翔。

中国大街竣工是城市的大事，这条可以媲美俄国任何一条商业街的美丽街道像尼古拉教堂一样，承载了俄国人在远东对于生活的幻想。他们想到了这条街的繁荣与富庶，没有预料到这条街在之后的岁月里又被巨量的财富改变，产生了无数令人心醉神驰的传奇，变得更加魅力无穷性感撩人。

开街仪式是在夏日的一天午后，街面上人群像蚂蚁一样涌动忙碌。面包石铺就的长长街道闪现着圆润丰满的光泽，一直通向松花江岸边。面包石就像俄国士兵帽，密密麻麻铺陈开，好似耀武扬威的战阵，不可一世。马车在街道上盛装而过，马掌敲击地面的声音不再是土路上让人心慌的闷响，而是清脆响亮，让人神清气爽，同时不会再有恼人的灰尘。石头在看热闹的人群中挤来挤去，他不再看女人的屁股，而是希望在这个哈尔滨名流云集的场合见到梁珂，也许梁寿年会带着女儿出席。不过，瘦小的石头根本挤不到庆典的头排，除了看到数不尽的攒动人头，听到没完没了的鞭炮声此起彼伏震耳欲聋，最终满头大汗一无所获。

他疲惫地穿过人群走到松光电影院前面的小街上，这条街上停满了重要来宾的马车，一群俄国马车夫聚在一起抽着呛人的烟卷，阳光照在电影院外面颜色鲜艳刺激感官的海报墙上，石头张望了一下，想象有一天自己能和梁珂一起在这里看场电影，那应该是最惬意不过的事情。他意识到这种相思已在内心泛滥成灾，之前想过应该控制一下，但所有抵抗都被证明是白费力气后索性听之任之，他已经做好了为爱情献出一切的准备。他摸出兜里的铜板，跟路边的烟摊买了一包烟，眯着眼睛看阳光在头顶出现迷离的色彩，顺手拿出一支抽了起来。他最近学会了吸烟，一方面觉得遇到爱情之后自己应该成熟些，而香烟无疑是好道具，手里夹着香烟的人看上去是在思考什么。另一方面，吸烟让他的忧愁有了排遣的通路，烟雾吞吐中，自己似乎能得到一些安慰。

石头叼着烟，双手插兜，身子靠在路灯杆上，一条腿还向后蹬着路灯，往远处望去。自己唱歌的脚架已经在昨天拆除干净了，露出了崭新的公寓外墙。他怅然若失，稍微咬了一下嘴里的烟卷，深深地吐出一口烟雾。

这时一匹马车停在身旁，是他已经很熟悉的梁家的马车。那是一匹血红近乎黑色的高头大马，品种非常罕见，在路上跑起来很是拉风。石头盯着这马车发呆的工夫，突然闻到一种神奇的味道，让他有些眩晕，感觉眼前的空气幻化出神奇玄妙的光束，仿佛置身于万花筒中一般。车夫绕过来打开装饰豪华的木质车门，向不远处谦卑地笑着，他顺着车夫的眼光扭过头看见梁珂在女佣的陪伴下走来。她步子不快不慢，似乎并没有被周围嘈杂的环境所干扰心神，像只小鹿一样优雅清扬又略带高傲。她的脸是那么洁净平和，就像笼罩在美景上空的和煦光芒，让人浑然忘我。至于她的绝色，石头真切地明白为她所做的一切努力、所受的一切痛苦、所费的一切周折，对于这样的美丽，其实是不值一提的。他抱怨自己对这种美丽缺乏足够的预判，因为自己之前远远看见她，然后根据不够清晰的影像产生的所有对于这姑娘的想象都是拙劣不堪的模仿，都是一种僭越。有一种美丽，就算近在眼前伸手可及，也都是远在天边。

石头感觉世界已经停滞。烟卷不自觉从嘴中滑落，但是他一动不动就像尊雕像，只有眼睛不眨一下随着梁珂。她一路目不斜视,只是保持一种轻盈又端庄的姿态,在女佣的帮忙下上了车。马车启动的一刹那,梁珂缓缓转头通过车窗看向了石头,那种呆呆的眼神让她觉得滑稽的同时还感到一丝骄傲,她显然认出了这个人,似乎是不自觉地轻轻笑了一下,这是属于少女顽皮的笑,笑了但脸上没有留下证据。就是这么一眼,她有些自得,这个人和自己想象的差不多,只是他的眼神像要死了一样凝固,而脸色红白不定,嘴唇也变得青白惨淡……

从马车消失在街角开始的漫长岁月里,他再没有一刻不想她。腥臭危险的羊群里,筋疲力竭让他想就此放弃,那时她的身影就在眼前;炮火连天的街道上,血腥的气味让他无法呼吸,恐惧像魔鬼一样把他攥在手心,她的身影还在眼前;当有一次他被病痛折磨到以为死亡将近的时候,他认输了,默默地对自己说:"真正的爱情,一面不少,万面不多。"

没有任何力量可以阻止命中注定的爱情。

石头在梁珂家附近徘徊时,走着掩耳盗铃的奇怪路线。他会绕过几条街,然后在某个路口转向她家的方位,直到路过这座飘着花香的院落。石头的脚步也不会放缓,但是会多留意地看上几眼,尤其是东南角的那扇窗户。他已打定主意,在合适的时机敲响那扇精美的院门,他无法再压抑涌动在火山口的熔岩,已被炙烤得痛苦不堪。

在一个清风徐徐的下午,他终于停住脚步,经过很长时间的驻足沉默之后,他敲响了面前的木门。这时候他觉得木门的气味与众不同,而指关节碰触到木门的时候,就像触电一样,身体产生一阵痉挛。这时他才注意门上装着门环,又抓起来庄重地扣了几下。敲门声消失许久,院落内的寂静没有任何被打破的意思，石头断定家中并没有人，他在失望之余又长长地松口气，反倒有些庆幸，他把手里拿着的一枝鲜花插在门环上，转身离去。

不久以后，石头第二次决定敲响院门时，其实是仓促的。因为注意到女佣打开院门拎着篮子去路口的市场买菜，而他刚才曾听到院子里传出两个人的对话声，判断此时只有梁珂一个人在家。石头整理了一下衣服，点燃一支烟快速地抽了几口然后掐灭，下定决心，又扣动了门环。窸窣的脚步声传来，门外的石头紧闭双唇，心脏狂跳。如果脚步声再久一点，他一定会窒息过去。脚步声在离院门还有一点距离的时候小心停了下来，梁珂谨慎地问："请问是哪位？"石头浑身在颤抖，这是他第一次听见如此悦耳的声音，这一刻，他满脸通红好像包藏祸心："您好，梁小姐，您知道我……我……只是想跟您认识一下。"之前演练过多次的说辞此刻忘得一干二净，石头说话的声音变了调。她迅速从敲门的时机以及熟悉的嗓音里知道来者何人。

院子内外一片寂静，梁家的园子使用木板栅栏和灌木包围，风吹动时发出沙沙的响声。一只听过石头唱歌的乌鸦，好奇地落在木栅栏上，左右看看被院门隔开的两个外表沉默而内心激烈挣扎的年轻人，然后飞了起来，顺便拉了块粪便，直接落在石头的脸上。石头一动不动，他无暇顾及这讨厌的鸟儿，没有留意粪便在自己额头流了下来，形成一道污迹。正待搜肠刮肚想说点什么的时候，门里传来了天籁一般的声音："请你不要把花别在门环上。"石头"哦哦"地答应，伸手摸了摸门环，似乎在为这件事道歉："我可以和您谈一谈？""不太方便，"梁珂看着紧闭的院门，双手在身前攥成了一个小拳头，这让她显得拘谨和谦逊,"如果——可以写信。"她下定决心,最后用微弱的几乎听不到的声音说。石头怔了一下,他正为没有听到木门"吱呀"开启的声音失落,又扭头看到远处梁家女佣在往这边走过来。他一瞬间明白了姑娘的意思,笃定地说:"那好,就想办法放在您窗户下面的花丛里。"

空气中飘荡着纸张、油墨和装帧图书的糨糊的味道,石头坐在李谋知的书房里觉得有些压抑,在一个人的居所出现这么多书籍,让他心生敬仰也望而却步。他翻弄着李谋知在他面前摆放的几本诗歌集子,努力想着刚才听到的建议,企图在这些断句杂章里找到爱情的密码。李谋知在看到石头写下的三十页情书之后,挠挠头,觉得当务之急并不是如这个孩子所央求的为他修正错别字,而是需要推倒重来。这些赤裸裸的啰唆语句都在重复他的感情,在为自己的所作所为披上真诚的神圣的外衣,字里行间的迫不及待让人有压力,而海誓山盟的表达因为缺乏技巧而显得生硬凶狠让人害怕。他不想伤害石头的自尊,在浏览这封信之后,他首先肯定了石头的用心,这个眼睛里都是血丝的年轻人已经为了这封信数夜未眠。之后婉转地告诉石头欲速则不达,并且讲出自己的建设性意见,很多事情没有必要重复啰嗦,爱人之间需要漫长的时间,可这并不适合当下他们的关系,如果让人觉得冒犯那就得不偿失,甚至会弄巧成拙。他告诉石头,不能因为是书信不是当面,就不自觉地放肆,而是要保持应有的含蓄、腼腆、恭敬和距离。当石头辩驳的时候,他强调,在深爱的人面前,过分的表达一概就是放肆,这是爱情的污点。

李谋知带他到自己的书房里,让他读几本普希金或者泰戈尔的诗集,这些简短的句子对石头的阅读水平而言并没有大的障碍，李谋知当然不期待他能明白其中深意和高雅的艺术之美，但只要领略一下字句的表达方式和风格，也会让他对爱情的书写知道个大概。同时他叮嘱石头，爱情的表达一定要注意比喻，冲击力反而比开诚布公要强上很多，另外要准确地表达细微不同的感受，适当引用大师的字句可以事半功倍，那是他们所以成为大师的理由。实在不能说清的问题，可以留白，点到为止，想象可以弥补写作的不足，反而为爱情留下空间。石头独自在书房里待了一夜，在摸到少许门道之后，拿起笔写了一封两页纸的信，天亮时，递给走进书房的李谋知。爱情的神奇就是可以让一个人迅速成熟长进，就像庄稼的肥料一样。

石头在一个黄昏把这封盖着在商店精心挑选的火漆的信投到梁家的院子里，同时，他在院外唱了一首情歌，确定这个送信的暗号梁珂一定明白。

石头在工作之余就到锦绣园忙里忙外，精巧机灵地把甘二爷伺候得周到体贴。甘二爷心里想要不是这行当不体面，真要把这孩子常留在身边。石头在园子里混得熟了，从南来北往的客人里知道了各式各样的新鲜事，大开眼界。俄国人正雄心勃勃计划把铁路修到大连旅顺口，可以直接把东北的货物装船送往南方甚至日本、南洋，同样也把人家的好东西带回来；还听说几个闯关东的老客在抚顺挖到了煤矿，发了大财；中国大街新开了好几家皮草行，生意好得不得了，哈尔滨人跟风俄国人，开始对动物皮毛制成的衣裳情有独钟。

财富的传说都很离奇，这让石头听得云里雾里但心生羡慕。同时，他也见识了来此寻欢作乐的各种男人，为了钱卖笑卖身的虚情假意。人们喝着烧刀头，抽着鸦片烟，在筵席上醉生梦死，又到房间里翻云覆雨，大把的银子源源不断流入甘二爷的腰包，人的本来属于爱情的欲望被讨价还价变成金钱，又从金钱表演成爱情。石头喜欢偷听客房里的动静，他经常要捂住嘴让自己不要笑出声来，同时也对里面发生的事情充满幻想，在确定不会被发现的时候，斗着胆子趴门缝偷窥，同时把自己和梁珂想象成房中激情四射的人，会得到一种通体上下的满足，让他在痛苦的思念之中得到最大的安慰。这也是他乐此不疲来锦绣园和甘二爷套近乎的重要原因。而对于这种买来的欢爱，石头却是不屑一顾的，他绝不会容忍自己的爱情堕落至此。

许多年前，宋姐和丈夫在一次土匪的劫掠中逃到山中躲避，为了给她弄口吃的，丈夫到山下冒险。她趴在悬崖边上看着丈夫被土匪抓住，捆在马尾巴上，在坑洼不平的山坡上被拖着疾行了好几里路。几天后在一处山坳里找到丈夫的尸首的时候，他已经残缺不全，浑身落满了蚊蝇，头颅不知道是在拖行中甩了出去还是被野兽叼了去。

宋姐几经辗转来到哈尔滨谋生，四处游荡的过程中遇到了康翠。粗人可不一定能做好粗活，做好粗活的人并不一定是粗人。收留她的恩人因为好心一次次陷入麻烦。漂亮的洁白衬衫被洗成了米黄色，昂贵的大衣里衬离奇地扯断了线，记载着往来账单的票据经常不翼而飞，或者在房间的角落里重见天日，或者干脆死无对证。好人从不放弃自己的善良，康翠最终决定介绍她到锦绣园帮忙打扫卫生。生计初定的她每天都见到男女作乐后沾着污渍的凌乱床被，甚至还有血迹斑斑的床帷，每天都能听到各种娇喘呼叫，甚至还有肌肤碰撞的脆响。她经常会感觉自己被痛苦折磨得干涸空虚，还会有钻心的烦躁。每到这时候，上个老板那洋溢着青春气息正被好时光赋予野性光芒的儿子常常浮现眼前。

一天晚上，宋姐瞧见石头一个人在甘二爷的房间。她走了进来，嘘寒问暖，并且希望在简单的交流中把这块生硬的粗粝石头四两拨千斤地搬到自己爱欲的河流中，最终成为一块光滑坚硬的鹅卵石。

石头浑然不觉围绕着自己宝贵节操的阴谋正一步步逼近。

宋姐双手在衣裳上抹了抹，娴熟地把这个注意了很久的年轻人的衣服一件件脱下，然后默不作声解开自己的衣带，露出丰腴白润的身子。她的汗水和泪水一起流了下来，用力把石头搂在自己的身子上，用力地抚摸拿捏石头的身体。石头能感受到一股滚烫的热流在体内横冲直撞，也淌下了斗大的汗滴。在某一刻，宋姐静止了，看到石头像他的名字一样坚硬顽固一动不动，感觉到他的血液突然冷却下来，身子开始冰凉，这让她的冲动像潮水一样迅速退却，露出羞涩的沙滩。石头猛地挣脱散发着热气让人眩晕的肉体，坐起来。这时候，他突然为以前这女人到家里拜访时候自己穿着欲盖弥彰的男孩子的短裤而面红耳赤。最后他盯着门口的方向，粗着声，冷冷地说："我要留给我的爱情。"

凡是求爱过的男人都懂得时光是多么难熬。

石头并没有听从李谋知的意见，在送出第一封信之后等待一段时间让事情慢慢发酵，而是每隔几天就在那扇美丽窗户下面的花丛里留下一封信函。他经常拜访李谋知家，借到一本本文学大师的作品，这些书无一例外饱蘸深情文采华丽，他还是无法读懂大部头的叙事作品，但是就如李谋知睿智的指点，那些纯粹抒情的作品用来装点自己的爱情已绰绰有余。在这些阅读之中,他常常惊叹爱情的伟大,假如不是梁珂的出现,这些书籍即便摆在自己面前,自己无论如何也读不进去,更不可能感同身受,与文字欢喜,与文字哭泣,与文字愤怒,与文字绝望。这些从未听过名字的天才,竟然和自己拥有一样的情感,甚至让自己在虚无的时空里遇到知音,于是感慨自己并不孤独。这些作品烘托了石头的爱情,让感伤有迹可循,想念其来有自。他已经越陷越深,愈加幸福地坠入爱情的深渊。

可无论他在信中如何提议,给出种种不同的收到回信的方式,都没有得到任何反馈。他在又一封信里,用了悲戚的语调苦苦哀求,甚至还胆敢有一点从未有过的埋怨,希望梁珂能够回信给她。他模仿天才的语句,写下了他自认为这十几封信中最美好的句子:"爱情的到来没有给天空带来先知,爱情的死亡也没有给天空带来伟大。因为爱情,我发现了天空的存在。"

石头穿过半个城区来到梁珂就读的舞蹈学校,在门外眼巴巴等待了一个上午,希望能够看见她,找到机会上前说上几句话,但是直到中午,才搞清楚学校在放暑假。他垂头丧气在梁珂家附近游荡,终于注意到花园里有人声,隔着厚厚的灌木丛无法看清楚里面的景象。正在他焦灼的工夫,听到了女佣说:"小姐,我去给您端红茶来。"接着传来离去的脚步声。石头不顾茂密的枝条扎手,尽量扒开一条缝隙,把脸探进了灌木丛里,压着嗓门又尽量大一点声说:"梁小姐,我觉得,您应该给我回封信。"停了一下又说,"这是礼貌。"

梁珂无法解释为什么会答应收下他的信件,这和生活中很多令人费解的决定一样,过去之后就不会再过多思量。她阅读了收到的每一封来信,对这些让人脸庞发烫的遣词造句起初觉得有些好奇，她试着解读其中是否有什么暗藏的密码，正在以爱情之名把自己引入一个惊天的阴谋，就像小说里的叙述一样。而这人信中落款就是个简单的"石头"，更加重了自己的怀疑。

在夜深人静的时候，她拉紧窗帘，借着昏暗的小灯逐字阅读，深深思考，但是没有发现什么机关，这让她有一点小小失落。再之后，她才逐渐意识到这可能是纯粹的情书，就像字里行间要表达的一样。她又尝试着从同学或者父亲的眼神、言语、举动中分析这个事情是否肇始自一个恶作剧或者是对女儿善意的考验，同样她没有发现任何蹊跷。当她确认书信背后纯粹的目的之后，她有些排斥，可是这些信件所代表的情感已经在她消耗众多精力的探寻中无意留下了印迹，已经做不到视而不见。这是她第一次面对如此赤裸裸的表白，无异于在昏暗的卧室里，豁然出现一个欲火满身的年轻男子，他一个个胡乱解掉上衣的扣子，然后又意识到了鲁莽，再一个个重新上下错串着重新系上。对于姑娘来说，没有比这更慌乱、尴尬、猝不及防的事情了。

她在和同学的聊天中，无意得知曾有个人不怀好意地接触她们，似乎有什么不可告人的目的。在只言片语的讲述中，她悄悄判定那人就是给她写信的人，目的在于她的爱情。后来她聪明地引导同学们讲出了她们知道的关于石头的信息，那是个洗衣房掌柜的儿子，确切说是个野种，他的母亲有着不堪回首的青春岁月，证据就是没有人知道石头的父亲是谁，更没有人见过。石头在营造厂上班，似乎很得老板信任，但是不知道为什么一直在工地干着肮脏的活计，虽说他有不错的歌喉，但无碍于同学们对他卑贱、低等的判断。

梁珂结合阅读过的小说里的情节，加上石头优美的歌声，再加上那些明显带着真情的信件，反而不像同学们那般武断。在她优越的生活经验中，也不存在对于卑贱、低等切肤的认识，何况她又是本性善良的人。过早意识到阶级区分的人是可笑的，过晚意识到阶级区分的人则是愚蠢的。

她在很多个夜晚秘密阅读这些来信，睡前的宁静和不设防的心境让她清晰感觉到一个人在文字上孜孜不倦的努力和进步。这些或者似曾相识或者前所未见的表白如今都发生在自己身上，她感觉以往对于小说情节的幻想都近在眼前，这种奇妙的感觉会很快将她带入美好梦境。后来，她偶尔会带着这些信件到课堂上，当老师讲课的时候也偷偷拿出来阅读一下玩味一会儿，也会和小说上的情节一一对应。梁珂惊奇地发现，文学原来就是一团糨糊，能用所有够得着的东西糊住别人的嘴，蒙住别人的眼，盖住别人的心。想和文学靠近的人，没有不是居心叵测的。

没多久，糨糊粘贴过来的古今中外各路文学家各色的表达终于发挥药效，把唯一的封闭的稚嫩读者不知不觉带入到致幻境地。她开始留恋、惦记这些字句，就像上了瘾。不知不觉她开始处在他的语境中无法自拔，这些信件出乎意料地让她感触良深、心波摇动，并且开始热衷。她开始回忆起石头唱过的歌，在高空中跳的舞，青白的嘴唇、高挺的鼻梁和瘦弱的身材，还有仰着头叼着烟卷看向绚烂天空的样子。她并没有想到回复这些信件，那种行为突破了家庭、教育给自己的界限。她只是这样思考、踌躇和幻想，这种感觉已足够让她慢慢体味。他发现了天空的存在，那自己就是天空中飞过的鸟，何必带来先知，又何必留下伟大。

梁珂此时坐在院子里的榆树下面正翻开一本书，听到声音时受到一点惊吓，向灌木丛注视了一会儿，知道这人现在就在不远处，正急切又凛然地发问："梁小姐，您为什么不回信给我？"如果默不作声，无论如何是不应该的，就为过去这些日子里自己的一切情感波澜，也不应该。她扭头看看女佣正在屋内倒水，站起身来双手按在书本上，对着树丛外模糊不清的人说："好吧，你可以写得简单一些。"这无异于告诉医生，你可以为我开上一斤致幻剂；无异于告诉裱糊匠，你可以再去买一百斤糨糊来。

爱情就像院落里盛开的繁花，绽放之后才有五颜六色美不胜收的景象。

信的魔力来自反复的阅读。翻来覆去的默念和体察入微的思索让每一封信都像在深深地窖里逐渐发酵的酒，香气会越来越迷人，味道会越来越凛冽。她似乎忘记了最开始的忐忑和对自己的告诫，频繁的通信让她感觉坠入幸福的河流，窒息的同时感觉到生死在天不如坦然就范。在湍急的爱情的河流中，她忽而望见湛蓝的天空，忽而看到起伏的群山，忽而又瞥见岸边的绿茵，起伏之中，一切在温暖和煦的阳光下绚烂而安详地存在着。

虽然和他不同，她还是保持着克制，但是面对似乎要把自己生命的火焰全部燃尽不留丝毫的对方，还是时而失控的。比如在信里，她提起了自己的母亲，看见她在天上安详地祝福自己，确信一生都会庇护在母亲的羽翼之下；说起了自己的梦境，梦见了即将到来的冬季，大雪会埋葬这个夏天，当她惊醒哭泣的时候，有一个声音安慰她冬天也是崭新春天的序曲，让她破涕为笑；谈起了爱情的河流，在起伏汹涌的激流里，她曾看到的一切，和她怎样有着对生活永不沉没的信心。

姑娘一旦开启爱情之门的时候，男人将掌控一切节奏。

石头把她在信中蜻蜓点水地对生活、学习、兴趣的描述视作一个高贵女子的矜持,他不顾一切地想尽一切办法把她拽入自己开凿的爱情洪流里。他没日没夜阅读各种经典作品,虽然通读是奢望,只能从跳跃的阅读中,疯狂地吸吮其中有关爱情的句子。他因此获得了更高的表达能力,从开始的牵强附会逐渐变得自然而然行云流水,甚至反过来激发他的情感里未曾被注意的角落,让他心灵没有一处死角,完全浸泡在爱的河流里。相思是病,爱情也是病,他曾不止一次对她表白,愿意就此病死。

从收到第一封信开始,石头的食欲变得不可遏制,一扫之前漫长的食不知味的状态,饭量足足增长了一倍还多,一顿可以连吃三大碗白米饭,无论菜肴是否可口,都会风卷残云一扫而空,他的胃似乎也在热恋之中。康翠从儿子狼吞虎咽的吃相中,感觉到他的爱情进展顺利,这足以让她宽慰。二十年的养育,她并不孤独。操劳的生活虽然给了她岁月的痕迹,但儿子挚诚的爱回馈了足够的知足与幸福,所以面容并不显得沧桑与破败。忠诚的守护是对自我最好的珍重,无论对于爱情,还是孩子。由于过于旺盛的食欲,石头身上很快出现了变化,在哈尔滨飘起冬天第一场雪的时候,他必须重新购置过冬的棉衣,万幸的是,衣服只是短了,而不是肥了。石头的面容因为身高的变化也在发生改变,少了一些稚嫩,多了一些还未经磨砺的坚毅,同时有了一些准备迎接生活挑战的沉稳,虽然在惊喜的成长之后他还是不及一般北方人高大。对人说话也逐渐变得柔和、亲切、礼数周全,而这种改变他自己知道,是因为他不但读了还写了太多的情话。

时光的沙漏一旦被爱情掌控,就中了魔法。

两年多的时间在一封封小心传递的信件中流逝，他们的信件在花丛中、灌木中，有时候又在某个飘落一地金黄的银杏树下，或者某个常栖息着乌鸦的老榆树的树洞里。飘雪的时光，在梁珂学校门前，每隔一段时间会出现萌态各异的雪人，它们的造型颇具心思，也对应着外人无从得知的亲密的语言，更重要的是，在这雪人的某个部位，按照约定会很容易找到一封足以融化整个雪人的热情来信，她就会带着这样一封信登上接她回家的暖融融的马车。她小心翼翼地保持着书信联络，不让自己的手触碰到炙热火炉里的烧炭，但那一方早已承诺会把自己燃烧殆尽，她坐在火炉的边上，不能不被温暖，不能不感激，虽然心底害怕正在燃烧的火焰。

他曾在血书中写下她的名字，并信誓旦旦，他已请俄国刺青师傅将她的名字配上美丽的花纹刻在胸膛上。梁珂思量再三，终于下定决心，遂了他的多次请求，在回信中附上了自己的照片。当这封信被放置在精心选择的地点，梁珂觉得做了这一生最胆大包天的事情，感觉整天脸庞都在发烫。面对着充满诱惑的爱情火炉，她在紧要关头保持着最后的冷静和克制，不抉择也不退缩，这是她不同于世上绝大多数女人的能力，这种能力后来成为她面对爱情的原则，并深信这是保持幸福的原则。很多年以后，当她在尘封的灵魂宝藏中偶然寻获关于这段时期的回忆，即便老泪纵横，也深以为然。他们从未单独见面，一直到很多年以后那个寒冷的夜晚，在严府门前，在那次因为刻骨铭心的爱情而忠诚、坚守的表白之前。

有一天，大雪纷飞，城市的街巷空无一人，这是哈尔滨冬天常见的寒冷夜晚，正要入睡的梁珂听到窗外传来歌声，是一首古老的俄罗斯情歌,因为雪夜的缘故,声音格外清晰。她惊慌地从床上坐了起来,双手捂住胸口,一方面捕获情歌的意思,一方面担忧父亲或者那个嘴快的女佣会被吵醒。她在镜子的反射中看到青白的月光下,一个瘦弱的身影在雪中忘情地唱着歌。她走到门前,听到传来父亲的鼾声,这让她稍微平静了一些。一会儿歌声停息了,梁珂又等了一下,才起身来到窗前,她看到一个孤独的身影在大雪中、枯树旁、月光下孤独走远,他的背影时而出现一个红点,那是在抽着烟。梁珂那一刻觉得,这世上如果没有情歌,那所有的歌唱都不是作品,而是工具。

他想到松花江江边去,他还想唱歌,想表达自己的感情,毕竟,刚才不敢唱得太久,那会让他们爱情的秘密毁于一旦。石头刚拐进巡船胡同,就被一群人踢翻在地,戴上了手铐。

石头就这样被第二次带到警局,也第二次被同一拨警察毒打,他没有上一次委屈,但却更加愤怒,在被围殴中抱着头,大声叫骂:"为什么打我!你们这帮混蛋!"他愚蠢地招致了更为正义凛然地毒打。

结果让石头如释重负。并不是因为对梁珂的秘密追求露了馅,所以被梁家人设下圈套。只是因为那个鄙视穷种的警官在夜查中发现了有前科的人行踪诡异,似乎正在觊觎某一个长着美丽屁股的女子。

他被换上镣铐,受了一夜驴唇不对马嘴的审讯,不过恐惧比上一次少了很多。第二天早上,另一个警官恰巧路过。石头是过目不忘的人,那是锦绣园的老客人,穿上制服更像个嫖客。他抓住救命稻草似的乱叫惊动了那人。警官听完原委哭笑不得,给甘二爷打了电话,告诉他常在锦绣园帮忙的小伙子遭了难。甘二爷二话不说，答应作保并承担罚款，一个时辰之后，锦绣园的马车把鼻青脸肿满身丧气的石头从市警察局接了出来，同时来的一个亲信私下对警官表示感谢，并塞了一张银票。

爱情给了石头持之以恒的澎湃力量。他在李谋知的营造厂已然成了不可或缺的人物，无论在建筑现场的搭建工作，还是审阅繁复的设计图纸，甚至李谋知在官商关系的协调和处理中，都能上手。人们对一个青葱懵懂的少年不声不响就能熟悉如此多不同领域的知识感到惊讶。而李谋知给他的薪资，足足上涨了四倍。

当石头有一次回家把钱交给母亲的时候，无意间问了一句，李老板这几年在哈尔滨赚了不少钱，怎么总是孤单一人啊。康翠把眉头皱了起来，似乎有一种隐痛。

她没有答话，而是说起自己对于石头的安排，她已做好准备，家里多年的积累足够儿子办场风光的婚礼，她甚至觉得自己的大衣可以不买，省下钱来为儿子和新媳妇买上两件更为昂贵的貂皮大衣。房间里再请好一点的工队装潢一下，再按照那些俄国人家里的风格置办一些家具。自己努力所能够换来的幸福感，是一个人最大的炫耀。

"我们什么时候能买一幢好一点的房子？"

这句话让康翠的幸福感顿时消失了。石头爱上的姑娘过于高贵，眼下的居住情况让人揪心。大杂院里，和上百口人共用一个厕所，做饭要在露天的楼道里，一到冬天腌好的满满酸菜缸还担心被窃贼偷个精光，死冷寒天还要到外面排队打水。作为一个洗衣店的老板，这是一笔难以想象的开支，可是作为母亲，她不觉得儿子有什么过分。

石头在和梁珂的信中多次提到过明年她毕业的时候就结婚,在他的苦苦哀求下,她说会考虑一段时间给他答复。在经过几个月的回避之后,终于给了回复:"我想是可以的,但是你不要逼我总跳舞。"石头对母亲的安排觉得天经地义理所当然,这种温馨后面隐藏的世道艰辛人心煎熬是他还不能体会的,所以无法产生真切的共鸣。他又没头没脑地问了一句:"李老板赚了那么多钱,就自己,花得完吗?"康翠听到这话心头一震,脸上风云变色,一哆嗦把手里的洗衣房账本掉落在地上,也正是弯腰捡取的动作,才掩饰了她慌张的眼神。在她的生命中,对于韦庭芳的思念从未停止过,也从没有设想过停止的可能,她已经把那个人当作一个只活在她心里的人。他死了,但深夜她枕边的鼾声没有停,这个人还会以某种形式压在她的身上让她醉生忘死,也还会在晚归夜路上,搂着她的肩膀。

那个革命者的名头让她不能把石头的身世公布于众,为了他的理想,她和儿子在过去的岁月受到了无法想象的耻辱。有时候,她后悔曾经把自己的爱情故事说给石头听,本意并不是需要他来承担什么,而是鼓励孩子让他知道,他是爱情的一部分,不是别人嘴里的野种,只是因为某种原因,也是为了他父亲的理想,她不能公布他的身份,而这一切,是他们母子天生就要承受的,这是爱情的原因。两年前儿子的痴情表现曾经让她担心甚至有些自责,她觉得是自己的讲述让孩子对爱情认识得过于崇高,而忽视了爱情所带来的苦难。万幸的是,她感觉到儿子的爱情顺风顺水,于是由衷地默默祈祷,希望这一切能功德圆满,千万不能重蹈自己覆辙,那将是她最为痛苦的事情,一定有心无力爱莫能助。

在过去的年头里，她姣好的容颜，体贴善良的性格本可以收获新的爱情。每一次，她都因为众多原因坚决拒绝，或许是为孩子不受委屈，或许是因那人缺乏魅力，但是总的来看，其实都是因为她早下定决心，守护自己的爱情，直到死去。

在一个金色季节的皎洁夜晚，有个男人说家里有韦庭芳在南方的活动信息。她跟他回家之后，发现房间挂满她的油画。这是多年以来，这个男人请画师偷偷观察她的所有收获。不同画中的她带着岁月流逝的痕迹，带着生活改变的气质，带着爱情之下所有的艰难和幸福。她泪流满面，那时候，她幸运地以旁观者的身份看到一个真实的自己，她为此恸哭，为此自责，为此遗憾，为此心疼。当她情不自禁伸手摸到其中那幅最年轻的画中人，她又转身毅然决然地推开那双试图抱住她的手臂，当男人无法克制地泪流满面并试图把她放在床上的时候，她还是犹豫了。不过在忘我的激吻之后惊觉这是一个陌生人的气味，而这人正在撕开她的衣裳的时候，她在韦庭芳幽灵不散的指责中清醒过来，没有一丝停滞，重重抽了那痴心人一个响亮的耳光。起身整理好衣服，愤怒地喊叫着，撕碎那幅刚刚爱得痴狂想去抚摸的油画，夺门而去，从此再没见过那个伤心欲绝的人。

两年多以前，她又被新的爱情侵扰，而且前所未有地威胁到了她和韦庭芳的爱情，韦庭芳的幽灵似乎在这人的攻势面前且战且退，这让她恐惧慌张，甚至厌烦，她拒绝和这个人见面，费了好大劲才守住自己，留住韦庭芳。为了这个胜利，她的心备受噬咬，她的身体备受委屈，她的灵魂一度在时光的旷野中迷失了方向，几乎认错了人。她不知道是否明智，坚决认为如果她的爱情改换新天，那就死了，她会等不到石头的爱情瓜熟蒂落，这种痛苦甚至在某些时候与丢失韦庭芳的爱情的恐惧不分伯仲,让她在噩梦中惊醒,在黑夜里苦熬到拂晓不敢闭上眼睛。

又一个冬天不期而至,但是第一场雪却像逃跑的新娘,杳无踪迹。这就导致初冬的午后寒冷、枯燥、萧瑟、烦闷、无聊、破败,没有大雪的冬天什么都不是。

石头正在颐园街的一处工地上,他在检查工程的进展情况,这里将拔地而起一处庞大的公馆,业主是在苇河林场贩卖木材发了大财的俄国商人谢瓦利。因为造价高昂,工艺复杂,预计工期将有五年之久,竣工后会是城市里最奢华的官邸之一。据说富人们闻风而动,将这地块临近的土地一扫而空,计划着兴建自己的官邸,与这栋由法国设计师设计的豪宅一较高下。李谋知对建筑是由衷的热爱,当他接下工程拿到设计图纸的时候,对建筑本身壮观、瑰丽的设计赞叹不已,调动了最好的力量投入工程之中,并委派石头负责监工。可以想见,竣工以后,石头会因参与这栋华宅的施工而在建筑界崭露头角,再加上本身的好学和勤奋,前程是让人兴奋的。

石头走出工地,希望找个地方吃饭,他早已饥肠辘辘。有个人挡在了他的面前,这是个气质和眼下的天气应景的人,冷峻、压抑、让人烦躁,光秃秃的前额显得未老先衰,一双眸子咄咄逼人,脸上的皱纹不少但纹理清晰硬朗,给人残暴、粗犷的印象。石头无数次在远处见过梁寿年,无论是风闻还是自己的印象,这都是个不好接触的背景神秘的人。他曾在一个饭店见过梁寿年宴客,他大杯喝酒,大声喧哗,偶尔会重重拍拍身边的人肩膀,把头贴近人家吼上几句,似乎所有人都是他的马,由着他鞭笞、敲打。还有一次,他坐在欧罗巴宾馆一楼的咖啡馆里，跷着二郎腿，嘴里叼着硕大的雪茄，边抽边咬边哼哼呀呀地说话，时不时用手指点着对面坐着的几个人，手指像随时可以变成枪筒。他近在身前，像铁塔一样，个子比石头高上一大截，不满的眼神直勾勾盯着石头，嘴角露出一丝不易觉察的无奈、轻蔑和犹豫。

石头早料到这一天，只是在心里不愿意正视，梁寿年注定像他的身材一样，成为他爱情之中的一座大山，而不是桥梁。他用锐利的口气一字一顿说："我们需要谈一谈。"边说话边把手里的半截雪茄扔得远远的，手放进貂皮大氅的口袋，隐隐看到一个手枪形状露出来。石头点点头，跟着他穿过马路，路过刚刚建好不久的尼古拉大教堂，它占据了城市最宽阔的广场，即便周围都是枯枝败叶，还是显得色彩斑斓雄壮无比。教堂的钟声正好敲了起来，惊起了在钟楼取暖的乌鸦，像一团乌云腾在空中，发出抱怨的鸣叫。这也惊醒了午睡的风，开始用力地刮了起来，使得萧瑟更萧瑟，寒冷更寒冷。

他们穿过莫斯科商场门前熙熙攘攘的人群，对周围人们的喧嚣叫嚷视而不见，在商场的拱形走廊下面匆匆而过，小心躲过屋檐下面悬挂的冰溜子，它们在阳光的照射下会掉落水滴，有的因此脆折而落，有的会撑到更寒冷的季节，熬到春天来临。大直街上偶尔可以看到穿行而过的豪华美国轿车，这是城市的新事物，虽然哈尔滨的道路还没有准备好迎接汽车时代，大多在糟糕的天气里泥泞难行，但这抵挡不住富人们的好奇心，宽阔的大直街是不多的可以尽兴驰骋的地方。中东铁路局大楼是这座城市最重要的建筑，它楼顶闪烁着光芒的路徽像所有欧洲的徽章一样，设计繁复华丽，总有一种神秘威严的气势。他们在铁路局后面的一条由北向南从高往底的小街止住脚步,梁寿年推开一扇酒馆的门,回头盯了石头一眼,走了进去。

两杯伏特加端了上来,梁寿年端起来先大喝了一口,然后一只手从放着枪的口袋里抽了出来,在怀里熟练地拎出支雪茄,服务员上前擦燃火柴,他盯着面前的小个子,吧嗒吧嗒抽了起来。石头嘴里发干,就自己点着一根香烟抽了起来,他受不了逼视,头扭向了窗外。

"你从什么时候……"梁寿年停顿了一下,把秃头扬高了一些,倨傲地继续说,"开始骚扰我女儿。"石头把头低下,默不作声,他有一点欣慰,自己并没有被出卖,路上的担忧没有出现,或许,她还并不知道父亲已经掌握了他们两人的秘密。梁寿年极力控制自己的怒火,虽然觉得今天并不存在有难度的挑战,但是他人对自己千金的垂涎和下作的勾引,已经让他无可忍受。当自己把这件事看作一个孩子成长的必经阶段的时候,他又觉得完全有理由原谅女儿,理解女儿,而眼前这个瘦骨伶仃的野种,他从此消失就好,不会玷污自己家庭和女儿的名誉。

石头也在压抑,若非是因为爱情,他根本不愿意和这个看着就别扭的老男人有什么瓜葛,他粗大的雪茄和自己手里细细的香烟,就说明了目前这种尴尬来源于何处。他不想隐瞒,年轻人习以为常地把自己放在道德制高点的缺陷占据了思维的主导,石头熄灭香烟,双手握成拳头放在桌面上,挺直了腰杆,语气真诚地跟梁寿年讲述了自己爱情的真挚和可贵,并试图在眼泪汪汪的叙述进入高潮的时候,跟这个女孩的父亲做出庄严的比生命还可贵的承诺。

当梁寿年觉得自己设想的谈话被石头带偏的时候,果断喝止了石头的叙述,他把身子放在椅背上,环视左右,确认在这个午后酒馆生意惨淡,并不会有其他人听到石头的叙述,但还是后悔坐在了靠窗的座位上。

梁寿年脸上的怒火和粗鲁的态度并没有影响石头的信念,从这年轻人倔强的眼神中,阅人无数的梁寿年相信这一点。他扭动了一下身子,轻轻叹了一口气,努力让自己安静下来。他开始讲述自己的家庭,或者说在交代梁珂对自己的重要性,并不容置疑地说他的女儿应该嫁给匹配的人,而不是芸芸众生中的一个,这样的生活才是女儿应该有的未来,最后又语重心长地说,假使去爱一个人,那就应该去祝福她,而不是妄图占有。说完他又把一只手伸进了口袋。石头一直没有打断梁寿年的谈话,因为他表现出了和自己印象不同的状态来。在抽完一支雪茄,喝了三杯伏特加之后,梁寿年意识到他所有的话都无法撼动石头坚若磐石的爱情信念,这让他有了一点之前没预料到的慌张,意识到这是一场突如其来的危机,黑色的阴影在他后知后觉的情况下已经笼罩了家里美丽的庭院。他不想再掩饰,常用的狰狞表情在脸上显现,眼神已是赤裸裸的威胁和恐吓。石头干脆再度低下头,真不知道该怎么面对这人接下来的动作,只是从意识到他没有被出卖的一刻起,已经压抑住了路上的慌张和害怕,感觉变得从未有过的勇敢和聪明。

在听到梁寿年从牙缝里碰出的几个字之后,他惊愕地抬起头来,迷惘、迟疑压过了愤怒、耻辱。"你个婊子养的。"梁寿年还不解恨,在捕捉到石头的眼神之后,咬牙切齿又来了一句,"你是野种。"石头并没有如愿被激怒,他的表情变得神奇,嘴角微微动了一下,露出一丝诡异的笑,也许是悲伤的,也可以被理解为轻蔑的,更可以认为是极具攻击性的,尤其是他的脸色已经苍白如纸。之后,他嘴角的笑扩大了,变成了咧嘴一笑,笑出了声,他不想再回避梁寿年,眯缝着带笑意的眼睛同样直勾勾地看着梁寿年。梁寿年对如此年轻的人这蕴含着复杂信息的表情感到惊讶,于是更加厌恶,他终于把枪掏出来,拍在桌面上:"我会杀了你。"石头第一次端起面前的酒杯,把伏特加一饮而尽,脸上马上现出突兀的匆忙的红色,他指着空空的酒杯,已把酒气化作钻心利刃,不屑地看着对着自己的枪口,就像看街上的狗粪,像说临终遗言一样看透一切地说:"我可以为爱情而死,你成全了我对小珂的所有承诺。"

在舞蹈学校的老师找他谈话之后,梁寿年就一直处于焦灼之中,他对女儿的担心素来是和爱并行的。他不明白高傲纯洁的女儿为什么会在课堂上翻看情书,为什么被这些情书迷得神魂颠倒,成绩一路下滑惨不忍睹。梁寿年回到家终于发现了藏在女儿梳妆台下面的一摞子厚厚信件,只草率翻了几下,那种他人对自己最可贵的事物的侵犯让他怒不可遏,近乎失去理智,两只拳头紧紧攥在一起。在通过社会关系了解到这个男孩子的家庭背景之后,他更坚定必须及时遏制这种荒诞的关系,然后让这个插曲随着时间的流逝彻底消失。女儿的掩饰、坦白、肝肠寸断的哭诉,他都没有半点动摇,反而更助长了他的愤怒,把这一切当作石头对无辜女儿的蒙蔽和欺骗,女儿所有的话语都是受到邪恶诱惑之后的可怜的胡言乱语。他挣脱开女儿的拉扯,泄愤似的把那些耗费无数个不眠之夜、承载无数个思念之吻的信件送进了火炉。当火焰把两年多的寄托化成黑烟,梁珂惨叫一声晕厥过去。醒来的时候,发现被锁在了卧室里，窗户也被从外面钉死……

梁寿年从小酒馆怒气冲冲地回到家，没有得到对方的温顺、害怕、服从、逃离，却落得恼恨、郁闷、心疼。下午尼古拉教堂的钟声一遍遍回响在耳边，让他头疼欲裂，生怕那是神的启示，在敲响他毕生希望的丧钟。他决心辞掉那个不称职的女佣，断定是她的忽视粗心让窃贼有了可乘之机。

午夜时候，梁寿年轻轻走到女儿卧室门前，侧耳听着女儿睡眠中轻微灵动的呼吸声，那是世上最美丽最动听的音乐，让他的愤懑稍微平息。在她还是个幼儿的时候，他就独具慧眼发现了这让人着迷的长处，多少女人美丽如花风情万种但睡姿不堪，还有让人情欲尽无的蠢笨呼吸声。想到此，梁寿年更是毫不动摇，感慨如此美妙的声音，应该配上一位高贵优雅的世家公子才不暴殄天物，而不是下嫁给一个让自己和女儿蒙羞的偷摸娘们儿屁股的野种，不是下嫁到傅家甸的嘈杂之中，让自己一生为改变命运的披肝沥胆毁于一旦，让那隐秘的不安伴随自己垂老之年。

他又走到书房里，轻轻拿起书桌上妻子的遗照，端详了一会儿，又轻轻放下，重重地咳嗽了几声。在通盘思考了一下最近的生意之后，背着手在房中走来走去，一向粗枝大叶的他发现搬来哈尔滨这么些年，岁月已经在家中侵蚀出种种不易察觉的细微创痕，这些变化由来已久，就像房子的主人。他重新回到桌子边时，拿起一张当天的报纸。夺人眼球的标题让梁寿年睁大双目露出惊骇奇光，他迅速忘掉了白天的挑衅晚上的焦灼，陷入到一种瑟瑟发抖的状态。这一刻，他更像一头雪地里卧薪尝胆的孤狼，在静静舔舐永不会愈合的伤口……

过了许久，雪地里的狼才缓缓起身，从容走到书桌前，看着那张美丽的照片，似乎汲取到什么玄妙的力量，复活了深藏已久的果决。他终于做了一个决定。

梁寿年的马队在黎明时分启程，出城没多久，天空飘起雪来，姗姗来迟的入冬初雪。梁珂掀开马车轿厢的布帘，呼吸到外面凛冽的空气，眺望在飘雪中渐渐模糊的城市，直到成为白茫茫的一片，觉得天地无情地抛弃了她，她将在孤独中度过一生。梁寿年调集的是马帮中最好的把式，冰滑难行的路面并没有影响行进速度，当他们第一天晚上打尖的时候，已经身处松嫩平原上的榆树镇。晚间，把式们安顿好马匹车辆，就在大车店的院子里生起篝火，围坐一团，吆五喝六地热闹起来。稀稀落落的雪花，落到腾腾燃烧的火焰里，竟然助长了火势。没多久，众人就满身酒气兴奋起来，一起唱起了属于马车夫的歌，越低俗越兴奋；跳起了属于赶路人的舞蹈，越粗鄙越尽兴。有这种独特气氛的存在，严寒不会让人觉得孤独，天路也不会让人觉得困顿。

梁珂被安排在最好的房间，而父亲就住在隔壁，他们各自在房间里落落寡合地坐着，满腹心事，并没有被窗外的气氛感染。三天之后，漫天风雪把通往长白山的道路堵塞，需要在路上的一个小小驿站驻留以待大雪停歇。梁寿年站在风雪里思索，没多久，积雪就到了膝盖，多年的赶路经验告诉他，这场雪就像十八岁的新郎，没个七天七夜不算完。而这些天里，这间小驿站将被陆续经过的马队搞得拥挤不堪人满为患，到时候，连日常所需的粮草补给都会困难，众人会狼狈不堪，况且他还有自己的算盘。在马队的把式们认同自己的顾虑之后，他当机立断变更路线，绕开前方山口，曲线进入长白山南麓，这样虽然多行二百余里，但不至于过多耽误时日。这个决定最具挑战性的部分就是眼下,马队需要顶风冒雪横穿辽阔的查干湖。大雪在午夜时分变得稍微舒缓了些,一列七八辆马车组成的马队在响亮的鞭哨中驶入辽阔的湖面,他们凭借星宿的指引一路向北。月光下,冰封的湖面留下一道长长的让人热血涌动的印迹。湖面的风更大更冷,梁珂在被棉絮包裹的车厢里,盖上了两层厚厚的棉被,还是瑟瑟发抖。

这些天,她和父亲没有说过一句话,双方简单的沟通也是通过梁寿年新找的丫头传话,眼神的交流也几乎没有。此刻,她知道父亲一直策马奔驰在自己旁边。她听到父亲熟悉的声音偶尔高声地吆喝指挥马队调整方向,还有特有的抽动马鞭的声音,鞭子在空中迎风抖动,远隔二里路都能听见马鞭在空气中炸裂的清脆声响。

冰面上赶路格外考验垛头的本领,即便在最寒冷的天气,上千里的湖面都冻上丈把儿厚的冰层,也会有因为暗流或者下网人打洞而形成的薄弱区域,一旦有马匹误入,就会导致周围的冰层迅速连带崩塌,整个马队都将万劫不复尸骨无存。垛头必须根据地形、方位以及一种神奇的感觉来计算,在千钧一发的时刻做出决策。月光时而被云层遮蔽,狂风刀子般抽动梁寿年的脸庞,他不为所动,眼睛反而像狼一样精光乍现,一边借助星宿来判断方位,一边警觉地观察着湖面,不断抽起马鞭,用一声声炸子般的响亮鞭声驱赶着无边夜色带来的沉闷压抑,并且通过高声怒吼来呵斥激励着马队再快一点,在这里多停留一分钟都可能出现莫测风险。经历一夜风驰电掣的跋涉,在晨光微露、冰封的湖面泛起透着金光的薄雾时,马队终于有惊无险地在查干湖北侧登陆。梁寿年兜转缰绳,回望千里冰封的查干湖,脸上显出一股英雄般畅快的骄傲。

又经过近半个月的艰苦行程,马队才算通过长白山的林海雪原。经过集安镇的时候,连续数日的大雪终于止住,如果不是梁寿年的决断,他们此时还在那个驿站苦熬。集安城外古高丽国王锥子形的高高王陵随处可见,马队绕过这些硕大的陵寝耽误了一些脚力,于是在城东凤凰沟的旅店过夜,第二天半天行程就到了通化城。

得到消息的梁珂舅舅早带着众人在小小的城门外等候,当远远看见一个人骑着高头大马耀武扬威带着马队赶来的时候,大家都在雪地上跺着脚取暖并翘首以盼,待走近些,那人脱下熊皮帽子高高挥动,豪气冲天,辛政见到后大手一挥,鞭炮锣鼓响成一团,冬日的萧瑟被一扫而空,庆祝的喧闹一直持续到深夜。辛家在通化有望族的排面,亲朋好友络绎不绝,辛家为女婿外孙女的到来摆起了流水席。梁珂多日的郁闷在亲属的轮番探视下稍微减退,虽然这些亲属她一个都不认识,但是她的涵养和得体的谈吐,以及像极了母亲的美貌给所有见过的人留下了难以磨灭的印象,这在她离开多少年以后还被流传,那时已衰老不堪的梁寿年为此自豪不已。

人们私下的传说里辛家的两个姑娘是仙女下凡尘,后来又多了梁珂。这家人不知道是哪辈子积了什么德感化了神仙,而梁家的祖坟一定常年冒着让人嫉妒的青烟。梁寿年对辛政尊重有加,他为辛政一家人从哈尔滨带来了丰厚的馈赠,俄国的大衣、日本的器皿以及各种新鲜玩意,甚至还包括通化城第一台照相机。晚宴的时候,他又掏出两根金条送给了辛政的两个儿子,拍拍小孩子们的肩膀,承诺如果日后留洋,梁寿年会承担全部费用。

辛政知道梁寿年对他的敬意来自二十多年前，那时梁珂的妈妈待字闺中，她的美丽早已传遍白山黑水，家里本来属意把女儿许配给靠长白山挖参发财的牛子厚，但是梁寿年从抚远赶到通化盘桓了大半年，只是因为偶然一次走垛见到这女子，就发誓定要把这个长白山包括三江平原最漂亮的女人娶回家。在相持不下的时候，是辛政发挥了重大作用，说服二老，才算成全了这桩婚事。梁寿年在晚宴尾声时候已经醉意蒙眬，聊起辛政当年支持他的往事。辛政笑说，这是你们的缘分。再说牛子厚虽然有钱，但是人也长得像人参，一脸和年纪不相称的褶子，听说后来还遭遇绑票被毁了容，倒是当年梁寿年风姿飒爽一身豪气，所以只是水到渠成而已。梁寿年表面拍着大腿笑个不停，内心则想如今牛子厚已是吉林响当当的首富，连省督军都跟他借钱发饷，绝非自己能比，心中有些不安。

辛政在感慨一番红颜薄命之后，对梁寿年不惧路途艰险，在二十年前迎娶新娘的日子再度来到通化城，表示有情有义让人钦佩，故人有知也可含笑九泉。这番赞许让梁寿年受用不已，颇感欣慰。正当两人酣畅交谈之时，一个衣着宽大朴素的女子才刚刚入席，虽然这女子不修边幅不声不响，但是只要看到她的脸，就会感到如万丈光芒升起一般的耀目绚丽。梁珂盯着这个美丽姑娘愣愣入神，好一会儿才想起这就是她从未见过的小姨，因为她的面容和母亲虽各有千秋，但有着一模一样的动人眼睛，而这双眼睛和自己又有几分相似。辛雅旁若无人地在桌子上吃起来，她似乎已经习惯众人注视的目光，丝毫不以为意。梁寿年和辛政也止住话，都看向辛雅，一个是触动伤怀,一个是心疼无奈。辛雅天生和姐姐一样美丽不可方物,然而她从来对包括自己身体在内的一切事物毫无兴趣,直到十六岁才勉强习惯在睡醒之后自己穿上衣服。而她平时都沉浸在自己的世界里,对外来的一切不闻不问,她可以独自绣花从清晨一直到日落,翻来覆去地整理房间日复一日,她话也很少,就像个偶尔会动的绝美雕像。辛家二老辞世之前,已经放弃了对她的任何希望,只是嘱托辛政一定给她养老送终。

即便最有经验的情场老手也认可,这个姑娘身上有一种从没感受过的强烈的气息,可以让男人神不守舍为之癫狂。

她很早就知道男人是什么东西,到死也不知道男人是什么东西。从出生那天起,她就从没有在睡着的时候穿过一件衣服。如果不是被家人强迫,她愿意永远赤身裸体,在自己房间里,和光溜溜的时光做伴,和赤条条的针线做伴。

十五岁时,睡熟的她遭遇到一个从天而降的黑影。那是一个想尽方法终于曾在某个时刻一窥她绝美容颜的人。这个平素安分守己的读书人无法遏制过于泛滥的情欲,毫不犹疑将灵魂出售给了魔鬼。

她一丝不挂的入睡习惯让这人轻易得手。而更重要的是,她什么也没感觉到,就觉得一根针带着一条线匆匆忙忙完成一次次毫无章法的重复工作。这样想了一会儿,她试探着问一句:"请你轻一点,床塌了,就不好睡了。"那人突然停顿了一下,带着哭腔问:"你,你能嫁给我吗?"

困意再度袭来,她在黑影剧烈的喘息声中沉沉睡去……

清晨,通化最有前途的读书人抛妻弃子死在了辛家门前。他割断了自己的手腕,用鲜血在地上潦草地写了几个让人摸不着头脑的字,"辱,辱,辱"。他的死成了千古悬案,人们认为这个不幸的男人一定遇到了触犯天条下凡辛家一窥人间绝色的神仙,因而不幸中了妖术,才失去心智自我了断。

前些年,这个美丽的姑娘不知道怎么竟然大了肚子,辛雅对此事安之若素不发一言,辛政绞尽脑汁也没有找到肇事者,只能夜晚增加人手,对妹妹严加看管,连只老鼠都别想进得姑娘的房门。坏人抓不到的时候,自己一定会暴露。不久后的一天,一个富家公子突然得了失心疯,在街上整日光着身子乱跑,叫着辛雅的名字。但是这不足以认定他是肇事者。一个晚上,看院的发现一个企图翻墙而入的黑影,大声呵斥,那人慌乱之中,躲入茅房,就在大家吵吵嚷嚷准备拥进茅房捉贼的时候,那人大叫一声辛雅的名字,竟跳进粪坑里淹死了。打捞上来正是那公子,怀里有一只辛雅穿过的绣花鞋,这只鞋正是辛政在调查过程中发现妹妹少的那只鞋。就是这天晚上,辛雅生下个死胎。她竟然无动于衷并且在不长的时间里恢复了以往一样的惊人美丽,甚至比以前多了几分风韵。辛雅的存在是这家人的伤痛,但却是坊间艳羡这姑娘无双美貌时一个充满魔力的谈资。

当十二年前得知妻子病重不治的讯息时,梁寿年正在抚远的一处外宅搂着十六岁的情人睡觉。他赶回佳木斯时,看到妻子青白面容已和生前判若两人,再见到幼小的梁珂哭肿了双眼可怜无助,宛若雷击。他扑通跪倒,以头重重磕击棺木,懊悔不已。他在一瞬间的打击中否定了自己,生平第一次狠狠地全面地否定了自己。为满足了虚荣心之后常年对妻子的冷落深深自责,为自己的不忠感到鄙夷耻辱。他在那一刻知道,他错过了世上最好的女人,也错过了自己的爱情,上天将降临永世孤独让他为自己赎罪，自己是罪有应得。

就是从那时候起，梁寿年的情欲随妻子的离去而彻底消失，他和所有情人斩断了联系，将心中的爱全部给了女儿。随着时间的流逝，愧疚并没有消失，而是像梦魇一样时不时在某一刻突然折磨他，时间越久，就越清晰越痛苦，愧疚蔓延成了一种遍布全身从里到外的病，让他不能安生。他知道自己将带着这种痛苦离开人世，但是，在合上眼之前，一定要看着自己的愿望实现，就是让女儿幸福，而不是像她的母亲一样，绝色的美凋谢在不忠、薄情和无尽的遗憾之中。

他要让这次慌乱决定的返乡之旅尽量变得漫长一些，时间可以斩断所有下贱的卑微的情缘。他深信这一点，但百密一疏，在秘密又仓促地策划这次旅程的时候，不可避免地把行程和目的地告诉给了他的亲信。被辞退的女佣去和梁珂告别的时候，梁珂与她抱头痛哭，一方面是十几年相处的情谊，另一方面这时候把梁珂熟悉的人赶走，是对她脆弱心灵又一次重重的打击，让她倍感失落。梁珂满脸眼泪，父亲已经通知她收拾好行装一早就要离开哈尔滨，她火急火燎地在女佣面前写下一封简短但事关重大的信，告诉石头她大难临头的痛苦，并且做好了诀别的准备，同时为父亲去找他而道歉。把小姐最后的重托小心藏在她的物品里后，女佣扭动着肥胖的身子，挽着由大大的布单缠起的行李包，抹着眼泪，一步三回头，最后一次出了梁家的门。在这封当晚就被送达的信里，梁珂透露了她可能的行程，这个信息是女佣在两人哭泣的时候哽咽着告诉她的，而女佣和梁寿年倚重的亲信也有着长达十几年的情分。因为客观事物的复杂，世上没有算无遗策的人。

在通化的城楼子前面，人们用通化第一台照相机为辛家和梁寿年父女拍了全家福，照片中两个并不坐在中间的仙女让这张照片注定成为珍品。合影之后，梁寿年的马队走出了长白山，沿着乌苏里江折往西北，那是佳木斯的方向。

北方的冬天是传统家庭的男主人，要不够横不够，女人不敢露头，而春天正像这家里永远活在缝隙里无声无息的女人。一行人在漫长冬季接近尾声的时候，才算接近三江平原。一路的艰辛自不必说，梁珂并没有因为时间的流逝而对石头有所遗忘。事实的真相是，爱情不是在该死的时候死，而是在能死的时候死。

假设没有这种思念之苦，危机重重、险象环生的旅行也许还不至于如此折磨人。前些日子，一匹马经过悬崖时突然失蹄，差点连马夫一起拖入万丈深渊，马夫是因为一块小小的岩石勾住了棉衣才死里逃生。但后果是一行人在路上的食物损失殆尽。梁寿年逼得没办法，对一棵参天古树里冬眠的黑熊动了心思。没想手中枪响之后，那只黑熊毫发无伤，反而被惊醒，一跃而出，不费吹灰之力就扑倒左近一个马夫，魁梧的马夫在硕大的黑熊身下就像一只无辜的小羊，那黑熊伸舌头直接舔了一口，马夫一声惨叫疼晕过去。还是梁寿年带人在一旁连开数枪，回声在林子里震耳欲聋，好像山崩地裂，树冠的积雪纷纷坠落如天女散花，这黑熊嘶吼着连打了几十个滚才算倒地不起。众人搀起地上的马夫，发现他的半边脸已经血肉模糊露出白骨来。梁珂在车厢里远观这一切吓得脸色苍白语无伦次，直到梁寿年过来安慰，才算好些。也正是因为这件事，父女的关系有了一丝缓和。凭着这头黑熊和零星收获的走兽飞禽，他们好歹撑到现在。

佳木斯位于辽阔无垠的三江平原中心,只要过了四丰山进入大平原,再加上气候转暖日照延长,他们在一周之内就能回到阔别七八年的旧居。马队在一个午后进入密林蔽日怪石竦峙的四丰山,这座山并不高,但因为地势险要绵亘百里而成为大平原上一道天然屏障。

行到密林深处,梁寿年发现坐下的马匹变得烦躁不安,步伐开始凌乱不听吆喝,到后来,干脆裹足不前原地打起圈来。马队中剩余的马匹也纷纷不安,喘着粗气,时而发出几声闷闷的嘶鸣。梁寿年断定这是危险的信号,拔出手枪翻身下马。果不其然,从不远处的林子传来一股粪便的腥臭味,他和几个马夫上前查看,还没到近前,地面上几个凌乱的脚印就揭开了谜底,就近有老虎,而且是罕见的巨虎,梁寿年的两只大靴子并排踩在野兽一个脚印中间都富余。盯着地上张牙舞爪的脚印,梁寿年不自觉倒吸一口冷气,浑身汗毛立了起来,他迅速折身护在女儿的马车旁边,一手扶住车辕,一手拿枪,眼睛滴溜溜乱转,警惕地看着密林周围。

梁寿年知道这里自古就有猛虎出没,曾经有进山的马队连人带马葬身虎口。即便早有预料,老虎在林子中穿梭现身的时候,众人还是被山中之王的气势震慑,马匹更是惶恐嘶鸣,众人看见猛兽的斑斓皮毛忽隐忽现不急不缓,没人敢轻举妄动,都屏息看着,打定主意凶多吉少也要拼死一搏。巨兽谋定之后,纵跃几下准备冲入人群,一个马夫惊慌失措,手中的枪走了火,巨兽瞬间被激怒,摇头摆尾发出一声长长吼叫,被它吹动的雪带着血煞之气扑面而来。梁寿年寸步不离马车,严阵以待,但脑海里在期待着什么。

当巨兽冲出树林现身在众人面前时，好几匹马死命挣脱缰绳跑入山林，大家都感觉死期将至，此兽之庞大实在闻所未闻，只有在山林里，才能真正见识老虎的王者霸气。就这一刹那，突然一阵金属撞击的凌厉声音传来，巨兽踩中了雪地中埋藏的猎兽夹，一只后脚被金属锯齿牢牢抓住，然后弹簧扣紧的机关启动，埋伏在陷阱后面的一个绳索在雪地里破空而起，以一棵大树的粗壮枝丫为杠杆，迅速拖动，把这头巨兽硬生生地悬到半空中。老虎惨叫着在空中几度腾身，妄图咬断后肢上的铁夹，就在众人忌惮着左右张望之际，传来一阵猛烈枪声，巨兽几声惨叫一命呜呼。

一面坡的绺子是三江平原上数得着的大匪帮，大掌柜兴安龙以凶狠奸诈闻名。报上明明说这些人因为当局围剿，放弃了一面坡的老巢，逃窜到哈尔滨不远的二龙山一带惶惶不可终日。

梁寿年和兴安龙多年未见，在土匪老巢的筵席上格外热络，人们津津乐道两人二十多年的交情，以此为由大碗喝酒大块吃肉。梁寿年抽着雪茄，感谢兴安龙的威名助他的马队走南闯北顺风顺水。兴安龙要年轻些，他的小眼睛总带着一丝笑意，让人看不透内心。梁寿年当然也不会说，他以为二龙山上的余匪会很快被消灭。这是他匆忙之中上路的重要原因，很多事情，必须离得足够远才安全。谁知道，兴安龙狡猾之极，主力部队暗度陈仓在一面坡扎根，派些散兵游勇在数百公里之外吸引火力。梁寿年转念一想，当局不一定不知道，只是如此报道宣传倒是提早捞足了政绩。

梁寿年和兴安龙即有渊源。他每年都会派人秘密给兴安龙送上一笔钱财，用来维系所需的平安。人们传言他曾独闯土匪窝子和兴安龙大喝三天三夜，两人侠肝义胆脾气相投才结下情谊，而事实是，两人早就熟识，只是走了不同的路，那次被传得神乎其神的双龙会是两人蒙蔽所有人的默契，而同时乐得各自收获一个好名声。黑透了心的两个人都明白，世上的明眼人比今天打死的巨虎还少呢。

当兴安龙穿着用一百张貂皮、两件熊皮缝制的华丽大氅说出让他今天心猿意马的缘由，梁寿年把雪茄放进嘴里，不动声色地抽了几口，余光不经意飘向了坐在不远处的二掌柜盖三江。他无法也不敢当面拒绝兴安龙的贪婪胃口。兴安龙喋喋不休地说看到梁珂第一眼就觉得自己白活了，愿意用两百根金条做聘礼，这比梁寿年全部的身家还多。他以婚姻大事需要和女儿商量为由，暂时拖延了兴安龙。

在两人落魄的年轻时候，曾经结伴在一面坡北麓的进山路连续打劫十八拨过路商贩，并且洗劫一空，没留一个活口，总共欠下二十七条人命。后来，兴安龙上山扎绺子，而梁寿年去佳木斯跑垛。要不是那些分赃的财物，他们都不可能弄出后面的动静来。这些陈年血债是梁寿年的心头大患，觉得不是不报时候未到，只有当他晋升更高的阶层找到更大的庇护时，才可能渡过危机，这也是希望女儿嫁入名门的一个私心，他不想老了以后等待被清算。兴安龙已经完全被梁珂迷得晕头转向，相信天价的聘礼和梁寿年的把柄，再加上满山的弟兄，他们断然跑不出自己的手掌心。梁寿年一夜未睡，抽掉了七八支雪茄，天还没亮的时候，悄悄出了自己房间，敲响了盖三江的门。

梁寿年应允婚事虽是意料之中，连续几天茶饭不思的兴安龙欣喜若狂，命人把两百张貂皮、两张熊皮，再加上十张狐狸皮送到佳木斯最好的裁缝那里，加上两倍工钱，务必在自己大婚之前做好，以让自己在那天显得威武神气，迎接自己的爱情。

和梁寿年以及一干亲信畅饮之后，放松警惕的兴安龙和梁寿年到后山坡上撒尿。梁寿年找了一个背风的地方叼着雪茄解开裤子哗哗放水，同时小声嘟囔了一句，兴安龙凑上前挨着想套近乎，不到半米的距离，一声惊呼，被埋在雪地里的捕兽夹扣死了他的右脚，他被吊在了空中，剧痛中张牙舞爪刚想大叫，没想这个机关更为复杂一些，同时被触动的还有另一棵树上的机关，一根二尺粗的树干从空中俯冲过来，在兴安龙惊恐的注视下，不偏不倚地直接猛砸向他吊在半空的腿，巨大的冲力瞬间砸断他的两条大腿骨。

又过了几日，盖三江穿着原本兴安龙为大婚准备的奢华大氅热情护送梁寿年一行下山。临别时，盖三江把梁寿年拽到一旁宽慰道："狼群的头狼断了腿，就瘪犊子了，都是一样的下场。"梁寿年没言声，纵身上了马，照顾着梁珂的马车绝尘而去，心里想，就是觊觎大位已久杀人如麻的盖三江，还维护着自己的名声，这是留后路呢。

春天是一面坡最美的时候，无边的山野丛林化身自然的调色板。断了双腿的兴安龙拄着拐杖费了三天的工夫才抵达一段通往林场的铁路旁，他平躺在路基上，孩子一样观察着眼前砂石中摇曳的野花，第一次发现人们脚底下的卑微生命竟然如此美丽，闻了闻，想起了爱情，觉得这就是爱情的芬芳味道。他又仰望着天空，把身子艰难地往上蹭了蹭，头放在铁路的枕木上，觉得三江平原的树木就是好，够厚实，起码能再用一百年。他再挪动身子，把头再往上抬高一点，正好枕在冰凉的铁轨上。他感觉到光亮的铁轨震动起来,一阵轰鸣声从远处传来,正当想为下辈子许个愿的时候,发觉自己裤裆里流下一股子热流,他圆目怒睁,愤恨骂道:"你躲我却遇见我,咱们缘分未尽。"然后,他的眼睛被阴影遮住,以无头鬼的形象下了地狱。这一切从始至终梁珂都被蒙在鼓里,直到多年以后,梁寿年陷入叵测危机命悬一线的时候,她才知道当年四丰山那段惊心动魄的往事更为残忍的全貌。

抵达佳木斯的第二天,在给女儿的闺房挂上天鹅绒制成的厚厚窗帘,并为她床上装饰上豪华的帷幔之后,梁寿年带着梁珂去看望自己的母亲。那时佳木斯还不像日本人来了之后那般繁华,只是一座孤零零的边陲小镇,由几条街道贯穿着。梁何氏曾一再拒绝跟随儿子去哈尔滨,也不想搬离一辈子的旧居住到儿子发达以后添置的新房子里。梁寿年的马帮途经佳木斯时都会给梁何氏送去一些特产或者钱财,但是通常在马帮下次再来的时候,会发现她没有动过。

梁寿年终其一生无法在母亲面前抬起头来。

他们家最早住在瑷珲城附近的北窝屯,梁寿年的父亲正是那里的屯长。他小时候,一年夏天,俄国人突然出兵驱逐住在江东六十四屯的中国人,将大量老百姓骗到一个大屋子里放火烧死。肥沃土地的上空,一阵阵腥气扑鼻的黑烟飞到洁白云朵的周围,慢慢把洁白吞没,天空中下起了红色的雨。因为阳光浓烈万里无风,这雨就像愤怒又无处诉冤的剑,无能为力地插到了曾耕耘和热爱的黑土地里。最后,俄国人又发起多次无差别扫荡,试图将中国人从这片土地上彻底清除。有些落网的干脆跳到黑龙江里，企图游过宽阔的江面，保全性命。身后，夹杂着狂笑的亢奋的张狂的狰狞的喊叫声的枪林弹雨像万里之外马林斯基歌剧院的交响乐一样震撼、宏大，俄国人追着他们，恐吓、终结、毁灭他们。第二天，黑龙江江面上到处漂荡着中国人的尸体，散发着呛人的恶臭，惨绝人寰。

梁寿年一家还有少量乡亲是极少数逃出生天的幸运儿，他们辗转流落到佳木斯，在此定居下来。好景不长，小时候的他极其顽劣，一次偷偷去松花江边玩，不幸溺水。父亲听到呼救跳入江中，这次却没有幸运发生，父亲托起他的同时自己随着湍急的江水消失无影。

自从那以后，梁何氏就很少说话，就像寂静的山林，偶尔起风的时候，才能听到些悲伤的呜咽。

梁何氏见到孙女，脸上出现了客气的腼腆笑容，这让她显得慈祥的同时更显苍老。她轻轻摩挲着梁珂的头发，拍拍她的肩膀，上下仔细打量着已经长大的梁珂，许久才似乎放心了，又低头缝制起自己的寿衣。她穿针引线非常缓慢，好像这可贵的生命时光已经向衰老投降，可以毫不珍惜地从拿着针线的指缝中流走，在寿衣上密密实实的针脚中自暴自弃，消失得无影无踪。

梁寿年为她的人生设置了一个注定孤独的终局。无论如何，她都难逃孤独的折磨。自从松花江吞没她的爱情以后，她把自己的余生当作厄运与孤独的手下败将，负疚已深，但却不知道归咎于谁。她其实不知道，在人生注定无法穿透的孤独之中，并非像所有人想象的那样，是出于爱情和亲情的宿怨。实际上，孤独是无穷的爱与无法战胜的胆怯之间殊死较量的必然结局，最终胜出的是一个人对失去爱情的恐惧。孤独，从来都像蜘蛛网一样死命地缠住每一个落入网中的猎物,为他注射天荒地老的毒。

佳木斯的各路亲戚、朋友因为他们举家回乡,都闻风而动,在不同的日子里设宴款待。在与这些人的推杯换盏中,梁寿年不动声色地获取他所需要的信息,在心里对每个人的位置重新挪动摆布,以使得周围的资源更为有效,对自己更为有利。梁珂重回少时旧地,见到不少曾经的玩伴,在热闹忙碌的日子里,减缓了她已经持续了半年多的焦灼和痛苦。她和父亲的关系至少在表面上逐渐恢复到从前,但是,她能感觉到,某种隔阂一旦产生,是不会轻易消失的,只是因为父女之间深厚的情谊让他们彼此下意识地忽视而已。

当梁寿年重新开始忙碌他的生意的时候,也为梁珂从俄国边境的哈巴罗夫斯克请了一个家庭教师。这个女人从乌苏里江乘船过来,她负责梁珂的功课,并督促梁珂练习,以不至于荒废舞蹈技艺。梁寿年的忙碌使得梁珂早已望眼欲穿的信终于有了送达的时机。她料定石头会想方设法联络她,而在旅途中反复思量之后,认定石头一定会找到方法给她佳木斯的家中去信,因为她的家在这个小地方很容易被打听到,即便换了住所,只要有心,也一定会打听到梁老板居于何处。当她在通化的时候,曾期望奇迹发生,希望能收到石头用某种方式瞒天过海的来信,但是她得知整个冬天长白山恶劣的天气让无数马队商帮受阻,而他们是极少敢于穿越查干湖绕道抵达的马队。

终于在一个午后,一个车夫送来一摞厚厚的信件,他解释说是从去年开始就有一个小伙子拜托他在哈尔滨佳木斯之间传递信件,因为他每个月都要跟着商社在两地往返贩货,当他发现整个冬天梁老板家中一直无人的时候，这个信息也被反馈到石头那里。不过他坚持写信反复说梁老板和他的女儿一定会回到佳木斯，同时叮嘱车夫要是想持久地赚取这笔不小的通信费用，送信的时候一定要规避所有人，亲手交给梁小姐。

梁珂迫不及待回到房间打开这些积攒了大半年的信件的时候，她感觉自己就要晕厥，在她的生命里，还没有过如此深切的想念、漫长的期待、艰难的传递。人生每一种情感的第一次出现都让人无法克制。之后她被泪水的汪洋浸泡，眼前的信函变得婆娑模糊，当她不断擦拭着眼睛逐字逐句读完这些信件的时候，发现自己所有的疑虑都一扫而空，所有的憧憬都梦想成真，那个人狂热的爱与思念并不逊于自己，时间和距离并没有如父亲所期望的改变什么。她心潮汹涌欣喜难耐，把信纸放在自己胸前，狂乱的心跳和起伏的胸脯让信纸也随之跳动，好像有了生命，梁珂想让它吸干体内的每一滴水分。梁珂起身喝了一大杯水，这时，她才注意这些信件的长度非同一般，放在自己的床上的厚度已经远超被父亲烧毁的所有来信。倾诉衷肠之余，他不厌其烦地讲述自己的遭遇，梁珂由此知道，在她备受煎熬的上一个冬天，石头也是九死一生。

那是梁珂离开哈尔滨不久后一个寒冷的早晨，石头路过水道街的街心花园去上工。偶然遇到商市街上熟悉的王掌柜，正在自己家门口摆放煤球。石头惊讶皮草生意一直做得好的王掌柜怎么有闲工夫忙起家务。从交谈中得知，这两年整个欧洲对动物毛皮的需求增长旺盛，价格也是水涨船高，连带着哈尔滨的皮货行情也是一日高过一日，但虽然利润大，皮货却极为紧缺,连做了多年皮货生意的王老板也拿不到货,看着好行情束手无策。没有了库存,干脆就赋闲在家了。

石头想到自己在营造厂认识一个叫姚有德的年轻人,老家是满洲里的,这个人头脑灵活而且口才极佳。他想着满洲里是交通重镇,蒙古、俄罗斯的皮货都要在那里中转,而满洲里听说也有规模不小的皮货市场。他把信息告诉给了姚有德,没想到姚有德竟然拍着胸脯说自己可以搞到货源卖到哈尔滨来,石头动了心思。在和梁寿年那次冲突之后,他对财富有了不一样的认识。

不久后姚有德果然搞到了几批水貂皮,看颜色质地和工艺都是俄国的货。石头把这些货转卖给王掌柜,发了一点小财。有一天,姚有德悄悄告诉石头,在蒙古客商那里囤积了一批让人眼馋的货源,只要拿出两根金条这笔货就可以马上启程,通过铁路发到哈尔滨,转手就是几倍的利润。之所以姚有德能得到这批物美价廉的货源,是因为他大哥在蒙古皮货商家里做事多年并且被信任。石头虽动心念,但是这笔钱对他来说简直是天文数字,在回家和娘商量之后,被当头泼了冷水,康翠告诉他有多大碗吃多少饭,世上人饿死的少,撑死的多。

石头不死心,经过反复思量之后,他决定为了和梁珂的未来赌上一把,等钱到手,马上到佳木斯找梁珂。他和姚有德商定坐火车赶往满洲里,再进入蒙古找到卖主,到时候银货两讫。火车足足走了三天三夜才到满洲里,无边的呼伦贝尔大草原让石头开了眼界,打出生起,他的眼睛就没有看到过极限,而这里举目四顾都是尽头,是天的尽头,是视力的尽头。望着无边的旷野,他感觉到了一种雄壮之美,他才发现,地有多美,原来是由天决定。

一路上，他什么时候都端着膀子以保护怀里沉甸甸的两根金条。他们风餐露宿从满洲里到达了草原深处的一个蒙古包，除了偶尔路过的浩大羊群，并没有见到预想的水貂皮。石头捂了一路的两块真石头冒着热气被从怀里抖搂出来，双方都傻了眼。石头想着先看看这笔货是否真的存在，然后再想办法拖延住对方，托人捎信给王掌柜，让他带人带钱来提货，而自己则能赚个不小的差价。姚有德是先赔钱让石头吃到甜头，最后骗石头凑笔大钱来蒙古，自己这一方来个杀人越货，逃到俄国境内，从此销声匿迹。双方就这么从天黑坐到天亮，又从天亮熬到天黑，对这局面都感到措手不及愁眉不展。最后，姚有德决定把石头扣在这天苍苍野茫茫的草原上当人质，让人捎信给康翠拿钱赎人。

得到信的康翠感觉天塌了下来。孤单无助的女人通常会表现出超越男人的冷静和狠绝。她知道他们远在蒙古即便官府也是鞭长莫及，而且根本不可能找到绑匪的具体位置，就算是哈尔滨的道台大人也帮不了她。况且如果自己付了赎金，石头也绝不可能活着回来。唯一的办法就是和绑匪以各种理由拖延，能拖多久就多久，只要钱不到位，孩子就不会死，而在这胶着之中，能不能凭借一贯的伶俐聪明逃出生天，就看石头的造化了。康翠去寺庙请来佛像，天天焚香祷告，她确信当下只有菩萨显灵能救自己儿子的命。而因为石头最终安全归来，她直到临死那天早晨，还坚持每天为佛像点上三支香，磕上三个头。

母子之间的默契是神奇的，石头在姚有德一伙做出这个决定的时候，就知道会是当下的状态。他每天都在生命的倒计时中苦苦思索如何逃脱。绑匪对他的看管日子久了有些松懈，其中原因大家心知肚明，草原上一马平川，即便他跑出去，骑着马也会很容易把他抓回来，等待他的将是一番毒打；而如果是晚上，就一定会被草原上猖獗的狼群吃掉。石头一想到再也看不见梁珂，而她还在等待自己的来信，完全不知道自己的境地，甚至会在自己死后另嫁别人，他心急如焚痛苦万状。

在一个艳阳高照的中午，石头盼望的机会终于来了。他早就注意开春的时候，草原上偶尔会出现放牧的羊群，这些羊群数以万计，就像天上的无数云朵倒映在碧绿的江海里。他每天中午都装作大睡，让看守误以为他通常在这个时候酣睡。之所以选择这个时间，是因为中午遇到羊群的概率比较大，而且午饭之后体力最好。石头趁着看守不注意，钻进床垫下面他挖好的一个小洞，从蒙古包里逃了出来，一溜烟窜进了远处的羊群里。下午，看守发现毯子下面狭窄的小洞暴怒不已，纵马奔驰遍寻草原上百里不见人影。石头光着身子在足有数万只的浩大羊群中爬行，外边的人根本看不到他。爬了两三天足有几十里路，即便之前有多日偷摸儿地练习，还是经常体力不支趴在地上，被无数只羊在身上踩过。他随着羊群的迁徙到了市集，逃过了绑匪的追踪，也躲过了肆虐的狼群，大难不死。和他爹当年一样，分文不名历尽千辛万苦回到哈尔滨。

当此事收场之后很久，甘二爷才听说原委，一见到石头，心疼地用力点点他的额头，让石头的脑袋重重摇晃了几下，他说："这世上比存在炼金术还令人稀奇的事情，就是知道的人会告诉别人。"

当两人重新建立联系之后，保持着每月一封信的频率，在梁珂对爱情中掺杂了金钱的因素表示不满甚至愤慨的情绪之后，石头躁动不安的心平静了些，他收敛了暴富的执念，并且对自己以身犯险没有顾及爱情是两个人的事情表示真诚悔过。石头在一封信中夹带了一片红叶，他矫情地说这是秋天最后的一片树叶，他们已经分别将近一年。梁珂收到信的时候，大雪已经降临哈尔滨，她还能感觉到这片树叶的寒气，仿佛刚刚从深秋湿漉漉的地上被拾起。

在佳木斯，她和小时候常来家里的邻居莫梵重新建立了友谊，而且惊奇地发现她跟这个大上几岁的女人其实有很多话题，这和小时候完全不同。

什么瘾都有人上，各种奇怪的瘾造就形形色色的人，最后让不上瘾的人争先恐后染上各得其所的瘾，生怕和这个世界不是一丘之貉。

爱上有妇之夫就是一种瘾，和所有瘾一样，这种瘾的快乐让旁观者无所适从，上瘾者醉生梦死。这种瘾因为隐秘的特性和后来者居上的技术难度，使得莫梵错过了出嫁的最好时机。即便在对礼数风俗并不看重的三江原，二十多岁还待字闺中也会被认为人生注定惨淡。

两人独处的时候，莫梵对生活的态度更石破天惊。她认为只要有爱情，所有的约束都不是问题，和男欢女爱的激情比起来，永恒变得不那么金贵，甚至只是贪婪的私心。梁珂惊恐地知道她已经和七个男人上过床，而莫梵对这些与不同男人发生的性体验如数家珍，并且热衷口若悬河仔细描述床笫之欢的全部过程。梁珂才发现心中还有一个神奇的宛若原始森林一样高深刺激的世界从没踏足过。她起初羞涩、困惑、惶恐，后来，当意识到自己对莫梵乐此不疲的讲述其实很感兴趣，甚至在交往之中期待她谈起这个话题,她感觉罪孽深重,并对自己的品质产生了从未有过的怀疑。夜深人静,她克制不了自己对莫梵讲述的一切回味想象,而且会身不由己把石头带入其中,爱情似乎和这片原始富饶的森林有关,这时她像个受惊的兔子。

莫梵在一个晚上跌跌撞撞闯进了梁珂家,跟她哭诉自己的不幸遭遇。原来莫家决定把她嫁给一个给俄国人当翻译的奉天人,他们已经无法容忍女儿混乱的情史,尤其是传遍佳木斯犄角旮旯的坏名声。这个人远在奉天,在佳木斯没有任何熟人,是莫家七拐八拐费了好大力气才找到的如意郎君。当梁珂知道这个男人比莫梵大上了四十岁,已经有了七个孙子的时候,才明白莫梵为什么惊慌失措。

当两人在苦思对策的时候,梁珂才惊讶地发现,莫梵的抗拒并不是自己认为的原因,而是因为今天上午莫梵找到了桦川县城一个声名远扬的萨满女巫,关于这女巫匪夷所思的预测能力已在平原上传播了半个世纪。女巫在挂着各种材质和古怪形状乌鸦像的被称为"神居"的地方接见莫梵,点燃旺盛的篝火,伴随着天籁般辽远的谁也听不懂的歌声,女巫在火光的映衬下绕着跪在地上的祈求者跳了一段热烈神秘的舞蹈。当女巫跪地向天,完成双手合十的祷告之后,她因为黑色的眼睛短暂地献给了天神而不断向上翻着白眼。最后她拿出一串古老的兽骨给莫梵摆上古老的卦阵,同时燃尽一张黄色的神符,嘴中念念有词。在过了一刻钟之后,她告诉莫梵,此番远嫁,定有血光之灾,命不久矣。莫梵归来的路上想到这个老人已经死了两房俄国女人三房中国妻子,吓得心神错位魂飞天外。莫梵家里已经下定决心送莫梵出阁,而她家里主事的老太爷从来都是我行我素，不屑求神拜佛。

两人密谋一夜的结果就是通过梁家去往奉天的马帮，找到当地熟络的人，然后把莫梵的名声和各种传闻逸事告诉给那个拟定郎君或者他家里人，让他们知难而退主动退婚，打烂莫家的如意算盘。

莫梵在做了这个决定之后，有些轻蔑地说，在爱情面前身子不值一提，在生命面前，让什么名声都滚蛋吧。整个盘算过程中，梁珂只是一个可有可无的听众或者说心甘情愿的跟随者，就像老马带着小马在丛林中穿行。她发现莫梵的缜密心思远在自己之上，而自己也第一次看到一个人为了对抗命运所能做出的果决手段，这比读过的任何小说都更具有冲击力。

事情在两个月之后峰回路转，莫家陷入了巨大的失望和狼狈之中，只有这两个姑娘知道谁才是背后的操纵者。梁珂在事后重新审视这件事情的来龙去脉，发现莫梵之所以比自己成熟多谋，并不只是因为比自己大上几岁，很可能是因为比自己经历了更多的爱情，这个想法被梁珂当作大逆不道的秘密深藏心里。

有一日，梁寿年回家说起哈尔滨的朋友来信，信中表明道台府少爷正有择妻之想，如果梁寿年有意，朋友可以穿针引线。梁珂见过那个夏天拎着鸟笼在街上游荡的公子哥儿，面容苍白体质羸弱，好像能被一阵大风吹走。他身着的马夹绣着整齐的金线，手上戴着硕大的翠玉扳指。梁珂回想起来这个人就像是一个画上的男子，一尘不染，又能一指头戳破。梁寿年随口一说还是给她带来莫大的惊慌，怕他看出自己的爱情还在暗地里肆意生长，更怕真把自己嫁进江边那个凶巴巴的道台府里面。于是她央求莫梵也带自己去桦川见见那位女巫。

经过一整天的往返劳顿之后,梁珂回到家中已是深夜,她的心前所未有地安静。女巫最终告诉她神的安排,就是她必定拥有一份持久的坚定的爱情,这份爱情将和生命同时终止,她因此享有幸福的人生。因为神启的存在,梁珂对石头的爱情更理所当然无所顾忌。他们在书信中用夫妻一样的语气对话,并且像夫妻一样谈论自己的生活和打算。他们对未来婚礼的细节和住所的装饰,以及两人在年老之后的生活,都认真地进行了探讨。每当莫梵知道她爱情进展的时候,都会表达不同的意见,而梁珂认为她们的爱情不同,不具备可比性。莫梵则辩驳,每个人都认为自己的爱情不一样,可是事实证明都一样。梁珂对这种论调则是嗤之以鼻,她觉得,爱情的真谛是虔诚,播种虔诚,收获虔诚。

梁何氏在一个深夜辞世,她提前自己穿好了缝制数年才大功告成的精美寿衣,僵卧炕头,数日滴水未进,直到在儿子的注视下一言不发地合上了眼睛。她苍老的皮肤早已没有一点光泽,就像被遗忘了很多年的物件儿,干裂暗淡,有着受尽冷落的沉闷色调。梁寿年感觉曾经点燃自己生命的那团火焰悄悄熄灭了,一直被它温暖着的角落瞬间陷入了黑暗死寂寒冷。只是这团火在过去的岁月里,因为一直燃烧着,所以没有被注意过。他发现,人就是在身不由己中被裹挟着老去、死去,无论多么强大的人,多么罪恶的人,多么可怜的人,都是天注定。天注定所有的人所有的事本质都是孤独的,所有对于命运的认知和努力,都是因为惧怕孤独。孤独是江海的源头,孤独是爱情的源头,母亲的一生和所有人一样,从孤独走向孤独。

料理完母亲的后事，梁寿年开始张罗返回哈尔滨，他认为两年多的时间，已经足够冷却女儿曾经冒失的春心。梁珂建议带着莫梵一起回哈尔滨的时候，梁寿年犹豫了很久，他对这个女子并不放心，但是最终，让女儿开开心心地回去以补偿当年让她伤心离开的心思占据了主导。梁珂兴高采烈地给石头写信，告知这个天大的喜讯，可石头的回信让她如落冰窟。哈尔滨出现了可怕的疾病，似乎是一场大规模的瘟疫，无数人在短短几天内染病死亡，这座城市正处于恐慌之中，流言蜚语满天飞，每个人都处在看不到摸不着的恐惧之中，看着周围的人每天都在痛苦地死去而无能为力，这个过程中人的良心道义胆识都被死神之手撕得粉碎。小山一样堆积在江上冰面的死人们，被浇上汽油点燃，化成灰烬飘散在冷风里，好像从没存在过。人们在无边无际的黑暗深渊里坠落，没有阳光，没有希望，唯有死亡才能抵达尽头。

他苦苦恳求梁珂一定要暂缓行程，哈尔滨已经成人间地狱。梁寿年同时得知了这个消息，迅速中止了回哈尔滨的计划。疫情并没像人们预料的那样，随着冬天的到来而消失，相反，愈加让人担忧的消息接踵而至，哈尔滨的疫情确定为让人闻风丧胆的鼠疫，已经蔓延全城，同时相邻的城市也被波及，相继出现死亡病例。道路交通被朝廷切断，热闹了一些年头的铁路建设陷入停顿，当年削尖脑袋拱进中国的俄国人、日本人在想方设法逃离，东北全境都陷入恐慌之中。佳木斯同样风声鹤唳，所有商铺餐馆歇业，街上一个人影也没有。梁寿年的马帮也有人感染致死，全部生意被迫停止，刚刚经历丧母之痛的梁寿年在这段时间被搞得措手不及焦头烂额，人也苍老了很多。

直到转过年来，人们传说一位叫伍连德的医神降临哈尔滨，带来了天威神火，才震伏了这场让数万人丧命的瘟疫。当秩序逐步恢复，梁珂和石头重新建立起联系的时候，已经过去了大半年。在这段时间里，梁珂无数次想到石头可能也会染病身亡，这让她在无数个夜晚暗自痛哭，悲叹自己身世坎坷，那个萨满女巫徒有虚名。当情绪好转的时候，她又觉得石头会侥幸生还，如果是这样，那上天才是公平的，不会残忍到让这世上独一无二的爱情夭折。收到石头跨越又一个漫长冬季的来信时，她正换好衣服准备上舞蹈课，迫不及待读完信后，又结结实实地大哭了一场，把这段时间所有的委屈都哭了出来，然后跳了一段她认为平生最美丽情感最投入的舞蹈。

石头在信中描述了哈尔滨这段时间的惨状，让梁珂的道听途说都得到了验证，他在信的最后感谢那个传说中的医神，这是他第一次在爱情以外的事情上不吝用词和抒情。他说曾见过一次医神，在那一刻他觉得这个世界的英雄大多是人造的，而伍连德不是，这才是真的英雄，有英雄的特质——睿智、担当、勇敢、机敏、艺术、渊博、厚重。真英雄，凌驾于善恶之上，只与生命并肩。梁珂从仿佛穿越了契阔死生的来信中感到石头成熟了，变得冷静、客观而且有了一定深度，也许处在疫情风暴之中经历过生死对决的人，能很快长大，他并没有浪费这个危机。石头在疫情中还有一个收获，就是听说不少满洲里倒卖皮草的商人死于鼠疫，其中包括姚有德，这让他出了一口恶气。又过了很多年，人们逐渐倾向哈尔滨的鼠疫源头可能是俄国出口的水貂皮，石头感叹，天佑良善，如果自己不是被骗，而是在皮草贸易中顺风顺水，一定会在不久之后的鼠疫之中丧命。然后他哈哈大笑说:"大难不死必有后福。我是绑架不死,鼠疫不死,连环不死,所以洪福齐天。"

梁寿年一行人登上了一年里最后一班从佳木斯开往哈尔滨的客船,之后松花江将冬季断航。江上已经有了零零散散的冰排,这些因为温度急速降低形成的巨大冰块沿着松花江的水流漂泊撞击,壮观景象预示着严寒的到来。大概一个月之后,这些冰排就会成为千里冰封的一部分,在漫长的冬季中沉寂蛰伏,直到来年春天,万象更新,才会再度消融。梁寿年在客舱里神情轻松,对一个商人来说,没有什么比疫情缓解社会恢复秩序更为让人安心的了。同时他觉得女儿出嫁的事情迫在眉睫了。

梁珂和莫梵总有说不完的话,她们很多时候都在客舱外面的过道凭栏而立,指点着江岸深秋的美景,惬意愉快。深秋季节,东北山林的美是苍莽遒劲的,浓重的不同色谱不同面积的黄色、红色无声无息取代了曾经郁郁葱葱一望无际的绿色,就像看似平等的命运有不同的结局,当天上最后的渲染出现,又发现原来所有的不同其实是不存在的。风吹起的时候,江畔飘满了各色的落叶,然后在江面星星点点飘散开,消失在浩渺的远方。秋天在悲观主义者眼里是破败没落和苍凉的,但在乐观主义者眼里,是浓烈的激情绚烂的。有人看见落英缤纷爱怜落泪,有人反而欲火萌动不能自已。

莫梵本来全心全意憧憬着第一次哈尔滨之行,但疫情耽误的这段时间里,事情发生了变化。奉天没去成,莫家又费尽心思找到了一个叫斯克里的俄国军官,这个将近五十岁的男人是中东铁路护路部队的军官。他的父亲是莫斯科的贵族，因为参加"十二月党人"事件而被流放西伯利亚，年仅二十岁的妻子不愿意和丈夫分别，陪伴着丈夫在流放地度过了生命的全部时光。出生在西伯利亚的斯克里性情勇猛粗放，他用对沙皇的效忠表达了家族对罗曼诺夫王朝的热爱，同时用切实的行动证明"十二月党人"的初衷是为了俄国而不是觊觎皇权。

莫梵见到这个络腮胡子的高大男人时，就被他周身的凶悍之气所征服，当即表示愿意嫁给他并愿意做他三个孩子的母亲。斯克里盯着莫梵黑色眼睛若有所思，觉得那里面有一种说不出的挑逗意味，而对莫梵娇小但凹凸有致的身材也充满好奇。两人确定关系之后，斯克里需要回国述职，两人约定一年后他再回到佳木斯，带着哥萨克骑兵卫队迎娶莫梵，并在教堂接受上帝的赐福。

虽然梁珂对莫梵的放荡习以为常，但听到莫梵讲述和斯克里第一次发生关系的过程，还是一只手捂住了胸口。在一次餐后，斯克里酩酊大醉，不由分说地把她按在餐桌上，她的大声尖叫就像添进壁炉里的木柴，反而起了助燃的作用。当莫梵极力想挣脱的时候，还挨了几个耳光，之后斯克里像土匪强暴良家妇女一样得到了她。这一刻，莫梵臣服了，并且事后跪在他脚下为他擦拭干净。莫梵看梁珂睁着大眼睛说不出话来，解释说她在那种被强暴的过程中感受到极大的刺激，像要死了一样充满快感。而那以后她迷恋上了这种感受，并且爱上了这个男人，愿意被他鞭笞拍打然后占有。看到梁珂还是不明所以，莫梵指着远方，一个稍小的冰排顺流而下，直接撞到了一个缓缓移动的巨大冰排上面，发出震天的响声，然后小冰排化作万千碎片沉入水中，只留下江面一串串无言的气泡。她耐心解释说，就像这种，一种献身的雄浑感，把自己碎成千万片的爽快感。梁珂毫不讳言，这是一种精神病。莫梵不以为怪，搂着梁珂的肩膀，小声暧昧地说："亲爱的，当你懂的时候就会遗憾懂得太晚了。"梁珂又听到斯克里浑身是毛而且很扎人，紧了紧鼻子，露出厌恶的表情。莫梵眼波流转说："再告诉你个秘密啊，男人脸上毛多身子上毛也多。"然后毫不顾忌船上来来往往的旅客，放肆得意地大笑起来。

因为和莫梵的交往，梁珂领略了不同的男人，斯克里是第八个，她也见证了莫梵八种不同的爱情。这些都开拓了她情感的眼界，她发现再优秀的小说也比不过现实的精彩纷呈，从这个角度看，莫梵也是一个伟大的文学家，是生活中的文学家，是带给她最多爱情体验的文学家。当梁珂谈起和石头你来我往的鸿雁传书的时候，莫梵总是不屑一顾，她甚至不屑地哈哈一笑，说道："我尊贵的小姐，这世上所有的爱情都是在床上才能解决的。"

梁珂震惊地看着莫梵："你还想着从前的人吗？"

莫梵用震惊的眼神和被侮辱的神情反杀梁珂："去他妈的！"

梁珂哭丧着脸，看着江上冷冽的冰排比不上莫梵万分之一的冰。

"对啦，对啦，等夏天，我们一起去松花江里洗澡啊？"

梁珂看着一脸猥亵的莫梵，照猫画虎用震惊的眼神和被侮辱的神情加上满脸的红润反杀莫梵："去，去，去他妈的！"

得知梁珂将回到哈尔滨，石头被幸福、激动、感慨、期待的感受包围。他一次次来到松花江边上，坐在客船码头的堤岸边，眺望东方的江面，再度哼唱起那些曾经熟稔的情歌。在等待的日子中，石头努力调整状态，希望再看见梁珂的时候，准确地说是她在码头上随着人群上岸时，远远看见的他会变得更优秀、成熟且显得尤为坚定可靠。经过多日等待之后，他想也许梁家临时改变了主意，还是从陆路返回。于是，他决定放弃江畔的守候，而是在每天下工之后到梁家周围转一转，如果这座孤独地等待了两年多的房子亮起了灯光，那么再择机和梁珂建立联系并见面。让他不再去码头的另一个原因是因为临近冬天，哈尔滨也过了施工期，所有的工地将停工封闭，石头因为收尾工作也变得繁忙。最近李谋知很少露面，起初石头想因为大疫刚过，李掌柜惜命，为稳妥计，所以尽量少出门。

康翠这两年也了解了石头的爱情，她通过各种渠道打听了梁家的情况，变得忧心忡忡。前一段时间，有个同样背景的马帮大柜，平日风光得很，但一天清晨，一家七口人赤身裸体被人挂在宅子门前的横梁上，情景就像发生在屠宰牲口的肉场子。人们传说是早年的仇人所为，这深深加剧了康翠的忧虑。其次，梁老板心高气傲，对女儿期许甚高，他的门第之见众人皆知。她知道这会给儿子的爱情带来无法想象的阻力。但是在石头以爱情为名的坚定火热的目光之下，被说服的通常是康翠。

道台府已经发出告示，鼠疫很可能来自野生动物，市面上前两年赚了大钱的皮草行都关了门，置办貂皮大衣的事情就耽搁了下来。但是，康翠还是去金行选了一副精美的龙凤手镯，藏在床底下，这是她给梁小姐的过门礼。

梁寿年一行人是在大雪中抵达的，因为温度还不够低，大片的雪花刚落在地上就变成了水渍，天上白茫茫好像严冬已至，地上湿漉漉却似秋意正浓。回到哈尔滨住所，梁珂感觉一切都变了模样，房间里的一切都有了时光流逝的痕迹，就连卧室的那块试衣镜也似乎有了悄然的皱纹。离开之前，她曾经扶着这块试衣镜暗自垂泪，悲叹命运不公，眼下，玻璃上的泪痕还在，只是变得污浊。她想起石头，虽然并没有约定回到哈尔滨的联络方式，但她相信这几天就会遇见，而这之后他们不会和以前一样相处了，这么久的变故和持续的通信已经改变了他们的感情状态，他们已走到了一处彼此都没有到过的地方，这一切让梁珂在熟悉的镜子中看到一个陌生的自己。

莫梵并没有因为连续的阴郁天气而稍减对陌生城市的热情，在梁珂的陪伴下，她们乘着马车游览了整座城市，无论是中国大街的繁荣还是大直街的气派，无论是八杂市的喧嚣还是索菲亚教堂的华美，都让两个姑娘尽兴欢快。这座城市在两年中变化很大，梁珂置身其中，陶醉于哈尔滨的美丽，她发现在过去的青春时光里，她的生命不知不觉已经和这座城市融为一体，这里的每一点变化都会拨动自己内心的某一根琴弦，发出或悲伤或喜悦的声响来。阔别两年多，竟然出现了一种类似于相依为命的情感，这让她觉得舒服、踏实。而最让莫梵记忆深刻的，竟然是街上骑着高头大马的哥萨克巡逻兵，这些人隶属于东清铁路护卫队，也插手哈尔滨的城市治安。她惊叹这些人和她的斯克里有着一样魁梧的身材、茂盛的毛发、彪悍的气质，梁珂对此哭笑不得，她有时候觉得这个姑娘是个为爱情而活的动物，而莫梵竟然对她的判断竖起了大拇指。

在莫梵的坚持下，两人决定去逛一次八杂市，那里靠近鱼龙混杂的桃花巷，处在贫民居住的傅家甸，被认为不是体面人光顾的市集,梁珂从来没有去过。八杂市是跨越一个街区的市场,准确地说分布在整个街区连贯的大杂院里面,楼上是民居,一层是商铺,而沿街又有各式商贩吆喝叫卖。这里建筑破败,路面泥泞,人群熙熙攘攘,重重场景集合起来竟然有一种别样的烟火趣味。马车进不去人山人海的集市,两个姑娘就像闯入沼泽的白鹭,充满新奇地在这里逛了起来。

正是入冬的时节,白菜、大葱、土豆这些冬季必需的蔬菜摆满了大街。人们用小车推着满载的煤炭,他们回家之后要用水和木制模具把这些煤炭制成蜂窝煤以供冬季取暖,而之所以制成蜂窝的形状,是因为内部通风可以更好地燃烧而不浪费热量。有的商贩双手交叉放在厚厚的袖筒里,脚下踩着一层红方砖,而方砖下面是个点燃的火炉,梁珂觉得这情景很滑稽。而有的商贩在三轮车上支起炉灶,把红彤彤的山楂在沸水中煮透,然后在一旁的平面铁锅上撒上细沙一样的白糖,融化之后,串好一串山楂,再在上面滚上几圈,就是一串热乎乎又凉飕飕的冰糖葫芦。莫梵手里拿着一串冰糖葫芦,指着一个卖图书的小摊,带梁珂挤过街上的一支骆驼商队,凑上前去。梁珂才看仔细,小摊上面挂着各式春宫画,有中国的,也有外国的,让人不敢多瞧。莫梵伸手拿了几张,翻来覆去看个不停,直到梁珂又羞又恼地夺过甩给摊主才作罢。两人牵着手从一个杂院穿过窄窄的弄堂就走进了另一个别有洞天的杂院,院院相套,就像一个不断充满惊奇的迷宫。

石头就站在不远处,等待了几天,才终于找到和梁珂搭上话的机会。他似乎有些害怕,有些紧张,此时离两人相识已经将近五年,而他们除了中国大街上的一面,还没有见面交谈过，从这个形式来说他们的缘分只是松花江刚刚结上的一层薄薄的冰面，一个小石子就可以轻易穿透，可是他们说过的话付出的爱情又像冰面下的江水，汹涌无限，波涛无限。他盯着梁珂许久，拿不定什么时候出现合适。他尽情看着她，感觉自己有着一百岁那么成熟深沉的眼光，有着一百岁那么坚实善终的情感，他感觉时光错位，自己很老了，因为现在的选择就是临死之前的结局，不会改变。他有时候离她近一些，有时候远一些，有时候在后面注视，有时候在前面眺望，有时候在左边逡巡，有时候在右边徜徉，她就在面前，她的存在就是天荒地老誓死不改的圆心。

天色擦黑，当梁珂挽着莫梵准备离开的时候，她扭头发现面前一米处站着一个人。他的脸色因为紧张而苍白，眼神中流露出一丝胆怯，薄薄的嘴唇也没有血色，垂下的双手有些微微抖动。她比在中国大街上了马车之后看到的那一眼多用了一点时间，他衣着干净，没有像那次一样拿着烟卷，这是个柔弱的平淡的人，只是似乎高了些。

这一瞬间，她才发现这么多年的通信中犯下了一个巨大的错误，就是她并没有把多年倾注的情感和这个真实的曾经见过的人很好地联系起来，又或者，那一面过于短暂，尤其和已发生的炙热的感天动地的爱情相比。因为自己的错误，忽视了一点——这个真实存在的人才是爱情的关键。她的爱情处于一个以自己为中心的精心编织的故事里，而面前这人一直都是缺席的，或者只是一个设定的角色。她并没有像预先想象的那样，让这事关重大的会面以一段短暂的沉默开始，然后在人生第一次和异性的拥抱中结束，而是感觉自己掉入了一个痛苦的不能忍受的泥泞之地，比八杂市的泥泞还不堪忍受。她觉得是本能，其实并不是，只是在成长和耳濡目染的结果，她迅速拉着莫梵离开了这里。

又过了一些忐忑又漫不经心的日子，梁珂没和莫梵吐露自己也不懂的怪异的变化。她是不忍启齿，也觉得毫无开口的动力。她暗自期待，这一切都会过去的，好像什么也没发生过。

等周末和莫梵去索菲亚教堂做礼拜的时候，她已经忘得一干二净了。这似乎是个谜，其实又不是。这世上没有比忘记更阴损的办法来折磨他人。往事历历在目的人看着不记得任何事情，包括自己的老人，只能用他也会忘记爱情来安慰绝望的自己。

教堂里走出的人群都会异常安静，和商场里走出的人大有不同。他们正在回味着礼拜的过程，体察高大空间里隐隐若现的神的光芒。人群里的梁珂和莫梵都不是教徒，她们是把这里当作哈尔滨的一处风景来参观的。她们惊喜地发现，扮作教徒的乐趣不亚于小时候装模做样过家家。

她突然闻到了一种味道，前几天刚出现过的陌生的味道。

绝望是杀死一切的刽子手。自己让一个幻影长期占据着自己的内心，并让一个幻影变成现在自己身前一米远的这个人，并且呼吸到他身上陌生的味道，就该让绝望杀死一切，包括突然产生的对眼前这个男人的怜悯。她站住脚步，石头还是如她预料中的那样沉默，但眼神已经开始变化，从胆怯变成了期待，发出了炯炯的灿烂的光，似乎准备挪动脚步，跟她一起走。

教堂的钟声猛然响起，石头犹豫着张开的嘴猛地闭上了。响亮的钟声在人群上空徘徊，制造着谁也没有能力戳穿的永恒的假象。

梁珂率先看破了永恒的面目，决定做一个勇敢的人。她轻声说："哦——"她停了一下，这显得更为迷人，戴着真皮手套显得更为修长的手虚抬起来，然后望着别处，最终两根手指并在一起，在康石的眼前摆了摆，就像很多年以后，时光老旧到不忍直视的时候一样，"先生，忘记吧，结束了。"她是那么坚决，仿佛再过一万年，表情也不会有任何变化。

若无其事的教堂钟声还在响着，扮作圣洁的鸽子四处飞着……

此后的数天里，梁珂卧室窗户下面的花丛里出现了数封信件。在第一封信出现在花丛里的时候，梁珂就注意到了这一点，这是五年前她还是个懵懂的小孩子时，第一次和石头约定放置信件的地方，但是现在她长大了。看着花丛里面的信越来越多，它们和当年一样，在花丛贴近墙角的地方，被一块小石头小心地压着。连续几天的大雪，这些信被慢慢淹没，不过显然这些信件并没有中断的意思，第二天清晨，那块积雪会被清理出来，搁上一封崭新的信。

梁珂最终打定主意，请莫梵下楼取来这些信。当莫梵禁不住好奇想拆开一看究竟的时候，梁珂制止了这个荒谬的念头，她把这些雨雪浸泡过有些狼狈的信，还有以往的所有信函，以及随信送给她的枫叶标本、心形摆件、玫瑰花瓣等所有物品收集在一起，放到一个口袋里，拜托莫梵辛苦一趟送还给石头。她还写了一封信，只有一句话："请您把我的信及所有还给我，请原谅我的误会，因为爱情并不存在，并祝福您获得幸福。"当莫梵准备出去的时候，梁珂叫住了她，要回了自己刚刚写好的信,然后读了一下,"所有"是个唐突的词,于是请莫梵转达这样意思的口信就好。

濒临疯狂的石头在地狱般的煎熬中度过了这些天,同时写出了一封又一封万念俱灰又尚存微光的信件。他知道他的信都在冰天雪地里受冻,在花朵凋谢的枯枝败叶里痛哭,因此他的信一封比一封接近至暗时刻,一封比一封余火将灭。直到收到莫梵转达的口信和所有的物品,他注意到这个女人的表情是拘谨而且内疚的,但这显然不是这女人本身给人的印象。这种印象的冲突更佐证了石头所面临的一切,油尽灯枯,爱情已死。他本以为可以在爱情中获得一切,现实让他明白,付出一切也未必获得爱情。他终于停止了写信。

当康翠得知这一切的时候,背着石头去梁家希望和梁珂小姐见上一面,当在门厅等候了二十分钟之后,莫梵出来和她简短会面,礼数周全地表示梁小姐不太舒服,不好见客。与此同时,楼上的梁珂翻开了一本小说。石头并没有像五年前一样病倒,也没有和康翠过多地说什么,只是在房间里枯坐几日,每到晚饭时,还出来和康翠聊上几句,吃一些东西。只是吃东西的时候比以前慢条斯理一些,好像每一口食物都值得小心翼翼。他拒绝康翠的安慰,在娘面前对此事报以淡淡一笑。数日之后的一天早晨,石头整理好这五年的所有来信,还有梁珂的校徽、抵抗疫情的偏方、三江平原的花瓣、俄罗斯舞蹈艺术的明信片,甚至还有梁珂舞裙的一角,上面有个完整的绣花图案,他打开抽屉里的一个精致的小木盒,里面珍藏着梁珂的照片,他拿出照片,看了一会儿,放到那一堆来信里。然后起身准备找莫梵把这些东西还回去,在一刹那,他犹豫了一下,又找出那张照片，重新放到小木盒里，才出了门。

这个晚上，把所有物品交还给莫梵之后，石头来到之前经常唱歌的那栋公寓楼。那里已经住满了人家。他不知哪里来的力气，顶着大雪，凭借凸起的楼梯花纹和阳台栏杆，爬上了楼顶。他坐在楼顶厚厚的雪上，风有些大，双腿耷拉在半空中，不自觉有些摇摆。梁珂的卧室亮着灯，似乎有两个人影在开心地打闹。雪花在石头的睫毛上结上了冰晶，他的视线逐渐模糊起来。

他在想，如果还有一个机会，看到梁珂更衣，会不会再转过头去，错过这辈子最想看的屁股。这个问题没有答案，他皱着眉在风雪中自嘲，想要答案的人都是可怜人。然后哼起熟悉的情歌，不经意间，那个曾经向梁珂房间里晃着光线逗她开心的小镜子从口袋里掉了出来，落在地面上把月光碎了一地。他望下去，不禁笑了笑，好像这镜子死得其所。

石头又把视线抬高，望着雪夜圆月，惆怅一番又禁不住乐了，想问问自己爱情死了吗？那只听过石头唱歌并在他脸上拉过屎的乌鸦正巧飞过，它的身影在雪夜里显得神秘而有力量，就像流星一样急速而从容，它在浓重的雪中转动眼球扫了石头一眼，露出一种神的光芒，和天气一样冷峻，呱呱地叫了几声，惊得几片雪花在空中失去方向，似乎在回答：爱，是要命的。

在之后无数个年头里，他都记得这句话，用庄重和肃穆的情感虔诚以待，从没有在意乌鸦戏谑的语气。当他把这句话充满感情地托付到生命之后，蓦然意识到，变化万千的爱情故事就像一首被利刃撕碎的悲悯长诗，飞奔向遗忘之地，再无来路。

3

严世岱回国那年，正是天崩地裂的年头。

这一年，人们在忐忑、新奇或者虚无缥缈的悲恸中度过，他们一生都不会忘记自己曾经生活在这个里程碑似的特殊一年。正月初二开始，清帝连下三道退位诏书，以历史从未有过的体面形式放弃皇权委于共和。之后数年，苦心维系的体面纲常一扫而空，立宪时刻已成黄粱一梦，皇室才意识到至高权力哪来委曲求全，这国家对没有权力支撑的体面更是从不买账。风云变幻的时代巨轮六亲不认，延续二百八十六年的一统王朝化作浪花空影。

严世岱的留学生涯并不顺利。

按照最初设想，他在东京神田区的东亚学校学习日文，一年后考入东京高等商科学校。然而日文学习并不如预期的顺利，严世岱小瞧了这门看着和中文相似的语言，被平假名和片假名的繁复变化弄得苦不堪言，不得不把日文学习延长到两年，最后才如愿进入大学学习。大学期间又惊闻母亲病逝，他悲痛欲绝，当时南满铁路还没有开通，回到哈尔滨是耗时日久的艰辛旅程，等回国斯人早已入土为安。在父亲书信的劝慰下，他不得不放弃了回国奔丧的想法。毕业之后，他索性在与自己家有密切生意往来的日本商社工作。直到民国成立，严奇峰才催促儿子回国。国家进入了新时期，他需要儿子在身边一起观察形势适应变化，从而使得百年之后家族的传承尽量减少风险。

此时正是日本岛从南到北依次而至的樱花季，严世岱坐在火车包厢里，遗憾之余有些庆幸。在日本的后几年，他像很多旅居日本的外国人一样，开始对花粉过敏。人们说因为每个人一生中能承受的花粉数量是一定的，超过这个定量，就会出现过敏症状。当樱花在大街小巷开放的时候，严世岱的鼻子会难受发炎，类似于感冒，但是刺激感更强，随之就会头疼，那是一种难以言表的神经性疼痛，让人苦不堪言。在被花季折磨的时候，他的鼻子经常会神经质地嗅到一种奇怪的味道，严世岱觉得是一种妖娆樱花缤纷漫天的景象下特有的味道，让人想到绚烂、凋零、美丽与孤独。

严世岱周围坐的是一家人，男主人叫卢驷开，据他说此前一直在上海海关工作，应民国政府聘请，带着家眷到哈尔滨协助政府建立新的税务系统。他的女人一路抱着正咿呀学语的女儿，文文静静的儿子似乎是读小学的年纪，不声不响玩着手中的玩具，偶尔怯生生地看一眼严世岱，对上目光之后，又羞涩地咧嘴一笑，避开了。

闲谈中，卢驷开对英国人赫德主管的海关工作赞不绝口，他认为这个外国人管理的部门是前清官僚系统里最廉政最高效的部门，为在赫德手下效力二十年感到不胜荣光。他着重说，要不是赫德的工作，晚清的财政不会在甲午战争巨额赔款之后迅速恢复。当严世岱含蓄地指出赫德的成功实际上是朝廷的成功，卢驷开有些疑惑。严世岱解释说，赫德从崇文门海关开始，逐步掌控了大清国的海关大权，的确让人耳目一新，但是，在当时的政治环境下，对于朝廷来说，这种倾囊相授的权力加上始终如一的信任，要比管理好海关这件事情本身更具备难度，更不可思议。无法想象在晚清腐败透顶门派横行的官场，一个掌控国家财政之源的部门在这么长的年头里如此独立，还是一个外国人说一不二，但凡圣眷有一丝一毫犹豫，都不可能出现。卢驷开因为这番话对这个年轻人刮目相看，作为一个从海关学徒做起的循规蹈矩的技术官僚，他具备相当的见识和眼界。

东北的旷野已现初春和煦气象，温度还是比东京低了些。天地虽还枯寂，但偶尔会见到新发枝芽的树木，这一点点绿色就让天地间初露生机。偶有觅食的鸟一群群起落，形态从容甚或有些懒散，似乎正为挨过严酷的冬季感到幸运。正趋暖的天气，野地里更多了萌动的虫豸，它们也觉得生活开始变得美好。

时光把故乡变成自己心里的城堡。再度回到实地的时候，发现这座城堡并不属于自己，它已经被无数人改变模样，曾经崭新的已经开始老旧，曾经老旧的已经衰败，曾经衰败的已经新生。这让每一个人感到沮丧，也为自己在时光面前的渺小感到伤怀，为自己刻舟求剑的情感感到惭愧，而这些复杂的情感在回到久违家乡的时候一起出现，就让人觉得有一些害怕。归根到底，自私的情感从来都害怕改变，面对心中的城堡，明知行不通也愿意掩耳盗铃。

周围的人都早早拿好行李，等着到站下车，有一些人和自己一样，也是哈尔滨人，他们的神情和卢驷开这样的旅客是不同的，注意到这种差别，会让人感叹，其实这世界上并不是每一段旅行的终点都叫抵达。严世岱在人群中观察着这些同行的人，其中有些已是耄耋之年，他觉得，有的人离开故乡是为了生活，有的人回到故乡是为了死亡。

临别之际，他将一个日本的人偶送给卢家的小女儿，这孩子的稚气和灵秀让人印象深刻。那是一块精细的白色布料配上一根黑丝带，然后简单画上几笔的可爱人偶，严世岱叮嘱说，这个玩具里面藏有铃铛，把它挂在有风的地方，会发出清脆的响声。小女孩懵懂地摆弄着玩偶，又盯着严世岱，嘴角露出一丝腼腆的笑。她在大人的鼓励下伸出肉乎乎的小手跟严世岱招了招，表示告别。他记住了她的名字：婷阁。

严世岱回到哈尔滨的第一个晚上，窗外闪电破空，暴雨倾盆而降，强风呼啸而至，似要掀云翻瓦，推墙倒垣，他辗转反侧，直到天色近拂晓才沉沉睡去。家中的陈设布置和八年前没有什么大的变化，但物是人非，母亲的离世已经让这栋住宅的气质大大改变，曾经的温暖、慈爱、呵护荡然无存，本已渐渐淡忘的在东京收到噩耗时的悲恸再度现身，让严世岱重又陷入自责、思念、痛切的状态之中。整个晚上他脸色蜡黄，行动呆板。在梦里，他又回到了离开之前的场景里，一幕幕在这房子里发生过的成长的景象就像被储存到图书馆里，而且具备详细的索引目录，以某个物件、某个角落、某个表情的形式提示着他，引导着他，陪伴着他，感动着他。醒来时，揉揉眼睛，才明白适才的一切已经和泪水一样挥发无形，仿佛距离很远，毫不相干。当他年纪大了以后，对回忆有了不一样的认识，断定回忆是任性的，而且总是去掉坏的，留下好的。

严世岱的姐姐已远嫁北平，他和父亲有了从没有过的共处时光。他多数时间在房间内翻阅有关家族生意的账簿、契约，最早甚至可以找到严恩山作为本金卖出的第一笔黄金的契据。这些庞杂又整理有序的资料绝大多数年代久远，这种阅读并不枯燥，结合自己对家族历史的了解以及成长过程中的很多大事，他发现父辈当时的决定都和生意密切相关。这些宝贵的资料是一个家族的秘史，他将用一生来完善、延续它们，让它们有朝一日被自己的后代像这样去阅读，获得来自祖先的勇气。严奇峰安排用人为他送去各种小时候喜欢吃的点心。他之前从不认为忙碌的父亲知道自己的偏好，埋头在故纸堆里，直到不经意拿起某块糕点尝到久违的味道，沉思片刻，才意识到这一点。

一个微风习习的深夜，当严奇峰把财产账簿摊在面前的时候，严世岱虽早有预料，但还是为两代人积蓄的庞大数目所震撼。在过去的数十年里，他们在商场上贡献的毕生年华获得了相应的回报。价值不菲的金条在过去十数年里被严奇峰秘密存入汇丰、花旗银行。严奇峰对自己的行为解释说，连朝廷都跟银行借银子，他们的信誉值得信赖。而今改朝换代，大量国内的票号破产，很多商家蒙受巨额损失，而这些财富安然无恙。他一生都不为自己的明智做事后的自我褒扬，这是智慧和城府还有修养的表现。

严奇峰坦白，没有预料到大清朝能在短短时间内烟消云散，因为长毛把国家的财赋重地闹得一塌糊涂，但在十几年时间之内，这些地方又重续往日繁华，而且朝廷也重用了些中兴之臣。甲午年之后，工商业愈加兴旺，朝廷岁入年年增高，并不见末世之象。自己这些行为完全是基于稳妥安善的思路为之，只是造化时局让未雨绸缪早早派上了用场。他喟然长叹，就算皇家，也不是永远有只赢不输的生意。当严奇峰把这些隐秘的财产小心跟儿子交代清楚之后，轻轻把账簿推到他面前，语气不见一丝额外的庄重，敲敲桌面，淡淡地说："从此以后，你就是严家的掌柜。"他已过耳顺之年，隐藏在灵魂深处的密码在某一刻解锁，跟他耳提面命传承是剩余生命中最重要的事情。

他带着儿子到龙江府拜会黑龙江督军宋小濂。这个吉林人是严奇峰多年的朋友，清朝时是巡抚，和如今当权的北洋系有些交情，于是民国新政府还是让他主政黑龙江，只是按新法改了官称。宋小濂对远道而来的父子俩非常热情，在督军府设宴款待。他和严奇峰上次见面是春节前，虽相隔只半年，但天地日月已换，可宋督军席中对国内政局只字不提，好像什么也没有发生过，督军府前面的崭新的五色旗似乎已悬挂了很多年，这种莫测的态度让严奇峰猜不透并产生了对政治家的畏惧。他倒是对严世岱感兴趣，一再鼓励他讲述对日本时局的看法。饭后宋小濂对严奇峰送来的礼物照单全收，并且一再对严世岱的学识见地称赞。这让严奇峰松了一口气，知道他没把自己当外人，这个和黑龙江最显赫的人的联系算是能稳妥地传承下去。

第二天，宋小濂请父子二人到富拉尔基打猎，在这一天的奔忙中，卫兵们避开了屡次见到的野鹿，而是收获了一些飞禽和野兔。这让严家父子尤其感动。宋小濂在东北为官日久，显然听过严家发家和鹿的传说有关。在龙江府盘桓两日，宋小濂一再找机会让严世岱讲述与日本相关的一切，或者俯身询问，又或者沉思不言，大多数时候都是眉头锁成一个"川"字，手里攥着两个碧绿剔透的玉球发出哗哗响动。也许是久久不言让人觉得压抑，他的金口玉牙终于说了一句对政局的看法："我'满洲'之地，俄患最大，又逢东洋日胜，狼豺环伺，恐非民国之福啊。"

在父亲的帮助下，严世岱很快成为哈尔滨名流圈中的佼佼者。他外表英俊且风度翩翩，还有一种世家公子独有的风流洒脱，让人们津津乐道，而这种传播的本质原因是在谈论他的时候大家会有好奇、羡慕、嫉妒的同感。自然而然有人开始私下传播严世岱在东京的风流生活。严世岱听闻时，礼貌地一笑："我多想像他们说的一样。"他知道这种花边新闻丝毫无损自己的形象，记起一位英国哲学家曾经说过，公子的风流是女人的福音，闲人的渴望，后人的赞美。

严世岱周围很快聚集了一些朋友，各种各样的社交活动占据了他生活中不少时间，但这些人和他在东京的朋友有着很大不同，他逐渐开始怀疑这种社交的有效性，进而开始审视以哈尔滨作为家族生意的根据地是否恰当，他相信只有更开阔视野的朋友，更具通天能力的社交圈才能使得家族生意在自己手里具备上升空间。严奇峰则给出了另一番答案，这个世界有无数个更好的地方，但是适合发展的并不见得很多，假如人在故乡能有所作为，那是有福之人。所有的出走都是背井离乡，这不是一个好词。当有一天需要离开的时候，那是天命使然，而不是自己心甘情愿的选择。至于和东京相比，这座城市缺少一些自己喜欢的朋友，这不重要，只要有喜欢的女人就足够了。

当严世岱表示视野的不同可能会影响自己和商业伙伴的长久交往，严奇峰看着儿子的不屑一顾，重重地说："你如果不能改变他们，那么就去适应。"也许觉得自己的语气有些硬，轻轻拍拍严世岱的肩膀又说："孩子，我们相差三十多岁，你以后一定会知道，生意上的朋友，只有一个道理，财散人聚，财聚人散。当我们家还没有今天的规模的时候，要一个人走，这样走得快。而时下，你要学会和一群人一起走，这样走得远。"

严世岱从那时起，开始把源源不断的热情投入这座城市之中。他愈加关注城市的建设，包括规划、治安、民生等等社会生活的各个方面。他走在哈尔滨的大街小巷，最先让他无法忍受的就是污水横流垃圾遍地，当得知沿江居民的生活污水会直接排到松花江的时候，他忍无可忍。他坚决认为这几年连续两次爆发的鼠疫跟这些城市管理的重大失职息息相关，相对于东京，这里需要改变的东西太多了。严世岱小时候最好的玩伴是严家园丁的儿子，他私下以为，这个聪明不亚于自己的伙伴如果出身于一个好一些的家庭，一定会有所成就。严世岱回国后才知道他在鼠疫流行中染病身亡，这让他扼腕叹息之余惆怅了很长一段时间。

他提笔给哈尔滨当局写了一封信表达自己对于糟糕的卫生状况的愤慨，那时他尚不具备后来的声望，这个建议最终石沉大海，但是这开启了他对公共事业的关注。之后在他的一生中，这种热情再未间断，因为他的声望、博学、慷慨，几乎所有主政哈尔滨的力量都乐于倾听他的意见。随着年龄的增长，在这种无私的对城市的奉献之中，严世岱对故乡有了更深层的认知，那是一种超越血肉的灵魂层面的联系，是和祖国和家庭都不一样的联系，没有祖国那么远，没有家庭那么近，但比两者都更属于自己。在和父亲一样年纪的时候，他对将要远行的长子重复了严奇峰的话："这是没办法的事情，中国人……中国人把所有的离开都认为是背井离乡。"那一刻的他感到一种深深的孤独，认为这是中国人的宿命。

严世岱在哈尔滨经历过几段风流韵事之后，开始对新结交的朋友们重萌发兴趣，开始适应他们的情感、语境乃至思维。

他发现，虽然和东京大不相同，但是躯壳下面的爱与恨都如出一辙。他认识几乎哈尔滨所有的条件最好年纪最好的待嫁之女，在遇到梁珂之前，还无法说服自己应该迎娶何人。

路新斋那时已经是成就不小的医生，邀请严世岱参加一个艺术家的酒会。那次宴会上，骄傲的医生给严世岱介绍了不少朋友，其中一位舞蹈学校的外国教师是他的好朋友。这次舞会上，严世岱第一次见到了梁珂。外国教师告诉他梁小姐平时很少出门，今天接受邀请莅临这里，八成是因为要陪她身旁那个朋友，那姑娘每隔一段时间就在哈尔滨出现，非常热衷交际。

自信满满的严世岱走到梁珂面前自我介绍的时候，恰巧莫梵在远处和别人闲聊。梁珂礼貌地和他说了几句话，并没有过多热情，这让严世岱非常好奇。装作不经意实际仔细打量梁珂之后，他感到一种排斥，就知趣地走开了。最后他希望用自己的马车送梁珂回家，遭到了预料中的拒绝。酒会结束回到家里，不由自主地想起她，这时，他觉得，与其浪费时光虚耗下去，不如就娶一个哈尔滨最漂亮的姑娘。女人如果有沉鱼落雁的绝世之美，男人最终不会错到哪里去。

在王爷街上的波曼咖啡馆，严世岱第二次见到梁珂。

那天梁珂穿着一件藕荷色的纱裙，戴着一顶俄国姑娘喜欢的波浪帽。严世岱端起咖啡的手不自觉颤动了一下，这让他想起了西方油画中的人物，他一向觉得，如果不是出生在经商世家，而自己不是一脉单传，那么这世上会拥有一位出色的油画家，而不是一个商人。梁珂和莫梵点了咖啡，各自点燃一支烟，莫梵的动作熟练而且很享受，但是梁珂似乎笨拙一点，偶尔被烟雾呛到，显然正在和莫梵学习这个习惯。严世岱注意到梁珂看到了自己，因为两个人座位的方向正好是相对的。他和朋友继续谈些无关紧要的话题，时而哈哈大笑。过了一会儿，他们起身离开，但是没有半刻钟，他独自折身回来，走到梁珂的台子前面，用充满磁性的嗓音说："梁小姐，很高兴再见到您。"梁珂抬头看了他一眼，吐了一口烟圈，笑了一下，说："你好。"然后低头掐灭烟蒂，看着莫梵，似乎想继续刚才的话题。这些反应让严世岱制造自然随意气氛的意图完全落空，讪讪的不知如何是好，感觉脸有些发烫。莫梵看到他，眼睛瞬间亮了起来，随后的日子里，她喋喋不休地说起这个男人给她的好印象，眼睛聪慧镇定，鼻梁高挺而且精致，最重要的是饱满优美的嘴部线条，给人柔和陶醉的想象。此时莫梵忙说："您是严公子吧，上次酒会远远见过一次。您请坐。"同时她扭头用眼神征询梁珂的意见。梁珂低头喝着咖啡，只是礼貌地笑笑，并不说话。严世岱想想说："我想，这世界上所有美好的事物都出自圣灵，比如艺术。我觉得，人们因为这些事物付出一点努力是值得的。"他的想法再次落空，这些话并没有获得梁珂的善意，相反，她的胸脯挺得更高了些，眼睛开始变得高傲冷淡，似乎被冒犯，她第一次认真地注视着面前这个男人，慢条斯理一字一顿说："先生，我并不是什么事物。"

收过梁寿年一根金条的舞蹈老师是个追逐艺术梦想的俄国人，和梁珂有着不错的师生情谊。他知道梁珂的艺术天赋是好的，但并不会成为一个舞蹈家，因为生活条件过于优越而耽于安逸，这是任何艺术成就的死敌，能逾越者寥寥无几。他在和路新斋进行了一次让人啼笑皆非的谈话之后，接受了委托，最后路新斋板起脸说："你应该严肃认真地对待这件事情。你要认为这是爱情,和爱情有关,我们做什么都是值得的。"舞蹈老师和梁珂的对话沉闷压抑,要不是因为之前学校生活打下良好的基础,他相信自己在表明来意之后不会被允许留在这里。在谈论了严家的背景和严世岱完美的个人履历之后,老师又转述了名医天然具有正义性的话,对他的品行、学识做出了积极的评价,这些事情虽然不是自己亲眼所见,但是他相信医生,所以在和学生谈论爱情的时候并没有心理障碍。不过,老师修长的手还是绞在一起放在自己并拢的双腿上,这让他显得拘谨不安。

"我知道了。"梁珂的面容比起读书的时候,多了几分坚定,这让她显得更为出众,而且无疑更加迷人。见过无数美丽姑娘的舞蹈老师也暗自惊叹这一点,所以,在睽违多年刚刚见到梁珂的时候,他就明白为什么严世岱会如此周折费心,这样的美人是值得的。岁月如果偏爱一个姑娘,就会用时光来赞美她。

"我明白你的意思,梁珂同学,可是你还是应该慎重地权衡这件事,而不是由着自己的性子。"老师知道此行已无可转圜。梁珂没有说话,只是淡淡地笑笑,觉得自己已经表明意思。老师站起身来说:"好吧,可是,我最后还是想说,如果一味追求自由的爱,结果通常是丧失自由。"梁珂扬起自己的头颅,轻蔑的表情在嘴角显现,明白老师所指何人,但是这显然不合时宜,早已时过境迁。

名医在严世岱那里尴尬了一回,对爱情的执着并无益于获得爱情。路新斋那时候悄悄自嘲,再伟大的医生也难以治愈爱情的病。

严世岱寄予希望的最后一次尝试,是从莫梵入手,这个女子让人觉得易于亲近,而且在哈尔滨有一些朋友,比较容易联系上。他盘算再过一些日子，约请莫梵出来谈一谈。这日，严奇峰托人带话给他，晚上在水道街上的伏尔加酒店吃饭。当他进入包厢的时候，见到父亲正和一个人说着什么，那人兴致不错，而且毕恭毕敬，但并不能掩盖身上的彪悍粗莽之气。严奇峰给两人做了介绍，托词晚上另有安排，起身离去。

从严世岱进到房间，梁寿年就盯着他端详，似乎生怕遗漏什么。梁寿年在掏出一支雪茄点燃，深吸几口之后，才算从适才严奇峰给他带来的紧张中缓和过来，眼神中恢复了锐利，以一种长辈对待晚辈的态度和严世岱对谈。

伏特加大酒店的俄式菜肴很对梁寿年的胃口，他是个以"混不吝"为自豪的人，对中国的传统文化素来抵触，但对俄国的传统习俗却抱有浓厚的兴趣，甚至曾突发奇想有朝一日搬到莫斯科居住，他总认为俄国文化看似强悍粗犷，实际代表着先进、时髦、财大气粗。而此时，他更得意于自己的选择，无法想象一个三从四德深锁闺中的女子能得到浑身洋派的严家公子青睐。他看到上的菜有红菜汤、奶油肉饼、小罐牛腩、七分熟牛排，而没有自己一向讨厌的鱼和羊肉，对严家的细心和周到感到欣慰。殊不知到了一定层次的人，会把照顾别人当作一种涵养，这的确和众人的认知有云泥之别。了解别人的习惯是实力，顺从别人的习惯也是实力，细致入微尊重别人的习惯更是实力。

梁寿年虽然在上个月已经正式戒酒，但还是坚持要喝上几杯。严世岱的酒力很差，对俄国的伏特加一向退避三舍。而在伏特加酒店，上的酒自然是正宗的伏特加，他此时似乎多了胆量。梁寿年提起梁珂小时候的事情，就像谈论昨天发生的事情。他说第一次见到刚出生的梁珂，自己慌张失措不像个父亲，他胆怯地摸摸她的小手，但是确信自己触摸到的温暖不是来自他人，而是自己，这种神奇一直保持到现在，她对他而言永远不是另外一个人，每次看见女儿总觉得是一场幻象，面前人只是自己的影子。他并不苛求有人继承自己的家业，这些传统对他而言从来带不来任何感动，所以在梁珂出生之后，他更拒绝再要一个孩子，因为这对他而言，是对女儿的残忍。自己一生的努力也配不上她的优秀和美丽，自己已无暇他顾。梁寿年没有刻意讲述自己女儿有多么优秀，而是用自己的角度来阐述对女儿的爱，他知道，这是对女儿最好的赞美。

有一次梁珂高烧不退，梁寿年去请三江原上最好的医生来诊治，没想到，医生那天要嫁女儿，实在无暇赶去。那是寒风彻骨滴水成冰的季节，他好说歹说千金相赠还是不奏效，堂堂七尺男儿干脆跪在医生家门口，风雪中脱掉上衣，声言大夫现在不去，就冻死在这里，让这家今天的喜事变成丧事。说到这些，梁寿年有些骄傲地吹了吹手里夹着的雪茄，火光稍亮了一些，用粗大的雪茄虚指着严世岱，凝目说："你知道，她是我的命，你要知道这一点。"

严世岱随着梁寿年的讲述，脑海里一遍遍出现梁珂的倩影，不得不说，当她的父亲表达那种真挚而且罕见的爱的时候，他被触动，并且对那个美丽的倩影多了几分尊重和珍惜。严世岱也喝了很多酒，他的面色开始红润，并且谈起了自己的过往和对爱情的看法，酒精的作用让他轻易进入了梁寿年的语境里，在融洽气氛的烘托下，他们的谈话毫无障碍，大多数的话题都和爱情相关。梁寿年拍着严世岱的肩膀说了一句话，和严世岱下决心追求梁珂的理由竟然别无二致："年轻人，爱情最怕的是不值得，只要值得，没什么可怕的。"当严世岱沮丧地摇摇头，梁寿年笑了笑，然后表情也变得严肃，只用手不断地敲着桌面，沉思了一会儿，抬起头，认真地跟严世岱说："我看，要不……你给她写信试试。"

第二天，严世岱和父亲坐在书房里的时候，还是一脸宿醉。当他想说几句昨晚的情况并对父亲表示谢意的时候，严奇峰却谈起了生意。他决定和几个俄国洋行的老板合作，一起进行山货贸易。这些外国人在哈尔滨的生意都很大，他们主要为俄国侨民服务，销售的都是俄国乃至欧洲的产品，但是随着百货业态逐渐兴起，大家的共识是未来琳琅满目的商场更受欢迎，人们喜欢到综合性的百货商店买东西，一方面是方便，而另一方面则是对庞大的商业机构天然有信任感。所以，俄国商会几年前找到严奇峰，希望和严家合作采购山货，比如兴安岭地区的蘑菇、木耳，长白山的山参。但是这些生意比起严家的主流生意，林木、粮食、煤炭等等，显得琐碎，而最关键的是，严奇峰觉得时候未到，他用了各种虚与委蛇的手段拖延合作，同时，他也知道这些生意套路很深，让这些外国人先和一些小的中国人商行合作，等吃了亏会重新对与严家的合作燃起希望。清政府倒台之后，他明显感觉到俄国人对哈尔滨的渗透日益增强，有更多俄国人迁居哈尔滨，他心底预测在俄国早盛行的百货业可能也会在哈尔滨迎来春天。这种断定还有一个依据，就是每次大的社会动荡都会有新的商机出现，而就他看来，百货业将是未来商业的一股浪潮。他语重心长地跟严世岱说："危机都是大机会，我们不能浪费一次危机，儿子。"

严世岱的记忆里，去日本之前从没和父亲认真地单独谈过话，他们之间的交流很少。但是这次回来，他们的交流频繁而且深入，在愈加清楚地感受到父亲关爱的同时，更坚定了以往对父亲严肃、强大的印象，他被数十年的商业生意锻造得老练睿智，百毒不侵，更有山川般险要博大的城府，对父亲的追赶可能是穷尽一生也不见得能够实现的目标。

如果一个父亲随着孩子的成长而愈加获得孩子的尊重，而这个原因不是因为对年老的怜悯，那么作为父亲无疑是成功的。他们都是幸运的，并不存在两代人传承之间的芥蒂乃至冲突，这也充分证明了严奇峰的老辣手段。儿子因为教育经历和在日本商社的历练，具备足够的知识和格局理解父亲的商业安排，而同时严奇峰即便在体力衰退的同时依然保持了和无情岁月分庭抗礼的敏锐洞察力。严世岱对父亲的安排毫无异议，他决定马上安排资金，调动资源和俄国人开始合作。

严奇峰站起身来，踱步到窗前，他望着院子内的几棵榆树，感叹自己小时候，它们只有杯子一般粗细，时光荏苒，一转眼就是参天大树了。那时他曾经淘气地摇动榆树，让叶子纷纷掉下来，还伸手折断枝条，瞅准机会，把在半空中飞翔的蜻蜓打落。而今，这榆树已经是一个人展开双臂都合抱不住，最矮的枝条也要搭着梯子才能够到了。严奇峰喃喃说着，话锋不知怎的一转："开枝散叶，时不我待啊。"严世岱这时想起昨晚的事情，正要开口说话，严奇峰却并未理睬，他不看儿子，又继续说："女人很重要。我们严家不能没有好女人，从你爷爷开始，就借了女人的力。好女人，是山中的溪流，没有，山就变成了山东老家光秃秃的岗，养不活人啊。那个女子我见过，也听过，但是，在你，你来定。"

当严世岱想问问好女人具体所指的时候，严奇峰重重地坐在椅子上，拍拍额头，眯着眼睛，双手一摊，缓缓说："女人这事儿，研究一万年也不顶事儿，过了日子才知道。鞋子合不合脚，旁人怎么说啊。"当严世岱从父亲手里拿过一叠文件，他注意到其中有一页是关于货物运输的，父亲在上面赫然写着：交梁寿年马帮操办。他觉得大可不必，有些事情要等水到渠成，生意是生意，爱情是爱情，没必要强求。严奇峰满意地看着儿子，最终"噗嗤"笑了一声，说了一句商人可以说，政客也可以说，最终会被证明是真理的一句话："在时间面前，现实感从没有输过，从没有。"

莫梵和斯克里的爱情就像梦幻世界中的晴天霹雳，一声连着一声，耀眼的闪电危险又刺激。莫梵如约回到佳木斯之后，斯克里也在夏季渡过水势凶猛的乌苏里江，换上高头大马威风凛凛地重新出现在她的生活里。莫梵的等待和思念就像发酵了无数年头的老酒，在被主人掀开的一刻，爆发出冲天香阵，让人醉眼迷离神魂颠倒。

从第一次欢爱的那天起，他们就沉浸在爱情的狂潮里，耽溺于癫狂的亢奋之中，无论是冬季还是夏季，在泥泞的岸边还是在已经不堪重负吱吱作响的床上，他们像饕餮一样吸纳、占有、侵犯、蹂躏对方。某一次深夜，他们突发奇想，在院中对着明月疯狂交欢，太大的响动让附近的狗狂吠不已。这让他们在汗水淋漓中得到极大的满足，这两个身经百战的老手终于在摸索中抵达了梦想的新大陆。完事后，莫梵倒在地上，双腿夹着斯克里的脑袋让他像刚从自己身体里钻出来，她渴望而且憧憬地看着月亮,笑着说:"月亮是这世界的春药,"又满足地咽了口唾液,接着说,"我们原来耽误了那么多时间。"

当他们因为各种事情耽搁,有一两天没见的时候,再见到都不会容忍宽衣解带的时间,他们穿着大部分衣服直入主题,先解相思之苦,然后再脱光衣服,在屋内嬉戏打闹。斯克里有时还举着一杯伏特加,偶尔喝上一口,让莫梵像个奴隶一样恳求自己、挑逗自己,然后才腾出一只手来摆动她,跨在她身上,就像大庭广众之下骑着他的马。他们凭着荒诞的性爱才华统治着他们的爱情乐园,那里除了睡眠就是交欢,并在其中发明着各种新花样,让他们的爱情生活充满刺激和激情,似乎乐园里的一切永不落幕。

他们的每一次情爱登峰造极,然后在高潮之中又另辟蹊径。他们彼此膜拜对方的身体,希望在其中找到从未抵达过的人间佳境,那里更能容得下他们彼此丰饶充沛的欲望之泉。他用伏特加揉搓莫梵身体最美的部分,然后像狗一样吮吸每一滴美酒,似乎要把亢奋不已同样饥渴的莫梵活生生吞下去。他们沉迷于这种癫狂刺激的爱情,忘记了结婚的约定。直到有一天,她听闻斯克里在餐桌上以同样的方式强暴了另外一个性感丰美的女人,然后同样收获了爱情,就再没有去找斯克里。虽然她曾经在一次歇斯底里的狂潮中答应斯克里,如果同时在他床上有三个女人,她愿意做其中最风骚的一个。

在那之后莫梵经常来哈尔滨和梁珂在一起,这让她觉得自己并不形单影只。而在这座城市,她也曾发现新的爱情踪迹,坚信自己多次抵达过爱情,只是没有长久地在某个港口停留。不过,无论航行在哪一处海洋,进入哪一处港湾,她都无法忘记斯克里让她对着月亮纵情欢愉的夜晚。她有一次跟梁珂说起爱情，幽幽地说了一句："其实，爱情真的挑剔，始乱是一定终弃的。"

松花江边有无数个支流和密林形成的隐秘港湾，他们不只是城市地理的秘密，注定为故事铺设暧昧迷离的场景。

晨光柔和地洒满了江边一处小小港湾，虫鸣阵阵，花草在微风中还未醒来。

梁珂终究被莫梵拉到了松花江边。莫梵以前无数次和男人在佳木斯的下游松花江共浴过，发誓一定要在松花江上游更干净的水中过一次瘾。这是一次蓄谋已久的行为，莫梵提前找好了地点，那是太阳岛附近的一处人迹罕至的所在，高高的水草能遮蔽任何方向的视线。

其实，这世上只有石破天惊的想法，而没有石破天惊的行为。一种新想法就像房间里搬进来一件不合时宜的家具，久而久之反而觉得自然而然，甚至理当如此。一旦如此，行动就会转瞬将至。

梁珂耐不住莫梵隔三岔五的絮叨，各种维度颠三倒四地游说。她在晨曦中哆哆嗦嗦脱掉自己衣服时，第一次感到阳光如此温暖，清风如此柔顺，就连水中的小鱼都好像带着野性的魅力款款游来。她第一次勇敢地把自己一丝不挂地投入他者的怀抱，竟然本能地认定松花江不是课文中描述的女性，是男性。

她们逐渐适应了水温，嘻嘻哈哈感叹这是哈尔滨最温暖的日子，不用穿着厚重的大衣上街，可以想在街上逛多久就逛多久，而不必像冬日那样忍受严寒，可惜过于短暂了。

莫梵不忘带着香烟，给自己和梁珂各点上了一支。梁珂背着父亲跟她学会了抽烟，她并不上瘾，甚至有点排斥那种有些刺鼻的味道，但是她喜欢抽烟的姿势和因为抽着烟而显露的特别的表情，很像明信片或者小说里抽着烟的女人，有一种说不出的优雅和性感，还有和现实恰当的疏离感。莫梵躺在水里，吞云吐雾，还不时地站起身，丰满的胸部就像高耸的山峰一样对着金色太阳升起渴望的旗帜。她想教梁珂怎么吐出一串串连贯而且漂亮的烟圈，不过教到一半又说："我觉得你是用不着，这是勾引男人的，你用不着。"

梁珂冲莫梵弹起面前的水花，笑着问："你是什么意思？"

"哈哈，多好的男人，都让你带坏了。天啊，这张脸就够了，什么都不用了。"莫梵猛抽一口烟，嫉妒地挤挤眼说。

梁珂跟着抽了口烟，用力过猛，被呛到了，她咳嗽了几下，露出了一个罕见的坏笑，说："我发现你的胸又大了！"说着就做出要去摸的动作。两人嘻嘻哈哈笑了起来，她们经常在一起沐浴，喜欢观察对方的身体，然后互相做着比较，同时谈论小时候她们的身体特征。而现在两人都发生了巨大的变化，甚至相隔几个月再见面都会出现变化，尤其是梁珂，她逐渐变得成熟而且更有诱惑力。

莫梵知道，自己脱了衣服也并不逊色，甚至更有优点，她有丰腴挺拔的胸部，凸翘起的臀部，这些都让男人为之发狂。这两点恰恰是梁珂不具备的，梁珂也无数次艳羡地说起这些，她的胸部形状不错，但是高度远远不够，甚至基座的面积也不够大，而她的臀部形状也是很好的，浑圆优美，也算丰满，但臀胯关系过于舒缓，就显得不够翘。这样的身材多是端庄压过性感的。不过，梁珂有细长的颈部，光滑而且精致，她的四肢相对于身体稍长一些，这就让她平常做出任何动作都显得轻松潇洒游刃有余，会让男人觉得优雅。

莫梵觉得梁珂最漂亮的是背部向上靠近脖颈的部分，那似乎是块神奇的地方，在阳光下，显现出宝石一样炫目的光辉，那是象牙白的颜色，似乎带着魔力。在梁珂穿上睡衣背对着莫梵的时候，那块裸露的皮肤就像一扇通往极乐之地的大门，让人莫名其妙亢奋。这次，她突然直勾勾地盯着梁珂说："我发现你的身体会发光。"梁珂以为又是一个玩笑，咯咯笑个不停，莫梵接着更严肃地说："我总感觉你有一种特别的东西，这次，终于看出来了，你的皮肤和新生儿一个样，天啊，竟然十几年没有改变。"说着轻轻拨弄了一下梁珂娇小的乳头，被一只手快速地打开之后，她有些不平衡地说，"我呢，这种身材穿上衣服和脱掉衣服，都让人想侵犯。你呢，穿上和脱光，都让人想怜爱。天啊，太不公平了。"

她们抽完烟，慵懒地躺在浅水区的沙滩上，莫梵又说起严世岱，感叹那个男人的魅力和修养，坚决认为这是一个配得上梁珂的人。她看梁珂双手捂住眼睛，长长叹了一口气，又问："我真的不知道，你为什么不答应。"梁珂良久才松开手抬起头，看着水面上的粼粼微光形成一层层琉璃色的水纹，又低头拿捏着自己的胸部，观察着自己的乳头，想看看什么是新生儿的颜色，同时拖着长音撒娇似的说："姐姐，我也真的不知道，真的不知道什么是爱情。"莫梵盯着梁珂的皮肤，确实如新生儿的粉嫩，似乎从没经过悲痛，也没经过爱情，她眼睛闪耀着仰慕和新奇，还为这种原始的纯洁的少女的身体感到一点嫉妒，同时遗憾地想，如果自己有孩子，会很早就注意这一点。莫梵用指尖轻轻触摸着梁珂的胳膊，然后又抓住她的臂膀说：

"妹妹，不试试，你怎么会知道啊。"

梁寿年并没表现出强势，但他还是委婉地表示希望她和严世岱见面单独聊一下。没想到，当梁珂猜测严世岱争取到了父亲的支持，她的反应更加固执。当父亲商量的语气变成了极其不寻常的央求，她就起身上楼把自己关到房间里面。

梁珂不知道是因为她天生喜欢孤独，还是因为母亲的早逝让她习惯孤独，总之，当莫梵重新出现在她身边的时候，带来的不仅是陪伴，还有对自己清醒而且准确的认知。

无论在学校，还是在平时生活里，她都没有走得很近的朋友，有一次莫梵突发奇想要过什么俄国人的圣诞节，准备那天晚上邀请一些朋友一起聚会，梁珂环顾一圈，竟然发现自己没什么人可以邀请。大多数同学在学校出来之后就没有了任何联系，即便在哈尔滨的街头迎头相遇，也是被迫简单寒暄几句，毫无交往下去的兴趣。极个别的两三个称得上闺密的朋友，在疫情过后都赶忙嫁了人，生怕生活被意外终止，再也来不及享乐、繁衍。

莫梵虽然在哈尔滨的时间不长，反而找来几个朋友，其中有个俄国人，在那天晚上给大家讲述了圣诞的意义和一些故事，这些讲述在梁珂眼里其实极为简单，而且也并不准确，毕竟她是个读过大量西方爱情小说的人。不过，她也知道，很多人跟外国人讲述自己国家的文化和历史的时候，都喜欢莫名其妙地撒谎，像个英雄主义者一样骄傲地撒谎。而且，外国人和中国人一样，其实绝大多数都是文盲，而识字的人里面，绝大多数只是识字的文盲。但是莫梵不觉得，她对那个俄国人显然有很大兴趣，在为圣诞临时装饰的餐桌上，她双手拄着下巴意犹未尽地听那些过时老套又来源可疑的故事，这让梁珂无法理解，事后莫梵给出的解释是，在摇曳的烛光中，听一个帅哥撒谎也是幸福的，况且那只是没有恶意的故事而已。听是一回事，听到什么是另外一回事。她比梁珂大几岁，梁珂到了她那个年纪才明白此言不虚。

梁珂并不打算改变这种情况，她不认为自己是一个不擅长交际的人，在任何她出席的场合，无数人搭讪而又被回绝，但并没有自己修养不佳的传闻出现，就证明了这一点。况且，她从母亲那里学到过很多为人处世的方法，这些影响已经深深浸入自己的脑海，她自信对任何一个变故都不会惊慌失措毫无办法，尤其是从佳木斯回来，当她端着肩膀抽着香烟，看着外面的世界，她觉得自己对一切更加熟练了。她总记得母亲的话：女人首要的还不是办法，而是自己的位置。

梁寿年自从数年前因为石头和女儿产生那次剧烈争吵之后，就已经失去了和女儿对峙的勇气，那次争吵的场景成为日常噩梦中的一部分，到死都挥之不去，所以他不顾一切带着梁珂离开哈尔滨，是只能哀求时间和空间的帮助。他们的冷战在抵达佳木斯之后慢慢消失，但不久以后，他悲哀地发现女儿和他已经疏远了，他相信女儿不是有意的，但是他们之间确实有了一层隔膜，不可能再像以前一样心无旁骛地生活在一起。

梁寿年在秋天来临的时候，为女儿在中国大街新开的裁缝店定制了一件红色的羊毛大衣，他把精美的盒子放在梁珂面前，看着梁珂打开，然后在试衣镜前穿上，转来转去看个不停，就像一树深秋的枫叶，红得让人心醉神迷。梁寿年确认她的情绪非常好，才轻咳一声，用一点苦笑掩饰自己的底气不足："小珂……

你看看,爸爸都白发斑斑了……你也不小了吧……"梁珂的注意力从衣服转到父亲身上,黑漆漆的眼睛露出一丝惊异,随即意识到父亲的真意,她坐到梁寿年旁边,看着他两鬓确实已经灰白,不由对自己的粗心感到内疚,她说:"是啊,时间太快了。"梁寿年长叹一口气,拍拍女儿的手,意味深长地说:"其实……时间不是太快了,它只是不喜欢等待我们。"梁珂对父亲说出这样的话感觉到奇怪,进而明白父亲有多为难。

她不知道,这句话是严奇峰跟他说的,那次伏特加酒店的短暂谈话,梁寿年再一次明确自己和更高阶级的人的差距,他们的爱与恨更精致,就像他们的语言,让人回来翻来覆去想,越想越有新意思。父女之间,其实任何一方的拂逆都是对双方的伤害,都需要极大勇气。梁珂明白这一点,同时,她突然觉得,自己之所以能在孤独中安之若素,以前觉得是自己聪明、美丽、高傲,其实是因为父亲的存在,就像一根坚实的线,让她的孤独就像天上的风筝,自由翱翔而不孤苦伶仃,让她宁可孤独,在孤独中忘情地享受自我,也不怕时间不等她。

严世岱的面容是上进的,看着并不是沉迷于享乐的人,但是实际上,他对生活的要求非常细致,而在感情上,也有板有眼条理清楚。他本身并不觉得书信是一种合适的爱情的载体,因为这种东西耗时太久,且是在单向地表述,这让人觉得不安。何况,对于两个人来说,读信写信耗费的精力和时间都是成倍增加,如果说有什么好处的话,就是多了意淫的空间。他在信中简略体面地表述了自己的感情,并且完全省去了两人不是非常开心的两次谋面,至于对她周围人的请托则只字未提。这封信的结尾,他还是说为她准备一台钢琴作为礼物，如果她觉得不唐突的话，他愿意随时为她送过去，如果不想的话，他谦卑地表示，一定会在合适的时候用这架钢琴为她演奏一曲。从梁寿年那里，他知道梁珂喜欢弹琴，但是在信里，他表示这是因为他在东京神田琴行里偶然见到这架钢琴，那时就暗自下定决心，如果有一个人让他心动，会把这架钢琴当作礼物送给她。

当这封信被一个衣着体面的人郑重其事地送到梁府的时候，梁珂把这封信放在梳妆镜边上很久，直到将近入睡的时候，才打开阅读，但是她用了很长时间读这封字数不多的信。她的眉头本来是紧蹙的，在放下这封信之后，面色缓和了许多。本是想草草看完就扔掉的，但是看完之后，她捡起了刚才落在地上的信封，把它装好，小心放了自己的抽屉里。这封信起到了似乎还不错的效果，严世岱在第一时间就知道了这一切，因为他已经通过朋友和莫梵建立了隐秘的联系，并且获得了出手相助的承诺。

那架钢琴漂洋过海送到严家的时候，已是初秋的季节。它被层层包裹并精心放置在大大的定制木箱里，严奇峰看到这么个庞然大物放置在客厅里有些诧异，得知是儿子为别人准备的礼物，暂时放置这里，他的眼神显露出了复杂的神情。晚餐时他似乎无意地聊起了钢琴，严世岱解释说，送给别人的礼物，因为比较贵重，就先放在家里一段时间。严奇峰干脆说："你知道，儿子心爱的女人得不到，从某种程度上讲，是父亲的失职。"严世岱第一次听到这种新奇的说法，他还不会以父亲的角度去揣度这种情感，自然毫无认知。

严奇峰斟字酌句地说："不过，如果是婚姻，其实我帮不上什么忙,以前,我也跟你说过我的意见。只是,婚姻和生意一样,有赢也有输……不过,和生意也不一样……"他喝了一口茶水,又把茶杯摆在自己面前盯着,轻轻转动几下,脸上有了一丝红晕,"婚姻没有平局,只有赢或者输,我确实不希望坏的结果出现,但是每一个打算结婚的人都应该明白这一点,都要有足够的心理准备,这是一笔大生意,本钱是感情,也可能是命运……我鼓励你,而且,很着急,着急抱孙子,但你明白我的意思吧……"严世岱完全了解父亲的担心,心中涌起一阵热流,伸手握住父亲摆弄杯把的手,重重地攥了一下,两代人的手又同时在桌上重重地落了两下。严世岱这才笑了一下,恢复了平静从容的神情,说:"这架钢琴看来是送不出去了,但愿它一辈子摆在咱们家喽。"说罢又大笑起来。

改朝换代使得固化几百年的社会阶层土崩瓦解,大量原本生计不愁的人顿时失去了经济来源,他们游荡在城市的各个角落谋生,但可能并不具备底层的生存技能,所以只能铤而走险做些不三不四的勾当。这些人里不只是中国人,也有一些企图浑水摸鱼的外国人,他们成为治安的顽疾,也是政权更迭时社会必然付出的代价。

梁珂最近夜里总是睡不好,隐隐听到花园在半夜里有动静,似乎是有人在翻越灌木丛,还似乎有门窗被撬开的声音,但是这些时候她都吓得不敢起身,只能生生挨到天明。她头几次把这件事情告诉莫梵,却没有得到应有的安慰,莫梵大笑说是梁珂的错觉,是被最近哈尔滨的各种治安传闻吓到了,她睡在一层,从来没有听到什么声音。这种午夜出现的响动并没有停止,反而隔几天就再出现。有一次,她壮着胆子掀开窗帘,但是外面除了惨白的月光，并没有任何可疑之处。

这样几次之后，梁珂开始怀疑自己生了病，因为在她的央求下，莫梵勉强上到二楼陪她睡了几晚，果真这种声音就没有出现，只有在她独处的时候，这种动静才可能出现。她努力让自己进入睡眠，不要被这种幻觉惊吓，可她后来还是听到异样的响动，只是自己有时都分不清是在梦里还是客观存在的。她实在没有勇气半夜下楼看个究竟，直到最终她相信这一切都是幻觉。也许原因就像莫梵说的，天命中她独自睡的时间足够了，剩下的时光里，需要有人陪她睡，否则就睡不踏实。她相信自己得病的另一个原因是，如果花园里确实有异样，父亲绝对不会毫无察觉，他的警惕和敏锐是众人皆知的，何况小小蟊贼当真敢招惹一个马帮的老板家吗？这并不是明智的举动。

就在这段时间，她收到了严世岱的第二封来信，因袭第一封信的风格，他的情感非常克制，并没有赤裸裸表白什么，只是以一种兄长的角度谈论了哈尔滨的治安情况，并叮咛她万事要小心，同时隐晦地表达同舟共济的憧憬。她读完信，因为严世岱恰逢其时的安慰好受了一些，虽然并不打算回复只言片语，但这封信还是在她手里停留了相当长的时间。拉开抽屉，把这封信和之前那封一起放进一个木盒子里，这是个俄国的工艺品，上面画满了五颜六色繁复的花纹，四角又装饰上了黄金花边。她想到曾经用这个木盒子装过石头的来信，这真的是不同的人，起码在字体上，相对于石头龙飞凤舞天书一样的书写，严世岱的字整洁有序一丝不苟，让人觉得踏实可靠。她想起莫梵说过的：男人和男人的差别，比人和狗的差别还大。当石头难得在她脑海里出现的时候，她有了一丝不易察觉的难过,对着镜子中的自己,喃喃自语:"他是个可怜人。"

就在梁珂为自己生了病而感觉苦恼的时候,梁寿年的一句话让她瞬间治愈了自己,不过随之陷入了一种更恐慌的情绪里。梁寿年在早餐的时候,当着梁珂和莫梵的面说:"最近我丢了一些东西,昨天晚上,书房里又丢了一些钱。我想,可能来了小偷。"梁珂终于有勇气跟父亲说起最近的奇怪遭遇,不过梁寿年并没有看梁珂,让她倾诉的冲动压抑在心里。他只是愤愤地说,自己老了,连小蟊贼都敢上门,岂有此理。说罢重重地拍了一下桌子。在这之后,他安排了两个枪手到晚上就隐蔽在院子的角落里,为了让姑娘们安心,只是嘱托她们晚上不要出门,几天之内应该会有结果。

第二天晚上,事情果真就水落石出。

午夜时候,已经濒临神经衰弱的梁珂被一声爆裂的枪响惊动,她猛坐起身来,拽过被子在床上瑟瑟发抖,同时听到一声惨叫,接着是身体坠落在地面的声音。过了一会儿,梁寿年在门外大声说了一句:"好好睡吧,没事了。"清晨,她才弄明白昨晚发生了什么,那个和她们一起过圣诞节爱讲蹩脚故事的俄国人,在翻越梁家高高的灌木丛的时候,被一枪击中送到了医院,子弹正好穿透他的脊椎,这个年轻人要在全身瘫痪中度过一生。

梁珂看着莫梵长长出了一口气,她一点都不奇怪莫梵面色苍白嘴唇微微发抖,她一定也被吓坏了,并且应该是为这段时间的疏忽在自责,又或者为那个帅气的年轻人而惋惜。很快她收到了严世岱的第三封信,并且收到一张双面唱片,他希望梁珂听听肖邦的钢琴曲来缓解一下情绪,他说天才的世界里从没有慌张与害怕,只有从容和淡定,而天才的艺术家又把这一切美好带给懂他的人们。虽然字数还是不多，但字里行间表现出了异乎寻常的关心。她依然不打算回复这些信件，只是把它们整整齐齐放在小木盒里。

严世岱是从一个叫智子的日本女人那里得到的肖邦唱片。

智子是他在东京的一个情人，此时嫁给了一个满铁会社的技术员，随先生来到长春生活，找了个借口来哈尔滨几天，这唱片是专程带给严世岱的礼物。严世岱在欧罗巴旅馆的房间里和她重温旧梦。在初见的激情短暂释放之后，智子趴在严世岱身上，感慨地回忆，当年去北海道游玩，在从青森到函馆的渡轮上，他们一起眺望并不开阔的海峡，严世岱指着东北方向，告诉她等南满铁路竣工，从旅顺登陆用不了多少时日就可以抵达哈尔滨，那是个优美而有情调的地方，如今真的来到这里，果真名不虚传。严世岱倒想起在小樽的一家百年古屋改建的旅社里，摆着一架旧式钢琴，当雪夜的烛光点亮，琴声在姑娘的指尖流动，他发现她也一样喜欢肖邦。这次旅行给双方留下了美好的记忆，而令严世岱念念不忘的重要原因是她如狼似虎的欲望，每夜都像一场酣畅淋漓的战斗，疲惫又满足。他和她度过无数个这样的夜晚。他们之间的关系持续不算很久，就迫不得已断了联系。

一个深夜，一个腰杆挺直的白发老者敲响了他的房门，严世岱看着这个农民打扮的老头不明所以，老人突然从背上取下一杆长长的火药枪，一拉枪栓把火药上了膛。他突然想起智子曾说起，她出生在市川的乡村，父亲是个勤恳种地的农民，同时又是脾气火爆的老猎手。老人从严世岱的表情里看出来他已知道自己是谁，眼神里随之升起一种被欺辱点燃的火焰，照亮这段关系的本质——一个公子哥玩弄了无辜的少女，他们之间根本没有修得正果的可能，虽然这位公子认为这种类似于爱情但没有爱情烦恼的东西弥足珍贵。老人在严世岱的惊骇之下把火药枪递给他，当严世岱被迫拿着冰冷的枪把不知所措胳膊微微颤抖的时候，老人闪耀着通亮灼人的眼神同时竟深深鞠了一躬，说："非常抱歉，求求你开开恩，请在我打死你之前先要了我的性命吧。"严世岱在哈尔滨最好宾馆的套间里想到这一切的时候，把怒气化作力量泼在下面的女人身上，这让他们短暂的重逢更加热火朝天，豪华的房间变成了欲望的天堂。

为了表示与过往决裂的雄心壮志，新政府决定取缔春节，改为过西历新年。旧历春节不再单独放假，也不得庆祝。同时勒令街上的商贩不得贩卖春联、旧式年历、鞭炮这类和春节相关的商品。有人在农历春节当天没忍住，说了句"恭喜发财"，被人举报，马上被一群警察当场拘捕。新国家的第一个春节在压抑、不满之中被杀死，人们除了沉默，并不知道还能做什么。

莫梵离奇地病倒了，以往的雀跃和热情没了踪影，从前一意孤行的倔强神情似乎从没在这姑娘的脸上出现过，整日躺在床上不言声，似乎被什么东西抽走了精气神，她拒绝请医生，只是说自己很累，休息一段时间就会好。这种抑郁和疲惫的状态持续了一个多月才有些好转，这期间她很少和梁珂聊天，更是从未出门，种种反常表现让梁珂困惑，时间长了也就习惯了，所以，当莫梵在春节这天说要一起出门转转的时候，梁珂竟然觉得惊讶和欣喜。

放在往年此时正是热火朝天阖家团圆的时候，但时下政府明令各行各业不能放假，可因为人们会早早回家偷偷吃团圆饭，这一天还是和平日不同，街上毫无生气，一片不祥的寂静。就连两位年轻的姑娘对萧瑟无辜的节日也生出了老人一般的惋惜感慨。她们乘着马车一直转到外国人居多的中国大街上，才算看到一些热闹。各家洋行的商品种类似乎比往年多了许多，同时很多洋行都开始兼营中国的特产，这是一个新颖的变化。莫梵跟梁珂说，其中有些是梁家的马帮负责运输的，赚取了丰厚的收益。梁珂对于父亲的生意毫无兴趣，莫梵在梁家的日子久了，倒对梁家的经营情况知道得还多一些。

梁珂在松浦洋行的门前庭院发现了一个新建的喷泉，这是个造型独特的喷泉，中间是一丛大理石雕砌的高高花丛，出水孔就隐藏在其中绽放的花朵里，并不规则对称，但是仔细看错落有致，显然是经过精心设计的。喷泉底座是个硕大的花盆形状，夏天的时候，正好接纳花丛中涌出的水浪。她想象喷泉在盛夏开启的时候，自己穿着漂亮的裙装站在这里观赏，一定是幅很美的图画。

这时候，莫梵在一旁拉了拉她的衣襟，她才看到一个高高的身影从松浦洋行里出来，周围聚拢了一些人，似乎是松浦洋行的管理者们，从听到的只言片语似乎是对他的关照表示感谢，同时也小心翼翼地避开和春节有关的吉祥话。这是梁珂第三次见到严世岱，他和前两次不同，显得没那么像个情场老手，也没那么含情脉脉，反而给了她一种迥然不同的印象。他的神情谦和言语规范，一举一动都像个新派的商人，周全谨慎不卑不亢一丝不苟，这和她的父亲有着天壤之别。

严世岱在和一众人告别之后，路过喷泉，径直和梁珂还有莫梵打招呼，像老熟人一样，不避讳早就注意到了她们。梁珂仔细地观察这个给她写过三封信的男人，觉得他表现得熟稔似乎也很恰当，同时注意到这个比她高出一头的男人虽然并没有莫梵的恋人们普遍具备的粗犷、魁梧，但是别有一番气质，类似于西方小说里的男主角，衣装笔挺，细节之处一丝不苟，不像一般中国人那样因为怕冷穿得很臃肿，大冷的天只穿一件长款深褐色皮衣，就和日本人一样，显得抖索干练。他似乎没有期待梁珂会有多热情，而是问起了莫梵，对莫梵的憔悴表示关心。莫梵解释是天气的原因，所以很少出门，阳光见得少，所以就有些不那么精神。严世岱轻叹一口气，说每到冬日，中国人就不爱出门，这不好，其实"满洲"的冬天是"满洲"的精神所在，没有寒冷，"满洲"就不是"满洲"了。梁珂品味着他的话，觉得有些道理。这时莫梵就说："这不是赶快出来转转，没想到不那么热闹。"严世岱听着哈哈一笑，然后看着梁珂，小心又不甘心地说："有权力的人就像美丽的姑娘，总是那么任性。不过，不要紧，只要被驯服的人愿意，一切任性都是应该的。"他表示可以陪两位姑娘走走。莫梵正要答应，梁珂用身体轻轻挡了一下。严世岱看在眼里也不多言，冲不远处招了下手，马车就赶了过来，撩开长腿一步就登上了车厢，开门进去的时候，回身对姑娘们说："冬天都来了，春天就不远了。"他的眼神让梁珂觉得像春天。

　　北方的习俗，除夕要给逝去的亲人烧些纸钱，让他们和活在世上的人一样，过个宽裕的春节。晚饭后，梁寿年带着梁珂到街上给亲人烧纸钱。到了街上，才发现巡逻的警察不时在街边出现，驱赶着点起火来想烧纸的人，警察们吹着口哨，挥舞着警棍，大声吆喝着政府的禁令，告诫他们除夕改成和新年一天了，不能再过旧历。有些人可能是亲人去世不久，思念的情绪正浓，火气也大，和警察起了口角，但是最终在威胁和劝慰的组合作用下，悻悻而归。

梁寿年大包小裹带着不少的纸钱，看到这场景，低声恨恨地嘀咕了一句粗俗不堪的秽言，气呼呼地带着梁珂也回了家。在客厅父母遗像前，梁寿年带着女儿虔诚地上香、磕头，嘴里说着当下的形势，请求他们的原谅。他一晚上都没熄灭雪茄，闷闷不乐。

午夜一到，按照北方的习俗，大家坐在了桌子上，摆上了热气腾腾的饺子。梁珂和莫梵争着说起街上的新鲜事，想让梁寿年情绪好一些，但是他似乎有着心事，只是意兴阑珊应付了两句。每到节日，人们看待别人的眼光会变得细致，似乎在捕捉时光流逝的痕迹。梁珂注意到父亲明显衰老了，他的皮肤下垂得厉害，多了很多褶皱，原有的就更深也更坚硬了，像刀刻一样僵硬斑驳。眼皮似乎变厚了，使得眼睛变得细小，还有一些三角眼的趋势。而眼神也远没有以前清澈聚光，总是有一些浑浊的颜色。在梁珂心里，这些变化总归让人心疼，只是如果不是除夕这个特别的时候，她没有注意过。梁寿年吃了两个饺子就放下筷子，听莫梵说起要回佳木斯一段时间，他点点头说："一些事情要抓紧了，你也老大不小了。"说罢露出忧虑的神情。

他又说起，最近经常做梦，梦见他的父亲母亲，有一次，梦里面的母亲突然去世了，他无亲无故，一个人抱着母亲恸哭，连买一副棺材板的钱都没有。去大街上乞讨，可是没有一个人给他钱，晚上回去，就守着母亲的遗体，心里像刀割一样，最后，狠狠心，自己找了根绳子想吊死算了。当脖子刚伸进绳索的时候，突然醒了，摸摸额头，出了一头的汗。他的嘴紧紧闭了许久，才慢慢张开喃喃地说："幸亏实际不是这样的，她还有我这么个儿子。"梁寿年双手捧着一碗自己平时爱喝的饺子汤，来回小心转动着，看着旁边的两个姑娘，一口没喝，似乎对新的一年充满忧虑，直到确定年轻的她们根本找不到话来安慰自己，最后才说："人啊，上有老，下有小，不是为自己活着。"说罢，他的眼神划过一道无情的闪光。

晚上大家都休息了，梁珂睡不着，起身点了一支烟，用自己喜欢的姿势——一手抱肩，一手优雅地夹着烟，走到窗前，轻轻拨开一条缝隙，想看看新的一年将要来临的第一道曙光。不久，天边慢慢浮起一道苍白的光线，让外面的雪景隐约朦胧。她注意到雪地上一个瘦弱的背影正慢慢走着，逐渐消失在晨暮中，留下雪地上一串长长的脚印，就像一条在黑暗中孤独前行的蛇。她深深吐出一串烟圈，等烟雾消失，她看清楚这串脚印刚才就停留在自己窗户下面，因为那里还有些杂乱的脚印和几个烟蒂，这不是陌生的场景。突然，楼梯传来一声巨响，梁珂一惊，手里的烟头掉落在地上，她慌乱地踩灭，跑到卧室外面，看到是梁寿年失足从楼梯滚了下去，摔断了腿。

梁寿年住院的第二天清晨，梁珂早早起了床，把莫梵叫到自己的卧室。她表情木然又淡定，感觉刚睡了美美一觉，她交给了莫梵一封信，请她转交给严世岱。她认为这是一生中最勇敢最重要的决定，耗费了当时所有的情感和勇气，导致交给莫梵这封信时，已没有力气也没有意愿多说一个字。信上只有一句话：严先生：如果可以，劳请令尊和家严谈一谈吧。

当石头得知梁珂将要嫁给严家那位名闻遐迩的公子，他并不感到意外，相反已经为这个消息的到来做好了一切准备，让自己可以在这时候尽量平静。他认为自己成熟了，因为他发现自己身上存在一种异乎寻常的特质，这和曾经读过的、听过的爱情故事大不相同，就是他没抱有任何侥幸、奢望，而是狠狠地告诫自己，她会嫁人，绝对不是自己。这个念头在一开始让人不可接受，但是因为他的决绝，这个结局已经在他的内心妥善安置。但是，他的家里充斥着死亡的味道，那是爱情死亡的味道，颓废、腐朽甚至有一些恶臭。在这样味道充斥的空间里生活，会感到窒息，头疼欲裂。这无关石头的爱情，是康翠的爱情被杀死了，凶手是个死人。

李谋知在皇帝倒台前被逮捕，成为"满洲"地界最后一个被清廷处死的人，也是刚刚启用的绞刑架上第一个吃螃蟹的人。在死囚牢房里的最后几天，他很奇怪从童年开始就一直折磨着自己的各种欲望的痛苦离奇地消失了，此刻心满意足了无牵挂。

康翠带着石头来探监，这是他被逮捕后第一次见到探视者，也是唯一一次。康翠为他带来崭新的衣服和鞋子，精心折叠成一个包裹，悄无声息地放在牢房的角落里，并没有解释什么。他本身对死亡已麻木不仁，对生活不抱任何希望，所以不会计较穿什么上路，但是对这个举动还是觉得欣慰，当意识到这种思绪会击溃用牺牲精神铸就的意志长城的时候，他重重闭了一下眼睛，在心里严厉地训斥了自己。

对这个女人的爱情始于石头到他营造厂上班的第一天，那天是康翠带着儿子过来的。日后他不断光顾康翠的洗衣店,在熟悉之后,委婉地表达了自己的爱情。虽然并没有得到期望的回音,但他断定,这个女人并不排斥自己。

经过不懈的努力,在一个飘着淡淡花香的午后,他有机会听她讲述了往事,这和道听途说的大相径庭,石头是革命爱情的结晶,而不是男女苟且余孽。这让他对康翠的爱情升华,衍生出尊重。也是这份尊重让他们之间的感情逐渐蔓延,成为心灵旷野的一片绿荫。康翠终于在某一天,还是决定要摆脱这种心灵的一线生机,因为不相信他对她没有男欢女爱的欲望,而只有这种高尚得让人怀疑的关爱。她要至死守护自己的爱情。为了挽留住康翠,而不是像她以往的追求者一样被拒之千里,他下了很大决心终于跟她全盘托出自己的身份,他和她曾经的爱人一样,也是一个革命者,是南方革命组织派遣在"满洲"工作的资深革命者。他是建筑业的专业人士,但比起革命,他只把事业当作遮人耳目的外衣,推翻清廷才是矢志不渝的理想,杀身成仁、舍生取义也在所不惜,那样的结局将让他从一个革命者蜕变为真正的革命家。

也许因为他真实的身份让康翠找到了曾经的影子,他们的关系固定了下来,没有肌肤之亲,但无话不谈。他们的关系小心翼翼地维持着,也小心翼翼地避开了所有人,包括石头。李谋知明白那个人给她的爱情已将这个可怜的女人一生葬送,他无力改变。作为一个革命者,认为改天换地的力量来自世俗的人心向背,而爱情是灵魂的事。当一封信寄到他的案头的时候,他颤抖着把这封信锁在抽屉里,选择闭口不言,因为不想以杀死心爱女人最心爱的东西为代价,去获得爱情。把爱情建立在伤害的前提下，是卑鄙和下作的。不过他的高尚给他带来了万古如长夜般的孤独，难以名状的痛苦总在夜深人静时煎熬他的灵魂。

南方的革命力量蠢蠢欲动，清廷加大了缉拿革命党的力度，李谋知被一个告密者以二百两银子的价格出卖。当他得知这个价码的时候，挺过了没日没夜严刑拷打的他耻辱地咬碎了几颗牙齿，和着血咽到肚子里。在牢房里，看着康翠，他伸出手想摸摸她的头发，就像从前一样，但是又缩了回去，不是碍于石头在身旁，而是看到自己的手斑裂肮脏，满是血痂。康翠见状，握紧他的手，放在胸前，泣不成声。她心疼这个还在活着的人，也想起韦庭芳在临死前也一定经受过这样的折磨。李谋知望着康翠，脸上露出了大功告成的欣慰之色。石头在几天之前听说康翠要去探望李谋知，联系之前的蛛丝马迹，明白了一切，毕竟，他已经经历过爱情。石头坚决要和康翠一起去探视，他要当面告知老板，自己负责的颐园街的房子已经完工。

死囚室的气氛并不破败凄凉，反而有一些安适，没有了抗争、计较、算计，空气就显得舒缓轻柔，阳光照射进来，和煦、寂静，好像徘徊在世界尽头。石头看他戴着手镣、脚镣，奄奄一息，第一次真切地知道革命者的代价，从而对自己从未谋面的父亲有了一丝谅解。石头的眼泪比康翠流得还多，流到他的嘴里，想说话，张了几次嘴，又说不出来，只是感到一股子咸味。他不住地抹掉脸上的泪水，最后用嘴咬住胳膊，让自己的头抖动得不那么厉害，也压抑自己不在此时痛快地哭出来。李谋知看着这个深情的孩子，露出了一丝爱怜的微笑，他微弱的眼神迟缓而疲惫，喘息着说："石头儿啊，你是好孩子,有出息……好样的……爱情都会有的,都会有的,别太难过……"石头终于忍不住,"哇"地哭出声来,扑在李谋知腿上,失去了克制。李谋知摸摸他的头,用尽力气晃晃:"照顾好你母亲,照顾好自己,爱情,爱情不会照顾你们……听到了吗?"最后,他又长长地喟叹,就像凄惨的申诉,"世上事,莫负长情人,莫欺真心人啊,莫欺啊……"

一个艳阳高照的寒冷日子,他被带到松花江边一处临时搭建的行刑地。这里提前一天搭建好了绞刑架,是在一个两米高的木台上面,正中间又凸起了一个小高台,有三级或者四级木制的台阶可以走上去。正上方是一个粗大的横梁,上面悬着暗黄色的崭新的绳索,绳索一头跨过横梁连着一个大型转轴,在上面缠绕了很多圈,另一头垂在横梁的另一方,端头精心打好了一个繁复的圆扣,在风中轻轻地晃荡,下面正对着木台中心。

行刑人员天没亮就来到现场,仔细检查了所有的部件,又在木台下面按动开关,发现这个机械装置有问题,开关按动好几次毫无反应,有人登上木台中间的台阶,在上面检查小高台中央的活板是不是卡住了,没想到这时候底下操作的人着急踢了一下开关,这回竟然好用了,正在检查的人一声惨叫掉到地面上,摔晕了过去。这下似乎找到了诀窍,就是要用脚用力踢开关,上面的活板就会落下来。几个人满头大汗上下试了几次都有效,决定行刑的时候用脚去踢。

李谋知穿着康翠送来的新鞋新衣服,被白色的绳子五花大绑得像个粽子一样推到木台上面,他脖子后面插着块白色木牌,写着他的名字,并用毛笔大大打了一个叉,荒诞、无理、粗鄙。闻讯专程过来围观的人不少,有些糊涂的,不知道这次用了新技术,不见血,还拿着白面馒头等着蘸血回家治病,还有兜里揣着神符等着蘸血回去驱魔的。几个报社的记者被邀请到木台上面,拿着镁光相机等着拍摄"满洲"绞刑架投入使用的新闻。更多的是双手对向插着,戴着狗皮帽子的闲人,叽叽喳喳看热闹。有几个精明的商贩推着车过来叫卖东西,没来得及吃饭的观众就手买上个包子站在冷风里充饥。有商贩小声埋怨说如今搞文明,不用大刀砍人了,所以看杀人的比以前少了很多,生意就差了,人们更爱看白光一闪人头落地,不喜欢看伸着长舌头的吊死鬼。

生意人说话不能当真,说是不多,当李谋知在木台上往下看的时候,却感觉到震撼,人们一直挤到冰面上,时不时有人跳起来,想越过人群看清楚中间的情形。几个胆大的爬到了位置好的榆树上,骑在树杈上,抽着烟,嗑着瓜子,目不转睛地注视着自己。挤在人群最前面的冻出了鼻涕,不时用袖口擦擦,在脸上不定哪里留下一块闪光的印记。他们为了占据这个好位置,等了有两个时辰了,焦急难耐,不时摇头叹息。

李谋知的眼睛炯炯越过人群,看到远处哈尔滨的城市风光,那里面有无数他的心血,他曾经为其中的一些建筑付出了才华、智慧和勤奋,它们将永远矗立在那里,那是他生命的延续。他的工作赚了不少的财富,这些钱他不留一文全部贡献给了革命事业,这也是他生命的延续,他以此为自豪。他能看到颐园街上那栋刚刚落成的豪宅的屋顶,那是多么漂亮的房子,当他第一眼看到图纸的时候,就为法国设计师的天才构思所折服,它的窗户、外墙、立柱就像风姿绰约的夫人一样迷人耐看,散发着让人倾倒的魅力。在此之前,他还没见过把直线和弧线构件如此巧妙地勾勒在一起，形成如此庄重开阔又私密沉稳的住宅。当下远远看见这座建筑，觉得知足了。想到这里，他突然想起一个匆忙之中的遗漏，但已经于事无补了，如果会那样，那就是命运。

李谋知又把眼光投向人群，眯缝着已经浮肿了的双眼，看见的是一道扁平的风景，人们挤满了他的视线，都在齐刷刷地看着自己。他不是缺乏智慧的人，而且更具慈悲，因此对人们来此的目的心知肚明并不介怀。他相信，就是这样一幕幕牺牲，一幕幕闹剧，一幕幕惨绝，积累得多了，人们才会觉醒，才会开启民智。到了那么一天，他们的后代将为这一幕献上应当应分的感念，并为这周围的人们感到悲哀。他不认为这些看热闹的人是麻木的人，如果是那样，革命者的牺牲又有什么意义。肯定不是的，他们的麻木是天生的，这不是他们的罪过，他们是纯净的，只有任他们麻木的人才有罪。一个革命者成全自己的同时，也在成全这个世界，他也不认为革命者就是赌徒，他认为革命者只是愿意睁开眼看看自己良心的人，只是有蜡烛特质的人格，愿意燃烧自己，为世界带来温暖。这个世界，只靠太阳，对受冻的人们于事无补，比如现在。革命者的力量、尊严、喜悦便是要去挑战藏匿着不可告人秘密的阴影和星辰，并与之作对。

他抬头看了一眼悬在头上的绳索，崭新的物件，自己是真的幸运，这预示着自己先驱的命运。他笑了一下，但是因为五官被严刑折磨得错了位，所以人群只能看到他的脸动了一下，而不明所以。被一个行刑官灌了一碗烈酒之后，感觉体内升腾着一个燃烧的火球，一股热量涌上面庞，他的下嘴唇包紧了上嘴唇，让嘴里的酒不要流出来，这时候他的表情看上去像个要放声大哭的孩子。李谋知最后眺望了一眼人群，这次努力睁大了眼睛，他知道，康翠母子并不在那里，因为那天已要求他们不要来，过后来收尸就好，想到这里，心里那丝担心又隐隐出现。

一个人向木台外面的人打了个降落的手势，一旁的木轴"吱呀"转动了几下，绳索被放了下来，圆扣正好对着李谋知的脸部，两个人干脆利落地把他头后面的木板拔掉，扔在一旁，然后将他的头小心套在圆扣里，然后用了力，让绳索紧一紧，结实地套在他的脖子上。

这时，人群突然一阵骚动，李谋知刚闭上的眼睛稍微睁了一下，感觉一阵眩晕，初以为自己已经魂归天国了，后来才反应过来，还活着，但是刚才明亮的天突然暗淡下来，人群的骚动愈加激烈起来。他把头抬起，发现太阳正被一个月牙形的阴影吞噬，天地之间逐渐陷入昏暗。他长长叹了一口气，心里知道这是人生第一次也是最后一次看见日食，而这种奇异的天象似乎在为自己的死亡昭示着什么，这让他突然有些兴奋，而且愈加自豪。大多数围观的人并不知道日食的原理，在惊愕之中回过神来，一片片地跪在了地上，冲着太阳不断地磕头，有的人甚至哭出声来，而有的人则疯狂地喊叫，还有的人双手合十不断地向天空哀求着什么，他们为这种天象所恐慌，生怕带来什么不可测的灾难，这时已忘记了绞刑架上的人。行刑队的枪都上了膛，所有人警惕地看着周围，生怕有什么变故。大概过了一刻钟，太阳重新出现，好像一切没有发生过，天地又恢复了本来的模样。有的人站了起来，有的人还跪在地上不敢起身。

李谋知心里暗自冷笑，皇帝让人们下跪，不告诉他们为什么；而人们下跪，也不知道为什么，只是因为害怕，也不问问害怕从何而来。他生平最后一次感叹，这世上的革命家还是太少了。

行刑队的主管一声令下，负责开关的人早就等不及，一脚踢向开关，等着木板掉落的声音。没想到，他由于用力过猛竟然把开关踢碎了。主管看着人群又开始骚动，有些紧张，干脆一个箭步冲上那几级台阶，拼着死劲，从一旁直接把木板合页弄断，"嘎吱"一声，木板掉落下去，李谋知的身体随之向下坠落，那个绳索猛地向下一沉，又被惯性弹回一截，一具尸体就在空中晃动起来。一股难闻的屎尿味让周遭的人们不自觉捂住了口鼻。

事后人们发现，这个绞刑架还是有设计缺陷，绳索拉得过高，而绳索又过粗，这样两个因素导致绞动脖颈的力度过大。严格来说，李谋知不是窒息而死，是被勒断脖子而死，所以，他的舌头也就没有像其他吊死的人一样伸出很长或者干脆被自己咬断。人们感叹这个人真是幸运，临死前看到了百年难得一见的天象，还留了全尸。因为专业验尸官断定，那天那个绳索再拉高一点点，多那么一点点力度，他就会身首异处。

接收遗产让人兴奋，接收遗物是另外一回事。民国政府上台之后，整理了各地牺牲的革命者的资料，并给予适当的抚恤，有正名彰显之意。哈尔滨当局发现李谋知烈士被籍没的财产基本无法追回，或被销毁、或被出售，只留下一些日常书信，丰富的藏书早已尽数丢失。因为李谋知并无亲属在哈尔滨，政府相关人员辗转打听到了去年为他收尸的康翠，并且通知她领回这些书信。康翠带着石头领回了这些书信，打算找个日子在李谋知的坟头烧了它们，也算了了心事。她拒绝了政府的抚恤金，坦白说自己不是李谋知的直系亲属，没有权利拿这些钱，至于丧葬费用，那是自己和烈士的情意，不需要别人承担。

康翠在深夜独自整理这些书信，把它们一一清理干净，小心叠好。她告诫石头不能阅读别人的书信，尤其是有关逝去的人，那是人家最后的尊严和体面，不可造次。而康翠并不认字，所以她磊落地坐在这些书信面前，一封封触摸这些李谋知生前曾阅读过的信件，心里在想，假设他们真正相爱，那会是另一番人生，但是生离死别的结局都不可避免，这是她的宿命。想到这里，一种悲哀的情绪开始翻涌，她确定李谋知之后，不会再有人危及她视若生命的爱情，但是她并不记恨这个人，反而对他的出现感到庆幸。他对自己的关爱和周到是石头的父亲无法企及的，他在自己身边的这几年，是上天对自己恩情眷顾，应该知足了。

这些信中有十几封信是专门打包的，这引起了康翠的注意，她解开细绳，一封封地铺展开，每一个信封中央的大红条上面都写着相同的三个字，显然是别人写给他的。康翠觉得这是一个女人写给他的，看来李谋知对自己有秘密，她露出一丝孩子般纯洁释怀的笑。仔细观察摆弄着这一封封信，感觉自己在和李谋知捉迷藏，突然发现一封信明显厚实很多，打开信口，看到里面放了一张折成几叠的报纸。康翠沉思一下，抽出了报纸，铺展在桌面上。她看到报纸上面印着一张含糊不清的照片，虽然不十分清楚，但只扫了一眼，就感觉自己被闪电当头劈中,险些在椅子上跌落,这个人化成灰再过一百年她也认得,他竟然在这世上还有一张照片,这是韦庭芳。

被叫醒的石头在片刻惺忪之后,开始阅读这篇报道,并随后研究这十几封信件。在经过慌乱、焦灼、紧张、疑惑、惊恐的一个多时辰之后,事实的轮廓完全清晰了。石头在很多年以后,都在纠结当时把全部真相告诉母亲是对还是错,但是有一点他并不否认,那天晚上的知无不言使得自己成为杀死母亲爱情的帮凶,而自己在那一刻开始,也对自己、对爱情有了不一样的认识,从此以后他多了一句口头禅:阴谋,阴谋造就了一切。

这些信件是李谋知在上海的朋友寄给他的。显然是他挚交的革命同志,其中很多敏感词汇都用了春秋笔法,外人看不出端倪,但是石头知道了李谋知的身份,并且事关"韦庭芳",多加联想,也基本搞懂了始末。

李谋知在四年前开始拜托这个朋友调查一个叫"韦庭芳"的人,开始并不顺利,因为所有革命党的档案上都查不到这个名字,而且受托之人不认同李谋知的看法,就是韦庭芳是用化名参加革命工作的,因为在他们内部的机密档案里可以查到每一个人的底细,如果没有真实姓名留档,一旦有牺牲,那连家属都联系不到。况且这位朋友调动了许多资源,查阅了革命党很多涉及最高机密的档案,甚至和海外的同志建立联系,都没有任何一个人和李谋知所说的人背景、长相、姓名完全吻合。

他们之间的联系因为此事无从入手中断过一段时间,但是在三年前的一天,那份刊登着韦庭芳照片的报纸被邮递到了李谋知的手中。报纸上的大字标题非常醒目,想来很容易引起那位上海朋友的注意，"骗子韦犯庭芳昨日伏法"。随后李谋知似乎在信中质疑这篇报道的真实性，怀疑是不是敌人的障眼法，在他的嘱托下，上海朋友动用关系对这个韦庭芳进行了彻底的调查，因为韦庭芳的案卷在法院有底档，再加上革命党无孔不入的情报系统，很快还原了这个人在南方近二十年的生涯。

韦庭芳当年到南方后，在几个城市漂泊了一段时间，曾经短暂接触过一些进步力量，但是并不被认可和接纳。大概两年以后，他到了上海，在十里洋场几乎天天出入舞场赌厅眠花宿柳，而经济来源并不清晰，能够查到的是在那段时间他做过拉皮条的生意，也做过高利贷的捐客，总之都是一些拼缝性质的生计。

再之后，他凭借三寸不烂之舌，以爱情或者婚姻的名义，接连和不少富婆有过纠葛，在这之中一度获利巨厚。他也曾经和不同女人有过几个孩子，但都是短暂风流之后，不管不顾。身首异处的原因是韦庭芳与上海道台府一个官员失宠的小妾勾连，蛊惑这个小妾私藏那人贪墨受贿的证据，以此要挟钱财。未想这个官员是当朝红人盛宣怀的门下，具备相当能量，人家干脆将计就计引君入瓮，反而以诈骗、通奸之名把韦庭芳判了死罪。在这人卑鄙龌龊的漂泊生涯中，唯一让李谋知朋友知道的，和哈尔滨发生联系的事情只有一件，就是大概十年前，韦庭芳正是顺风顺水的时候，自以为可以在上海滩成就一番大事业，曾暗地里让人回到哈尔滨，给一个旧情人报了假丧，而其目的应该是怕人家日后找上来节外生枝。

康翠在李谋知坟前一枚枚烧掉这些他留在世上最后的印记，让它们慢慢化作黑色的灰烬散落在泥土里，她相信，它们会钻到地下,和这个善良的爱着自己的男人在一起慢慢腐朽,直到有一天彻底成为尘土。康翠比一年前她和石头来送葬的时候已判若两人,似乎这一年她是在天上度过的,天上一日地上百年。何况,她的变化只是自不久前得知爱情的真相开始的。

石头讲述完之后,康翠的头发在儿子注视下一点点变黄,又开始褪色,直到天亮的时候,她已经是满头白发,而在昨天,她满头乌黑的头发都是惹人羡慕的。头发的变化并没有因此打住,随后的日子里,开始稀疏、分叉,无法像以前一样整齐地高傲地梳起来,因为留下的每一根头发都似乎失去了生命力,萎靡不振单薄轻浮,而且长短不一。她的眼珠也随之变黄,就像污水的颜色,没有了和神采相关的任何东西,浑浊、惘然、僵硬。石头看到母亲一天天的变化,感觉一定有人在毒害她,可是他仔细调查了一番,一无所获。

没有多少日子,她的容颜也开始塌陷,就像一块本来坚实的土地被抽开了水分和营养,干涸枯萎,似乎没有了任何承重的能力,也更不可能再长出庄稼。更为惊人的是康翠的话变得很少很少,她没有对石头讲述的事情评价任何一个字,她用表情完全充分地表达了一切,先是震惊,然后渴望,再然后是绝望,最后是愤怒、羞耻、无地自容,而伴随这一切表情,她的眼睛在这个过程中始终是一种以委屈为前提的脆弱甚至是恐惧。当石头把一切都说完之后,康翠脸上恐惧的神色超过了一切其他的感情,是在恐惧自己将如何面对这一切,未来的日子对她将是黑暗深渊。

石头看着母亲整日安静地在家里待着,再也没去洗衣房打理她的生意。他觉得母亲比临死前在牢房里看到的李谋知还要悲惨，还要潦倒，还要可怜。至于李谋知，他一定知道这个结果，所以把这个秘密深深藏在心里，但是百密一疏，意外被捕，葬送了他为爱情而做的牺牲。他那么爱这个女人，为了自己的爱情呵护她的爱情。可从另一方面说，不以占有为最高理想的爱情，无疑是纯粹的，也是自私的，是注定失败的。

康翠看着一缕缕黑烟在坟头孤苦无依地升起，她知道自己已苍老得几乎化入泥土。一年前，她在这里曾经畅快地哭过，不只是为了这个男人，更是因为他和他的爱情一起死了。而现在，或者说从那天晚上以后，她已经失去了哭泣的能力，当悲哀到极点的时候，只是想干呕，而自己的泪腺并没有任何反应，它们因为爱情之死过度悲伤，似乎也死了。从此，她的悲伤就像被阴影覆盖的小溪，像毛细血管一样遍布人生的沼泽，艰难地流淌着。她烧尽了所有的信札，最后是那封装着报纸的信封，那里面有韦庭芳唯一的一张照片。她稍微犹豫了一下，想着应该问问儿子的意见，但是一瞬间，手一抖，也扔进了旺盛的火里。她一天没有说一句话，就像个具备神性的巫婆一样，似乎要做的一切都早有打算，她的背也驼了起来。

她甚至有些怨恨深爱的儿子，这是平生第一遭。要不是筹备儿子的婚事，为了买一所说得过去的院子，她大费周章还是凑不够所需数目，李谋知雪中送炭又一言不发悄然走开，她的心在那一刻松动了。之后的故事全都因此而起，解决了一个迫在眉睫的问题，却埋下了无法收拾的祸患的种子。

一个夜晚，她尝试着把头伸进一个精心系好的绳索里，踢开了脚下的凳子。但是她晃晃悠悠，舌头掉出了很长，意识却在一时迷失之后再度清醒。她受不了脖子的疼，最终放弃悬在空中的丑态。可是半生半死的状态却纠缠上了她,她确信自己就是个巫婆了。

现在,她冥冥之中看到一个奇怪的东西,这让她对儿子的一丝怨恨土崩瓦解,变成了痛入骨髓的内疚。

它像所有谜团一样悄无声息地破茧而出,在风雨飘摇的世界里遭遇冷眼和凶残,战战兢兢俯首帖耳寻找安身之所。很久以前,它在只有永恒画面没有厮杀声音的战斗中攻陷了第一个人之后就轻而易举地势如破竹王袍加身。这是有致命缺陷的瘟疫,只会由一个人传染给另一个独一无二的人,时间是它终极使命的大敌。染疫的人在疯狂中以卵击石,在绝望中放弃,在孤独中徒劳死去,它却生生不息,冷面无情地遗传给下一代,又下一代。

它遮人耳目的新生、重生不过是永生。

致命瘟疫,心怀慈悲不想杀死任何一个人,却大恩大德杀死无数人。它的症状之一是,让人拿到画满神秘花纹光芒四射的金色钥匙,那是魔法诅咒的钥匙,不是为开启而生,是把自己永远锁在暗无天日的灵魂密室之中,无药可救。

她的母亲死而复生出现在眼前,那是个和自己一样魂不守舍的痴痴老人。这时候康翠豁然想起,母亲就是以这个形象死去的,父亲死了以后,她就在某一天改头换面成了这个样子。年纪太小的她记住的母亲是爱情活着时候的母亲。她明白无误地知道,她们家中了爱情的毒,正在家族血液里肆意生长着,世上最高明的医生也束手无策。康翠最终知道了,她会在什么时间死去,那将是这家族和爱情最后的决战。

她最终抬头看了一眼石头,叹了一口气,用一根棍子拨了拨地上的残火,缓缓地用破旧的嗓音说:"儿啊,你以后得叫大名了,记住喽,叫康石。"

宋姐在自己的房间等到了康石。康石像个身份不明的和尚一样溜了进来,什么都放下的样子实际什么都放不下,什么都看开的样子实际什么都没看开,一身的别扭。

他随手关上了房门,一屁股坐在床上,对着宋姐长长出了一口气。她盈盈笑意,看着这个骨瘦如柴的人,听闻他有了堂堂正正的名字,而身体却并没有因此强壮起来。宋姐吹灭了蜡台,摸索着靠近康石,试图伸手握住康石的手,但在黑暗之中,她抓到的是对自己误解的内疚,这个人的强壮超过了她以前的男人,和他的身材并不相称,大得不像话。她的热血就像一阵风吹过的火苗,霍地爆燃,在黑暗里发出了通体光亮。石头本是懵懂迷惘的,对自己的行为并没有好好地审视,心思在对梁珂即将结婚的讯息里还无法自拔,一种莫名其妙的推力让他坐在了宋姐的面前。当感觉自己的下体第一次被人紧紧控制的时候,他不自觉地痉挛了一下,然后摆脱开了那让人愤懑压抑的情绪,变得凶猛狠辣。在整个过程中,他感觉被一堆火焰炙烤得失去理智,自己在迷乱的火焰里醉生梦死,终于知道爱情还有另外一番享受,这本该是对爱情的苦的奖励。他惊讶地发现宋姐并不是平素看到的那个人,这个女人忍耐之下原来是万恶的欲望,寡言之下还有狂暴风骚的呐喊,自己对爱情的思考其实一向是肤浅而且不够通达的。在比自己大十几岁的女人面前,被控制、驾驭、引领,抵达了奇妙的世界。

当第一缕阳光照进窗户,铺陈在两人交叉着的裸体上,康石觉得这是崭新的一天,而这一天就绽放在自己旷古孤独的心灵荒原上,绽放在自己烟雾弥漫的人生沼泽上,这是新的一天。

康石和宋姐的关系从此稳定下来,他们时常约会,中间间隔几天,然后就会自然而然地碰面、寻欢。康石的情感世界变得复杂、幽深,他有时候觉得,自己像是一只乌鸦,像俯瞰哈尔滨的土地一样俯瞰自己的情感,破旧的屋顶,偶见断壁残垣、杂草丛生,也会有新建起的房子,散发着让人兴奋、羞涩的情调,一条漫长的江在城市边流淌,在某个时刻,会发现某个藏有幸福、刺激的岛屿,为此,可以更远地寻找,直到天际。他为这种诱惑撩拨又憎恨自己沉迷其中,日子在他身上流水般飞逝。

宋姐在丈夫死了之后,像一只孤雁在凄苦的风雨中迷路,保全自己的同时瑟瑟发抖地应对随时出现的危险,活到当下已经开始明白,和活着比起来,艰难不算什么,而和艰难比起来委屈和压抑更算不得什么。她在被康石的爱情宣言拒绝之后,和几个不同的男人发生过关系。这些关系因为自己的控制而来去匆匆,但是她短暂的满足之后,还是发现内心飘零空虚,那不只是需要男人的体液滋养,还需要情感的雨露滋润,否则将永远荒芜下去直到天塌地陷。

她抓住了康石的命根子,其实也奢望能抓住自己的一线生机。她终于也有合适的人可以倾诉,跟康石说起了她对自己男人的忠贞和怀念。那是肺腑之言,当那个男人为了她的生存被土匪像条死狗一样拖行的时候,她心底暗暗发誓,会为这个男人守寡到死。当她满含热泪谈起这些的时候,康石双手贪婪地抓住她的屁股,舌头不断在她的胸口吸吮,他觉得,女人的忠贞除了挑逗情欲并没有太多用处。

他豁然想到，那个在商市街让她丢尽了脸的朝鲜女人，不见得是为了一车白菜钱，根本原因是为了自抬身价，让自己的情欲魅力更加广为人知，从而达到内心深处某个兴奋点而已。他对宋姐的屁股非常满意，手下毫不留情，想象着抓住了那个朝鲜泼妇的屁股。宋姐会在享受之余说起她和丈夫的性爱，他们之间的激情具备季节性，在冬日"猫冬"的时光里达到高潮，那时外面数九寒天，他们在热炕头上几天都不会出门，就光着身子由着性子反复折腾，一些年后的结果证明他们似乎没有繁衍的功能。当二人确信这一点之后，他们之间的性爱不但没有因此而失去激情，反而更有一种负罪的快感，好像在偷窃，更加频繁热切了。

在经历过几次像火球在床头飞腾的约会之后，康石逐渐占据了上风，开始掌握了主动权，他在锦绣园偷窥学到的技巧被他惟妙惟肖地模仿，甚至开始发扬光大。有一次，他在毁灭性的迷乱之中轻轻喊出"宋姐"两个字，让全身从里到外湿透的女人猛地睁开双眼，如濒死的人回光返照，然后高昂地急促地喘息，最后一下子晕厥了过去。当她开始苏醒的时候，微闭着眼睛，脸上散发着幸福的光芒，嘴里喃喃地喊出了她丈夫的名字，这让康石明白，他们之间的性爱关系不应该持续太久，也不存在持续太久的意义，而同时，他开始明白爱情的荒诞，还有在荒诞之中的严肃性。

与人们通常的认知相反，对于精明的商人来说，国家的动荡不一定是灾难，有时候反而是暴富良机。一些人的钱包鼓了起来，锦绣园的生意愈发兴旺。园子先是房间不够用，客人们在楼下的厅堂里吃饭、打牌或者焦躁地走来走去,琢磨着什么时候能轮到自己春宵一刻;后来是姑娘也不够用,总有豪客一次包上两个、三个甚至更多姑娘,在房间里耍个昏天黑地,让晚到的客人抽着闷烟暗自艳羡。康石在园子里的风流仅限于和宋姐,他知道所有这里的姑娘都会先由甘二爷把关走上一道,虽然甘二爷不会忌讳,但是康石只是偶尔趴趴门缝凑个热闹,起了兴就奔着宋姐破劲儿去。无论在女人上,还是金钱、权利上,康石一生都恪守这个原则,不属于自己的或者需要避嫌的都打着十二万的小心,绝不越雷池半步,他是个可以狠下心来为自己套上紧箍咒的人。这一点和所有美好的品质一样,只要拿捏得当,就是最深沉的智慧。

康翠的洗衣房已经歇业,她已到万念俱灰的境地。她整日把自己关在房间里,要么在床上、椅子上缩作一团半睡半醒,要么在地上来回走动,像只垂暮的猫,无声无息,魂游天外。她不想打扰任何人,但在康石眼里,她每天都在发生变化,他惊讶地看到一个本来风韵犹存的女人像秋后的草木一样迅速凋零不带一点征兆,由此得出一个结论,这世界总有比苍老更苍老,比凄凉更凄凉的存在,死亡之前,是没有尽头的。

那天晚上爱情的败露就像秋天的最后一场冷雨,开启了寒冷季节之门,然后一切都无法逆转。事到如今,她的眼角已经不可救药地低垂下来,遮住了眼神,厚重的眼皮上布满皱纹,就像墙上爬满陈旧的枝蔓,显得萎靡绝望。她每天亲自动手弄些吃的维持着自己的生存,对康石无微不至的嘘寒问暖似乎不以为意,也从不跟他说句话,更谈不上关心。康翠还能和之前联系起来的场景只有一个,就是每天在佛像前虔诚地磕上三个头，敬上三炷香。康石后来发现，判断她待在一个地方是不是睡着了，只有一个办法，就是看她的耳朵，如果支撑着，那她就是在静静地听取什么声音，并没有真的入睡；如果耷拉着，那应该在睡觉；如果突然动了一下，就像秋雨打在一片树叶上，那就是睡醒了。

因为甘二爷的眷顾，再有自己的勤奋机巧和规矩可靠，康石在锦绣园很吃得开。他结识了一些哈尔滨地界上的达官贵人，也牢记着自己的身份，不越雷池。起初他小心翼翼周到地伺候这些客人，在结账的时候给些自己权力范围内的小折扣，当发现人家并不在乎这些小钱的时候，他就牢记着各路客人对姑娘们的评价，然后根据这些人的兴趣需求，把合适的姑娘推荐过去。在客人多的当口，只要是自己相熟的朋友，都会得到优先安排。再后来，他又察觉到这些人表面上器宇轩昂不可一世，似乎应该瞧不起他们这些烟花柳巷的小喽啰，但其实内心并不排斥他。而因为康石知道他们的隐秘并且一直守口如瓶，也从未打着他们的旗号惹是生非，从此反而对康石有更多的亲近和信任。当康石后来因为这些关系陆续受益的时候，他对甘二爷当时私下里给自己的耳提面命多了无尽的感激。

相熟的客人里，有一位叫董西迁。他是颐园街上康石监工的那栋豪宅的管家，衣着干净利落，做事干练精明，深得豪宅主人谢瓦利的信任。在过去几年里，康石在施工现场的认真勤勉给董西迁留下了深刻的印象，当他在锦绣园又见到康石的时候，两人的交情就更进了一步。一日，董西迁喝完花酒夜有些深了，他叫园子的人到街面上叫马车送他回去，但是等来等去都没有车子。董西迁从不在园子过夜，需要回去安睡一会儿，然后天不亮就起床打足精神服侍谢瓦利一家人用早餐。康石正要回家,就安排甘二爷的私人马车送他,然后自己也上车,嘴上说董爷喝了酒路上好有个照应,事实是这和他家并不是一个方向,他是打算送了董西迁自己再走一个时辰回家。除去客人的特别需要,他坚决不碰甘二爷的马车,这和甘二爷的女人一个性质。

  车子停在颐园街上这栋华宅前面,康石下来和董西迁作别。正好院子门也打开了,走出个娉婷姑娘来,董西迁低声说谢瓦利夫人平时喜欢跳舞,这是她的舞蹈老师。康石打发马车空驶回去,一个人从颐园街上拐到大直街,往东走,远远看见那个姑娘的背影,这时候已经有些晚了,她的步履有些快。康石禁不住走得快些,就离这个姑娘近了,也许都是学习跳舞的缘故,这身影有点像梁珂,一样的笔直身姿,一样洋溢着青春悦动的味道。他习惯性地仔细打量了这个姑娘的屁股,觉得似乎和梁珂也有些类似,只是自己从前并没有近距离观察过梁珂的屁股,不是没有机会,是觉得不应该。姑娘显然意识到身后有人,稍微侧下头,注意到是刚才和董管家在门口寒暄的人,心稍微安定了些,但脚下更快了。

  她住得并不远,刚到秋林商行,就在果戈里大街的交叉口转了弯,进到一处公寓楼围合的凹形院子里。康石的兴致被夜晚、独行、舞蹈、姑娘、屁股等因素撩拨起来,明显感觉到体内的血热起来。他全神贯注在这个背影上,升起很多幻想,而并不是想转到姑娘身前,看看她的模样。他随后走进这个院子,正好瞥见姑娘进入一个楼道。康石无所畏惧地独自站立在院子中间,把周围楼上很多个紧闭的窗户视作无物。当头正是一轮明月，没有一丝云朵遮挡，将整个院子照得明亮又暧昧。凭着多年的建筑经验，他对楼房格局是很熟悉的，从一处刚刚亮起的窗户中确定了这姑娘的住所。康石死死盯着那扇窗户，看到久久没有人影出现，并没有转身离去，反而上楼，站到了姑娘的门前，重重跺了几下脚，接着又回到了院子中间。那扇窗前终于出现了一个人影，她推开窗，有些惊惧地看着院子中间那个胆大包天的瘦弱的人。康石咧嘴一笑，低头拿出烟盒，趁着月光捏出一支点燃，然后双手插兜，双腿分开站着，就像战地上冲锋枪的支架，就像和这姑娘很熟悉似的侧头仰视着她。此刻他成了这院子的主人，庞大的个人意识点燃了性感骚动的气场。

他进了房间之后，未发一言，反身带上门，然后把姑娘推到墙上，他热血澎湃，还是没有兴趣看清她的脸。姑娘不由自主发出羞涩的声音，但仔细听又是放荡。康石一把将她的裙子掀了起来，毒蛇一样骇人的眼睛盯着圆规一样分开的白皙双腿，闪耀着光泽用力支撑着吸引了他一路的屁股。她的脚踝不停在地上扭动着，似乎无所适从。康石看到她的手撑住了墙面，不耽误一刻工夫就嘟囔着骂人的话从后面将她控制。她的手开始死死扣住墙面，不一会儿又松开，迷乱地抚摸着冰冷的墙，好像要抓住什么。他灼热的呼吸和干燥的嘴唇在姑娘的一头瀑布般的秀发上倾泻而下，感受着丝绒般的顺滑，两人都在欲望的绝望之中享受盛大的极乐之感。康石感觉自己双腿奔腾不息，似乎在模仿动物后腿的动作中颤抖不已。他们在门口搞得热气腾腾之后，又缠绕着挤到了房内的床上，在凶险的山口之上寻找雾蒙蒙的巅峰。康石品尝到了这舞蹈姑娘的好，她的双腿充满弹性,可以柔软到不可思议,可以坚硬到超乎想象,他时而被这双腿环绕在腰间在颈部,时而又被这双腿引领着走向极为开阔盛大的空间。她的腰部也毫不逊色,身体弯曲成优美的曲线,满足着康石所有的想象力,他们没有说过一句话,彼此肆无忌惮地卖弄着自己。他让她变成问号,又变成感叹号,又变成大大的叉号,此时他为这世上有如此的快感而留恋起生活来。康石愿意觉得爱情和污秽相关,和阴谋有关,缺少了这两样东西的爱情像乏味的玻璃花瓶一样无趣无聊。他在试图忘记梁珂的艰辛历程上走失了路,浑然不觉。不过这世上正确的路只有一条,愉悦的路却有千百条。

月亮不知不觉离开了院子,外面一片漆黑。在为梁珂写信而没日没夜翻阅各类图书时,他的视力就开始急剧下降,到现在,已经需要考虑为自己配上一副眼镜了。他没有看清楚这个姑娘的样貌,也不想。他已经得偿所愿,而且不仅是屁股,还有腰肢、双腿,都让他心满意足。两个人大汗淋漓躺在床上,身上闪着油腻的光亮,康石点燃一支烟递给了姑娘,然后自己又抽起了一支。当姑娘想和他说些话的时候,他已经意兴阑珊,但是并不想在这里过夜,他还惦记一个人在家的康翠。经过一段时间的沉默之后,康石强打精神站起身,捡起地上的衣服穿好。送他的时候,姑娘像条鱼一样光着身子游在他身边,一口口烟雾轻轻吐到康石的耳垂边上,有一丝痒痒的暖意。她扬起脖子,撒娇地问,跳舞的姑娘怎么样。康石双手抱住姑娘的屁股,把她紧紧靠在胸前,用湿润的嘴唇沾了沾那头长发,玩世不恭又略带感叹地说:"艺术这东西,不分流派,只有……天才派。"

大多数的天才是让别人惊叹的,改变不了自身的处境。梁珂出嫁的繁华场面虽是意料之中,还是轰动一时。严家的权势在这时候不那么含蓄,就像沉浮在水中的巨兽,偶尔露下峥嵘是必要的。严家包下了全城最好的马迭尔宾馆作为典礼现场,并且预定了最为昂贵的婚宴酒席,纷至沓来的宾客让中国大街到新城大街一带交通堵塞。而国民政府的高官发来的贺电被张贴在宾馆入口处,一个个如雷贯耳的名字让人羡慕并且恭敬,人们反而对贺电上花团锦簇的吉祥祝福毫无兴趣。

哈尔滨全城当天的报纸头版都被包下,刊登严家大婚的喜讯。因为新人要在婚礼当天晚上乘坐火车去往上海旅行,所以典礼之后的庆祝活动由严奇峰主持,他乐此不疲,并且多次打趣,这是这辈子最后的忙碌。梁寿年的腿伤已经痊愈,脸上的皱纹舒缓了许多,那些日子他神采奕奕浑身上下喜气洋洋,身上的彪悍之气消失殆尽。他之前听闻有人说梁家算是攀上了高枝,严家娶了个除了长相漂亮其余毫不相配的媳妇,而婚礼上严奇峰对梁寿年礼敬有加,当众举起酒杯说了一句话:"老严家娶媳妇,这次算是赚大了。梁珂一定是我们家的财神,我们家的福星。"这句话驱散了困扰梁寿年多日的不快,让他感激涕零。

这一天,康翠沉坐在房间的一角,耳朵偶尔竖起来,听着窗外的动静,在人们的议论声里,她似乎能听到中国大街上震天的鞭炮声。她的面容已经麻木许久,很难有什么表情,她知道这一点,所以自己想笑就笑想悲伤就悲伤,深知在儿子或者外人眼里,她的表情都是一成不变的。她不怎么看东西,眼皮遮住了大部分视线,而仅存的一点角度也不清晰,她的视力不知道是从哪天起,变得模糊不清。所以,当某天她突然发现康石鼻子上架了副眼镜,竟然像孩子一样笑了,只是没有声音。她很享受这种感觉,别人完全看不出她的情绪,因为她的垂暮老态而自然认为她的感官也已经麻木,甚至完全忽视她的存在。只有康石心疼她,知道她的衰老是猝临不幸的结果,而并不是真实年纪该有的样子。

其实康石也不知道,自从她的眼睛失去大部分功能之后,耳朵和鼻子却似乎在逆生长,变得格外敏感,这让她进入了一个全新的世界,惊喜地发现其实这些感官功能竟然可以和眼睛互换,一样能得知很多信息,甚至比视力更加可靠。因为人们的掩饰主要是在对视力的欺骗上,而没有办法欺骗鼻子。至于耳朵,虽然人们会用谎言欺骗它,但是如果排除视力的干扰,谎言的漏洞就显得格外多,一双敏感的耳朵可以轻易听出话语后面隐藏的长长线索。眼睛之所以更容易被欺骗,是因为眼见为实是人类最盲目的自信之一。

严家婚礼这一天,康石一直待在家里,没有去锦绣园,也没有和康翠多说什么,但是康翠凭借听觉和嗅觉知道儿子的悲伤已经将他淹没,并无数次让他窒息。她把身子缩在被子里,手指不停地搅动着,露出了轻蔑的笑。

列车启动的时候已是深夜,一阵阵鸣笛之后,就离开城市进入广袤无垠的"满洲"平原。包厢谈不上豪华,但特地为这对新人做了额外的装饰,在微弱的灯光下,显得温馨暧昧。火车行驶发出的轰隆声音此刻好像被包厢内的沉静完全掩盖,车厢些微的颤动反而让身处其中的人感觉到惬意。

严世岱脱下外套,站在了梁珂的身后,此时,这位惊世骇俗的美人并没有因为不在众人瞩目之下而丧失一丁点魅力，反而多了一些神秘和魅惑。她此时坐在床沿边，对着车窗外漆黑的夜色，借着反射的灯光，轻轻摘下复杂硕大的耳环，然后轻轻揉了揉耳垂。她透过玻璃折射的光芒看着严世岱，盯着他的嘴唇看。他们彼此都发现，两人的嘴唇长得很像，都是上嘴唇的线条很硬朗而且偏短促，稍稍凸起一点，下嘴唇两侧都是突然消失在脸颊处，不像一般人有红色渐变的过程。只是梁珂的下嘴唇稍微厚一点，显得性感忧郁，而严世岱的稍微薄一点，显得有些倨傲。

严世岱低头看着梁珂极具生命力的长发垂落在身后，轻轻用手拨弄了一下，深色天鹅绒的衣服开口处露出了姑娘白皙的皮肤，头发在后颈处的部分变得轻柔凌乱，萌生了可爱青春的感觉，让人爱慕。而这块脖子下面到衣服遮挡的三角形部分，正是日本艺伎身上最美的部分，无数人为了亲近这块香肌而散尽家财。严世岱深受日本审美的影响，此刻第一次看到这块美玉一般光滑润泽的肌肤，心里感叹，这是世上最性感的皮肤，即便日本最高等级的艺伎也要败下阵来。当年他无数次流连在东京歌舞伎的剧场里面，只为远远看见那块充满着神奇和挑逗的肌肤，想到这里，他倒觉得自己选对了人。

他没有急着用手去触摸，而是拨弄了一下梁珂脖颈后面那团窝在一起的短短的头发，让一阵温暖在手心升起。然后他低下身让嘴唇轻轻碰到梁珂的嘴唇上，先是战战兢兢，后来又短暂而古怪地轻拂了几下。这时候，列车的晃动好像传导到梁珂身上，她的身子也轻轻战栗着，像行驶的列车一样绝望又悲伤地告别远方。严世岱之后用嘴唇极规则地、优雅地、倾注感情地不断由浅入深地随着车厢和梁珂晃动的节奏逗弄着和自己相似的嘴唇，来来回回、左右反复、上下徘徊、死而又生，让车厢里的温馨轻盈与暗藏在身体里的膨胀热血混在一起。他轻轻拥着梁珂站起来，他的嘴唇却没有停止，吻着她的上颚，拨动着她的舌尖。他发现梁珂的眼睛已经紧紧地闭上，身子似乎在慢慢失去控制，而这时候他们两人的下巴都已经完全湿透了。严世岱就手脱下了自己的衬衫，然后慢慢把这个臣服在他舌头下的惊恐的姑娘放倒在床上。

梁珂的全部注意力都集中在对自己至关重要的第一次的到来上，她记得莫梵曾经跟她说的话：这世上所有的爱情只有在床上才能解决。但是，当她眩晕地准备迎接侵犯和暴力的时候，严世岱停止了。这时候他们赤身裸体躺在并不宽敞的床上，像掉进水里的两个人，身上已没有一点干燥的地方。严世岱握住她的手放在自己身体上上下移动，修长精致的手开始还是攥在一起的，后来慢慢张开了，她的戒指有一点别扭，当她试图摘下的时候，严世岱用嘴上无声的亲昵阻止了她。她几经挣脱，还是被迫握住了严世岱，她感觉一阵阵鞭打似的力量在冲击自己的内心，她想如果变成一个婊子多好，就不会这么犹豫、羞怯、矛盾、不知所措。他突然格格不入地说起了话，就像老朋友一样娓娓道来，好像他在一本正经地和她在公园里约会，谈起他的读书生活，和日本女人的爱情故事，还有未来对哈尔滨这座城市的抱负。

他的手像个盲人一样伸到了下面，好一会儿，跟梁珂说："亲爱的，我们开始吧。"她凭借性格中特有的决绝语气说："等等，我有点怕。"列车经过数小时的奔波终于开进了晨曦的微光里，两个用抚摸和亲吻度过一夜的人都进入了半梦半醒的状态。严世岱起身在狭小的房间里走了几步，然后一动不动看着窗外的风景，又长长伸了个懒腰。梁珂用余光打量了这个男人的身体，身材比例无可挑剔，就像一只漂亮的豹子。他的裸体应该称得上是漂亮，尤其是男人的特征，在晨辉中显得亲切、干净、健壮。严世岱站了一会儿，就回到床上，看着梁珂，而她也睁开了眼睛，问他是否可以抽支烟。严世岱帮她点燃香烟，她敷衍地抽了几口，又递给他帮忙掐灭，然后突然把被子掀起很大，让自己身体的热量席卷到他面前："来吧，都给你。"声音甜蜜而迫切。

严世岱不确定自己是否爱她，婚姻似乎只是年纪增长带来的必备品，也是需要为家族承担的义务。三代单传是不能承受无后的，从这点来说，这是严家百年来的殊死一战。无法想象长时期只有一个继承人的家族会再有百年基业，用严奇峰的话说，就像在走钢丝绳，时时刻刻命悬一线。他只能确信一点，就是娶了哈尔滨最漂亮的女人，而在床上，经验告诉他这个女人似乎不会是最好的。他素来不喜欢外表火辣开放的女郎，这种女人在床上反而显得笨拙无趣，倒是那种高贵娴雅的，反而能让自己醉生梦死，总有新奇的发现，不过这经验在梁珂身上好像不那么准确，起码还需要时间的判断。从迎娶梁珂这件事情上，严世岱觉得最大收获就是父亲的信任、理解以及全力支持，他知道父亲内心深处怀疑这桩婚事，但是从没有表露一分一毫，只是用行动表明对他的爱，甚至可以揣测为某种补偿，假设母亲健在，他觉得父亲不会如此爽快，也不会多次表态对自己的支持。况且，他并不认为这次婚姻有多么不合适或者有多合适,娶任何一个人都有风险,没有人知道未来会如何。

他们抵达旅顺后,搭乘轮船前往上海。在船上,包厢的条件好了许多,这为他们没日没夜的狂欢创造了很好的条件,当经过无数次疯狂的性爱之后,彼此都觉得抵达了爱情的彼岸。梁珂在船上的装束明显发生了变化,她把头发盘起来,插上宝石镶嵌的发钗,而不是再像以前一样梳成马尾或者垂在肩头,她自己也不知道为什么这样,只是觉得这样看着更舒服。当她挎着严世岱的胳膊在大上海的码头登岸的时候,她已经习惯了这个男人,并且对他的气味有些着迷甚至依赖,开始反复琢磨莫梵说过的那句话,觉得有些粗俗,如果按照自己的意思应该是:性爱是爱情的摆渡人。

当置身于十里洋场,从未见过的喧嚣繁华并没有让她觉得有一点惊慌或者紧张,相反显得从容自若。她已开始习惯严太太这个称呼,并且自然而然地开始在每一个场合帮衬严世岱,并且让他觉得满意。这种能力从何而来,连自己也觉得奇怪。在上海长达四个月的新婚旅行,他们游览了很多地方,甚至包括上海周边的一些地方,这一切并没有给梁珂留下太深印象,回到哈尔滨之后,就像用掉的船票一样被扔到了记忆的废墟里。却有三件事情让梁珂时不时想起,这些事情在他们漫长的爱情里,始终像隐喻一样存在着。

严世岱在一个清晨早早醒来,极不情愿地把鼻子离开梁珂的下巴,洗漱完毕就穿好衣服在房间内徘徊。梁珂知道今天最早的日程就是在下榻酒店的餐厅和一位朋友就餐,理所当然认为严世岱的满怀心事似乎和这个安排有关。三个人在能看见黄浦江景色的餐厅落座,先是一通客套,然后严世岱和这位叫孙家楠的先生谈了些关于艺术和哲学的话题，对这些，梁珂毫无兴趣也插不上话，只有一段谈话引起了她的兴趣。当严世岱提出一些美国和日本的财阀拿出不少钱做慈善的时候，孙家楠席间第一次反驳严世岱，他坚持说资本有万恶的本性，所有的慈善都是伪装的。当两人就此事滔滔不绝地辩论了一番之后，孙家楠似乎占了上风，因为他从哲学的角度说明了一个规律，就是任何人所对外标榜的恰恰是他实际所欠缺的，所有炫耀财富的行为都源自内心的自卑。严世岱对此很认同，眼神闪烁了一下，这是梁珂第一次看到他有些不自信，然后犹豫地说："按照这个说法，所有的慈善家都是伪善的？"孙家楠是直言不讳的人，毫不留情地回答："是的，慈善家是缺乏最基本人性认知的人，请相信我。"孙家楠的博学让梁珂感到新奇，在严世岱面前，这个日本读书的同窗似乎显得更深刻，而且坚定。当后来严世岱谈起孙家楠是大学时候最高奖学金得主的时候，梁珂深以为然。

梁珂借故出去了一会儿，她觉得从礼貌上讲需要给男人们私下谈话的时间，况且她总觉得严世岱和这位老同学的见面一定有什么隐秘，而且不想让自己知道。当她隔上半个小时又回到餐桌时，远远听到严世岱加重语气说的一句话，这证明了她的猜测："我需要知道母亲去世的原因，你必须帮我。"午餐结束后，梁珂才知道孙家楠要赶火车去北平，可能要在那里住上一些日子。梁珂当时就联想，这次新婚旅行本来要去北平的，因为严世岱想去看看远嫁到北平的姐姐，但是突然又改了计划，而更让人奇怪的是，听严世岱的语气这是他父亲的意思。

第二件事情是严世岱对油画的热爱。他带着梁珂数次前往公共租界的各色画廊，欣赏法国、英国的油画，一逛就是大半天。严世岱每到这种地方就兴奋，对油画的流派、风格、沿袭如数家珍，滔滔不绝。有一次，一位非常知名的油画家正巧在画廊办展览，那是个其貌不扬衣着随便的老人。严世岱竟然像个小孩子似的站在很远处敬仰地看着那个外国人，直到他在人们的簇拥下离开画廊。严世岱对自己不上前搭话的解释是，人家是个伟大的艺术家，他不想耽误画家的时间。随后，他用不菲的价格买下了这位画家的两幅作品。

严世岱知道，旅途是试金石，要让两个人的世界完整紧凑并且琴瑟和谐，如果达不到这个目标，那么趁早一拍两散分道扬镳。总体而言，他是满意的，如自己预料，梁珂不只漂亮，也很聪明，很快适应了她的角色。只是"聪明"和"漂亮"不同，不像后者那样显而易见，所以没有和别人说出自己的判断。这是他一贯的处世之道，不轻易透露任何形而上的想法也避免此类争论。漂亮又聪明的妻子是男人的体面，世上少有的时间越久越值钱的体面。在两人新婚旅行接近尾声的时候，他们对彼此生理情况的探索已经初见成效。

一日两人沐浴之后，严世岱拿出一些画片，躺在床上一张张翻看。梁珂知道这是白天严世岱在上海书店买的，当时并没有注意他买的什么，这段时间严世岱买了不少新奇玩意，比抵达上海时候多了数个大行李箱。当她凑上前去，才发现这是让人脸红的春宫画片，和曾经在八杂市与莫梵看到的那些不同，这些画片更精美，画风是日本浮世绘的风格。梁珂正想躲开眼睛，没想严世岱把她搂住，要求和他一起欣赏这些春宫画。梁珂虽然已经不是待字闺中的姑娘，但还是第一次仔细看这种画，况且还是跟一个男人。她看到画片上大多是以樱花树为背景，不同的男女在樱花的衬托下交合，姿势千奇百怪，表情是各种醉生梦死。其中有些姿势梁珂看了不禁心惊肉跳，猜想严世岱正是在这类画片中得到过灵感。严世岱指着其中一张笑个不停，原来图画上一对男女正在上下欢腾，而另有一赤身裸体女子在男人身后相拥，仔细看，远处的樱花树后还有几个女子在瞠目观望，脸上都是淫笑表情。他为自己解释说，爱情里应该释放自己的欲望，这是爱情的本质，道德不是欲望的对手，从来不是。要是以往，梁珂定会甩头而去，而此时自己的心态发生了变化，不自觉竟然呼吸急促起来，一种说不清的饥渴在口舌间涌动。待严世岱趁机和梁珂进行了一番与以往大不相同的云雨之后，她看着身旁沉沉睡去的男人，以一种疏离感回味着刚才的极乐感受，最后嫉妒地认定，这是个精确无误的行家。

梁珂数日身体不适，初始以为自己是晕船或者旅途劳累的原因，但在开往哈尔滨的火车上，一位巧遇的妇科大夫在简单诊断之后，轻松而又愉快地跟夫妇二人说："恭喜二位早生贵子！"随后的时间里，他们彼此牵着手，似乎想重新认识对方。看着窗外的雪景，相顾无言，直到列车缓缓驶入哈尔滨站。因为这个变故的出现，哈尔滨似乎和出发时有了不同，有些陌生，意味着新生。严世岱下车时咕哝了一句："离开是我们两个人，回来是三个人，这是世上最好的旅行。"

母性是天生的，母爱是传承的。康翠一生为宿命般的痛苦缠绕，始自七岁那年。她的母亲在父亲病逝后半年也罹患重症，用最后一口气把她托付给了远房亲属，那是个在做当铺生意的精明男人。他们之间除了都姓康，其实并没有多少交集，也谈不上什么交情。

康翠的母亲在表弟来到病榻的时候，用回光返照的力气央求表弟收留自己的女儿。她流着泪说，不想让康翠自此流落街头，更不敢想一个女娃在兵荒马乱的年代会遭遇什么，那样她做鬼也不得安生，如果康佩吉答应她的请求，她发愿来世做他们家的一头牛一匹马来报恩。当康掌柜因毫无准备而面露难色时，康翠的母亲用尽力气想爬下炕头，却像从高处跌落的麻袋一样，重重摔在地上。她挣扎着拽着年幼的康翠"扑通"跪下，康翠见到了母亲最后一次也是最痛苦的一次恸哭，她虽不懂，但是知道了源于母爱的悲伤足以摧毁人的一切。人在这世上最后的哀求会有意想不到的结果，康佩吉是个仁义人，出资发送了这个并不熟悉的亲戚，并且把康翠带回了家。或许是善者天眷，康佩吉的当铺生意在此之后蒸蒸日上。在这座城市迅猛发展的年头里，康家的当铺生意已经摇身一变，成了国民银行。如今康佩吉已是哈尔滨赫赫有名的银行家。

康翠凭着她超凡的听力和嗅觉对儿子的一举一动都了然在胸，她甚至能闻出儿子和几个不同的女人睡过觉，能判断出他什么时间和人在床上寻欢过，还可以通过儿子晚上睡觉的鼾声来判断他今天的艳遇是否足够尽兴。她几乎不和儿子说一句话，也很少答话，但是自信知道儿子的一切。

在严世岱夫妇抵达哈尔滨的那天早晨，她突然睁开了沉重的双眼，出现了久违的神采奕奕的眼神，似乎知道这是对他们家不平凡的一天。起床后她叫醒了康石，在康石惊奇的注视下，精心地梳洗打扮一番，虽然已经不可能恢复往日的模样，但终于有个正常人的样子。她腿脚利落地带着康石叫了辆马车，去往花园街上一处官邸。路过严府的时候，正好赶上严世岱夫妇在门前下车，这毕竟是他们新婚之后第一次回到家，被一群人喜气洋洋地接进了家门，随身携带的行李装满了一辆马车，下人正热火朝天往家里搬运。康石像被电击一样看到这一幕，怔怔地瞧着，在人群中像天注定一样看到了梁珂，这个漂亮的姑娘面露微笑，显得优雅得体落落大方，她的打扮着装还有表情都已和原来那个羞涩的女孩儿大相径庭。只是她的美丽不减反增，愈加亮丽动人雍容不凡，这更令他悲伤无助，这一刻他沮丧地意识到，所有为挣脱爱情而得到的爱情都是虚伪脆弱的。康翠则紧紧看着前方，嘴唇紧闭，周遭的一切都没有让她扭头看上一眼，而对康石的落寞魔怔也无动于衷，就像入定的僧人一样。

马车在康府前停下，康翠已经二十几年未登康家的门。下人把康翠母子带到康佩吉面前的时候，已是半个时辰以后了。一路迷惑的康石感觉像做梦一样，他这时已经知道国民银行的康姓大班就是养育她母亲的恩人。康佩吉已是耄耋之年，他的个子不高，肩膀开阔，硕大的脸上多肉而且红润，嘴唇很厚且鼻子浑圆高挺，一双精明的眼睛好像带着看破红尘的自信。

他的地位和年纪都让他对数十年前的恩怨不那么挂怀，反而周到地解释说刚才府上有要客来访，所以让母子二人久等了。康翠在和表舅简单客套之后，陷入了沉默，他们对韦庭芳的事情都闭口不谈。他们之间的对话完全验证了康石的猜测。

康佩吉盯着康石半响，说："这孩子姓康了？"再度得到肯定的答复后，满脸的皱纹像被针扎的海参一样不规则地蠕动，从而出现了极为复杂的神情，似乎不自觉地在预示什么，但最后还是化作一丝意味深长的浅笑。他捋了一下苍白枯萎的胡须点点头，没再多问什么。最后听康翠说出来意，是想把这个孩子托付给自己到银行做学徒，他嘴角轻轻向一边上翘，迟疑了一下，最终苦笑一声，用手敲敲桌面，抖起精神说："我这一辈子让人托付过两次孩子，一次是你娘，这次是你。"说罢抬起手虚指了一下康翠。当康翠想带着康石站起身来施大礼的时候，康佩吉扬了一下手臂制止了他们。他站起身，走到康石面前，仔细端详了一阵儿，拖着长声说："你营造厂干过，有了地气，锦绣园干过，有了胭脂气，再在我这银行里干，加上些金银气，以后……了不得啊。"康老爷子对自己的了解让康石感到莫名其妙，露出了惊诧的神色。这种神色让康佩吉露出了欣慰满意的神情，又扭头看看康翠，沧桑地说："你也老了，还这么年轻，就老了……"说罢转过身，背起手来，又走了几步，情绪莫测地悠悠说："来吧！总在那地方也不是个事儿，来，跟你大哥二哥历练历练。"康翠目光盯着房屋的一个角落，似乎在跟康佩吉说话，也似乎在和康石叮咛，语气斩钉截铁："这孩子就是我娘临死前说的，是咱康家的牛和马，咱也要报恩。"

康石跟着母亲蹑手蹑脚告辞的时候，康佩吉端起桌上的茶杯喝了一口，眼神中掠过一丝温存和感叹。他没有留客，只低着头对走到门口的二人说："这么多年，每年清明天刚亮，第一个起早去我那婆娘坟前拔草培土、点香上供的是你娘，这我知道。娘是最好的老师啊！"

4

　　世上人都在斗争，用力量、爱情、尊严、喜悦去鄙视隐匿着不可告人秘密的阴影和星辰，并与之斗争，痴心妄想着让满天星辰都变成钻石。

　　三种漫长而痛苦的斗争贯穿了康石的一生。
　　一种是性欲和爱情的斗争。明智的人必须把性欲和爱情分清楚，否则就不知不觉陷入迷途。康石庆幸年轻时候就认识到这个问题，时时刻刻在性欲和爱情中明辨是非，用爱情挑动性欲促进性欲，而不用性欲为爱情煽风点火，更不会取而代之。
　　第二种斗争是他意识到财富的重要性之后产生的雄心和现实的斗争。他梦想着高贵、遥远、艰辛的辉煌在事业上演，而不只在女人身上。从脚蹬皮鞋身着洋装头发锃亮进入国民银行上班的第一天起，从看到肃穆奢华的银行柜台和堆积如山的存款金库起，从在银行业务里发现钱生钱的秘密并认定这是世上最好的生意起，他就开始坦然面对这种欲火焚身的诱惑。身体里就激荡着沸腾的热血，这是和性欲极其类似的感受，而且持续的时间更久更频繁，似乎高潮永远在未来。甘二爷和李谋知的生意，那种生意赚钱就像地上蠕动爬行的毛毛虫，所有人都能看得见，而钱生钱就像天空上划过的秃鹫，没有几人能看到,更无几人能勘破其中玄机。他在这种斗争中沉湎、较真、不顾一切,而在这种斗争中失败的恐惧情绪也成了最大的动力。

第三种斗争是与梁珂的爱情斗争。在日复一日与各种情绪、回忆、伤痛的形形色色斗争中,他更坚定了这种斗争的存在。这是他一生中穿透无数女人的身体,绕过金山银山而不受侵扰的秘密。

一天他路过索菲亚教堂,正巧看到严家人做完礼拜出来。严奇峰像个功成名就以衰老为荣的雄狮,被严世岱搀扶着,而梁珂挺着大肚子跟在一旁,身后又有两个下人服侍着,就像这家人由来已久坚若磐石的一部分。

康石驻足点起一支烟,远远看见梁珂臃肿的身形,猜测怀胎已有七八个月了,他对这种通过幸福的婚姻而对人产生的巨大的令人羡慕的改变淡然平静,脸上除了升腾着呛人的烟雾以外并没有生出任何不快,甚至有几分欣慰。梁珂也看到了康石,她疑惑、羞怯、惊慌地看着他,然后又躲开目光,换上笑容,娴熟地和严奇峰聊了几句。穿越教堂外广场到马车的距离并不短,康石有充裕的时间欣赏已经适应新角色的梁珂。这是一个贵妇人,气质不凡举止得体,和未婚的时候大不一样,外人轻易可以识别这个女人的优越生活和地位。

康石看着马车消失在视野里,扔掉手里的烟头,脚踝转动几下狠狠踩灭。他的爱情,就像雪地上的黑色烟灰一样明显刺眼。爱情终究还会回来,就算耗费一生的时间去斗争,这个结果必须来到。何况这是爱情和生命长度的斗争,爱情拥有为胜利者豁免一切的权力。

父子之情是男人感情世界里最难以描述的隐秘,很多刚强的男人只有被凌厉一击之后才会追悔莫及。

康佩吉手里攥着事关大儿子生死的鸡毛信时才想明白这一点。当他坐在沙发上拍着脑门长叹的时候，想起来已经很多年没有仔细端详过这个儿子了。康佩吉在妻子去世之后把全部的精力都投入到银行的运作之中，国民银行发展速度之快有目共睹，他短短数年时间就成为哈尔滨数一数二的金融富贾，同时也成了绑匪盘算的目标。他在收到要价的信函之后，第一时间就狠狠抽了自己两个耳光，两股血柱从鼻孔中喷涌而出。康佩吉推开过来帮忙擦拭的下人，眼睛冒出杀人般的凶光，似乎想把手里的信千刀万剐。

作为一个周遭匪患不绝的城中富豪，他闻名遐迩的财富名声和暗中窥测的恶魔不知道早已擦肩而过多少次，大儿子康新纶的境地是父亲失职大意的铁证，千刀万剐的铁证。

他一手拿着信，一手捂住狂跳的心口，让自己不会因失去控制变得丧心病狂，脸上的血都结成了血痂，手还在抖个不停。被叫回家的二儿子康又纶站到他面前，他的心才略微放下，神智终于回到这不祥的信上。

康佩吉是真正知晓金钱奥妙的人，这是银行家才有的特长，同时也理所当然地看透了人性。他以前常讲，如果没有金钱，人性其实很简单，而因为有了金钱的存在，人性其实更简单，都在数字里。绑匪的要价在他可承受范围之内，不日就可以调集，这本让周围人稍微安心的要价却让康佩吉内心有如刀割，他隐隐断定儿子的性命不保。

敢动哈尔滨银行大班的人绝不是泛泛之辈，定是策划良久。如此铤而走险，一定会要个金山银山，起码是让他调集近期所有流动资金再加上力所能及的借款。而对这种道行的绑匪来说,确认或者推算这个数字并不难。但是,信上的要价虽然对普通人是天文数字,但还远远达不到这个标准。也就是说绑匪是要速战速决,可一条鱼裤腰带别着脑袋吃,不从头吃到尾说不过去。

康佩吉把一众人赶出房间,孤坐在沙发上,听着座钟嘀嗒走着,感觉阎王小鬼的脚步声愈来愈近。他仔细盯着信函翻来覆去地看,其中最醒目的就是那串数字,在金钱里看破人性一向是他的拿手好戏。最后痛苦地得出结论,康新纶恐怕已经命丧黄泉,因为这些人显然要快速拿到钱逃之夭夭,而不要太大数目的原因,只是因为他们认为安全第一,时间太久安全系数会大大降低。这么注重风险的绑匪是不会留下活口的。

临近破晓,他突然一惊,惊觉绑匪的要价恰恰是银行两天内的全部头寸,也就是两天内金库的全部现款,而信中表明的撕票期限正好是两天。他惊叫一声:"他娘的!天杀我!"康佩吉霍地站起身来,高声叫来房间外面整夜未眠的银行同僚,压低沙哑的嗓音,告诉他们在银行开门之后,密切关注每一个可能知道库银数量的员工,看他们神色是否正常,行事较平时有没有不同之处。很快银行就传来消息,银行的库房主管今天没来上班,派人去他家已然空无一人,而跟邻居打听,说他的家人已在前些日子回日本探亲。这一刻,康佩吉确认了自己的担忧,脖子一伸,晕厥过去。

事情的发展非常迅速,就在康家紧锣密鼓按照绑匪指示把所有现金换成金条的同时,警局的人已在库房主管所有关系人周围布下眼线,同时通过电话联络奉天警局,请他们部署安东警方调查主管的老家有没有可疑线索。还没到两天约定期限,安东传来信息，说已经根据线索在安东鸭绿江渡口抓获了库房主管的四口家眷，他们正准备越境逃往日本控制下的朝鲜。

结果正如康佩吉所料，那天康新纶在回家路上被一群人绑走后不到一小时，就被勒死在普育中学附近的圣母升天教堂地下室。绑匪的心态正和康佩吉透过金钱数字看到的如出一辙。那天，康佩吉命人把大儿子的照片从家里的各个位置撤下，直到他生命大幕徐徐落下，再没在人前提起过这个儿子。

与循规蹈矩的康新纶不同，康又纶平静沉稳的外表下是一颗勇敢无畏激情四射的心。他在哥哥身故之后进入国民银行工作，是在父亲殷切期盼之下的情非得已。这使得老人在失去预定的接班人之后能重燃希望。康又纶的聪明才干不在哥哥之下，很快就胜任了父亲交代的工作，在几年内逐步成为国民银行核心层不可或缺的骨干。康佩吉和所有人都认为康又纶在金融业的前途不可限量的时候，只有他自己知道，他给自己绘就的人生目标并不在此。

康石初进银行，先是被安排在柜台接触最稀松平常的储户，处理一些基本业务。他是个永远超出别人希望的人，这是难得的会给每一个人留下深刻印象的特质，通常出现在脱颖而出的人杰身上。他依旧勤勉好学处事敏锐，因为年龄的增长而更加练达圆滑谦卑低调，再加上在甘二爷手下有过财务处理经验，他在柜台的成绩有目共睹，不但账务从不出错，反而清明整洁。难能可贵的是，康石对人观察细致入微，极其擅长待人接物，品性也没有年轻人的毛躁，对挑剔难缠到极致的客户都保持一以贯之的彬彬有礼。没多久，很多客人来到国民银行，都点名让这位康先生接待。

时光最无情，让一切才干水落石出，让一切机遇随风而逝，也让一切沉湎于生活的人衰老。康佩吉在那场劫数之后身体每况愈下，他和所有老人一样清晰地意识到这一点，又和所有具备资格的老人一样开始关注自己的儿子，当他意识到这种关注原来就是男人衰老的标志时，失落又幸福，悲哀又侥幸。

一日，康又纶和他不经意提起了康石，老人呵呵地笑笑，手里攥着两个干核桃转个不停，伴随着清脆的让人愉悦的响声，缓缓说："听说了，干得不错，像个有前程的样子，想不到啊……"康又纶个子不高，但精悍结实，尤其一双眸子在厚重的眼皮下稍微凸显出来，迸发出一种勇武之气，他搓搓手洪亮地说："我看啊，他比我像您，兢兢业业，任劳任怨……"康佩吉眼皮一翻，一丝丝戏谑在嘴角显现："这更像他母亲，逆来顺受。对，女人身上的逆来顺受放在男人身上，就是任劳任怨兢兢业业，你看得不错。"说罢，盯着二儿子，露出一丝作为父亲的怜惜。康又纶双手捋了一下头发，目光炯炯地盯着窗外："我想提拔他到我身边来，您看怎么样？"康佩吉沉吟一下问道："这几年过去了，应该重用一下。不过，我倒想听听为什么到你身边？还有很多业务部门不是？"康又纶和往常一样，没有理会父亲想和自己深谈的语气，爽快地说："这个人靠得住，我也缺帮手啊。"康佩吉对儿子的态度早已见怪不怪，反倒认真、关切又诚恳地说："那不如到我这里来，大局观更好一些，等我用顺手了……再交给你。"康又纶两手一拍，爽快又感激地说："那就听您的。"康佩吉放下手中的核桃，端起茶杯，跷着二郎腿，心疼地看着儿子，语气却带调侃："你这家伙，到处调人到身边，帮衬着你，你好有时间搞你那些乱七八糟的破玩意儿。"

康石担任了康佩吉的私人助理，这是国民银行破天荒头一回的越级提拔，因为给康佩吉担任助理的人都是在银行业摸爬滚打过十几二十年的人物，而在担任几年助理之后通常会被任命为副行长或者董事会的要紧职位，不满三十岁的康石此刻就像河滩上无数鹅卵石中间摆放的耀眼钻石。

康石发现这个大富翁和甘二爷完全不同，对女人毫无兴趣，他只是喜欢金钱在数字上的增长，而不热衷消费它们，只是去满足内心的原始体验，这让他极为惊讶。康佩吉是个富有的人，他的生活并不寒酸，但远远谈不上阔绰，尤其比起他的身家来说，几乎可以认定这是个克制的人。

有一次，康石在汇报完工作，又给康佩吉倒上茶水之后，他的眼神产生了一丝跳动，这被康佩吉看在眼里。他双手扶案，站起身来，绕到康石身后，悠悠地说："你是不是听李经理跟你说我年轻时候的风流事了？"康石心头一惊，不觉想回身看着康佩吉，未想老人挪动了几步，又开口说："你不要怀疑李经理，他在我这里效力了一辈子，什么人我知道，哪里都好，就是管不住嘴……我早上看见你们在闲聊，哈哈，不像在说什么好事，见到我过来，脸都红了，我就知道了。他啊，就是这样，心思是不坏的。刚才你的眼神又说明了这一点，你一定是在想，如果李经理说的是真的，为什么现在我成了和尚了，是不是因为年纪大了啊？"说罢大笑着拍了拍康石的肩膀，力度很大，让单薄的康石跟着晃动了几下。康石面红耳赤，低着头，嘴里含混着说不出话来，眼睛悄悄地瞥着康佩吉。老人似乎毫不在意："这个世界啊，其实很多事情，很多习惯都会发生变化，如果非要说有什么不变的，就是变化本身，唯一不变的就是不断在变化,小伙子!"说着康佩吉端起桌子上的茶杯,用盖子撇撇浮沫,轻轻喝了一口,叹了口气说,"你知道我为什么用你吗?"未待康石答话,继续说,"是因为康翠这孩子也算有情义,年年给又纶母亲去上坟,这点没错的,凭这,我康佩吉在她那么难的时候,不能不伸手。谁不疼自己的孩子啊,孩子的事情了了,就知足了。"

康佩吉又按着康石的肩膀让他坐在一把椅子上,康石还是半欠着身子连声道谢。康佩吉突然驻足,盯着康石硬朗道:"但这不是全部。这是收留的原因,而不是重用的原因。你在银行顺风顺水,能干不假!聪明不假!但是,这行当里从来不缺能干的人,都是聪明人,重要的还是要有提携,要有机会,而这个原因,你不知道,你一定不知道。"康石疑惑地看着老人,像从不认识他,憋了半天才问:"我,我知道全是凭您的栽培和二哥的帮忙,可,那,那是因为什么?"康佩吉眸子射出一道深沉冷峻的光,说:"是因为康翠不但有情义,还拿得住,忍得住……我当年收留她,她在我家长到十六岁,闹别扭出了门,这么多年,我从没有听闻过一小点我家陈芝麻烂谷子的事情传出去。我家的事情什么能瞒得住她啊,但是康翠在外面这么多年,没说出过哪怕一点儿,也从来没有和别人说起过认识我们,这也是不想给我家添麻烦。就凭这,这姑娘就是个好人,品性好,没枉费当年我伸了把手。我想,在那天之前,你是完全不知道这层关系吧,何谈对我们家事的了解啊。"康石听着心头一震,不自觉地默默点头。康佩吉又一笑:"你看,李经理这么折腾个一辈子,为啥没提,就因为管不住自己的嘴,不单在咱们这行当里,在这乱世里混日子,管不住自己的嘴没福报啊。"

康石从银行出来以后，被康佩吉的一番话震得整夜未眠，晚上时候盯着一言不发的母亲怔怔发呆。自从康翠把儿子交付给康佩吉回来之后，又迅即恢复到了之前的状态，痴痴地熬过每一个日出和日落，就像这世上某个角落的尘埃，虽然客观存在但没有和任何事物发生联系的迹象。

在康石的一生里，他和不同的人有无数次重要的谈话，但是那天康佩吉所表现出的洞若观火和耳蜗一般螺旋幽深的人生体悟给他留下了难以磨灭的印象。谈话最后，康佩吉告诫他："任何野心在没有泯灭良心的前提下都是应当应分的，想要把功名利禄攥在手心里的不破真理就是要战胜人性，战胜所有人的人性。庸碌之辈毫无疑问是人性斗争中的失败者，不认识这种斗争的残忍和持久，野心就是孤魂野鬼。"

经过数天的思索之后，康石头一次感觉世界并不是身外之物，而是内心的一部分，对于世界的雄心或者说野心是生命中的必然，即便世界毁灭再换到另一个世界，他的雄心也不会丝毫减少。这个世界的变化都是为了不变，所有的不变都是为了变化，就像他的爱情一样。他为没有在多年以前获得这样的领悟感到沮丧。因此当年梁珂结婚的消息传来的时候，他刚刚学会和某种痛苦保持适当的距离以获得自由和空间，并伺机迎接新的变化，只是那时断然没有今日的悟性和智慧。

颐园街上那栋豪宅的主人谢瓦利是国民银行的大主顾，多年来的存款贷款给康家带来了不少生意。随着康石日渐获得康佩吉的信任，他逐渐被安排接触银行的大主顾，负责接洽一些具体事项，并且直接跟康家父子汇报，就这样在这栋豪宅竣工之后,他第一次进入了曾为之付出心血的建筑。虽然经过了一些年头的风吹雨打,但这栋豪宅比起新建的时候毫不逊色,反而增添了几分威武和神秘,这是不吝工本使用最好的设计师和上等建筑材料的结果。李谋知生前说,一百年之后,这栋房子会更优美。康石知道,谢瓦利这套豪宅的造价就在百万银圆以上,可以买下傅家甸上千套普通民宅。房间内的奢华精致在几年之后再看到,还是为之赞叹。因为多了一些后来添加的实用家具以及主人家的生活用品,最主要的是浸染了主人的豪富气质,房间内显得更加实用和温暖。这种被人间烟火气熏陶之后还能显而易见的奢华,会给访客带来更加恭敬艳羡的感受。已见过不少世面的康石暗自赞叹:此等人间富贵却非常人能及。虽然自己曾为这栋房子施工费力不少,如今作为卑微的客人进入也毫无心理失衡的感觉,反而为之骄傲。

他是奉命来请谢瓦利先生在一笔五十万银圆的贷款合同上签字的,这在国民银行与谢瓦利的商业往来中是稀松平常的事。

康石在董西迁的陪同下在客厅等候,他看不懂墙上挂着的油画,倒是觉得客厅茶几上摆着的西洋自鸣钟做工精美图案繁复极为漂亮,就弯身凑前看了几眼。看到黄澄澄的座钟上机关复杂,除去大表盘还有数个稍微小些的表盘布置在上面。董西迁看他疑惑,解释说这个座钟看着是一个,其实里面内置了多个表芯,只是统一由一个按钮用不同操作来调校时间,用来表示各个不同时区的时间。这是康石第一次知道国外的时间和中国不一样,竟有时差之说,觉得匪夷所思。倒是座钟上方分卧两侧的裸体男女和翩翩起舞的天使,看上去巧夺天工栩栩如生。康石说这也是头一次看到这么好看、耐看的西洋雕塑。董西迁在一旁说这是谢瓦利在流亡哈尔滨的白俄手里买到的，是欧洲皇室的器物，这上面的雕塑都是欧洲工匠大师的手笔，是黄金制作的。康石不觉倒吸一口凉气，轻叹这么多的黄金做成的摆件就随意放置在茶几上，有些暴殄天物了。董西迁笑着说康石大惊小怪，随手指着墙上的画作说，这上面哪幅作品都值上几根金条。笑完之后，他说，这个座钟的名贵之处并不是因为它外壳通体是黄金制作的，而是因为它曾经摆在哈布斯堡王朝约瑟夫皇帝陛下的案头，所以才值钱。康石小声问这要多少钱，董西迁刚要作答，谢瓦利的秘书走了进来，说取文件去楼上签署，谢瓦利先生今天不想下楼。一刻钟后，康石拿着签署好的文件走到大街上时，他开始思索自己要的是哪种生活，这世界给他的诱惑具体是什么。

比起谢瓦利的豪奢，康佩吉的生活简直如同修道士一般清苦。他的家中并没有过于昂贵的家具和饰物，每天早上一碗稀饭，一个馒头，还有两样用黄瓜和胡萝卜制作的酱菜，至于中午，则是一荤一素一汤，也是市面寻常的东西，晚餐则和早餐一样简单。每顿饭都会被吃得一干二净，连颗米粒都不剩，汤碗余羹也要一饮而尽，偶尔吃顿饺子，剩下的蘸料都要打扫干净，让人看着反胃。而最令人惊奇的是康佩吉并不是吝啬之人，相反，是个对人出手相当豪迈慷慨、招贤纳才更不惜重金的人。他们都具备让人仰视的财富，生活习惯却天壤之别。听说谢瓦利在俄国出身农奴家庭，还不如康佩吉成长的殷实之家。康石的思考越深入越不得要领，只觉得这里面一定蕴藏着现在怎么也想不明白的人性玄机。

不知不觉走到了秋林商行附近，他想起了那个刺激销魂的夜晚，就鬼使神差进了那个公寓围合的院子。康石在那天之后再没有见到那位舞蹈老师，这些年也从没有想见过。他盯着那扇窗户，发现玻璃上都是污渍，在断定无人居住之后，他问起了路过的邻居，才得知在这里租住多年的舞蹈教师早几个月退掉了房子，听说雇主不再需要教师，她索性就去北平发展了。康石是个遇事要多想几道弯的人，进了银行之后更加重了这个习惯，他的第六感似乎触摸到了什么，有些自己也捉摸不定的不安。康石在之后的几天不断思索这件事，他之前听董西迁说过谢瓦利家的雇工都是做了很多年的人，谢瓦利夫妇对下人很好，待遇优渥，从不辞退任何人，除非犯了大错。于是康石觉得可能那位舞蹈教师惹了什么麻烦，但这似乎站不住脚，一个年轻的女子，只是陪夫人弹弹琴、跳跳舞，打发时间而已，又会有什么麻烦，如果是桃色新闻，那一定满城风雨，包不住的。

过了一段时间，董西迁到银行办事巧遇康石，康石就拽着他闲聊，装作无意提起谢瓦利夫人漂亮的舞蹈教师，为什么最近去了两次却从没有见到人。董西迁面色如常，只是草草说，夫人最近不想跳舞了，所以就辞了她。

康石在他走后，感到血液凝固在一起，滋生了一种不祥的预感。那天在谢瓦利家出来，董西迁告诉他那架漂亮座钟的价格，是个自己工作一辈子不吃不喝都无法企及的数字。对于这样一个家庭，只因为不想跳舞了，就辞退一个陪伴多年的舞蹈教师是说不过去的，按他们家的传统，多养一个闲人也无妨，况且谢瓦利有三个女儿，多个相知日久的玩伴也未尝不好，假设是教师自己辞职另谋前程，那么董西迁就大可明说。而轻描淡写的解释过于云淡风轻，这更让人疑惑，凭着他们之间的交情，谈起女人，明明是可以多打趣几句的。

康家父子对客户永远保持从内到外的尊重，不分富商庶民，谈起谢瓦利的时候尤其毕恭毕敬，这种小心翼翼让康石不敢轻易谈起自己的怀疑，况且自己的逻辑也经不起推敲，尤其是面对一个二十年里从没有违背约定的知名商人。康石并不知忤逆为何物，他相信世界上所有的庄严都起于微末，最终回到微末之中去，这并不是他具备什么额外的天赋，而是在改朝换代剧变中成长起来的一代人的思维特点。

他在锦绣园以公务之名宴请董西迁，每次都邀请园子里最受欢迎的姑娘作陪，但是几次下来，没有在这个忠心的奴仆身上得到任何期待的信息，一切都没有破绽。这段时间康石私下里查阅了大量底档，涉及多年来和谢瓦利全部的资金往来，在眼花缭乱筋疲力尽的工作之后，他唯一得出的结论就是谢瓦利的信用完美无瑕，他的疑心莫名其妙，应该为此自责。

不久之后，一笔数额巨大的贷款合同出现在康佩吉的案头，谢瓦利的借款数目令人咋舌，这笔钱是国民银行创立以来最大的一笔生意，康佩吉为此破例召开了一次董事会，经过漫长的讨论之后，所有董事都投了赞成票。在会议室外面的康石仔细聆听了这次会议内容，在康佩吉回到办公室之后，他犹豫再三，还是慎重地提示说谢瓦利这次借款的抵押物不足。因为信心不足，他的声音像蚊子。康佩吉轻轻一笑，并未搭话。在签署完相关的贷款文件后，他才抬头跟康石说："你以为银行的生死线是抵押物，那是庸人之见，信誉，信誉才是。"说罢拿出一块手帕接住嘴里咳出的痰，又擦擦嘴。康石看到桌子上即将生效的文件，近期对谢瓦利的疑惑突然升腾起来，忍不住又说："可是……可是最近'满洲'的局势不太平，上周，上周张学良已经动手了。"

康佩吉当然知道最近的局势，张学良接班后，开始拿俄国人开刀立威，首先就是令人惊诧地撕毁协议，悍然改组中东铁路局，赶走了很多掌握大权的俄国官员，近期传言他想更进一步彻底收回中东铁路，甚至上周派人冲进奉天的苏联领事馆抓了许多俄国人。但是站在康佩吉的角度，他已然经历太多，无法把每一次政治上的波澜牵扯到生意上来，银行业的根本是坚如磐石风雨不动，如果随波逐流听风是雨，显然不是银行之道。沉思一会儿之后，康佩吉双手握成拳揉搓了几下，发出干燥的"沙沙"声，还是把桌子上的文件整理收好，并没有像刚才会议上商议的即刻执行。

当晚，康石的失眠症严重起来，一夜未睡，睁大眼睛思索着什么。熬到第二天晚上，他决定孤注一掷。他带着几个甘二爷的手下冲进了许公路上一栋住宅，把董西迁和宋姐从被窝里光溜溜地拖了出来，请来的摄影师带着相机完整细致地拍摄了整个过程。康石在慌乱之中弄掉了眼镜，这让他尤其气愤，五官失去了平衡，眼里因此目露凶光。他把吓得神魂出窍的董西迁拽到另一个房间，阴阳怪气地说："要么告诉我谢瓦利的真实意图，要么这些照片明天早上送到府上太太手里。我是听说，她作起妖来，可以拿菜刀上街杀人呢。"

康石最终如愿以偿地知道了谢瓦利的阴谋，这些事情被掩盖得天衣无缝，即便董西迁也是在蛛丝马迹之中看出端倪，并从偶尔偷听到谢瓦利夫妇的对话中拼凑出来的。那名舞蹈教师并没有去北平，而是由中东铁路去了欧洲，多年来她一直深得谢瓦利夫人喜爱，应该是提前去安置谢瓦利家族的前期事宜了。

阴谋的缘起正是张作霖在皇姑屯被炸身亡之后,张学良的种种行为并不遵守商业信誉,在国际上掀起轩然大波。经历过俄国国内种种政治剧变,从一个泥腿子蜕变成大富商的谢瓦利对此也极为不满,并且从中嗅到了危险,他发动红色俄国的老关系,最终得到的消息是苏联政府一定会对张学良以牙还牙、以血还血,只是目前囿于国内忙于土地革命而无暇顾及而已。一旦苏联红军出面,任何一个有国际政治常识的人都知道,无论胜负,"满洲"的俄国富豪都不会有好结果,张学良可能以此为由没收俄侨财产,而苏联红军对他们这些有钱人的手段世人皆知。这促使谢瓦利决定做最坏的打算,斟酌之后他并没有出售资产,因为这样动作太大,不但卖不到好价钱,而且很有可能弄巧成拙,让自己成为各方政治角力的牺牲品。于是他把所有的资产神不知鬼不觉地抵押出去,打算拿到大笔现金在合适的时候突然出走。

康石对这一切并没有先知般的荣耀,反而倒吸一口凉气,如果这笔钱真的收不回来,那显赫一时的国民银行只有破产一条路,而康家父子将身败名裂万劫不复。董西迁转述了谢瓦利背地里对夫人说过一句话,这让康石获得了最大的启迪,也佐证了董西迁所说信息的真实性:"除去天真的婴儿们,只有非常冷酷或者非常愚蠢的人,才能幸福快乐地生活在这个壮丽的星球上,我们要做哪种人呢?"

康石在第二天清晨时分拜访康府,康佩吉正端着一小碗小米粥悠闲地喝着,听康石说完事情原委,手一哆嗦,把小米粥洒在了衣服上。他并没多说话,只是让下人安排康石坐下,多加了一副碗筷。他拿起刚刚送到的报纸,看了一眼头版标题:昨夜红军在满洲里对我发起进攻。康佩吉把报纸平放在桌子上看了一会儿，推给了康石。两人吃完早餐之后，康石告辞说要先去银行，后续事宜会和康又纶商量办理。老人站起身来送康石出门，一直沉着的脸突然露出轻松而欣慰的笑容，竟然抬起脚狠狠踢中了康石的屁股，正在康石揉着屁股满脸惊诧的时候，老人爆发出爽快的大笑："好小子，有你的！"然后仰天长叹，"什么叫才干？说得出，办得到，拿得住！有这三点就是才干！也才称得上才干！哈哈！"

经过一段力量悬殊的军事冲突，北洋政府毫无意外地委屈求和，因为中东铁路局改组而短暂鼓舞的士气彻底烟消云散。如果说有什么裨益的话，就是一些民众对羸弱落后的现实有了清醒的认识。

康石新近被任命为国民银行副行长，排名只在康家父子之后，崭新的眼镜之后那双执着的眸子愈加成熟精明，是崭新的家具被精心地一遍又一遍上漆之后才有的感觉。一日下班，康石出来就看见一辆簇新的进口三轮摩托车停在身前，仔细看半天才认出是康又纶，他戴的皮制摩托帽上一副硕大的护目镜遮住了脸。康又纶招呼康石上车，第一次带他到了自己家里。康石知道康又纶单独在外面有套房子，偶尔会住在那里。康石进到这所房子里好像进入未知的神秘世界，墙上挂满了各种飞艇、飞机照片，而各式各样飞行器的模型摆放得到处都是，桌子上也铺满了标注各种外文的机械图纸。这些东西康石闻所未闻见所未见，比到谢瓦利家里做客还大开眼界。

他终于知道为什么除了上班时间几乎看不到康又纶，感觉他行踪神秘，本以为是因为大哥的事情导致他过于低调小心，现在恍然大悟，二哥整天都沉迷于飞行器的世界。康石睁大眼睛仔细端详着这些东西,一种神秘感扑面而来,感觉自己似乎也要飞了起来。康又纶一改银行里面的寡言,变得滔滔不绝,如数家珍地给康石讲起自己的各种飞行方面的收藏,为了讲清楚,还不厌其烦地说起人类飞行的历史以及飞艇在一战中的作用,以及战斗机在战场上正被日益重视的现实,他甚至断言,以后空军将成为战争决胜的关键,刚刚过去的军事就证明了这一点,俄国空军出动,我方的骑兵方阵完全不堪一击,什么堡垒、战壕,在空中优势面前如同小儿闹剧。

康石不懂军事,但是听康又纶说起欧洲人曾经使用那种大气球投递邮件感觉新奇无比,也对这种大气球可以把人送过辽阔的大西洋感到匪夷所思。康又纶拿起刚才路上戴的怪异的帽子,炫耀说:"这可不是摩托帽,是意大利空军的飞行帽,我花了大钱买来的。"康石接过棕色的皮帽子摆弄了一会儿,突然问:"二哥,你不是要去开飞机吧?你上过天啊?"康又纶伸出一个手掌神秘地在空中比画了一下,小声说:"你要保密啊,我有一次托关系坐过张少帅的战斗机,不过,还不会开,早晚,早晚要会开!"在充满着飞行幻想的房子里,康石仿佛进入了一个童话般绚烂美妙的世界,他兴奋地觉得,人心里一定都有飞行的梦想,几千年来都是这样的。他因此对康又纶充满敬意,毕竟康石去过最高的地方就是梁珂家附近的那栋公寓,而见过飞得最高的生命只是来听他唱歌的乌鸦。康又纶坐过战斗机,显然比乌鸦飞得高多了。

康又纶突然想起来,问道:"谢瓦利那事,你立了大功啊!我一直不明白,那个姓董的包养个娘们儿,你咋知道的,听说他跟任何人都没有说起过,小心得很。你套出的话吗?"康石的思绪正在天上飞来飞去,目不转睛地盯着一架齐柏林飞艇看来看去,这种飞行器浑圆修长的线条带有一种神秘的气息,让人感到轻盈、性感而梦幻,随口说:"没有啊,这老家伙口风可紧了。"

康又纶四仰八叉地躺在沙发上疑惑地说:"那我知道了,你跟踪他了。"

"嗐,跟踪啥啊,那个老滑头,跟踪肯定会被发现。"康石这才把眼光恋恋不舍地从飞艇上移开。

"哦,哦,那你跟踪那女的了,宋……宋什么的,一个漂亮寡妇,哈哈!"康又纶说罢,大笑一阵,突然又想起什么,"你最初是怎么知道那个寡妇和董先生有一腿的?"

"你把这个飞艇模型送给我,我就考虑考虑……告诉你!"康石对这个金属制作的模型爱不释手,看了一眼康又纶又把注意力放在飞艇上面。

康又纶坐起身,伸出手想去拿康石手中的飞艇,又缩了回去,咬咬牙,一拍大腿,说:"唉,行!"

"你也要保密啊,哈!因为姓董的有一次跟我说,娘们儿的奶子要特别大特别挺才好,就是把筷子放胸上面不掉下来才过瘾……"康石擦拭着飞艇模型,看到康又纶不明所以,慢悠悠地玩味着说,"有这种奶子的女人不多,用这种方式炫耀的就更少了。"

"天啊……"康又纶琢磨了一下才搞明白,不觉睁着凸起的大眼睛,像看怪物似的盯着康石,一脸坏笑说,"你这家伙,比我还会飞啊!"

康石回到家就小心翼翼地把这艘齐柏林飞艇模型放到书桌上,并让飞艇的正面略微对着窗外,这是他第一次为机械事物着迷。他发现这个造型奇特的飞行器有种奇怪深远的魔力，让人的思绪悠悠扬扬，仿佛可以抵达每一个梦想的地方。

这时候康石已经和母亲搬到了本来为新婚准备的小院子里，他命人重新粉刷了所有的房间，并花了不少钱买了不少西洋家具，还在莫斯科商场买了一套大理石扶手沙发。他为母亲的卧室准备了大尺寸的壁炉，时髦的床具，还铺上了松软的地毯，既然母亲喜欢在房间整天待着，他觉得多花些钱是必要的，院子里也种了不少抗寒的植物。他设想再过些年，这些植物就会非常茂盛，到时母亲夏天在一棵老榆树下乘凉的时候就能闻到阵阵花香。

康石有时候会很晚才回家，不是因为母亲一言不发觉得烦闷，而是他有了神秘的爱好。这座城市每到夜晚就会有很多灯红酒绿的场所开门迎客：马迭尔舞厅、新世界夜总会、伏特加大酒店，再到桃花巷种种不同档次的买欢场所，无论春夏秋冬，都是通宵营业喧嚣热闹，而康石则并不喜欢进到这种场所里面浪费时间，并不是他花不起这份钱，只是觉得无聊憋闷。他喜欢在这样的场所附近叼着根香烟转悠，只是有了多年前被当作间谍的前车之鉴而不再唱俄国歌曲。他就像个深夜潜行的高明猎人，只是目标不是飞禽走兽，而是被他称作夜莺的姑娘们。

他喜欢和深夜独行的女人搭讪，其中很多都是在这些娱乐场所上班的，日子久了，形成了一种娴熟的搭讪方式，除去偶尔有姑娘被吓跑之外，更多的时候会有不同风情的姑娘上钩，一来二去就遂了康石的心愿。其中有俄国的、波兰的、日本的、朝鲜的，还有中国各个地域的，作为夜莺猎人，似乎比作为一个银行家收获更大。有些当晚就能折服于这个陌生的男人，也期待寻求那种可遇不可求的刺激。于是在背街上，马车里，戏院的包厢里，甚至是雪地上，都成了康石尽情释放激情的场所。从那以后，他才觉得自己和这座城市产生了血脉联系，唇齿相依，谁也离不开谁。如果是他特别中意的姑娘，他还会把姑娘带到松花江铁路桥下，这座桥就像横亘在松花江上的铁索，在深夜里冰凉冷峻，就在铁路大桥桥墩下面，浓重的阴影完全遮蔽了爱人之间的羞涩，任他们把呻吟、抚摸、冲动、吮吸完全献给彼此，时而经过的列车在纵欲的人头上轰隆隆驶过，能盖住他们的尖叫，也能刺激他们更大声地尖叫。而当他筋疲力尽回家之后，可以舒舒服服睡上几个小时，成为猎人的习惯有效缓解了他的失眠症。

就是从这个时期开始，康石开始喜欢在松花江边散步，尤其是在中东铁路桥这一带的江畔花园，不管冬天还是夏天，只要有时间就会独自一人来这里待一会儿抽支烟。从这里顺着江水能望见松花江客运码头，他有时候会发呆许久，那一年还年少的他就在那里连续很多天等待着佳木斯抵达的客轮，满心希望看到那个姑娘一眼。他也会静静地欣赏松花江，听许多人说过松花江对于哈尔滨这座城市的重要性，并且从城市的角度来赞美它。随着年龄的增长，他开始对此不以为然，一座铁路恰巧经过这条江就兴起了一座城市，而这条江已经在这里生存延续了亿万年，城市的兴衰周期对于它只是沧海一粟，即便从这条江的广阔视野来说也是不能比的。这座城市的人以此流年岁月终老故乡，而这条亘古不变的江仅仅把这里当作匆匆过客而已，江河的天地只比天空小些。

猎取夜莺的习惯远没有在铁路桥下的江畔公园散步的习惯

保持得久。在垂暮的年纪，他依然能清晰记得在桥墩下面的那块石头上完成了他哪一段疯狂的卖力行动。这些铺在脚下的面包石已经被岁月打磨得锃亮，就像一双双含笑的眼睛看着白发斑斑的康石，似乎在和这个有着一样名字的人以岁月为名打趣。他欣喜地发现，他不只是个猎人，还是个击溃致命强敌、以放浪形骸为荣耀的黑暗骑士。

李经理的大嘴巴闻名，根本原因是酗酒，过量的酒精在漫长的岁月里先是麻痹神经系统以摧毁人的意志，再通过侵害脑细胞让智慧失去敏锐，最终让他成为一个没有坚忍度的狭隘的人，暴躁、毛糙。他已经失去了保守秘密的能力，并且因为自知这一点从而更加自暴自弃。在规矩森严的国民银行还能保住不错的职位，有赖于他的妻子。

任繁已有五十岁，保养得还算体面，这个女人在财务上的禀赋和能力让人惊叹，这么多年来一直有同业通过各种渠道重金礼聘，她不为所动，踏实地在国民银行财务部经理的位子上做了十几年。正因如此，康家父子对李经理偶尔离经叛道的行径给予了相当大的包容，康石觉得这也是任繁安心工作的重要原因。很多人对这个经常一身酒气信口开河的男人敬而远之，康石则对他充满巧妙的耐心和暗藏精明的热情。所以，李经理在一个休息日的晚上，自然而然地邀请康行长到家里做客。

李经理的家离中央大街不远，准确地说在捷克领事馆后身的公寓楼。那栋楼是欧洲古典主义的设计框架，减去了不少繁复的装饰，而为了弥补这些缺失，又借鉴了德国流行的包豪斯设计风格，增加部分笔直交错的线条以使得建筑轮廓明朗自然，尤其在窗户的设计上，可以看出古典主义设计的影子，但又没那么奢华，反而更开阔些。人们管这种一战重建中开始流行的设计叫作折中主义风格。

李经理和太太任繁站在门口迎接康石，他进来看到这是一个富庶的中产之家，只是充斥了酒精的味道，不只是挥发在空气里，家具、沙发，甚至是茶碗中都能嗅到。家里的陈设虽不名贵，各种陈列摆设也算精致，判断一个家庭是否殷实有很重要的一点：这家里和生活必备无关的装饰品很多，经济情况肯定是不错的。

李经理酒过三巡后不出意外地开始重复絮叨本已说过多少遍的是非典故，就像一本让人看得滚瓜烂熟的薄薄小书，翻到一页就是些固定的文字。康石对任繁抱歉无奈的笑视而不见，反而也拿出固定语言虚与委蛇，没有丝毫不耐烦。像大多数酗酒的人一样，李经理并不胜酒力，他们为了酒而饮酒，为了醉而喝醉。李经理不出意外地没有等到酒局结束就不省人事，被太太搀扶着进到卧室里，没多一会儿就鼾声大作。

房间里充斥着的酒精味道因为逐渐适应已不觉得刺鼻，康石也一屁股坐在沙发上吞云吐雾，他在迷离中看着房间的每一处角落，感觉一阵惬意的味道由远而近。

"你不断在勾引我。"

康石觉得自己脸红了一下，然后一种飞逝的回忆迅即在脑海里飘过，办公室里停留在胸口的眼神和人群里欲盖弥彰的贴近，轻飘飘消失在某个不会再有任何人履足的扬弃之地。

"是吗，因为你想我帮你。"

成长的魔术师把一副崭新的面具郑重其事戴在了年轻人的脸上，这标志着一个人将从此登上表演舞台，直到生命大幕垂垂落下。而康石对魔术师的冷峻毫无感慨，他坚信当爱情来临时，面具将化为齑粉。于是，康石脸上的红润消失了，那是一种带着处子气息所以矫揉造作的世故微笑，"是吗？"

"你是个孩子，你不会赢。"

康石果真像个孩子一样天真无邪地笑了，"书上说，没有女人经得起酒后的勾引。"

他顺势从下往上掀掉了任繁的真丝旗袍，搂住蝉翼般暧昧的内衣包裹的丰腴身体。嗅到一种这房间本没有的芬芳味道，把鼻子沉入这女人的身体，在她肌肤的顺滑处擦燃一根根烫人的火柴。任繁往上挪了挪，骑在康石的身上，帮他摘下眼镜放好，为他从上到下解开打理得精致细密的衣服，从容不迫又顺滑自然，一点也没妨碍康石的手贪婪粗鲁地为她脱掉仅剩的内衣。而在这每一个动作的间歇，都用薄薄的嘴唇轻吻康石的头发、脖颈、耳朵，就像呵护一个刚出生的婴儿。

康石的手在完成脱衣服的工作后，紧紧扳住了女人的臀部，就像抱着整个地球，不让它在纵欲的宇宙中坠落。她似乎完全困住了他，他也在被封闭的世界里不断涌动，挣扎着，汗水孜孜地在这个从没有尝试过的老女人身上寻找芳香的来源。每一个第一次都是让人紧张忐忑的，他嘴里的乳头就像掉在地上许久的松塔一样漆黑粗糙，舌头探寻的胸部也不再像竖琴般顺滑挺拔，而是像风干了百年的橘子。但是因为任繁具备的像工作上一样超群的让人惊讶的能力，他还是在一身污秽中寻找到一身芬芳。他完全被这个女人控制，被动地躺在沙发上一遍遍地享受着泰山压顶一般的悸动，干脆微闭眼睛，等待着一次次被吞噬的命运。他感觉在身上跃动起伏的白色身体就像江河的巨浪，把自己赤裸地裹挟到遥远的地方，这一刻与时间背离的空间里，尖锐隆隆作响，自己被圆滑铮亮的鹅卵石慢慢淹没。

任繁散乱的头发反射着室内的光线，和天棚上两个人交合的影子重叠在一起，和里间李经理高昂的鼾声形成一种奇怪的律动。当身上女人的一声声尖叫似乎在唤醒沉睡的人，这让康石的下体一阵紧缩，随之又勇敢地重焕生机，同时也涌动出了那种介于罪恶和欲望之间的刺激，这让人濒临时间的尽头，空间的虚无。康石隐隐看到客厅一角那架陈旧的满目疮痍的黑色三角钢琴，好像正被鬼魅敲出一阵阵幽怨、魔幻、瘆人、急促的滑键音。

他们之间的约会在一喝完酒就如同行尸走肉的李经理眼皮底下开始，像潜伏的魔鬼般践踏道德的刺激感是偷情最大的魅力，足以弥补任繁秋后枯树般的身体缺陷，况且又有夕阳将尽般无可救药死到临头的疯狂炙热在沸腾加持。他在固定的时间去她的家里。因为权力的因素，他能得心应手地摆布相关人的时间，从而使得瞒天过海的地下情在相当长的时间内无人察觉。

任繁天生是占据主动的人，这种强势的作风从白天到晚上，从穿衣服的寻常光阴到赤身裸体的激情时刻，从办公桌前面到卧室里头，一以贯之。不过，她对康石约会的要求来者不拒，始终保持着唯命是从的温顺，只是有一个规矩，就是康石在悄悄进入她房间的时候，要脱掉所有的衣服，一丝不挂进到房间里。无论在聊天时还是做爱时，只要进了这个房间，康石就是个裸体的孩子。有一天这种奇怪的爱好让康石觉得自己是任繁的性奴。

日子久了，康石开始逐渐适应这种风格，并且觉得享受。而与此同时，康石也真正知道，这个女人的确具备魔鬼一般的能力，不只是在床上，更是在工作上，她比他和所有人想象的都更为卓越。她具备超强的手腕和缜密的智慧，这不只是在寻常的业务上，还有在帮衬康石上。她悄无声息地帮康石阻挡了很多暗藏的阴谋和攻击，使得康石无数次在艰难的困境中全身而退，她的忠诚和勇敢也替康石承担了很多过错和污名，让他在人事斗争的湍流中安然渡过毫发无伤。而这一切都因为深不见底的城府和精心设计显得水过无痕，甚至没有人猜到这两个人非同一般的关系。

康石获得了预料之中的秘密武器，他们的鱼水之欢不只在床上，无间的默契不只在污秽和芳香之中。这个女人具备海绵一样悄无声息吸纳各种信息的能力，并且神不知鬼不觉将这些七零八碎并无价值的信息整合梳理，从而形成决断的依据和手段，结果每每都被证明这有多么精明。康石从那一刻起就承认这是他的幸运，是他在竞争激烈步步惊心的银行业务中屡次脱颖而出的关键。他们之间的爱逐渐幻化成了两个不同的层面，一个是灵与肉碰撞出奇迹之欢的寻常之爱，一个是相辅相成暗度陈仓打造了凌驾于世事斗争之上的像银河一样高高在上的非凡视角。这个女人静水流深的智慧和能力是一切的基础，现身说法教会了康石一个非同一般的经验，有威力的女人可不只是在床上才无可匹敌。康石的出现也是她的成就，是一个女人奋不顾身本能的释放之地，作为一个女人，这种本能除去母性之外，出现在任何载体中都是感天动地的。康石不再计较松塔一样又黑又大的乳头，反而像松鼠一样在乎它们。

和任繁的奸情让康石轻易进入了人生中最顺风顺水的时期。他在一两年时间里就以专业能力赢得了国民银行上下的一致称赞,并且搞定了暗流涌动的各种人事冲突。人们都觉得康佩吉的这个突然出现的神秘表亲一定是他暗地培养多年的撒手锏,是国民银行这艘满帆前行大船的备用蒸汽机,人们对于康家产业未来的担忧已慢慢消散,有康石辅佐康又纶,堪称"满洲"金融界珠联璧合的兄弟伙。

当人们在康佩吉面前提起对康石的褒扬和对老爷子早已暗中布子的钦佩,他总是含笑不语,岁月已经让老人步履蹒跚,年轻时候笔直的腰杆也弯成了一个驼峰,对这一切喜欢用一句话作答:"打虎亲兄弟啊!打虎亲兄弟!"只有康石知道任繁的魔幻能力是成全他的关键,当天才这类无聊的帽子戴在他头上的时候,康石知道了一个道理,世上从来没有什么天才,天才都是骗子!只有上天才知道他为这一切付出的努力能让江河倒流,而这又用去了任繁多少心血,让她煎熬地度过了多少个辗转反侧的孤独夜晚。国民银行的业绩在不太平的岁月一年增长一倍,这一切的成绩用天才解释,是无知者才会做的不负责任的无知论断。

有一次,康石进到房间里,刚想按照规矩脱下身上的外衣,任繁轻轻制止了他,把他引到客厅的沙发上,他们经常做爱的地方,仔细观察,会发现有一块皮革已经多了许多异常的褶皱。她摘下康石的眼镜,以便自己可以好好地吻他,在舌尖的纠缠交流之中,他们彼此获得了不能转换成言语的心意,其中包括了工作上的认识和感情上的想念,她柔情万种地告诉他:"以后不要进来就脱掉衣服,看见穿衣服的你我一样无法自拔。"这一刻康石如释重负地知道她终于爱上了自己。当康石抱着女人的头按在自己的下半身时,他看到任繁梳理得整洁的头发里已经有丝丝白发。他把头扬起来,看见窗外捷克领事馆的穹顶像个丰满挺拔的乳房，就在心里想象任繁年轻时候一定也是如此，这让他陷入了爱情的忧愁里，随之，又被凶猛的爱情带到巅峰之上。

他曾私下为李经理设想过无数种结局，都是有利有弊，最终得出结论，要等待时机以便顺水推舟。他依然在表面上和李经理称兄道弟，但是随着对爱情的接近，已不自觉升起了仇视。不过李经理似乎天生就要对康石仁至义尽，在一个冬夜的晚上，他在酒馆里和几个俄国人斗酒，凶猛的伏特加酒让这个男人血脉贲张兴奋异常，他瞪着血红的眼睛，额头蹦起青筋，挥舞着酒瓶在酒馆里嚷嚷："等下回去，我要让我的娘们儿爽到哭死，哈哈！"在众人的哄笑声中，李经理摇摇晃晃地顶着没及膝盖的大雪往家走，半路跌倒在路边，像条死狗一样蜷缩着，大雪埋葬了他。清晨被发现，是因为雪里探出的被高高举起的向着天空的酒瓶。

不久后的一天，康石再次进入那个偷情的屋子，发现一切都变了模样，因为男主人的死，这个房间失去了酒精的味道，也失去了让人兴奋的魔力。当他想和任繁亲热起来验证一下自己的奇怪感觉是否真实的时候，任繁推开了他，她的神色不像寡妇，而像个修女。她告诉他："我们该结束了，我老了，可是还是爱你的，和以前一样。"

康石相信这个女人的话，他认为和她谈论爱情这个字眼是绝对正确的，上次和他谈论这个词的人还是梁珂。这个秘密康石从来保持缄默，但是许多年来，他第一次觉得有个人可以知道，也想一吐为快。但是话到嘴边，每每咽了回去，她是会为自己保密的，可是她毕竟知道了，他直觉会有让人不安的事情。听到任繁的话,康石点燃一根香烟,看着客厅一角的钢琴,压抑住内心倾诉的冲动,失落而又坚定地说:"亲爱的,给我弹次琴吧。"康石在乐曲中回顾了自己的爱情,尤其是和任繁的爱情,眼角似乎有些湿润,不得不一支接一支抽着烟,让面目在云雾中看不清楚。一直到午夜,他才恋恋不舍地站起身来,走出这个熟悉又陌生的房子。

老女人震惊地发现,她就像一棵老树,天经地义的爱是赖以生存的土壤,一旦消失,她迅速失去了做爱的能力,因为繁殖使命才恩赐人类的欢愉不顾她苦苦哀求,就此终结。

回到家中的时候,康石轻轻推开母亲的房门,顺着门缝借着月光看着康翠在酣睡,禁不住坐到母亲的床边,看着苍老如枯树败柳的失去了爱情的女人。风烛残年的人就像干涸有年的河岸一样萧瑟,可只有在她身边康石才无限脆弱也愿意脆弱,他痛恨一切伤害过母亲的人,年纪越大,他对于母子的认知越深切。在很多艰难时刻,甚至觉得如果有可能,他情愿背靠着这棵枯树一起去死,一起奄奄一息,一起深埋在泥土里。康石小心为母亲掖掖被角,又把两只手握在一起,像个恭敬有礼的小学生,怯怯地看着这个老人,许久,才流下了压抑多时的泪水。想起晚上任繁谈起她死去的男人的一句话:"这世上有两种心态让人沉沦,一种是万念俱灰,一种是野心勃勃。"

在一个像猎人潜行并且陶醉的夜晚,康石在市立公园附近闲逛。并不是每个夜晚都有收获,但是他多年来已经开始习惯这种孤独、沉寂又刺激、放纵的行为。在银行业浸淫已久,开始知道这个光鲜的行业给人以财富荣耀的同时,也会带来绝大的压力和疲惫,银行业就像一个藏着无穷无尽宝藏的黑洞,让人无可抗拒地向前挖掘，而忽视所有作为普通人的美好，比如良知、怜悯和尊严，这本是金钱的魔力。也只有在这样的夜晚，他才开始有些放松，可以静静地思考，思考爱情，思考生活，而不再是单纯像开始时一样，为了刺激、寻欢和遗忘，甚至复仇。

康石被公园里一处五颜六色灯火通明的热闹地方所吸引，他扶扶眼镜走近才看清是南方过来演出的马戏团。这种马戏团经常在城市里出现，他们大多是由俄国人和中国人联合组成，常年在中国的各个大城市进行巡演。康石曾经看过几次，失去了最早看戏的好奇心，决定马上离开。但是在转身的刹那，他看见入口上方的巨幅海报，和别的马戏海报不一样，海报上画着一个带着翅膀坐在秋千上翱翔的清纯女子，像天使一样飞行在剧场上方。

康石坐在剧场最好的位置，他手里端着一瓶刚买的啤酒，边喝边等开场。左侧是一对长得极其体面的年轻人，因为相貌相似，康石判断他们是兄妹而不是恋人。不经意听到他们的交谈，是说他们在上海的童年时光，经常和父母在街头看马戏演出。康石在调整坐姿的工夫瞥了他们一眼，凭他在银行多年练就的识人本事，断定这是家庭教育很不错的年轻人，不是衣着有多考究，而是举手投足的气质——自信优雅还带着亲和。康石被右侧孩子的吵闹扰了思绪，这是一个趴在妈妈怀里的两三岁大的小孩子，康石扭头看着他，这孩子也被康石吸引了，停了吵闹，瞪着这男人一会儿，竟好奇地伸手要摘康石的眼镜，康石惊讶之余本能地一躲，有些狼狈，那孩子自顾自嘎嘎笑了起来，直到被大人制止。康石连声说："无妨！无妨！"心里生出一丝从未有过的暖意。

演出的大部分时间让康石百无聊赖，喝着啤酒信马由缰胡思乱想。直到最后一个节目，热热闹闹的各种动物都退了场，剧场的灯光逐渐暗淡下来，响起了一首俄国情歌的旋律，康石才把手里的啤酒瓶从嘴边放下来。十几年前的夏天，爱情猝不及防来临的时候，他攀在脚手架上，为她第一次唱起的歌就是这首。

舞台正中随着一声闷响打亮了一束强光，从漆黑穹布上方，正好在光束中，慢慢飘落一个天使，她的翅膀硕大洁白，因为秋千在空中的摇晃而在轻轻摇曳，这翅膀长在一个中国少女的身上，她的长发披在肩头，头上顶着一个炫彩的花环，身上是轻柔的白纱，可以隐约看见美丽性感的身体。观众都可以看出她的皮肤也是白皙无比，像舞台上另外一道光，照亮剧场里每一个人。康石的位置可以清晰地看清这女孩儿的五官，精致无瑕，长长的睫毛随着音乐时而忽闪一下，她的嗓音清澈而充满魔性，唱起这首歌来娓娓动听更有一番妩媚。这是康石第一次听到女声唱这歌，虽然曾经在很多个夜晚他幻想梁珂也会给他唱这首歌，但梦境只有景象没有声音。

她的秋千就像风中羽毛一样在剧场上空徘徊，或轻盈升起降落，或在空中划出一道美丽的弧线，那束灯光牢牢跟随她，仿若飞鸟巡游天际。她身上的白纱在空中不规则地摆动着，在经过康石头顶的一刹那，康石近水楼台看清了女孩儿稍微闭紧的两条长腿，它们在前后摆动着，发出让人倾倒的光泽，也发出让人窒息的香味。康石瞬间明白这首情歌在跌宕岁月里寻而不得又若隐若现的真谛，那是在女性的身体里，两条长腿张开或者闭合的曲线里。他呆呆地想着，还想向姑娘的上身看去，只是因为角度的关系，强光的光源正好和少女飞行的方向重叠，一刹那他听到了镜片被击碎的声音。

散场之后，康石在剧场外面吸着烟，看着人群慢慢散去，有些拿不定主意。这时一阵鼎沸吸引了他注意，这个少女不只吸引了他，还招来了麻烦。几个不怀好意的年轻人堵着出口叫叫嚷嚷，康石叼着烟卷，眯缝着眼睛听明白他们是想请那只美丽的小鸟去吃消夜，显然遭到了拒绝，于是就耀武扬威不依不饶。康石没见到那个女孩儿，但想到她被吓坏的样子就有了几分怒意。当其中一个魁梧高大的汉子把出来规劝的剧场经理的领口揪起的时候，他踩灭烟头走了过去，站在这伙人中间。一阵阵污言秽语威胁恐吓喷在康石脸上，他的表情无动于衷甚至有些和颜悦色，他一言不发，打量了这几个人，然后盯着领头的，对峙了一会儿，竟然哈哈笑了起来。他注意对面人拳头抬起似乎要招呼过来，却抬起手拍拍他，然后就势放下了他的手臂。康石叫这人到一旁低声说了几句，然后从怀里拿出一张支票塞到那人手里，笑着说："小兄弟，冤家宜解不宜结，这些钱，够你们去桃花巷逍遥两天了，这……又何必呢。"

那天之后，这家上海马戏团晚上最后的一场演出就会挂出"售罄"的招牌。康石会一个人在演出开始的时候坐在原来的位子上，慢慢饮着啤酒，等着动物演出之后那只飞翔的鸟或者天使。马戏团的人走遍大江南北还没见过如此豪阔又有如此怪癖的观众，几天以后，人们才议论纷纷他是在等待最后一个节目上演，因为频频发现他在热闹马戏演出时发出了不经意的鼾声，直到最后音乐响起的时候，他的镜片才豁然亮了起来。康石对马戏团经理的逢迎非常客气，但是拒绝说出自己内心的真实想法。

有一天演出结束，他停留在马戏团的出口，这时候几乎所有的演职人员都已经熟悉了这个神秘的客人，他对所有遇到的客气的笑容都礼貌地回应，却不说一句话。那只鸟换装出来的时候已是深夜时分，康石不自觉用手指顶了顶鼻梁上厚厚的镜片，看清楚这是一个个子不高的女孩子，但是也就十八九岁年纪，换上便装的她显得格外青春靓丽。她的大衣并不名贵，但是束腰的款式显示出曼妙的曲线，穿着高跟鞋走起路来有些起伏的节奏，倒像是一只恰好落在地上的鸟。康石轻轻皱了一下眉头，露出一丝腼腆的笑容，或者理解为礼貌，也可以理解为面对一个比自己小上二十岁的女孩的抱歉。

方君已经从众人私下的议论中知道这个康先生连续数日的包场只是为了看她的演出，这让她非常不自在，在舞台上时，这点就尤其让她尴尬。她曾试图在空中看清楚这位康先生的模样，但是又不能过于暴露自己的目的，所以在数天的偷窥中，总是一副模糊印象，这是个戴眼镜的稍胖的中年人，他的手上有时拿着一瓶啤酒，但似乎还不是一个沉迷酒色的人，因为他的眼神似乎亲和友善，虽然有一些放纵，但没有很多。这在世上的男人里，好像算是不错的。起码这么多天，他在这里花费了不少钱，也并没有上前骚扰。几天下来，她倒习惯了康先生，习惯了最后一场演出的寂静。她喜欢在天上飞翔的感觉，感觉一抬头，世界就在自己眼前升起，繁星就会在无尽的黑夜里为自己点亮，如果这种感觉能够带来微薄的收入让自己不至于在这艰难世道里流离失所，那已经是自己的幸运。所以，当她逐渐开始习惯在演出结束，一个虽然不够帅气但是和善的男人陪自己回到住所，也开始和他倾诉一些内心的感受。

当康石听到眼前这个鸟一样干净纯洁又神奇的少女说起她对于飞行的感受的时候，就想起康又纶，他们是一样的热爱飞行，可自己呢，似乎也曾经向往过飞行，可只是向往在那个夏天从脚手架上落在梁家的小花园里，这让自己觉得有些可笑。方君说："在空中的时候，可以看见那么多美好的景象，虽然是我在演出时候想象的，但我也真的看见了。"康石低头看了一眼比他矮些的方君，这是他身体上唯一的可怜的优势，问道："比如呢？"方君此时对康石已经少了许多防备，俏皮地说："可以看见大山的轮廓，还有大地的颜色，还有呢……大海上，有小岛，有家乡啊，如果，如果我累了，倦了，还可以藏在一片云彩里，谁也找不到我……"康石双手插在兜里，听着方君的高跟鞋踩在面包石路上发出咯哒咯哒的性感声音，升起一丝惬意。

　　他已经知道方君出生在渤海湾的一个小岛上，那里曾经物产丰美人们安居乐业，但是一场百年一遇的台风在三年前肆虐那个美丽的地方，而最不幸的是，她所有的家人都在那次灾害中死亡或者失踪，孤苦伶仃的她辗转投奔了正好在山东演出的马戏团，成了那个在空中飞翔的鸟，孤独的鸟。康石问："那么高，你不怕吗？"没想到方君笑出声来："我小时候就和家人在风浪里打鱼过活，见过很多似乎很危险的时候，可是，其实只要不怕，会好的，一切会好的……所以，我不怕。况且……我很爱这种感觉，真的飞起来的感觉，就像挣脱了所有，真的太好了……"她又跟康石讲起马戏团的一个朋友，在表演吞火的时候不小心点燃了身上的衣服，情急之下跳到了旁边的河里，最后淹死了，因为他根本不会水，最后淡淡地说："为了所爱的，也没什么办法吧……"康石又想起康又纶，这个痴迷飞行的二哥异想天开去浙江笕桥学开飞机，一年以后回来就像蜕茧成蝶，似乎说过类似的话——飞起来，飞起来山河就在，飞起来就什么也不怕了。

康石屡次放过了把方君压在身下的机会，在很多个夜晚，听到方君的高跟鞋消失在租住的公寓楼里，才默默点燃一支烟，转身离去，回到市立公园附近，启动停在偏僻角落的美国豪华轿车。有时候，他宁愿和女人的前戏时间长一些，再长一些，而这完全能延长他的满足感。年龄越大越觉得，如果他想和一个女人寻欢，其实只要有足够的诚意和耐心就会水到渠成，为了达到这个目标有时不得不忍受屈辱和苟且，但是这一切都会得到回报。而对方也在这个过程中满足根本没必要的虚荣、完全无意义的辨别和期待已久的快感，其实也容易失去一个好男人的欣赏和尊重。

方君不同，她似乎不是和康石周旋，而是在面对自我，封闭在自我畅想的空间里，只是不能回避康石的出现，于是就安之若素就像对待一个有些熟悉的观众。这恰恰消弭了对手的进攻心，反而变得沉着、珍惜、冷静。

在一个月光微含的夜晚，康石订好了附近马迭尔宾馆的客房。当他和方君在夜晚走过警察街路口的时候，看见方君的影子像一朵飘动的云，不时和他的影子碰到一起，终于鼓足勇气扔下手里的烟头，停下脚步，把娇小的方君僵硬地搂在怀里，然后又小心地松了松劲，让方君可以抬头惊慌地看着他的脸。康石像个饥饿的野兽一样把方君放到嘴里，浑然忘我地咬着、舔着、享受着，等着尽兴时吞噬她。他们不发一言，在莫测、萧瑟、神秘、悄无声息的月光下纠缠成了一个人。

康石第一次拉起方君的手，把她带到车子旁边，这辆崭新的豪华轿车就像一条忠实的黑色猛兽一样在静候主人。他开始喋喋不休地说着什么，自己都知道语无伦次，但是他对方君的反应已了然在胸，她没有拒绝和他一起开车去马迭尔宾馆的真诚邀请。在开启车门刹那，他想起什么，从上衣兜里掏出一个精美的红盒子，打开是一款精美的女士金表。康石想着要把这块价值不菲的德国表戴在方君的手腕上，这块表在路灯的嫉妒下闪耀出黄金特有的光芒，他相信这是一个非常美好的寓意，甚至期盼它是一把钥匙，能打开一扇隐秘的门，门外的景色可以驱散那沉闷痛苦的体验，逃离漫长的孤独，带来闪烁的炫目的光辉。只是很多年后，康石才意识到世上并不存在这把钥匙，命运安排的唯一的孤独早已病入膏肓无药可医。

与此同时，几个手中拿着物件的黑影从路旁的阴影处猛然出现，伴着急促的脚步声，像饿狼一样向两个毫无防备的人扑来。康石已是有相当身份和地位的人，自然知道哈尔滨混乱的治安形势，但他还是不够老练，对此过于大意了。他还是快速地反应过来，把手表塞进口袋里，拉着目瞪口呆的方君掉头向黑夜处狂奔。他知道，这时间已经不够两人上车再启动汽车，只会让他们被那伙人恰好堵在车里面。天空似乎怜惜这两人，突然打出几声闷雷，转瞬下起瓢泼大雨，路上一片漆黑，这帮了康石。而凭着对地形的熟悉，再加上他年轻时在工地上练就的力气也帮了忙，带着方君很快就摆脱了几个劫匪，藏身在一个院落的门洞里，他们还能听到几个劫匪不堪入耳的咒骂。

这时康石已经知道，这几个人就是之前遇到的那群流氓，自己想息事宁人，没想到弄巧成拙露了富，想来他们已经盯了自己很多天了,这让他一阵阵害怕。这时候一个出门起夜的人碰巧撞到已经满身雨水狼狈不堪的两个人,被吓得叫出声来。劫匪循声而来,康石干脆扛起精疲力竭的方君,在中国大街附近成片的院落弄堂里奔跑,这场暴雨瞬间更激烈了,几像瀑布一样倾泻而下,本来就糟糕的城市地下水系统已完全失去作用,他感觉就像艰难跋涉在激流之中。就在康石已不堪重负就要束手就擒的时候,他才看到一丝生机,那个奶头一样的穹顶——捷克领事馆。

任繁对着两个魂飞天外丧家犬一样的人,先是怔了一会儿,搞清原委之后,就走到窗前,观察外面有没有额外动静。确认安全之后,她忙里忙外为两人烧了开水,还找到两身衣服让他们各自换好,给方君的是自己的,而康石的,是多年以前康石临时放在这里忘记取走的。头发已近全白的任繁以长者的姿态陪着两个受惊的人待了整整一夜。更多时候,她在安慰陪伴一直瑟瑟发抖的方君,就像对自己孩子一样呵护轻抚,反而冷落了康石,这倒让康石觉得有些欣慰也有些尴尬、羞愧。天亮以后,风停雨歇,任繁把两个人送出门,在得体地接受了方君的谢意之后,她突然以从未有过的严肃板起脸对康石说:"尊敬的康行长,如果经验都是来自教训而不是阅历,那显然不是智慧的。"然后把那块遗忘在桌上的金表重重塞到方君的手里。

经过数年的筹备,哈尔滨终于成为最早建设电车系统的亚洲城市之一。当第一条电车线路开通的时候,康石才刚刚进入国民银行,他挤在观礼的人群中,汗流浃背之余想起中国大街开通那天,一样的人潮汹涌一样的阳光灿烂,只是希望在那时像流星一样划过天空，如今已坠入天际线下粉身碎骨，这是流星的宿命。

那时康佩吉身体还相当健硕，他受邀成为城市代表坐上了城市史上第一班电车，他和所有人一样，被这个德国远道而来的电气化交通工具所吸引，并和哈尔滨很多巨商富贾一样，为这条线路的建设投入了不少资金，同样也拥有了少许股份。不过公共交通系统的盈利并不丰厚反而有亏损的风险，这样的投资更多是对这座城市会愈加蓬勃的美好祝愿。

当来自西门子公司的铮亮双色车厢轻微晃动一下的时候，人群中出现了鞭炮炸开一样的骚动，人们随即安静下来看着两条笔直的大辫子从车厢顶部腾地翘动起来，好像有人操控似的牢牢吸住半空中提前一年就铺设好的两条电线，它们完美地结合在一起，电线颤颤巍巍地在空中摇荡，围观人群不约而同拍起手来。在"大辫子"和电线产生一系列灿烂的让人亢奋的火花之后，这辆车厢满载着为它的到来付出心力的尊贵客人徐徐开动，早按捺不住的孩子们淘气地跟着车厢后面追逐打闹，他们的笑声感染了沿路的人们，人们的目光从那些有头有脸的客人身上转移到孩子们，看着这群洋溢着纯真欢乐的小家伙们在地上漆黑的铁轨上蹦跳嬉戏，在一刹那觉得他们的幸福和地上的铁轨一样将延伸到无穷无尽的远方。无论是成人还是孩子们，都以为这现代化的电车将永远在这座城市存在，并成为哈尔滨富裕、潮流、先进的象征，最终将成为这城市不可分割的血肉。那些孩子们此时不会想到，在半个多世纪以后，倾注城市心血和希望的电车系统将被拆除殆尽，暮年的他们悲伤地意识到，他们老了，他们的后代将不会再见证他们的希望，这也是希望的宿命。

几年以后，电车线路大大拓展，从新城大街到正阳大街，再沿着许公路穿越火车站广场一直到秦家岗的最高处，哈尔滨俨然成为电车轨道上的城市，经过了最初的新鲜感，很多年过去以后电车已成为市民生活中想当然的一部分。夜幕低沉的时候，还在运营的电车就像穿梭在街道中熟悉的邮差，发出咣当咣当的响声，给平静的夜晚添上许多温暖和期盼。

赶上马戏团休息的时候，康石会带着方君在这样的夜晚登上一部电车，伴着电车行驶独特的声音，在不紧不慢的速度中依偎在一起，浏览着哈尔滨日益精致和丰满的风貌。康石会坐在两人位的外面，方君靠窗，她把头倚着康石宽厚的臂膀，脸则扭向窗外，看着模糊的城市在眼前掠过。

康石进入中年之后，食量并没减少，反而贪起零食来，他经常带着一种外面包着巧克力里面则是不同品牌酒的糖果和方君分享，有时遇到带着孩子的乘客，他们又兴致勃勃地和孩子们一起分享，这样的时候欢声笑语会让电车的驾驶员也兴致盎然。下车的时候，康石还会把多余的糖放在驾驶员前面，表示对他辛苦工作的谢意。驾驶员看着康石胖乎乎的手抓着糖果伸过来，再看一眼他旁边貌美年轻的女子，心中的疑惑和不平也会善意地消失。把男女之情置入公共场合，会是一份很有价值的透镜，可以看到身份的构建、两性的关系，以及欲望、智力、嫉妒和自欺是如何演绎出复杂的情感图谱的，只是当脱离的时候，人们会忽略和抑制某些潜在的旋律。也是在公共环境之中，某些因为身体吸引而产生的幸福和快感会显得更具魅力，这是公共场合吸引人的特点，也是恋人之间的光彩。

康石知道并不是因为年龄的增长，而是因为地位的增长让他愈来愈自如地掌控周边的事物，这反而让人忽视了他人到中年日益发福的事实。他享受这样的夜晚，企图把这样的欢乐最大限度地持续下去，他觉得没有比一个美好的东西近在眼前而且注定属于自己更让人着迷的感觉了。他的陶醉在一个夜晚遇到梁珂的时候被确定只是空想一场，幻象有很多种，也有强弱之分，有的叫幻想，有的叫错觉。

严世岱和梁珂带着两个孩子在尼古拉教堂这一站上了车，或者是三个孩子，梁珂隆起的肚子说明一切。在上车一刹那，梁珂就看见了在车厢尾部的两个人，她的眼光注意到康石的嘴里本在吃着什么，看到自己的一刻明显停住了，这使得康石肥胖的脸更加肥硕，似乎显得愚蠢和可笑。

严世岱是走路只看前方从不斜视的绅士做派，他没有注意到这个场景，只是命令两个小孩子坐好，然后彬彬有礼地把梁珂扶着坐在自己的旁边。从他们的交谈中可以知道，是两个孩子叫嚷着坐电车看风景，所以严世岱拗不过，才在一个清闲的饭后时分带着家人一起出来。梁珂并没有因为看到康石而表现出任何异常，因为她觉得这个人只是过往生活中一件很琐碎的事情，不值得铭记，虽然在某些时候，她的记忆里会出现他们那些浓情炙热信件的片段内容，而这些线索的出现都是因为和严世岱的某些纠葛所引起，并不是自己刻意的。随着时间的流逝，倒偶尔会觉得自己有些对不起石头，不过这是最近两年才有的感觉，她对此颇为警惕，因为在一些小说里，主人公年纪变大了才会神经兮兮地翻起老皇历后悔曾经伤过别人的心。如果说有一点疑惑，那就是她之前和严世岱出入一些社交场合的时候远远见过康石，那时康石的变化还不明显，她根据某些玄妙的人在面相上的特点觉得他就是康石，而在某一刻注意到这男人看自己眼神的时候，她确定康行长就是石头。而这个人如何从一文不名的工地小工成为堂堂大银行的副行长，这让梁珂想不出所以然，甚至怀疑自己的记忆力，又听旁人说起那个胖子行长叫康石的时候，才确信自己判断没错，因为记起石头在信中说起过母亲的姓氏。

此时的梁珂已经成为哈尔滨社交名媛，她年轻时候的风采和好名声一直延续到现在，只是更加高贵不凡。两个孩子的母亲依旧保持着完美的身段儿，脸上的皱纹也不明显，反而让她更加具备雍容气质。她受过的良好教育让她行为举止得体而端庄，她的衣装永远引领哈尔滨的时尚，成为贵妇圈模仿的对象。梁珂对这一切心知肚明并引以为豪，她不知道这是该感谢父亲的心血还是母亲的影响，又或许是严家人的厚待，但其中的因果自是命运安排，她不由会感叹，世上任何一枝花都需要外界的助力，否则注定会夭折在某一场邪风恶雨之中。

康石嘴里的巧克力直到融化才包裹着威士忌被咽下去，随之听到喉咙里传来干巴巴的吞咽声，就像柴火烧尽将要熄灭的声音。康石见到梁珂就觉得自己心中苦心搭建的房子毁于一旦，但又一次次乐此不疲抖擞精神重新来过，再期待下一次遇见。这次他分明听到了与以往轰然倒塌不一样的声音，那是一盏王冠掉落地上的声音，是水晶碎片打落一地的声音。他的身体微微颤了一下，使得方君有所察觉，她凑到康石耳边说也注意到了上车的一家人，那个小一些的孩子很漂亮让人忍不住想抱一下亲一下，康石在她眼里看到让人动容的光。

他是第一次看到梁珂的孩子们，也被严宗岬吸引了，那不只是一个天真无邪的孩子，简直就是梁珂的翻版，五官几乎和母亲如出一辙，眉宇之间一种淡淡的若有所思，他只在梁珂的脸上见过。这个孩子一直东张西望地看风景，所以让两个人盯住看了许久。过了几站严家人下车的时候，康石更发现，这孩子身材比例和走路的姿势都像妈妈，只是多了一些小男子汉的英气。电车开动的时候，他透过窗外望着这孩子慢慢走远，忘了看的是孩子还是梁珂。

他之前设想过无数个自己摘取胜利果实的场景，这只像天使的鸟当然不可以和其他夜晚的收获相提并论。把女人领回家，这是康石活了半辈子第一次做的事。当他们蹑手蹑脚进到卧室时，母亲弱弱的鼾声隐隐传出来，时而间杂一声咳嗽。康石知道这时间她已经熟睡了，他早已断定她失去了对这个世界任何事物的兴趣，连和儿子交流的兴致都没有，甚至在他每天来到身旁的时候，不理不睬，甚至从不触碰他。每想到小时候母亲的慈爱不会再来，他的心头都在滴血，带着毒的血。

康石在黑暗中摸索着把方君放到床上，他不想开灯，不想看清方君在此刻的样子。当他们互相挣扎着甩掉身上的衣服之后，康石突然停止了，陷入一种迷惘的状态，没等他有反应，方君突然反手抱住他的脖子，像强盗一样把他塞入自己的身体，康石觉得即便是和宋姐的第一次也没有这样被动过。他心头升起一种从没有过的胆怯，就像做错事的孩子，他本来会败下阵来，但方君让他耳目一新，惊诧莫名的进攻让他受到从未有过的刺激，于是他瞬间改变了自己的想法，这是他的，毋庸置疑。

康翠已经真的老了，在过去的这些年里，她的头发已经纷纷离她而去，因为视力模糊而逆生长的味觉和听觉似乎也时常怠工，又或者她也不情愿再招它们为自己效力了。她的年纪怎么也谈不上高龄，但是一切已经无法挽回，她知道她起码被偷了半生，岁月是可以被偷走的，所以她应该是已过了百岁的人了。她的身体已经胖得不成样子，有一年，一个曾经的朋友来家里看望她，进门就高呼："天啊，你现在是三倍的你了。"

康石无论多忙，数年如一日地回家睡觉，她当然知道儿子的好意，心知肚明儿子每一天的举动，他的气味不劳烦多大力气就能清晰无误地告诉她这一天的经历。不过，她确实不那么在意了，她知道世界上的事只在争取中才有意义，而在等待中其实毫无意义。她有时候会听康石在身边絮叨几句工作上的事情，那是报喜不报忧的叙述，这让她有些厌烦。她几乎不愿意接受虚伪的一切，包括因为爱而生的一点点虚伪。在过去的年头里，她知道了城市的变化，甚至知道新建了多少的教堂，多长的电车线，她不排斥这样的信息，并为此感到一点点难过，这一切都注定和她没有关系了，被偷走的几十年已经足以让人心灰意冷。她每时每刻都在睡觉，每时每刻也都在醒着，这是个秘密，康石也不知道。

当儿子带着方君回家的那天晚上，她却在鼾声中彻底失眠了，她有一点愧疚，微乎其微的愧疚。很多年以前，她曾经设想为儿子的今天付出全部的财产，以回报母子一场。不过这种愧疚并没有持续多久，在清晨，她察觉儿子送走了那个姑娘。听着高跟鞋的声音在晨曦中清脆离去，回味了一会儿他们昨天的谈话，最终还是神奇的嗅觉告诉了她思考的结果，这让她嘴里嘟嘟囔囔像神婆一样说了一句："该走的，走了。该来了，就来了。"然后,才安详地睡着了。

  数年以后,康石毫不心疼地抓着屈指可数的几缕头发苦思不得其解,这魔幻的一切到底因为什么。他的飞黄腾达已经证明世界上很多不可能的事只是纸老虎而已,他经常用切身经历调侃命运,甚至在很多关键时刻无惧安危,妄图引领命运。但是所有的情感的建设都会被那个年轻时候遇到的人轻而易举击垮,而自己关于得到她的誓言还是遥遥无期,即便下一代已开始像他们当年一样遭遇着自己的爱情。他不会忘记多年前收到信的那个早晨,一个让人惊叫的时刻,从那一刻起他不得不认为他的爱情一定受到了恶魔的诅咒,而这一切直到现在才昭然若揭。从此以后,他在生命里种下一颗奇异的种子,长出繁密诡异的枝叶,在紧要的关头出现在身旁,昭示着生命的奇迹从不会消失,即便时间是那么残酷。他理所当然不会忘记那封不辞而别留下的信:

  亲爱的先生:

  此刻我已经离开了哈尔滨,感谢您的关照和爱护。因一个朋友的介绍,我决定去日本的马戏团工作,那里薪酬更高一些,而且可以看到更多的山水和不一样的天空。我喜欢飞行,比飞行更爱的是自由,为了自由……我也是最近才知道,我可以放弃一切。还想跟您说,其实我们都不是彼此心中那扇神秘之门的钥匙,因为那把钥匙只是我们自己。把别人当作钥匙,这不是一个正确的举动。

  感谢您的馈赠,那只金表也许会在困难的时候帮助我。不过,那天早晨在府上您送我的齐柏林飞艇,会永远珍藏。谢谢您给我愉快的夜晚。

请相信，天空那么大，我们一定还会遇到。

方君

康石在嘴里点燃一支烟，没吸一口，烧尽了烫到嘴唇方从惊愕中清醒。他似乎又听到了那天在电车上出现的王冠破碎的声音，这让他百感交集。康石试图抄起电话请朋友们帮忙去寻找方君的时候，他看到了那封信的最后几个字，然后静静坐下来，让自己的眼泪和电话筒里传来的忙音一起连绵不绝：天空那么大，我们一定还会遇到。

康石晚上开车拉着一个娇艳的女人，停在松花江边。他看着黑暗的江面好久没有任何动作。这时，走过来一个卖鸟的老人，他两手拎着七八个笼子，里面有各种颜色的鸟。他打开车窗，递过去一沓钱，命令惊诧的老人打开笼子，把所有的鸟从车窗放进他的车里。许多小鸟在车厢里纷飞鸣叫，他哈哈笑了起来。和那女人挤到后座上，然后脱掉女人的衣服。他不时伸手抓住一只鸟，放在女人硕大白皙的乳房上，或者丰腴的大腿上。又看着这些鸟受到惊吓，慌乱地撞来撞去，车厢里到处是飘落的羽毛。他和女人大笑着，为这种情调兴奋不已。然后在不断的鸟鸣里，挑逗着，戏耍着，最后两人的叫声和鸟叫融合在了一起。

梁寿年的变化让人惊诧。在梁珂结婚之后，他收敛起了威风八面气势逼人的做派，变得寡言慎行，虽然看上去依然严峻冷酷，但不再那么咄咄逼人，就像被阉割的公鸡。他的一生出现过无数次惊天逆转，在一次劫路中，杀得兴起，他最后跪在血泊里冲着天上怒吼："你听着！我命由我！"人们只是看到这个佳木斯克死父亲的小捣蛋鬼不知怎么就成为驾驭众多马帮的富商，又不知怎么就娶了那么芳华绝代名闻遐迩的大美人，然后又在很短时间内把同样美若天仙的女儿嫁给哈尔滨名声赫赫家族的公子，这对于任何一个普通人来说，都是穷尽一生不敢奢望的事情，没有人愿意想象一个富人曾经经历过什么，只愿意对他们丧失基本的道德和怜悯。

攀上严家之后，他并没有因为严家产业对于马帮运输的巨大需求而扩充自己的地盘，相反拒绝了亲家的好意，将这些利润丰厚的生意妥善地介绍给了自己的同行，自己则置身事外。同时，又开始裁减自己的马帮队伍，在四五年的工夫里，代表他一生荣耀的生意已经风吹无痕消弭无形了。

有人猜测可能是梁寿年的身体出了问题，但是偶尔遇到的旧相识都能看出来，他的身体状态与当年并无二致，只因为多年前意外在家中跌落，导致他走路一瘸一拐；有人说严家给他丰厚的聘礼，已经足够享用一生，这个说法的始作俑者因为短视和愚蠢以及对财富缺乏基本的认知而被耻笑。倒是有靠谱的人说梁寿年一向倾慕外国人的生活，有可能也信了教，就像他的亲家公一样，所以可能受到某种神谕才如此泰然。但是梁寿年某天跷着二郎腿抽着雪茄听到外界这种猜测的时候，竟骂出一句脏话，对着客人恢复起往日的倨傲说："去他妈的什么教，老子就信自己。"

梁珂在婚后才逐渐发现，从出嫁那一刻起，才是对父亲关心牵挂的开始。她当然知道梁寿年的惊人选择，虽然当她问起为什么舍弃这些费尽心血的生意时，梁寿年只是轻轻摆摆手，然后就背着手在家里的小花园像个鸭子似的一摇一摆不紧不慢地散步。

梁珂每过一段时间就回到家里看望父亲，然后在曾经的闺房里坐一坐，当她看见房间的陈设丝毫未曾改变，就会感到一种说不清的安心和温暖。有时候梁寿年也会走进来，坐着和女儿聊起家常，他对梁珂说起的严家的事情从来都是洗耳恭听而从不轻易发表意见，只是当觉察到女儿有些委屈或者不解的时候，才说些父亲对女儿的关心之语。他从没有对严家的家事发表什么意见，也从没有对严世岱提出过任何批评，甚至也没有表扬。所有的话都是在父女之间的语境空间里，小心翼翼地避开严家人，开导、劝解、安慰梁珂。有时候，他会露出些心疼的神色，这对于梁珂来说，几乎是她应对生活困扰的解药。

梁寿年也会跟女儿说起自己小时候的事情，说起自己的父母，说起他们祖祖辈辈在三江平原那荒凉又富饶的地方度过的漫长时光，在很多年里，一家人都没有城市的概念，他们觉得道听途说的哈尔滨、奉天乃至北平城就像天上玉皇大帝的宫殿一样遥不可及。有一天，家族的长辈根据道听途说再加上自己的想象兴致勃勃夸耀大城市的光怪陆离。一旁众人听得目瞪口呆的工夫，幼年的梁寿年像屁股下面点燃了炮仗一样猛蹦起来，信誓旦旦喊道："我也要在大城市买房子买地！"这件事被当作少年的妄语在屯子里流传了很多年，直到梁寿年发达的时候，人们才换了一种态度重新记起这件事。

在那时候，人丁兴旺是家族繁盛的最重要标志，可是他们家却走向了孤儿寡母的境地，梁寿年有时候会自责，觉得是自己的顽劣害了父亲。这让梁珂感到惊讶，随后意识到父亲已经是一个老人了，他的情感已经开始脆弱，否则他绝对不会说出这类话来。她记忆里这个强悍的男人从没有低过头，即便在多年以前，他们远走佳木斯，冷战了足有半年，梁寿年沮丧到极点时也没有低头认错。

梁珂在做了母亲之后，对父亲的亲近更进了一层，是因为多了怜悯。她发现梁寿年越来越少出门，只是整日叼着雪茄在院子里枯坐，身边有时扔着几份报纸。她一直以为是因为梁寿年摆脱了生意之后为了打发时间新养成的习惯，又或者是跟着严家学到的新习气，本来以为他坚持不了多久，但是他似乎每份都读而且坚持订阅下去，这让梁珂多少有些困惑。在和严世岱的一次小小争吵之后，梁珂回来看望父亲，她发现梁寿年的神情有些憔悴，就打消了和父亲倾诉的冲动。梁寿年的瘸腿让他的孤独显得可怜，他已经从女儿的神色中知道梁珂遇到了不快，但是还是没急着说什么，反而坐在一边，拿起扇子轻轻为女儿扇风，专注而怜爱地看着女儿，好像面前的不是已开始步入中年的女儿，而是几十年前那个咿呀学语的儿童。梁珂被清凉的风抚慰，却心疼起来。

她斟酌又急促地说出了盘算多年的一番话，故意让自己显得冒失些，以便规避对天上母亲的愧疚。梁寿年的手突然停住了，久久看着女儿，脸上露出感激、苦涩还有悲伤的笑，他张张嘴，没说出一个字，只是默默点头，然后又继续摇起扇子，云淡风轻而又满怀真诚地说："谢谢你，女儿。"梁珂似乎来了勇气，喋喋不休说着为父亲续弦的利弊，也不断根据自己想法宽慰父亲，希望他能摆脱困扰接纳新的生活。直到父亲的眼泪在眼眶里出现,她才住了嘴。沉默了一会儿,她才说起当年因为自己不懂事,让梁寿年在新年时摔断了腿带来终身不便,如果父亲不接受她的建议,就会一直内疚下去,会让她心疼以致常常在夜晚失眠。这一刻,多年惶惶不可终日的梁寿年心中感情的闸门突然崩溃,几乎摧毁他内心精心布置的重重机关,自知将大难临头的梁寿年突然握住女儿的手,哀求一样说:"小珂,不要这样,那是爸爸故意的……为了你的怜悯……"

宗岬的出生为梁珂带来了出乎意料的幸福感。

人的成长表明,遗传是这世上最不讲理最不公平的事情,宗峻因为像极了严世岱,得到了父亲最多的爱和期待,长子的身份很重要,有时候只是像很多传统规矩一样,为不确定性寻找一个冠冕堂皇而义正词严的借口而已。宗岬就和梁珂像,连梁寿年第一次看到这襁褓中的婴儿时都拍掌大笑,感叹着时光好像回到第一次看见梁珂那天。梁珂对宗岬有特殊而隐秘的偏爱,她经常在夜深人静时盯着他看,感觉简单干净的五官里面蕴藏着无尽的秘密,让人愿意为之付出终身探索。她不是个愿意顾及很多细节的母亲,无论宗峻还是宗崞,她都会全权委托给精心挑选的保姆照看,唯独宗岬,她在短短一年里为他换了三个保姆,所有的照料都不能让她安心满意,相当长的一段时间里,索性亲力亲为,直到这个孩子壮得像个小牛犊到处乱跑的时候才稍有缓解。然后才慢慢恢复成原来那个仪表精致端庄雍容的贵妇形象。

严世岱在过去的很多年里已经完全成了哈尔滨的明星人物,他甚至可以轻易把电话打到哈尔滨特别市市长的家里,表达一些对现今政策的看法,有时候,还会唠叨几句有关市政管理的不满，而这些意见都会被充分重视。没有官僚愿意招惹严家这个富甲一方的豪门，况且都知道严世岱和省里的一些手握重权的高官们有很深的交情，其中有些甚至是上一代继承下来的，他的推荐或者贬斥都可能对自己的仕途产生莫测影响。

严世岱又不是一个不知道分寸的人，他从父亲那里学会了太多官商之间进退自如的方法，而且他已经习惯和哈尔滨的各路资本打交道，拥有了无数商人朋友，其中和他一样热爱这座城市并愿意付出心力，他更会暗地里引为知己。无论他有多么爱这座城市，他都是在巧妙地计算利弊权衡得失之后才游刃有余地出手，以便使自己对这座城市的有益建议得以顺利推行。所以无论在官场还是商场、民间，严世岱的声誉日益提高。

严世岱在志得意满之中，不知不觉已经在婚姻生活中度过了很多年头。他逐渐意识到梁珂的好，并慢慢确定自己是爱上了这个女人。这一点，梁珂浑然不觉，她无法像莫梵一样把爱情和性爱凶猛地结合在一起，然后生吞下去。她在挣扎着思考了很多年以后，也不能确定她是有多么爱着枕边人，她为自己失去莫梵一样的判断力深感遗憾，因为她的感情实在无法像冬天的风雪一样浓烈。如果非要说曾经意识到内心不能自已的感情，也只是在面对宗岬时，那显然也不是爱情。从结婚之后，她就发现严世岱身上具备无穷无尽的才华和审美，而且闪耀着智慧，这毋庸置疑，她不知道如果不爱上他，还能爱上谁。因此她会觉得莫梵只是个特例，她的感受也是一种爱情，属于她的特别的爱情，至于严世岱对她，也是一样的理所应当。

用了很长时间，她才惊讶地发现，严家朴素平实的外表只是假象，他们只是不屑于在外人面前表露自己的财富，而且为了自律而养成了谦虚低调的习惯。当哈尔滨的富人开始抛弃马车使用进口轿车的时代，严世岱也买了一辆，在哈尔滨严寒的天气环境中，这些轿车很容易出毛病，时间久了，可靠性就降低了，很多富人因此会隔上两年就换上一辆新的。但严世岱多年使用一辆轿车从不更换，这在他的阶层中格外低调。只有梁珂知道，严世岱早就对这辆轿车大修数遍，并且几乎更换了除掉外壳的所有零部件，只从奉天三番两次请外国维修工这一项的费用就够买两辆新车的。

严家所有的食物都很简单，即便逢年过节也不会像自己家或者父亲的朋友们一样，餐桌上堆积着夸张的山珍野味。但是他们看似简单的饭菜，都是经过不惜工本的精挑细选仔细烹调才摆上餐桌，其中所有的蔬菜都要求是应季的，在哈尔滨漫长的冬季，为了应付蔬菜的供应，只是区区几口人而已，竟耗费重金从直隶或者山东用火车甚至轮船专程运送。而一些荤肉之类，也是优中选优，从固定的农户或者猎户手里收购，然后使用其中最合口味的部分，其余的大部分都会被无声无息地扔掉。如此功夫成就了餐桌上简单的饭菜，其实耗费的金钱比寻常的浮夸酒席要贵上无数倍。这样与外人印象截然相反的事例在日常生活中举目皆是，当有一天梁珂表示可以把多余的送给别人或者接济街上的流浪汉的时候，严世岱放下手中的酒杯，露出一种极其警惕的神情，非常严肃地小声跟妻子说："你要记住，妇人之仁会害死政治家，也会杀死有钱人。"

当梁珂逐渐熟悉严家表面简朴实则极为靡费的生活同时，她也逐渐适应并享受这一切。多少年过去了，她发现所谓的气质是需要无数金钱堆积的，否则人就总有烟火气和势利劲儿，遮盖不住的。随着年龄的增长,她看过更多人性丑陋一面之后,才慢慢明白严世岱所言不虚。

一个没有生存之忧的人,只要具备自律的品性,就会表现出惊人的天赋。严世岱对音乐、油画、文学甚至围棋都是非常懂行的,而他对这些事物的天赋是梁珂在漫长的生活中逐渐发现的。她由此而庆幸,希望这些优良的品质可以被孩子们继承,尤其是宗岬。严世岱经常化名给报社投稿,议论新近来哈尔滨演出的音乐作品,甚至最新上映的欧洲电影,或者为哈尔滨的读者们介绍西方的油画作品。这些稿件无一例外被报社刊登,并且在社会上取得相当反响。

一天他和梁珂坐在咖啡馆里闲聊,邻座的人庄重地说起报纸上一篇对音乐会的赏析,自称作为一个音乐家为哈尔滨有这样具备极高鉴赏力的民间人士而对这个城市刮目相看。严世岱撇撇嘴做个鬼脸,用手指轻轻点点自己胸脯,像顽皮的孩子似的对梁珂笑了起来。有一天,严世岱和一群在哈尔滨流亡的俄国文学家讨论小说,在一旁做翻译的梁珂第一次听到严世岱对文学的见解,第一次从他嘴里听到陀思妥耶夫斯基、托尔斯泰的名字,而他的评点让自己觉得以前耗费众多时间的阅读和思索简直不值一提,这让她甚至有点恼羞成怒。所幸她发现那些俄国文学家也对严世岱的评价表示了由衷的尊重和认可,她的心里才稍微好受一些。在回去的路上,她随口说起严世岱如果做一个艺术家,会是个天才的艺术家。没想到严世岱自信地一笑,大手一挥说:"艺术这东西,我才不会去创造,不是不能,是因为艺术是让人玩的。欣赏艺术、评价艺术、玩弄艺术才是艺术最高的意义。"

在经过初期的夫妻生活之后，严世岱开始把他积攒的一些春宫画陆续拿给梁珂看，他试图让这些放浪形骸的绘画作品影响她。在最初的排斥之后，梁珂开始慢慢接受，并且面红耳赤地学着上面的动作来配合严世岱。这让严世岱觉得奇妙无比。但是逐渐的严世岱不知从哪里搞来了一些极其暴露的内衣，他满不在乎地说这是托朋友从国外寄来的。这些淫秽浪荡的内衣让梁珂崩溃了很久。她甚至因此和他争吵多次，但是严世岱并不生气，只是淡淡地表示他期待那一刻。在两人漫长婚姻生活中的一天，已经是两个孩子母亲的梁珂重重地闭上眼睛，终于穿上了那些衣服，严世岱在一旁兴致勃勃地帮忙，然后仔细端详了一会儿，紧紧抱住梁珂说："宝贝儿，它们是那么合身。"

当梁珂像只湖上孤独的天鹅在卧室的空地上为严世岱翩翩起舞的时候，她感觉天旋地转，一股澎湃的热浪在胸腔涌动，最后在下身爆发，就像脸上的红云一样滚烫。她注意到躺在床上的严世岱正像个野兽一样盯着她的身体做着污秽不堪的动作，活脱脱一个疯癫到了极致的人。在经过漫长的冰火挣扎之后，严世岱似乎意犹未尽，他盯着天花板喃喃地说："小珂毕竟不是个荡妇。"梁珂倒恰恰相反，觉得自己此刻就是个荡妇，该被赤身裸体扔在街上，被人用乱石砸死。想到这里，禁不住又抱住这个男人，不知道是爱意还是恨意，全部在他身上尽情释放……

严世岱的作息极有规律，就像按部就班的钟表一样准确，所有的行程都尽可能提前安排妥善。这让他生活得从容不迫，偶尔审视过去的日程表，如果发现自己在某一方面耗费了较多的时间和精力，就会在接下来的日子进行调整。他永远不会把自己搞得像别的商人那样劳碌奔忙，他认为这是极为不体面的事情。梁珂打趣说他就像他怀里那个使用了很多年的金表一样准时而有节奏，这也是一种枯燥。严世岱满不在乎，反唇相讥，在世界上所有运动的有生命周期的物件里，精心使用和保养的表寿命最长，因为它规律而且准确。

严世岱每隔两天就会在自己的书房里和宗峻聊天，听这孩子汇报自己的学习，也引导他说出对周围的人和事的看法。宗峻刚进入霍尔瓦特中学，他对一切都兴致勃勃而且具备主见，说起中学的生活滔滔不绝。严世岱微笑着听他说，不时轻轻颔首，倒不是因为他同意孩子的看法，而是因为父爱使然。他曾经想像严奇峰对自己那样做个严厉的父亲，不苟言笑保持距离，可自从宗峻出生之后，他发现这是一厢情愿，他根本不可能像自己的父亲一样对孩子板起脸不轻易流露心中的关爱。只要看见宗峻，他的心就像融化的雪山一样，他认为宗峻就像天空的太阳。当说起希望宗峻中学之后像自己一样去东京读大学的时候，宗峻的小脸露出抗拒，反而说自己不想去日本，倒是想去德国学习哲学，他听学校的俄国老师说哲学是一切科学之源。严世岱起初被小孩子的拒绝弄得有点挂不住，有一些失望，但是随之又哈哈笑了起来，一拍大腿说："好，人各有志。子孙有子孙的福气，爸爸支持。"

他想的就是宗峻能复制他年轻时一样的求学历程，这样他会觉得自己又重活一遍，这么饱含期待旷日持久的设想被宗峻一句话就回绝，但他自己都奇怪，竟然一点脾气都没有。他知道宗峻已开始变得懂事，做完功课之后还会教宗岬识字，逗襁褓里的宗嶂玩儿，所以宗峻兴趣盎然地说起和弟弟们之间的趣事，他也会不顾身份笑得前仰后合。和宗峻在一起的时光，他似乎看到了从前的自己，好像时间在倒流，把他带入到一种年轻、梦幻、舒适、温暖的回忆里。他认为这是上天对他漫长生命最神奇的恩赐。

一阵急促的电话铃响了起来，打破了父子之间的温馨。严世岱骤然感到一种不祥，他控制住神色看一眼宗峻，宗峻站起来忙一躬身，像往常一样倒退几步，然后一转身蹦蹦跳跳跑了出去。

二十世纪是人类史上最苦难的世纪，也是最多人死去的世纪。在这一百年里，死亡的阴云经久不散笼罩天空，把无数美好的善良的本分的希望扼死在蛮荒大地上。无人能说清发生了多少次战争，多少家庭毁于一旦，多少人类的文明成果被摧毁殆尽。甚至自然灾害也不放过可怜脆弱的人类，其中宛如撒旦降临地狱般的日本关东大地震无疑让人记忆深刻。

严世岱从电话里听到部下的简要汇报，许久没作声，克制着微微发抖的拿着话筒的手，直到电话那头不断传来下属"喂喂"的催促声才敷衍地说了句："有更新的情况，无论多晚，随时给我电话。"因为和日本频繁的贸易关系，严世岱得到的已是他们方面掌握的最新最全面的讯息，这通电话讲述的内容比几天之后报纸上刊登的新闻还要细致准确。严世岱的嘴唇不自觉地上下抿了几下，然后用手捏捏鼻梁，再用双手在脸颊上下使劲揉了几下，感觉还是不够清醒，又起身在地上走了几步，走到硕大的地球仪前面，转动到日本海的位置，稍微俯身盯着东京湾那处小小的凹陷陷入了沉思。

他并不担心同人的焦灼，因为贸易业务虽然受阻，但并不妨碍严家的生意大局，况且深知日本人禀性的严世岱断定这个国家自古灾害频仍，民众行动力非常惊人，一定会在很短的时间内恢复一切。日本人见惯摧毁，也擅长重建。他的失态只是因为听到电话里讲述的灾难惨状，他痛苦万分。

严世岱在东京那些年已经习惯这个倒霉的恰好处在地震带上的岛国，开始的时候感觉到地面震颤会有些发慌，日子久了，见怪不怪，甚至会打趣几句。有一次，熟睡的他被惊醒，他迷迷糊糊看着房间内的台灯几乎要蹦跳起来，写字桌左右晃动就像被施了魔法，他竟然又闭上眼睛，听着房间晃动发出的嘎吱嘎吱声响呼呼大睡过去。甚至如是一段时间没有感到地面晃动，他还在心里期盼一下，觉得好像没有生活在日本。这也养成了他身体系统对地面震动的敏感反应，有一次和梁珂在客厅闲聊，他打住话头突然说，地震了。梁珂瞪大眼睛说，怎么会有地震。但严世岱对熟悉的震颤再明白不过，斩钉截铁地又说一次，地震了。就在这一来一回的对话过后，客厅上方的俄国吊灯才急促地晃动起来，让屋子内的光线瞬间凌乱起来。看着梁珂惊恐的表情，严世岱反而哈哈大笑起来。

这次不同，听电话里的描述，他断定这在日本历史上都是数百年一遇的强震，只在日本史书上出现过。东京、横滨等关东的大城市都在地震中毁于一旦，而昨天又发生了巨大的海啸，据说海岸线向陆地推进数公里之多，这让严世岱情绪复杂百味杂陈。电话里说在东京的市立公园，数万人跑到那块平坦的绿地避难，但是地火猝然而至，因为火势太大太快，竟然将公园周围所有氧气瞬间烧尽，数万人窒息而死，部分幸存的人跳到公园附近的不忍湖里求生，未想大火竟然将湖水烧开，所有人都烫死在里面，而那湖水也在短短时间内化为乌有。

任何人都会被这九重地狱般的惨状震撼，严世岱的额头冒出细微的汗来，他伸出手摸了摸地球仪上标注为东京的地方，又急速地抽回来，倒吸一口凉气，觉得一丝侥幸。他东京的寓所就在市立公园旁边，那是他经常散步的地方，而不忍湖畔，那些年里不知道留下多少他和美丽姑娘的柔情蜜意。严世岱不得不面对的事实是，一定有他的朋友、客户乃至曾经爱过的女人在灾害中罹难，于是又有一种悲伤萦绕心头久久不散。

数日以后，日本关东大地震的新闻已经传遍全国各地，掀起很大舆论，报纸上刊载的万般惨状让很多善良的中国民众感同身受，南京、北平、上海等大城市开始出现民众自发的募捐活动，很多社会知名人士带头走上街头组织义演、演讲等声援活动。彼时北伐战争刚刚结束，国家喘息未定，竟有无数中国人身体力行为邻国遭遇的大灾贡献力量，让人唏嘘不已。其中有名扬天下的艺术名伶，也有富甲一方的商界翘楚，更不乏学生、工人之类的普罗大众，他们的生活本就拮据，捐出的是血汗钱，更是比黄金还可贵的善良和悲悯。中国红十字会更在几天后挺身而出，宣布他们利用善款组织了国际救援队，将远赴日本协助救灾。

梁珂对严世岱最近的萎靡感到担忧，推掉了许多阔太太之间的应酬，以便能多陪陪他。这个人还是像钟表一样日复一日地履行自己的行程，但在回家之后，常常紧锁眉头，梁珂的关心让他觉得有些宽慰，但在听到梁珂建议给中国红十字会捐一笔较大的数字以表心意时，他却沉默不语，这让梁珂感到意外。严世岱极具耐心地解释说，多年以前，他们在上海新婚旅行时候遇到的同学孙家楠，那时候孙家楠关于慈善的一番对话其实已经引发了他的思考，也改变了他对于慈善事业的一些认知，很多年以来，在以商界身份致力于帮助哈尔滨城市治理的过程中，他愈加觉得孙家楠的话有他的道理。

起初，他曾经认为把钱拿出来甚至直接交给穷人是帮助他们致富的有效途径，可时间久了，他知道自己小看了贫穷这件事，甚至完全没有接触到贫穷的本质。在之后的数年里，他注意到贫穷并不是一个简单的钱多钱少的问题，而是教育、制度、时代、政治之间水土不服所造成的社会的一种病，落实到每一个贫穷的人身上，这就是一种穷病，是钱并不能治好的病，甚至是智力、精神的病理性缺失，根子并不在病人本身。

他平素阅读北平、上海那些先进文人办的报纸、刊物，慢慢发现，这些非常聪明的人也和自己一样发现了这种社会的症候，正在想尽各种办法甚至引进国外的思想和方法来解决这些毒瘤，它们的存在不是国家、民族的伤疤，而是耻辱，是每天应该抽醒自己的耳光。严世岱最后感慨地跟梁珂说："所以啊，我在这些年里，支持教育，声援电力、电车、公路一系列市民受益的事情，其实是想帮助我们这座城市能够更先进、更现代，从而让市民更先进、更现代，这是一个漫长的过程，不过也似乎看不到其他的办法……"

梁珂听到严世岱说起孙家楠倒想起那年他拜托人家的事情，只是不好问起。这么多年过去，也再没有那位同学的消息，只是在这瞬间梁珂没有深思下去。不过她转念一想，严世岱并没有回答自己的问题，他要如何帮助这场让他终日郁闷的灾难，严世岱那种高高在上的心性再加上对东京还有昔日故旧的深厚感情,绝不会袖手旁观的,她心中有了疑窦,只是此时严世岱已经换了话题。

梁珂不知道,声援关东大地震的舆论在东北遭遇了不一样的声音。此时,国民银行已经逐渐成为本地银行的领头羊,康家的势力更是非同寻常。康石虽然还是副行长,实际已经逐渐主持了国民银行的日常运作,一方面是他的确才能突出,另一方面则是康佩吉垂垂老矣,而康又纶平素里痴迷研究飞机,对银行事务并不感冒,最重要的原因则是康石表现出的忠诚让康家父子心知肚明,这才信任有加。国民银行在中国大街和马街的交口处兴建了新的总部大楼,搬到这条街上的银行非同小可,一般都是汇丰、渣打、三井、花旗、华尔道夫等国际性的大银行。从那个耗资不菲的大楼落成之日起,在哈尔滨的银行业,国民银行也可以和它们比肩而立。

关东大地震的消息其实也让哈尔滨全城震动,因为近些年,哈尔滨的日本侨民日益增多,和风酒馆等商业设施也蔚然成风,城市甚至开始有了一些东洋味道。但是在哈尔滨和全国其他城市一样开始募捐的时候,有一个中国人对在街头捧着募捐箱的日本人大声说道:"我不会捐钱给你们,除非关东军回到你们的国家!"围观的人见状就开始附和,甚至指责起来:"你们有钱派军队来我们的地盘,为什么要我们捐钱。铁路有中国警察,不需要你们保护。"不要小瞧这个发生在街头的小小插曲,其实这正是哈尔滨政界、商界上层人士的心思。民意有时候也是上意,上意有时候就是民意,甚至是随时转换的。

日本商会捐款之后,哈尔滨当局思考再三,决定还是息事宁人,需要顾及已日益壮大的日本势力。就找了和日本渊源深厚的严世岱，希望他带头捐款，以免当局尴尬。出乎意料的是，一向慷慨热心的严世岱竟然以照顾生病的父亲为由，避免和当局进行任何接触。

当局疑惑之余，又找到了国民银行，希望这家风头正劲的银行能领风气之先，其余小商家也自然跟风。未想康佩吉竟然当面摔了杯子，气得胡子乱颤，但一句狠话没说，只是在众人劝慰下冷静下来，之后口齿不清地说："人家遭灾了老朽不该这样，这是灭天理啊。可是日本人是不是也讲点人理，天不讲理，人要讲理吧……他们搞了那么多人占着南满沿线，我们老百姓答应了吗？政府答应了吗？哪个政府答应了，乾隆爷的陵上个月都让孙殿英给掘了，这不是换了世道嘛……我们打赢了仗，德国鬼子跑了，他们算哪根葱，又来接着占青岛，不给我们，这是人理吗？我年纪大了，糊涂了，不懂了，天不跟你们日本讲理，你们日本就不讲理？好，好道理！"

来客无奈又找到康又纶，康又纶穿着一身没有徽章的飞行服，两腿穿着大皮靴交叉放在大班台上，手里摆弄着飞机模型，听明白来意，一翻白眼，嘴里阴阳怪气说："捐钱？干吗？"然后盯着手里飞机咬牙切齿说，"不怕他们救人，应该的！我怕他们要买飞机！"

不愉快的沟通很快传到康石耳朵里，康石在一个休息日单独面见了当局主官，圆滑解释了康家父子的情绪，最后和当局达成方案，国民银行可以捐款，但是不带头，不能是数额最大的，带头的请另找他人。而且当局必须做出书面保证，捐款不得他用，保证落实到救灾之中。康石最后拿到当局那莫名其妙的保证函，长长舒了一口气，苦笑一下，只有这样才两方面都能交差了。

暗流涌动的捐款风波好一阵子才过去。这让严世岱更觉得自己预判没错,他抵住了各种困惑的目光,在这些日子里一直沉默。没过几个月,严奇峰在说出那沉甸甸的遗言后溘然长逝,严世岱又在丧父的折磨中着实煎熬了许多时日。他其实在很多年前就从孙家楠的来信中知道了事情的原委,那是他姐姐出嫁的时候,严奇峰夫妇亲赴北平参加婚礼,就是在婚礼的现场,严奇峰认识了那个让他忘记教规背叛家庭的姑娘。他和那个姑娘的私情维系了很久,在相当长的时间里,严奇峰都找出各种借口出差北平并盘桓很久。

严世岱了解父亲,他知道这对于一向自律的父亲意味着什么,除了爱情,似乎别无解释。而他的父亲并没有沉迷酒色拈花惹草的名声,这反而让严世岱时隔多年感到了一种被抛弃的自怨自艾,他更不难想象,母亲曾经经历了什么。无论隐藏得多好的私情都是自欺欺人,就像无论多美多么矜持的姑娘早晚有一天会为一个人脱掉所有衣衫而赤身裸体。

母亲的愤怒和伤心并没有让严奇峰熄灭爱情的火焰,母亲顾及严家的名誉而从未向外人声张,独咽苦果的莫大隐忍也没让他稍有顾及。严奇峰曾在半年的时间里停留北平,甚至为那姑娘在哈德门附近买下一座宅院。直到素来体弱的母亲因为哀怨而心力交瘁溘然长逝,严奇峰才回到哈尔滨,并且莫名其妙地结束了自己的爱情,再没有踏足北平那个曾盛开繁花的美丽院落。

严世岱不知道是什么原因导致父亲的浪子回头,很多年来他一直希望听到父亲对自己解释,希望这种解释能推倒在父子之间悄然长成的严实藩篱。孙家楠在信的最后说起那个姑娘也从未出嫁，如今已是个安静度日并做好孤独终老准备的老人。严世岱在愤懑之余，又确定那是一场惊心动魄兵荒马乱的爱情。

严世岱按照父亲的遗愿，把他和母亲葬在了一起。

那是天寒地冻大雪纷飞的冬日，他站在父母的墓碑前，趁着众人没注意，一股委屈的泪水奔腾而下，他终于知道从此以后自己就是一个孤儿，身上背着父亲对爱情的诺言，还有对自己的殷殷嘱托，这同时还给他留下了很大的困惑，那是关于爱情的疑问，这将不断地困扰着他，直到多年以后，他倒在同样大雪纷飞的冬日冰冷的地上，在死亡迫近的一瞬间，才终于找到答案。

理解爱情是个艰难坎坷的需要因缘际会的奇妙历程，就像孩子理解父亲一样。

严世岱经过这一两年时间的煎熬之后，偶然在镜子里发现两鬓有了白发，起先是恐惧，后来又开始宽慰自己，年过五十的人，这时候出现白发已经算老天厚待了。他觉得一个人的成熟根本和年龄无关，父母都不在了，就成熟了。严世岱甚至自信从此可以泰然自若地应对各种不测，但是随之而来的变故，让他知道，世道叵测无从安适，在深渊一样的人心面前，人永远是孩子。

严世岱在进入市政厅市长办公室之前还气度翩翩。见到市长那一刻，却有些不安，因为他从没见这个平日威风凛凛的大官有如此难看尴尬的脸色，他正在用一种游离诡异的眼神看着自己。市长把一沓卷宗不带感情地递给严世岱，看完之后，严世岱的震惊就像猝不及防的闪电狠狠劈向他的额头。

前一段时间被擒获的匪首盖三江交代了这个作恶多年的匪帮所有来龙去脉，并且咬出了这个匪帮之前的首领兴安龙是自己与梁寿年合谋陷害，而兴安龙在自杀之前，给他们留了一封信，说明他们起家的本钱就是早年与梁寿年合伙劫道所得，当时欠下二十七条人命。这封信上有兴安龙的画押，也有当时数位兄弟可以做人证。

严世岱把卷宗扔在市长面前，强压住心头波涛，问市长可有转圜。市长说盖三江被抓足有半年，舆论早已传遍全国，而他的口供目前已经外泄，应该被外地的小报记者拿到了，不日就会登报，任谁也盖不住此事。严世岱的眼里爆燃无边怒火，料定此时抓捕梁寿年的警察已在路上，市长找他来一是算给他足够的面子，二也是担心他知道消息后拿起电话给各方面施加压力。严世岱修养的根深叶茂的大树第一次遭到几乎被连根拔起的危机，他双手握拳猛地砸在桌子上，狮子般低吼一句："这会毁了我们严家的声誉，毁了我们。"市长刚端起的茶杯哆嗦了一下，水洒在桌子上，没有回答。

梁寿年在家中被捕的场景就像革命党首领落网一样宏大热闹。得到消息的梁珂六神无主，她像惊慌的兔子一样在房间里转来转去，中间她无数次双手抱肩抽着烟站在窗前眺望，可直到深夜严世岱的汽车才在夜幕中出现，像个不祥的幽灵一样在门口轰然停住。破天荒如此晚归已在梁珂的心里蒙上一层厚重的阴影，她料定父亲的祸事非同小可。

梁珂几乎不知道梁寿年在生意上的任何事情，甚至对他周围的朋友也都没有太深的印象，很多年后，她回想起来才发现梁寿年把她像名贵兰花一样置放在始终阳光明媚的暖房里，已为这间暖房的岁月静好付出全部心力，只是兰花不知道自己是无数伤天害理勾当积蓄下的肥料所滋养才成为今天的美好模样。残酷的人生真相一旦揭开，将持久地折磨每一个孤独的人，让他们在凄风苦雨的道路上更加孤独，因为灿烂千阳的世界里，从来容不下真相，也不原谅真相。

梁珂听完严世岱语调沉静的讲述，她的五官几乎被惊吓冲击得变了形，然后错愕地张大口，眼神里出现死人一样的颜色。她的身体开始发抖，然后把身子转向严世岱的背面，嘴又张开闭合几次，好像要呕吐出来，直到身子一阵阵痉挛，最后双手猛地捂住已惨不忍睹的面容，用相当长的时间，从低声抽泣到号啕大哭。当她意识到这种哭声可能会惊扰已经睡觉的孩子们时，她又强忍住，然后像个耍无赖的孩子似的狠狠掐着自己的脸，希望疼能转移一点痛苦。

从严世岱从市长办公室怒气冲天地出来，已经过去了十个小时。

他在这段时间的绝大部分都是一个人站在松花江畔默默思索。中间下了一阵暴雪，在迅猛下降的温度里，他逐渐冷静下来，飞扬天地的雪花里，他看见铁路大桥上无数列火车怒吼而过。他咬紧牙关，想到再凶猛的严寒只是一个阶段而已，只要穿越过去，还是会迎来新世界。在见到梁珂之前，他其实并没有过多思考妻子的感受，而是紧密盘算着如何应对这个突发局面。他甚至没有约见任何人，严世岱知道这种危机面前任何仓促的应急反应都是愚蠢而无力的，甚至是作茧自缚。因舆论而起的危机最难绝地反击，只能从长计议。虽然没有确切的解决办法，但是冷静下来之后，内心通透了很多，他认为这是解决问题合适的状态。

看着梁珂的失态,他才想到自己的爱情将要面临的危机,而这个危机对于自己来说更是凶险无比,搞不好自己的人生会被这已奔腾而至惊险万分的汹涌河流彻底淹没。他木雕泥塑般看着痛苦万状的梁珂,强力地掌控着自己百感交集的情绪。他必须适应阳光下的阴影,美丽身后的罪恶,这种巨大的反差让他的面容有些扭曲,甚至不自觉地抽动了几下。他怀疑当每一个人的真相都大白于天下的时候,爱情的花会不会全部枯萎而死。他几次想站起身来,走到梁珂面前抚慰她,但是双腿像灌了铅一样毫无反应。他看着茶几上的烟灰缸已经装满,知道这个女人在他回来之前已经经历煎熬,而此时,她正在经历心灵世界的无情鞭挞,经历人生最严苛的罪与罚。

就在他紧锁眉头莫衷一是的时候,梁珂在地上跪行了几步,紧紧抱住严世岱的双腿,他才看到这一刻女人已经苍老了许多,中年的痕迹在这一刻奇袭了她多年苦心经营的所有防护,完全占领了她,皱纹、白发、松弛、无力都显露无遗。他突然开始怜悯起来,压抑住了厌恶、烦躁甚至愤恨,他注视着梁珂仰视自己的目光,听到了石破天惊的几个字,不禁一阵寒战。"他该死!他是该去死!"说完这句话之后,两个人都惊呆了,偌大的客厅静寂无声,只有挂钟在墙上发出"咯哒、咯哒"的响动。

他们从没如此怪异地对视过,好像彼此都是初见对方这样奇异的物种,惊悚、好奇、威胁、示威,还想看穿对方到底是何方神圣。这样过了一段时间,严世岱感觉到窒息,他腾地站起身来,想挣脱梁珂,换一个地方。梁珂随着他的脚步,在地上挪动起步，更紧地抱着严世岱的双腿，又哇的一声，像个孩子似的哭了起来。

严世岱这次低头看着瘫坐一团的妻子，迟疑了一会儿，伸手抚摸了梁珂的头发，其中显现的几根白发让严世岱轻轻摇了摇头，而他的动作让梁珂体会到绝大的安慰，她的哭声更加可怜，也有了更多委屈。严世岱在觉察到这种委屈之后，才缓缓说了一句话，而这句话让梁珂猛地抬起头来，直勾勾盯着丈夫，露出了一丝真正的惊悚，他说："这件事……应该是个阴谋。"

康石的日常工作在外人看来极其劳累。有人说，他丰厚的薪酬和蜚声银行界的声名名副其实，他就是康佩吉父子的大管家，兢兢业业为康家的产业日夜操劳。这时的康石已经彻底被年纪打败，头发更少了，除了最后在右侧头皮还有一些残存，其余都已经和他挥手道别相忘江湖。

有一次，他在街上走着，听到有个小孩子在后面哈哈笑着说："妈妈，前面有个秃脑壳。"他哭笑不得之后，开始把右侧的头发留长，然后一起梳向左边，勉强盖住顶上一部分头皮，起码让人粗略地忽视他的秃头。他经常对着卧室的镜子美滋滋地看着自己，一面感叹岁月不饶人，年轻时候的瘦削一去不复返，自己的大脑袋和肥胖的身体之间过于亲近，脖子显得都不那么明显；一面又幻想着他得到爱情之后神采飞扬的景象。这种乐观的感受来自他面前的镜子，这是他对于爱情最重要的收获之一。

让他魂牵梦萦的梁家花园在很短时间内彻底败落了，杂草丛生一派荒芜。这样持续了很久,听说是梁珂知道情况后不耐烦地跟下人吩咐了一句话:"不住了,快卖了吧。"就这样被出售给了一家俄国人。严家甚至没来人收拾一下这间曾经美丽温馨的宅子,也没有从里面搬出什么家具,而是让新住户自行处理。

康石听闻消息之后,首先懊恼自己错过买下这座房子的最佳时机,当他想加价从俄国人手里再买下的时候,还是克制了自己,他的秘密几乎无人知晓,这样的动作过于明显,可能会让这么多年秘密经营的思念和憧憬暴露,这会给梁珂招来麻烦。于是,他安排得力的人私下和俄国人沟通,买下了二楼闺房内的那面陈旧的大镜子,那是梁珂在闺房里偷看康石唱歌的试衣镜,那段时光已经过去了二十多年,康石依旧对每个细节记忆犹新。

他在一个夜晚像个偷镜子的人一样把重金买来的镜子小心翼翼搬上了临时雇佣的马车。康石保持豁达的心胸同时,悄悄变成了一个周密细致的人。

他抱着镜子,坐在马车上,看着街上匆匆往往的人,悠然自得唱起年轻时候的情歌,大街小巷的景致都被镀上了青春和煦的色调。

赶车的人传来一阵阵啜泣声,他的情歌触动了马车夫。

康石对自己的艺术感染力瞬间自信起来。他是一个艺术家,除了自己,所有人都不知道。

这是一个俄国人马车夫。中国驾驭的马车被洋人彻底排挤出营运市场,客人说坐着中国人的马车,就像被一个放在盒子里运输的玩具,不分上下,不分左右,抵达目的地已经快支离破碎。使用马匹历史远远超过洋人的中国人，只能运货，不能运人。

"不要伤心，朋友，艺术家的东西不能全信，我的朋友。"康石把头从大大的镜子后面探出来，就像一个得胜的将军。

"先生，我被抛弃了。"年轻人虽然背对着康石，康石却看到英俊的眼睛流下了眼泪，薄薄的嘴唇痛苦地抽动着。哀怨和痛苦让他像筛糠一样抖动着，他握住缰绳的臂膀因为过于伤心而变得呆滞。

年轻人和一个美艳绝伦的姑娘从西伯利亚老家来哈尔滨谋生。这是一个多么愚蠢的决定，穷人带着出众美丽的姑娘离开家乡寻找幸福。对于没有遗传爱情之毒的人来说，没有财富，爱情就是徒有其表的笼子，关不住娇美动人又向往天空的鸽子。

姑娘的美丽在城市的俄国人圈子里引起了轰动，自然而然，被一个高大英俊也更为富裕的俄国人吸引。娇嫩的鸽子搬了家，只剩下年轻的马车夫在城市里孤魂野鬼一样地游荡，在一个曾经表白过爱情的街角黯然神伤。

康石不断地亲吻怀里的大镜子，就像一个精力充沛的幸福的疯子。到了家门口，康石下了车。暗淡的月光下，马车夫的脸在镜子里扭曲，清清楚楚的泪痕让人心生共情。康石盯着自己热爱的镜子，突然觉得这个镜子在提醒自己什么，一种使命感油然而生。

"对不起，那位过分美丽的女孩子一定有了好听的名字。"

"苏比，苏比。"马车夫轻轻念叨着，似乎只是自言自语。他赶着马车消失在夜色里，哀伤却经久不散。

这面女士用的雕花衣镜成了康石最喜欢的东西，每次看见自己出现在镜子里,他都会兴高采烈,就像镜子里有人在施欢乐的魔法。他旷日持久遮人耳目的练习从此就在这面镜子前面进行,变得更加孜孜不倦,不惜心力。只是还新添了一个秘密的活动,大汗淋漓之后,他会盯着镜子里的自己,想入非非,然后用手让自己陷入迷离、急促、飘忽、飞翔,然后兴奋、刺激、满足,最终气喘吁吁。有一次,他兴致勃勃想拉着母亲一起看看他新买的镜子,还没等开口,就被康翠重重打了一巴掌,眼镜飞出去好远。

康石在秦家岗新开张的酒楼吃完饭,天色还早,就让司机原地等他,一个人沿着霍尔瓦特大街散步。自从多年前那次和方君夜晚惊魂之后,就停止了夜深人静逐猎的习惯,他知道凭着现在这副姥姥不疼舅舅不爱的容颜,艳遇已经逐渐让位给了交易,爱上自己和赖上自己已开始无限接近。而凭借自己这臃肿身材,再要遇到为非作歹之人,很难轻易逃脱了。

康石在英国领事馆附近转悠了一会儿,遇到了一处茶馆,标牌上写着"苏比的茶馆"。这并不是中国传统的茶馆,而是俄国人经营的俄式茶店,用特别的俄国茶盏招待客人,而饮品则是俄国人习惯的红茶一类,少见中国的绿茶。这种店一般可以在店内消费,同时也外卖各种茶品。吸引康石的自然不是这有着特别情调的小茶店,他对这种需要细致和耐心的消费通常不感兴趣,从无雅兴,他的柔情蜜意细心呵护只在爱情之中屡屡出现,而在生活其他方面,则杳无踪影。他还大大咧咧地宣称,老康是哈尔滨最不讲究的银行家,说完自己反而哈哈大笑。

吸引康石的是店里传来的歌声,现在店里并没有客人,只有一个四十岁左右扎着白围裙的女人,让人想到这种小店通常是老板娘兼职服务生。她唱的俄语歌美丽动听，像从院子里花丛中飞起的蝴蝶。康石在外面看了一会儿，索性抬步进到店里，这才看清楚这是个中年女人，似乎是中俄混血，有着一种说不出的别样风情。至于五官，称得上漂亮，但也有着混血通常具备的疏离感，无论中国人还是俄国人，想读懂他们脸上细微的表情都有些费劲。康石装腔作势点了一壶最贵的茶，囫囵吞枣喝了两口，就势和她闲聊了一会儿，知道她叫苏比，和俄国丈夫在经营这家小店，而此时丈夫在家里为孩子们准备晚餐。康石看到挂在墙上的照片，似乎站在她身旁的就是，一个极其魁梧的壮汉。当康石看夜色已晚，就告辞出来，然后也唱起了刚才女人唱的俄国情歌，唱得兴起，回头看店里似乎已空无一人。

这之后，康石就常在这个客人稀少的时间来这里，大大消费一番然后在离开的时候过瘾地唱上一会儿。只是每次他唱歌，那女人就回避。康石在一次消费之后，买了一些店里最贵的茶带走，临走时候在口袋里摸出一堆票子放在柜台上，说不用找了。持续了一个月之后，哈尔滨已经到了深秋，院子里的花都凋谢了，他唱歌的时候回头看，店里还是空无一人。

一日，康石临走的时候放下钱和一封信，那天他没有唱歌头也不回地走了。康石二十多年以后再重新捡起从前的技能，写了一封长长的情书，信里自己就像一个发情的猴子，已经欲火焚身不能自已，字里行间赤裸裸的表白让康石写完再读的时候都有些心惊肉跳，赶紧叠起来放进兜里。又隔了一个月，天上开始飘起了雪花，康石又进了茶店，他等着店里的其他两桌客人离开以后，第一次很近地站到苏比面前，他惊讶地发现自

283

己的身高比苏比矮上一大截,他靠近之后才无奈地知道这距离让他只能仰视这个女人,心里暗暗惊叹,"娘的,我要是马车夫多好啊!"

同时他惊讶那个在照片里衬托得苏比像个小鸟一样的壮汉是有多么高大。康石蹙紧眉头,因为他看不懂苏比的表情,在她淡蓝色的眼睛里找不到自己想要的东西,也找不到不想要的东西,只能靠猜或者说一厢情愿。苏比轻轻笑了一下,并没有回避康石咄咄逼人的眼神,这让康石有些脸红,反而顾影自怜自己的身材在高挑的苏比面前有些可笑。

她用半生不熟的中文说他消费得多,对自己的小店很重要,希望康石再来。这磕磕绊绊的话更让康石迷惑,他没有听出话里的任何意思,那一刻倒觉得自己会俄语就好了。不过他最终选择对这些话表示不满,他的表情露出很夸张的不屑,从兜里拿出厚厚一沓新钞票,他相信这些钱足够买下这个小店,他想拍在柜台上,迟疑一下,一只手快速地抬起苏比的手,这让他瞬间心生摇荡,然后把钱放到苏比的手上,双手插在兜里,唱着歌转身出了店门。他终于听到苏比的轻声回音:"请你回来。"

他急速转身,闪电般地冲进店里,伸出肥胖的双臂抱住苏比风情万种线条流畅的腰,然后吃力地抱起这个大个子女人,任她的长腿在空中晃动,最后把苏比放倒在柜台里面,像疯了一样撕掉她身上所有衣服。苏比挣扎了几下,突然和康石同仇敌忾,玩命地撕扯起来。经过紧张仓促的一番云雨,康石终于心满意足,他瘫在苏比身上气喘吁吁,一边对这个混血女人的妖艳性感钦佩不已,这证明自己对于女人的鉴赏力更上一层楼。当他想着再来一次的时候,苏比也做好了准备,但是这次康石觉得自己腰间似乎已被消耗殆尽而空无一物，这让他非常沮丧，他看见苏比笑着，反而有些气不打一处来，索性在苏比身上狂吻起来，最后又重重在女人丰腴的小腹下部紧紧嘬了几口。

苏比晚上回家之后，像往常一样赤身裸体躺在床上，等着精力永远无法耗尽的丈夫洗完澡过来。这个俄国男人湿漉漉地爬上床，第一眼就看到妻子雪白的腹部那几处红红的印迹，侧着脑袋仔细盯了一会儿，然后又看着自己下体的东西变得像马鞭一样粗大血红，什么也没说。他玩命地在女人身上折腾，女人惊诧男人吃了什么了不得的神药，狂野得好像要天塌地陷，她把嗓子喊破了音，感觉自己的下体痛苦得要裂开了，不断喊着救命，最后哭着哀求饶了她。

男人的东西终于软了，他匆匆出了趟门，走进了一个臭名昭著的外国药店。等他拎着一包药回来之后，走进卧室一声不吭死死捂住苏比的嘴，把刚刚发现自己小腹秘密而恐惧万分的女人死死压在床上。俄国男人把那黑色像泥巴的药膏糊墙上的窟窿一样一股脑塞到了女人下体里。他手里随后多了一个鞭子。邻居整夜都听着一个车夫在扬鞭抽打不听话的驴子，心里计算着这一晚的力气足够把驴子从哈尔滨赶到海拉尔。

第二天一早，俄国男人用狗链子把女人拴在了家门口。扒掉了她身上的每一件衣服。消息随后传遍了哈尔滨，人们争先恐后来围观这家看门的裸体女人，而有一些人终于千载难逢地印证在孤独长夜里为他多次排忧解难的苏比裸体的样子。起初，人们以为奇怪的气味是因为看门人遍体鳞伤，后来发现，这个女人的下体已经开始发烂，流出不可言传的棕色液体，那股难闻的气味愈演愈烈，传出去了几条街。

闻讯赶来的警察站在门口大为惊叹，指指点点吆五喝六认为这是城市的污点。那个和康石不共戴天的警官手里拿着邻居提供的昔日苏比的照片，不停打量着，观察着，最后像个真警官似的震怒无比咬牙切齿。

俄国男人拿着一把手枪走了出来，他把子弹上膛："谁要干涉我的尊严，我就打死他，然后自杀。"

警察灰溜溜走了以后，他找来一个梯子，把奄奄一息的裸体女人拉上了屋顶，这次把她锁在了烟囱上。没两天，一种比腐烂的死人还刺鼻的恶臭让所有人避之唯恐不及，再也没人来看热闹了。

后来，人们才发现那个女人把自己吊死在了烟囱上，铁链子绕着脖子好几圈，就像招来了让人谈之色变的巨蟒。艳丽的苏比如同衰败的破烂的旗帜一样随风颤抖着，舌头伸得长长的，下身溃烂得不成样子，爬满了令人作呕的白花花的蛆，棕色的液体已经覆盖了本来的绿色屋顶。她临死的样子彰显了过度的愤怒、冤屈和不忿，就连最善良的教徒都说，似乎很难进入天堂了。

很久后的一天，去买绿油漆准备重新粉刷屋顶的俄国男人被一辆飞奔的马车撞死在街头，肇事者逃得无影无踪。就连最善良的教徒都说，上帝发怒了。

这家人从此在城市里消失了，旗帜成了城市记忆里最灰暗的一幕，以画着吊死鬼的招魂幡形象留在市民记忆里。随后，健康像个挑衅的幽灵一样开始处处和康石作对。他曾经像个百病不侵的小牛犊一样度过了前半生，只是在追求梁珂不得的那段时间生过一场大病。当晚康石回到家之后，就像二十多年前一样，开始了原因不明连续数日不退的高烧，期间大部分时间神智全失，在辗转数家医院，甚至经历几次鬼门关前的抢救，才算勉强有了好转。而他也不像年轻时候恢复那样迅速，在相当长的时间内，稍微劳累一些，就会觉得头疼欲裂，两腿发软。

不久他的牙齿又开始剧烈地疼痛，这让他整夜哭天喊地难以安睡，经过仔细的检查，医生告诉他，他的牙齿已经提前进入了老年，数颗开始松动，而有几颗明显已经开始病变，之所以疼得昏天黑地而又说不清楚到底是哪颗牙齿出了问题，是因为这几颗牙齿处在不同部位，只是恰巧同时发作而已。康石双手捂住脸颊痛苦地揉着，无奈地接受了医生拔掉这几颗牙齿的建议，但是最后使劲摇摇头，拒绝了给他换上几颗金牙的好意。

康石在那次为期不短的治疗周期之后，只要路过牙医诊所就脑门出汗远远避开，怒吼的电钻声已是他心中梦魇，双腿无数次在这种电钻声中翘起绷直，感觉将要被魔鬼勒死一样。他几度决定中断治疗，但是在被复发的疼痛折腾几日之后，他只能像个委屈的孩子一样哆哆嗦嗦地再次推开诊所那灰白的门。康石在一次剧痛的治疗之后，对母亲这些年的冷漠升起一阵不满，想起过去含辛茹苦养育自己的情景，竟然对着那扇衣镜抽泣起来。

当康石开始打起精神满嘴漏风地重新恢复工作不久，在一日午后感到腹部钻心的痛，不禁叫出声来。康石登时断定这次疼痛和之前牙疼不同，更加来势凶险，他像个夭折的树干一样跌倒在办公室的地板上，眼前一阵眩晕，甚至觉得大限将至，就快被疼死了。就在这一刹那，他苍白的眼神中突然露出一丝自己觉察得出来的坚毅，他认为这是回光返照，而这一点可怜的坚毅将要消失时，他看到梁珂在面前出现，身边发出璀璨的光，伸出纤纤玉手来，轻轻抚摸着他的额头……他在医院的病床上逐渐恢复意识之后，还是被一阵阵腹部的疼痛折磨得死去活来。疼痛使得他浑身战栗毫无力气，甚至无法在胆囊切除的手术确认书上签字，直到康又纶赶来，才算以家属的身份签了名字。康石自此成了没胆的人，所以他以后常说，我不知道什么是害怕，没有胆子，吓不坏了。

手术之后，康石坚持回家休养。他明显感觉到精力、记忆力都在大幅下降，身体也像被什么掏空一样，萎靡无力。他悲哀地认识到自己已经开始进入人生的下半场，不间断的病痛会是以后生活的底色，他才明白，年轻最珍贵的除了爱情和希望还有健康，年轻时候的一切都是因为健康才会发生，而年老时候，一切又因为不够健康才上演。躺在床上，偶尔听到康翠在隔壁的鼾声，对他是一种难得的安慰。他经常胡思乱想，也时常恐惧，恐惧再有哪一种病痛还会不期而至，这会让自己在冰凉的深秋里惊出一身冷汗。

他的练习越来越吃力了，甚至不能再坚持多久，但是只要能起身，就没有中断过。他盯着镜子里的自己，一张大脸没了油光整个塌陷下去，眼神暗淡消沉没了昔日的意气风发玩世不恭，他认定，他的身体应该也已经像牙齿一样，提前进入了老年人的阶段。

他想得累了，迷迷糊糊仿佛看到康翠走了过来，像小时候一样抚摸他安慰他，把手里的米汤一点点送到自己嘴边，然后用美丽深情的眼神看着自己，随后他也攥紧母亲的手，泪水涟涟地诉说自己这么多年的委屈，埋怨母亲从发现韦庭芳的秘密之后，这么多年再也没有和自己耐心地说知心话了。康石还想拉住康翠不让她走，他想说自己之所以能像个体面人一样活在残酷的世界上，是她无数次在紧要关头救了自己，她不只生了他一次，而是用自己的善良和忍耐为自己创造一次又一次的出生……可是母亲突然变得没有表情，这让康石的心紧紧揪在一起，睡梦里委屈地撇着嘴，皱起眉。

与此同时，这年哈尔滨冬天的第一片雪花惊醒了康翠，她像苏醒的僵尸一样安静迟缓地下了床，然后一步步挪动肥胖的身子，在佛像前面艰难地点燃一支香，又用了不短的时间来到了院子里。

此时天地一片浓重的黑色，正是晨曦之前最为漆黑的时分，她感觉天空中有无数大片的雪花蜂拥而至，似乎迫不及待地要湮没自己，仿佛已经等得太久太久。她终于可以死了，这一刻终于来了。她得偿心愿的时刻明白了一个道理，爱情的毒是一条扣人心弦的线，一条通往死亡也不会结束的笔直的线。

康翠抬起头，仰视着天上的黑色，又低下头俯瞰着地上的黑色，最后把眼光投向东方，眺望着地平线的黑色，嘴里喃喃道："来了，你来了。"然后诡异地哭了一声，随即感到脑袋里冲出一股血腥热浪，瞬间充斥全身每一处血管，再听到一阵阵的爆裂声，最后直愣愣地摔倒在雪地里。

清晨，康石缓缓醒来，躺在床上看着窗外银装素裹的风景，呆了好一会儿，看到远方天空聚集了为数不少的乌鸦，它们乌云般移动到自己家院子上方，不停盘旋，然后像箭一样前赴后继地扎向小院儿。

康石惊骇万分地意识到——他是孤儿了。

5

那一年九月十八日，有人终于忘记了一战胜利之后曾让人亢奋的结论——公理战胜强权。隐藏了近半个世纪的狼子野心终于无所顾忌，他们狰狞野蛮地掀翻牌桌亮出白晃晃的刀子。丑态是贪婪开始的面目，也必将是贪婪结束时的惨状。

凡施于他人的，将成倍地回到自己身上，这是人类的报应，也是人类的尊严。

康佩吉自知时日无多，这两年连下床都要人搀扶，精力早不济，稍一凝神就头晕眼花，吃饭也没什么胃口，味觉只是一息尚存。各种来源不明的病症像阎王爷的脚步声一样在逐渐加重，因为疼痛不适发出的长吁短叹已成整日常态。医生们所谓的对症下药在康佩吉看来就是拆东墙补西墙的掩耳盗铃，他曾哼哼唧唧嘲讽说，医院一定是和阎王爷家联营的。

要不是孙子康继往平日在身边，他甚至认为呼吸都觉得吃力的人就像扔在地上腮不停开合的鱼，没有希望和尊严的日子还是早结束为好。康继往出生时候母亲难产去世，打小就被抱到爷爷身边。康佩吉晚年的主要精力都用来对他进行无微不至的照顾。他因此欣慰，也补偿了年轻时候因全心倾注事业而对儿子的疏忽和粗陋。

日本兵几乎兵不血刃就占了奉天。噩耗传到哈尔滨，城市像被人无辜打了一记闷棍般目瞪口呆惊慌无措。康佩吉听说后，突然来了精气神，执意要康继往把他搀到书房，晃晃悠悠站在书房的神州地图前面，一只手艰难地抬起来，在地图前面比比画画，苍老的手不自觉地抖动，嘴唇上下跳动着，半天才说："咱们，咱们这个秋海棠……"又扭头叮嘱似的跟孙子说，"是咱们的家，家啊……"

康继往继承了父亲的爱好，也是对飞行痴迷的人，和父亲一样是身姿高大一派英气。他专注而严肃地听爷爷说完，朗朗说道："是，爷爷，我知道的。"他双手搀扶着爷爷，就像一棵穿天骄杨。

"东北，东北这次，这次我看要和小日本儿打，东北军厉害呢……有飞机，有，有大炮……"康继往侧身贴近听爷爷模糊不清的言辞，知道康佩吉认为奉天不战而退是东北军保存实力的策略，一定在酝酿雷霆万钧的反攻。康家这些年缴纳的巨额税款一定会如爷爷所愿用在保家卫国上。

不过事实是关东军已借势从关东州一路北上，东北军根本溃不成军，短短半个月工夫，日本人已经占据辽东、察哈尔、吉林大部分土地。东北各地出现以保境安民为幌子的治安维持会，都是由极具权势背景的大人物担纲。康继往曾和父亲商讨过，都认为这些人最终都会投靠日本人，爷爷所期待的山河危殆人民奋起的局面只是一厢情愿而已。但康继往还是说："是的，爷爷放心，东北军一定会和日本人决一死战。"他说话一向逻辑清楚言简意赅。

康佩吉的浑浊老眼似乎被气愤逼出血来，用尽力气瞪着地图说:"娘的,欺人太甚,欺人太甚!"说罢用手紧紧握住康继往的胳膊,又使劲拽了几下,像生气的孩子找人给自己出气。

关东军是在入冬以后才不紧不慢逼近哈尔滨的。耀武扬威的他们在双城县城遭遇了激烈抵抗,这些由小部分东北军还有地方武装临时组成的抵抗力量让近来势如破竹的关东军猝不及防受到重创,恼羞成怒的关东军调来奉天的战斗机群在短短时间内把双城县城夷为焦土,最后在陆战部队的装甲车、坦克车的掩护下,才算攻克双城。

双城陷落消息传来,正是除夕之夜。

康佩吉刚吃完饺子在床上躺下,听到消息后,突然白眼一翻,就没了呼吸。一阵忙乱的救治之后,才逐渐缓了过来,康又纶和康继往焦虑地对视一眼,他们都从老爷子死灰般的脸色之中觉察到了不祥。

康佩吉的眼睛勉强微睁开一条缝,鼻孔只有出的气没有进的气,用余光看着已跪倒在床前的两个孩子,嘴巴里干呕了一下,似乎有一丝厌恶的表情。他攒足了力气挣脱开康又纶的手,竟反手抽了康又纶一个清脆的耳光。

康继往在一旁竟然"哇"地哭出声来,他头一次看到父亲的眼泪,那泪珠之大,让人惊骇,在如铁般冷冰冰的面容上滚落下来,好像闪耀着金子般的光芒,映射出十万火急的愤怒,百身莫赎的仇恨。

康又纶重新双手握紧康佩吉的手,贴在老人身上,委屈而痛苦地喊着:"父亲……父亲……"康佩吉的眼睛稍微有了些力气,瞪着康又纶,虚弱不堪地说:"你,你不是会、会开飞机吗……去,去,快去,快去啊,买飞机……炸死他们,炸死他们，炸死，炸死……"在不断的重复中，康佩吉的眼睛逐渐睁得很大，似乎这样才能看清楚内心那个秋海棠叶子一般的神州地图……

所有人都会死，但很少有人在一生中经历的最大的悲愤和仇恨中去死，康佩吉就是这样的人。

地区局势不稳，街头天天都有各种浑水摸鱼打砸抢烧的恶性事件发生，康石担心银行的资金安全，已经连续几个月吃住在银行，带着保安队昼夜不离。

康府来报丧的人走后，天已经大亮。康石点燃一根烟，重重地抽着，看着窗外大年初一晦暗暧昧的天空，嘴唇用力撇成了一个奇怪的形状，让自己的脸都变形了，顺带把烟卷咬成了两段。不久，他听到远方传来像野兽怒吼一样奇怪的巨响，地面都跟着震颤。此时关东军的装甲部队已经进城，但在香坊一带遭到了抵抗，和双城一样，这些抵抗力量包括不听安抚的东北军驻防部队和一些身份不明的民间武装，同时听闻一些市民冒着枪林弹雨给这些勇士送上补给。康石过了许久才打起精神，思考了一会儿。他从未经历过战场，此刻却有一种根本无法克制的强烈冲动，想亲眼看看魔鬼到底什么样子。

去康府吊唁的路上，被远方愈来愈密集的炮声震得热血沸腾，看着路边不断有市民骑着自行车、赶着驴车和马车火急火燎地往香坊方向赶去。他牙关一咬，跟司机说："先走霍尔瓦特大街……往香坊那边……"

此刻的香坊已不是平素安详宁静的景象，他在车里就能闻到空气里弥漫着呛人的火药味。路面随处可见还燃烧着的刚被炸弹炸开的大坑，路旁不断有人背着受伤的人跑开，时而传来女人、孩子声嘶力竭的哭声，还有各种夹杂着愤怒、仇恨的咒骂。大地时而猛烈的震动一下，然后又有一处火焰冲天而起，间或有房屋摇动几下轰然坍塌。

康石自己觉得进入了一个恶鬼暴动的时空。他紧张而又警惕地看着四周，随处可见死尸、断肢、孤儿，还有冒着黑烟的房屋。司机把车子停在白毛将军府附近，想听康石的下一步指示。康石蜷缩在座椅上，身体禁不住地发抖。他的眼睛里反射着外面火光的颜色，被感染着，似乎也爆发出了愤慨的火焰。

当他正四顾张望，不知道何去何从的时候，看到远处两个穿着东北军制服的军人正在向自己方向跑来，同时不断回身射击。康石听着清脆的枪声宛如耳边掠过一声声鞭响。看穿着，那两人一个是军官而另外一个是普通士兵，他们的身后是一群正在追赶的日本军人，吱哇乱叫好像炸弹掉进了鸡窝里。士兵用弱小的身体掩护着军官试图穿过街道冲入对面的巷子里，就在将要抵达巷口的一刹那，士兵突然身子一仰，然后努力向天空挺了一下，同时身体几处喷出血柱，随之仰面倒在地上。本来跑在前面的军官立即转过身来，扑向士兵，康石只能看见那士兵好像在用力推搡着他，似乎让他快跑。军官抬头打了几枪，还试图背起士兵，没想一颗子弹击中他的腿部，军官身子一软，也趴在地上。然后，他勉强站起来，悲怆地一步三回头，跟跄着跌进了巷子里。几个日本兵随之也跟着跑过来，对着地上扭曲的士兵一阵射击，让鲜血染红了周遭一大片雪地才作罢，然后叫嚷着挥舞着手中的枪也窜进巷子。

康石的眼睛瞪得溜圆，入定般坐起身，呆了一会儿，又使劲眨巴了两下，然后迅速打开车门，不顾司机的劝阻，绕了个弯，从另一个入口闯进巷子。这是一处贫民区，中间几处因为受到炸弹袭击已经起了火，人们背起家中值点钱的东西胡乱穿梭着，也有人赶回来救火往里面跑，狭窄的巷子里胡乱奔忙的人乱作一团。

康石拐来拐去，绕几个弯就失去了方向感。他肥胖的身躯在巷子里极其碍事，名贵的大衣被刮破了几个洞，文明帽也不知道掉在了哪里。当在一处狭窄的弄堂里沿着血迹找到那个躲在二层阁楼里的军官，已经大汗淋漓两腿发软。他试图背起因为失血过多瑟瑟发抖的军官，没想到被一把推开。军官用手枪指着康石，牙齿不断敲打在一起，因为紧张说不出话来。康石停了一会儿，弯腰用手捡起被推搡时掉落的眼镜，又戴起来，尽力稳住情绪，低沉又紧张地说："你叫新阁吧？快！我背你走，他们马上会追过来，路上的血迹太明显了。"卢新阁眼神露出一丝困惑，随之在他苍白的脸上现出一丝绝望，声音无力但还有着军人的英气，冷笑着说："不管你是谁……赶快离开，军人是保护平民的，不要拖累你。"康石看着这个英俊的年轻人，数年前曾经在马戏团看戏的邻座，他曾那么羡慕这对气质优雅亲密无间的兄妹，所以他记住了他们之间的对话，妹妹对哥哥开着玩笑说："爸爸说了，给你叫新阁，就是让你能为老百姓建设新的房子，大庇天下寒士俱欢颜。"康石拔开指着自己的枪口，伸手去拉卢新阁："快走！妹妹还有家人在等你。"

卢新阁缓缓放下枪，犹豫着试图站起身来，这时一阵剧痛袭来，知道自己已经完全失去了行动力，索性倚在墙上，缓缓摆了摆手，又难过地摇摇头。

这时，日本兵的叫嚷声传了过来，他们在巷子里这个入口停了下来，显然看到了那串血迹，他们嘀咕了几声，向上探望着，似乎对狭窄的楼梯幽暗的走道有些忌惮。这时，一个士兵突然说了几句，带头的犹豫了一下，让这几个日本兵把腰间的手榴弹解下来递给他，之后把它们捆在一起，然后四周打量，似乎在找一个合适的位置，以免伤及自己。在楼上窥视到这一切的康石吓得无所适从，还幼稚地企图拽着卢新阁逃跑。卢新阁也看到了下面的场景，再度推开康石，苍白的脸上闪现愤恨。他在腰间拿下一颗手榴弹，轻蔑地笑笑，扭头低声跟康石说："请回去帮我报个信儿，就说儿子听了父母的话，舍生取义，死得其所。"然后迅速拉开引线，没等康石回过神来，像阵风一样从窗户跳了出去……一阵夹杂着滔天之怒的巨响之后，康石就晕了过去，等他再醒来，已是在市立医院的病床上。

没有人不承认，这是哈尔滨历史上最悲痛的春节。

日本人全面占领全城之后，康家人为康佩吉举行了隆重的葬礼，康家院子里点着长明灯，成车的纸钱和纸人不断送进康府大门被烧成灰烬。院落里的熊熊火光似乎在昭示着愤怒和悲恸。出殡当天，送葬的队伍浩浩荡荡，白色的经幡漫天飞舞，黑压压的人群发出撕心裂肺的哭声，就像世界末日近在眼前。按照康又纶的意思，康石亲自去尼古拉教堂捐助了一笔不小的钱，而尼古拉教堂在葬礼当天，敲响了全城都能听到的悲怆的丧钟。钟声持续的时间很久，在哈尔滨的大街小巷，每个人都听到了，他们都放下手中的活计，在这钟声中沉默、难过、痛心，很多人不自觉地哭出声来。这么声势浩大的葬礼在哈尔滨人心中很多年都没有被忘记。

康佩吉下葬之后，康又纶父子和康石站在墓碑前久久没有离去，互相说着话，好像在等待什么。送葬的人们不想过去打扰，只是远远看着这三个人，他们好像在话别也像在彼此安慰，人们都知道，康家这几个男人之间的关系从来亲密无间不分彼此。

日本宪兵队的兵车在这时候凶狠地停在墓地门前，一众荷枪实弹的军人木偶人般齐刷刷下了车，步伐整齐面容森严冲着三个人疾步走过去。人们正诧异的工夫，看见康又纶转身对父亲崭新的墓碑深深鞠了一躬，然后爽快地拍拍康石的肩膀，又转身重重搂了搂儿子，潇洒地抽出一把手枪，如军人敬礼般挥动手臂，在自己太阳穴位置利落打出一声脆响……

梁寿年已在哈尔滨特别监狱中度过了四年时光，他已经驼背，眼神也失去了犀利光彩，头发像枯萎的干草一样杂乱苍黄，走路蹒跚迟滞，已是一个风烛残年的老人。他已觉万幸，这四年里被狱方优待才不至于死在这高墙之内。

有一天，他发现监狱的看守换上了深色的警服，徽章也变了图案，才慢慢搞清楚又改朝换代了，现在的国名叫"满洲国"了。他已经忘记了雪茄的味道，意识到这个大变化，只是捡起地上的枯树枝，掰下一节，放在嘴里狠狠咬着，盯着天上飞过的战斗机，才猛然发觉，昏花的老眼看到的那点白色和红色，是飞机上日本的国旗图案。他琢磨了半天，想起早上新换来的监狱长官说着鸟叫般的外国语，这才有些明白，索性把树枝咬断，狠狠吐在地上，用脚狠狠踩了几下，又"呸"了一口，但是心里马上又想起什么，脸上还出现了一丝捉摸不透的干瘪笑意。

果不其然，只两个月的工夫，"满洲"执政溥仪下了大赦诏书，梁寿年也在名单之中。梁寿年在一个傍晚时分迟缓地走出监狱大门，坐上了接他的轿车。抵达火车站后，送行的人给他戴上宽大的礼帽，帽檐压得低低的，行色匆匆坐上了往吉林方向驶去的火车。火车上，眺望着暮色中的哈尔滨，发现街上四处都是巡逻的关东军士兵，这座曾温馨浪漫的城市被紧张肃杀的气氛笼罩，已全然陌生。

三十多年以前，同样严寒的天气，正值壮年的他带着梁珂率领马队，曾在这样的夕阳下怒气冲冲去往同样的方向，如今已恍若隔世。被人生的起落折磨得腐朽锈蚀的梁寿年落下个悲哀的神奇预感，这是最后一眼看到这个曾让他热血沸腾的城市，这里曾是希望升起的地方，也是希望死去的地方，自怨自艾中不觉老泪纵横，似乎在和自己进行漫长的告别。他盯着火车上宣传日满友善的宣传画，半天嘟囔出一句话："一鲸落，万物生。一念山河在，一念百草生。"

一鲸落，万物生。

严世岱是深谙此理的个中高手。在四年前的那个寒冷的午后，严世岱在大雪纷飞中看着模糊的江景，用毕生的智力和认知不断复盘时下的局面，以求能绝处逢生。严奇峰的心血都没有白费，严世岱的一生，称得上卓越不凡，他的担当和才华在无数个紧要关头都得到证明。他和父亲一样，和整个官场保持着公开的一致关系，但又不和任何一个官员走得过于紧密，只是暗地里和几个关键位置的人保持着由利益、感情维系的紧密通道，这是绝对不会张扬的，只在关键时刻才能巧妙地隐晦地派上用场。这样的状态，外人摸不清楚严家的背景有多深，反而更生了忌惮。

严世岱对于官场规则的熟悉已到炉火纯青的地步。有赖于此，严世岱终于察觉出整件事的本质，这绝不是表面看上去的一桩年代久远的匪患，所谓抑恶扬善所谓因果报应，在官场生态中，是从没存在过的，从来只是明修栈道暗度陈仓的幌子而已。看透这个道理，很多事情的隐秘逻辑就昭然若揭。

单凭梁寿年早年的二十七条人命，地方主官绝不会表现出如此决然冷漠的态度，恰恰相反，私下解决这件事等于挽救了严家的名誉甚至家庭，这是买严家人情千载难逢的好机会，严世岱从来都知恩图报。又况且，此事由兴安龙旧案而起，兴安龙又是震三江牵扯出来。震三江已经拘捕半年有余，按照常理，此等首恶巨匪，从重从快手起刀落才是大快人心，为什么拖了这么久，只是为这一纸口供中早就死于非命的兴安龙？当然不是，之所以留着震三江，就是一边做大舆论激起民愤一边暗度陈仓搞掉梁寿年，最终的目标很可能是严家，是自己。当图穷匕见，严家知道此事时，民意已成，大势已去，只能引颈受戮。但严世岱左思右想，能摆布这样局面的人绝非等闲之辈，自己没有这么一个仇家。至于梁寿年如何和这样的厉害人物结下深仇大恨，他和梁珂在一起苦苦思索许久也不得要领。

严世岱当晚就派人去哈尔滨几家大的报馆拜访，几乎发动所有业界资源，终于得到他们的承诺，暂时不报道梁寿年被捕的新闻。同时，又命人到处寻访兴安龙的口供流落何处，是谁家记者拿到了口供。这个工作用了相当长时间，直到严世岱请托他的大学同学孙家楠，凭着在上海报界多年工作积累的人脉，才查出是上海一家报馆在前些天收到了这封口供，是从吉林寄出的。有钱能使鬼推磨，他们在收取巨额费用之后，把这封血淋淋的口供卖给了严家。

严世岱极为后怕，这笔钱花得值当，如果上海报馆刊出这么骇人的消息，全国震动，那他绝对无力回天。吉林毗邻通化，梁珂母亲的家乡，就是这条线索打开了严世岱的思路。怪不得他在哈尔滨各个渠道的拜访都是一副欲言又止爱莫能助的答复，严世岱精明地判断这件事有奉天的高层势力介入，而哈尔滨的官员语焉不详也正是因为这个原因。策动奉天势力的人很可能来自吉林，和梁珂的母亲相关。

严世岱的心态在那些天发生了几次大的转折，但他所有的手段都是为了一个目标，就是维护严家的名誉和地位，至于梁寿年的生死，要看具体情况，如果非要划清界限，严世岱是绝不会有半点犹豫甚至可能顺水推舟，虽然他知道梁珂惊呼的"让他死吧"并不能当真。

神秘的奉天之行印证了严世岱的猜测。吉林地区能布下如此隐而不发必死之局的大人物屈指可数，巨商牛子厚是其中唯一能和梁家扯上关系的人。他曾经听梁珂说起过，这个传说富可敌国的豪富之人在早年发迹之初曾追求过梁珂母亲，但是不知道什么原因，好事将成之际被梁寿年横刀夺爱。联想起梁寿年的骇人手段，严世岱在心里就确认牛子厚曾被人割掉一只耳朵的故事应该是那段往事中悲惨的一幕，也是如今这处心积虑阴谋的成因，复仇从来都是最有动力最有快感的事。

严世岱回到家，不紧不慢地说出事情的原委。这些日子他失去了往日对梁珂的尊重，甚至不再顾及她的感受，这个女人的悲伤和恸哭并没有真正打动自己，自己对局面艰难的掌控需要他所有的专注和坚强。

梁珂在事发之后，并没有沉沦萎靡，反而在第二天清晨，还是给孩子们报以一贯的笑容和体贴，甚至一反常态事无巨细地安排三个孩子的学习、玩耍。只是在夜晚，他能感到身旁因强忍哭泣而瑟瑟发抖的身体。梁珂从没央求自己解救父亲，甚至也没有再过多地谈论这件事，只是叮咛严世岱保重身体。曾有一刻，严世岱觉得梁珂欠自己一个道歉，可是这么多日子过去了，他反而觉得是自己的偏狭才有如此奇怪的想法。

梁珂抿了抿嘴唇，似乎对事情原委早有预料，其实只是对父亲种种泼天行为的一种习惯而已。她没有看严世岱，只是像个犯错的孩子似的坐在严世岱对面，双腿并紧，头低下来，看着两只手互相掐弄着，好久才挣脱内心真实的情绪，镇定地说："那个人不好惹。所以他才害怕，才卖掉所有的生意，深居简出……"

严世岱知道牛子厚的实力和地位，连北洋政府都要向他开口借钱的人的确让人胆寒。他和梁珂都心知肚明，牛子厚的仇恨来源于后来一生都让人耻笑的外表，也来源于他被杀死的爱情。所以当他声名鹊起时，梁寿年才感到了害怕，才心灰意冷，意识到严家能救得了自己犯下的二十七条人命，但不能救下他爱情的罪孽。而回头看，梁寿年从报纸上得知震三江被捕的时候，已经知道一切无从避免，所以他一直在订阅各种报纸打听各种消息，直到他料定震三江迟迟没有被处决，是因为背后隐藏着要让他身死名裂的巨大阴谋，更可怕的是他为女儿苦心经营的一切荣耀都会烟消云散并让人耻笑。这一切一定让梁寿年度过了无法想象的惊悚、绝望的时光。

严世岱的眼光从梁珂身上移开,把头靠在大班椅上,闭目思索了一会儿,才说:"因为爱情,是因为爱情……"梁珂听罢才开始看着严世岱,她也觉得,从那天开始,他们的对视成为一件罕有的事。严世岱闭着眼睛又说:"钱能买到的不见得是报仇雪恨,死能换到的也未必是一了百了。万事总要有个办法,时间能让一切水落石出,也能解决一切,一定能……"他自己也搞不清楚,当确认梁寿年的一切报应是因爱而起时,他对梁寿年的鄙视和痛恨减少了很多,同样的,对自己曾瞬间想到和梁珂离婚来解决问题的想法感到恶心和悔恨。他甚至用手轻轻打了自己一个耳光,提醒自己,病急乱投医是世上最愚蠢最易犯的错误。

严世岱很多年以后回首这段往事,觉察到一个道理,爱情的分野,并不是婚姻,而是意外。当意外扼住双方的喉咙时,即将截断的呼吸会让爱情真相大白,而没有这种考验的大多数爱情,是遗憾的。爱情本质应该是一棵树,永远向着天空徒劳而又蓬勃地生长。严世岱曾在事发之初自然而然把对梁寿年的憎恨转嫁到梁珂身上,把她看作由罪孽打扮的恶魔,甚至想恶言相向,但是,最终都在对自己的谴责中无功而返。

严世岱在奉天和手握重权的高官做了交易,尽快处决震三江,把舆论引导到震三江恶贯满盈的罪行上面。至于兴安龙则属于另案,年代久远,所涉及人和事需要从长计议,这样也会让那个年代曾主政三江省、如今地位甚高的主官有个台阶下。这个理由会让牛子厚也无话可说,他势力再大,断不敢得罪手握重兵的一方诸侯。投桃报李,严世岱也愿意拿出和牛子厚一样多的巨额礼金。为了安抚牛子厚,梁寿年将作为嫌犯在哈尔滨被关押，直到事情水落石出，这需要多久，严世岱和受托之人都没有明确的答案。相关当事人都明白，这是起你死我活的争斗，事关爱情和颜面，毫无调和可能，两大富商角力，只能让时间掩盖目前的死结，待将来在某个时间点再决一胜负。当受托者送相交多年的严世岱出门时，他好心地拍拍严世岱的后背，云淡风轻地说："其实，你还有个办法……"严世岱停下脚步，转身接住对方的眼神，不容置疑地说："让他活着，请务必保证他的安全。"

数年之中，严世岱密切地关注吉林的政经局势，也不动声色暗中打探牛子厚的举动，他知道，牛子厚也是一样的。正如严世岱所料，时间会解决一切，或者说，世道这东西从不会久拖不决。"满洲国"的建立，让东北的政治局势发生翻天覆地的变化。牛子厚的靠山熙洽投奔了日本人，摇身一变成了"满洲"政坛的明星人物。这个消息让梁珂忐忑不安，她并没有明说，严世岱却看在眼里。梁珂从没有去监狱看望过父亲，这种异乎寻常的举动让严世岱认为这个柔弱的女人具备把一切痛苦压在内心的强大心力，反而让人尊重。

政治局势的改变让严世岱等到时机。

一个午后，他风尘仆仆来到新京关东军总部，递上名帖，没多一会儿，就受到了本庄将军的接见。本庄是严世岱东京同学的哥哥，他曾见过来家里做客的严世岱，如今一别已有三十多年。本庄为严世岱精深的日语所震惊，严世岱在这么多年里从未间断学习，这让他的日语水平反而比在东京的时候精进了许多。本庄坦言说，说日文流畅的中国人不少，但是能熟练掌握古日本词法的中国人，前所未有，这样博学的日本人，其实也是很少的。听严先生说话,就像在阅读一篇篇日本古文,让人陶醉羡慕,也惭愧。严世岱谦虚地表示谢意,然后委婉地说出了来意,就是希望能在马上要发布的庆祝建国特赦名单中看到梁寿年的名字。本庄在严世岱拜访之前,已从弟弟的家书中知道了来龙去脉,同时也通过行政手段进行了确认。

他沉吟了一会儿,很客气地说:"严先生,您知道,这个人非同小可,他的案子牵涉到吉林的巨富,那个人……当然凭我们的渊源,可以置之不理。但,吉林的当家人熙洽,可是'满洲'政府需要倚重的人。"严世岱看着正襟危坐的本庄,不卑不亢地说:"那倒正好,熙洽是满族人,我看最近跳得有些高,适当敲打一下也无妨。"本庄听完不禁哈哈大笑,他知道严世岱已经判断过形势有备而来,熙洽代表的满族势力本来也是日本人多少忌惮的,也和日本国会对"满洲"的执政规划有冲突,确实需要适当限制,但他却不想把这些话说出口,笑过之后,只是说:"敲打?这个词汇用得真好。"严世岱又说:"梁寿年先生已经在监狱禁锢四年,只凭一纸死人的遗书,这是不是太荒谬了?而且,我觉得这对于即将颁布的'满洲'宪法,似乎也不是正面的作用。"

本庄看着绝顶聪明的严世岱,想着不如开门见山,索性一拍大腿:"如果……严先生有意加入'满洲'的政府,或者哈尔滨的什么机构,挂个名……"严世岱第一次打断本庄的话,斩钉截铁地说:"恕不能从命,家中有祖训,断不可涉足政治。祖宗之法,万不可违。"本庄倒有些意料之中,只是露出一丝遗憾:"特赦名单已经拟好了,现在修改恐怕为时已晚。鄙人只是觉得,若先生能够为东亚建设出力,我可能好说一些……"

严世岱回道:"出力可以,但不能做官,也请将军恕罪才是。"本庄不为所动,反而诚恳说:"若先生在新国家用人之际不想做官,我也相信先生日后会像昔日一样,为哈尔滨的城市治理出力,我一点都不怀疑。但是这件事情也要从长计议,也请理解我,毕竟,我听说当年关东大地震,严家作为哈尔滨的豪富家族,并没有尺寸之功,这让我现在为先生说话,总是有些为难。先生一定理解吧?"

此时的严世岱早已老练无比,对着日本高官,早在心里把谈话的节奏拿捏得死死的。他没有急于说话,轻轻笑了一下,反而打开随身的文件包,小心取出一张已经发黄的日本收条来,递给本庄。双手又拘谨地交叉一起,却严肃而骄傲地说:"若日本国不以此为贡献,我等升米小民恐万难安心。"那是一张在关东大地震结束不久时,严世岱以东京商社名义在日本本土进行捐献的政府收条,上面清楚地写着让人咂舌的巨额献金。这笔国内无人知晓的捐助是严世岱和还在世的严奇峰密议之后的决定。

在梁寿年离开哈尔滨的当天晚上,严世岱回到家自己倒了红酒,一杯递给梁珂,然后又轻轻和梁珂的杯子碰了一下,一口就喝了下去。自己又满上,接连喝了几杯。不知所以的梁珂看着严世岱怪异的行为竟有些哭笑不得。严世岱尽兴之后,才如释重负地跟梁珂说起梁寿年已经释放,被安顿去了通辽养老。又解释说,无论哈尔滨还是佳木斯,都因为熟人太多万一节外生枝就不好了,况且他年轻时候的二十七条人命如今到底是传了出去,虽然大家是捕风捉影没有官方声音,但是保不齐那些命丧黄泉的人有什么后代,还是要隐姓埋名远避为好。梁珂手里的酒杯不停地哆嗦，突然焦急地问："通辽？那不是离那个牛子厚很近？"严世岱的眼睛眯成一条缝，让他显得有些俏皮和自得，他又喝干杯里的红酒，自顾自又倒上一杯，才说："熙洽顾不上牛子厚了，政商政商，先政才有商啊……那个牛子厚，因为以前大张旗鼓给张学良筹饷，如今转向不及了。昨天，对，就是昨天，他听到关东军要动他的风声，举家跑到关里去了。"

严世岱把杯子轻轻和梁珂的碰了一下，看着梁珂也喝掉杯中酒，随即又仰脖干脆喝掉，像感慨也像宣言般说道："牛家倒了！"然后把梁珂搂在了怀里，这女人瞬间就抱紧了他，恨不得融进他的身子，忽然放声哭了起来。严世岱摸索着她的肩膀，看着她光泽的头发在微微颤动，不觉有些心疼，柔声说："他去通辽，还有辛家人可以照顾他。"这时梁珂的哭声更加重了，四年的委屈在这时喷薄而出，像汹涌的洪流席卷掉所有岁月的磨难和情感的羁绊奔向无边的心灵的海洋。严世岱安慰说："过些日子，该去看望他了。因为爱情，因为爱情什么都可以原谅……"梁珂突然抬起头，像个陌生人一样看着他，泪眼迷离用力摇着头大声说："不，不是因为爱情的所有都可以被原谅。"

即便在最焦灼的时光里，严世岱都严格地遵守像时钟一样准确的作息规律，任何处心积虑和紧张不安都不会影响这一点，同样地，他也一直没有放弃对艺术的热衷，这种心态有助于保持他超然物外的对生活的俯瞰心态，严世岱一生都引以为豪。

一个假日的清晨，严世岱去哈尔滨图书馆参观画展。这个白色欧式建筑位于许公路的尽头，霓虹桥的东侧，是一块城市高地，远看上去就像一座闪闪发光的宫殿，也像城市佩戴的一座王冠。严世岱曾对当局的选址极为满意，市民每次来到这里都是心甘情愿地向上攀登，对知识和艺术，人类就该有朝圣的样子。

这是一个新晋女性油画家的展览。严世岱并没有因为画家名声不显而有懈怠，他背着手俯下身仔细观赏了展览中的大部分作品，作家早期的作品大多是表现上海或者哈尔滨的洋房街景，画家的手法还有些稚嫩，也能明显看到对俄国风景画家借鉴的痕迹。严世岱多少有些失落，但是看到画家近期的作品，他又有些惊喜，技法突然娴熟了很多，主题表达得更加深入，而艺术手段呈现出多样化的特点，其中也带了独特的属于画家自己的风格。严世岱看到最后一幅画，发现这幅画和《马拉之死》的构图有些类似，只是画中人是一个濒死的年轻男人。画家有意模糊了他的军装特点，而着力表现他的身体，这显然是个战士，他的面部英俊硬朗，但是却流露出悲恸和愤慨，眼睛中神采精妙地表现出一种不屈，一种敢与天地斗法的不屈，而他的身体正在发力，似乎想借助地面的力量站起来。画面的背景都是浓烟和烈火，红与黑纠缠着似乎在吞噬战士周围的一切，也在向他狰狞逼近，这就显得战士身上有一种悲壮的顽强，似乎高于生命本身，就像颂歌一样神圣。而最打动人心的细节是他的手臂坚定地伸向腰间，严世岱的眼光盯着战士的腰间，隐约看到是一个手榴弹的木制手柄。

严世岱在这幅画前驻足良久，暗自惊叹好一幅悲壮作品，假以时日，这个画家一定是有前途的。他在展览的入口处见到了画家本人，一个个子高高身姿稳重的年轻女子，披肩的长发中是一张瑰秀的脸，高高的鼻梁透着一种执拗，深陷的眼窝看着有几分疲惫，倒有几分让人怜爱。她的眼睛闪着艺术家独有的绚烂而灵性的光，而嘴唇则薄薄的，上唇稍有些挺翘，显出几分倔强。艺术家能创造世间的美好，但能让上帝为艺术家创造美好身体的情况并不多见。

严世岱看她穿着一身黑色的裙装，并不觉得诧异，日本人进城的这段时间，哈尔滨街头穿素服悼念亲人的随处可见，只是她前胸点缀着一朵精心折叠的红色纸花，而不是白色。他有些明白刚才那幅作品的惊艳来自何处，也知道了那幅画为什么叫《不屈》，目前的政治环境，这种想法只能在心头昙花一现，否则会招来麻烦。女子身边寒暄的客人不断，有人认识严世岱，就客套地把他们互相介绍认识。严世岱先是客套赞扬两句，倒是画家本人谦虚温和："严先生，其实，大家都是想来最后一次参观哈尔滨图书馆，毕竟，这是图书馆最后一次办画展，我也是借光的。"因为近在眼前，严世岱看清楚她胸前的红花是在欧洲大陆赫赫有名的罂粟花，之所以有名是因为协约国人民用它来纪念一战中抗击侵略而牺牲的战士们，人们认为它浓重鲜艳的红色像不屈的鲜血是正义的象征。这种寓意不是很多人能看懂，严世岱不由对女子多了几分敬意，嘴上就有了些感慨："听说这么美丽的图书馆要改成警察署了，得亏有这好的画展让我们可以来道别。好画，好花，好精神，好寓意。"画家倒看出来，这人竟知道这朵红花的含义，确有些不同的。

严世岱告别出来，突然想起这个画家的名字似曾相识。不由回头望向人群中的女子,那人也正看向他,双方都有些不好意思地轻轻点头示意了一下。卢婷阁……严世岱记忆力极好,但想和多年前回国列车上的景象印证,也是费了些劲儿。

转过年,刚过清明节,哈尔滨就遭遇了建城以来最大的暴雨袭击,遮天蔽日的乌云在城市上空多日不散,雷霆闪电般降下堪比江河湖海倒灌般汹汹雨水。除了秦家岗因为地势高而幸免于难,松花江沿线一带的傅家甸、中国大街都陷入一片汪洋之中。松花江的水位升到让人胆战心惊的地步,在江畔公园一带,已经和堤岸基本持平,江北的太阳岛基本全部被淹没,远看曾经高耸的教堂上面只剩下孤零零的十字架勉强露出江面。

城市所有与外界联系的铁路、道路完全瘫痪,已成汪洋孤岛。随处可见被冲垮的房屋、流离失所的灾民,而在城市的大街小巷则漂荡着淹死的身体肿胀的家畜、猫狗,间或还有人的尸体。大灾面前,哈尔滨特别市、红十字会组织的防灾队整日的疲于奔命,根本就是杯水车薪。从大雨第一天开始,严世岱就曾经提醒市政当局注意防灾情况,但是没有人想到只是一场大雨就会造成大灾难,而严世岱在自然灾害频发的日本生活多年,对任何自然界的异常现象都有着万分的警惕。

在大雨倾盆而下的第一个晚上,严世岱打着伞站在家门口的下水道口呆呆看了许久,当他观察到水的流速前所未见的时候,竟然把手伸到下水道里面验证自己的感觉是否准确,感觉急速的水流似乎要把他整个人拖到深渊里。又过了一会儿,严世岱发现水流消失了,降水在地面上汇流成河无可阻挡。他意识到下水道已失去泄洪能力,降水的幅度前所未见。抬头看着天上的一道道闪电,浑身湿透的他不禁打了一个寒战。严家所有商行的职员都度过了一个不眠之夜,他们无论男女老少都被从家中喊醒,在高出平日三倍的薪金激励下,把所有地势低洼处的库存商品全部转移到安全所在。这当时让人不明所以的荒诞举动在接下来的日子里被证明所谓英明不过于此。

城市的商品库存在短短几天内毁于一旦,而外界的物资根本无法进入,严家的贸易行在几天内垄断了哈尔滨的市面供应,一方面这些物资挽救了无助的市民,也帮助了束手无策的哈尔滨当局;一方面又给严家带来了丰厚的利润,这种巨额盈利只有在四十年前日俄战争时候才出现过。

当连续数日的暴雨稍微收敛了一些,已经疲惫不堪的下属来请示严世岱,有人弄来几艘船,大家是否可以划船回家好好地睡上一觉。严世岱整理了一下身上一丝不苟的西装,然后抬起头果断地说:"我再重申一次,绝对不要出门。"在夜晚来临的时候,已经不堪重负的松花江在上游决口,滚滚江水沿着河流运行的方向,掀起恶魔般咆哮的滔天巨浪,把已惨不忍睹的哈尔滨彻底裹挟进洪流之中。清晨人们醒来,发现原来只是淹没一层楼的水位暴涨到二层楼楼顶的位置,水面上漂浮着熟悉的邻居的尸体。

洪水在半个月之后才逐渐退去,这时哈尔滨稍高一些的建筑都有了上下两种颜色,中间分隔的是水位线的痕迹,而这些痕迹在一百年以后依然清晰可见。严世岱在这段时间里一直在家里发号施令没有踏出家门半步,直到确认安全无虞之后,才在一个午后让司机载他到中国大街,然后独自下了车,走走停停之中观察着哈尔滨的市面动静,他在盘算城市经济恢复的前景,并需要对此适当调整商业策略。

严世岱为城市灾民捐了一些钱，但又一次婉拒了当局请他担任社会职务的邀请。他牢记住父亲的话，和政治走得太远必将折戟沉沙一无所有，而和政治走得太近就是同流合污好景不长。他们严家必须在中间选择一条路，虽然很难，但这是长治久安生意兴隆的唯一办法。严世岱甚至拒绝了日本军方提供的军需品合同，这笔利润丰厚的生意对他是极具吸引力的，但他太了解日本人，自然知道他们背后的居心，无论这条船看上去多么结实都不能上，遇上滔天巨浪，什么大船都是汪洋中的棺材而已。

平素繁荣整洁的中国大街附近一片灾后景象，街道狼藉不堪，街两侧到处堆积着不知道哪里漂来的各种杂物。在面包街一处院落前，严世岱被院门前晾晒的几幅油画吸引，极具艺术鉴赏力的他马上断定这是卢婷阁的家。他脑海里想象着三十年前在列车上见到的其乐融融的一家人，又想起在哈尔滨图书馆看到的那幅叫《不屈》的油画，心头有点苦涩，不知道什么样的苦难曾经降临在他们身上。

他从街坊的闲谈中知道卢家的儿子在哈尔滨保卫战中殉国，而更为不幸的是，前些日子闹灾时，卢驷开老两口惦记在顾乡屯的儿子坟墓安危，在那个雨势稍缓的日子，迫不及待借了一条小船，背着女儿摇着舢板去儿子的坟墓查看，没想正赶上松花江决口，老两口都死在了洪水里。严世岱的眉头紧紧皱着，感到一股悲伤的气流在心头乱撞，他默默地走到就近的松浦洋行，精心选了一个日本进口的白色人形偶，然后趁着斜阳的余晖，进到这个冷清破败又孤独的园子里，小心敲开门。他看到门里肃立的卢婷阁，一言不发，把手里的布偶递到她手上，告诉她："很多东西，都会失而复得。"

两人的约会在洪灾过后的哈尔滨开始，就像城市的风貌一样，经过一段迷惑忙乱后逐渐开始井然有序生机盎然。按照当时的看法，严世岱已经进入了老年人的行列，他的鬓角花白，其余部位的头发却还漆黑浓厚，这就让他呈现出一种别样的成熟而又富于智慧的感觉。岁月让他的法令纹深陷，但是反而衬托出脸部刀刻一般的硬朗线条，这尤为显得上唇中间的线条笔直刚硬，似乎代表着深沉的智慧和冷静的性格。严世岱的衣着永远光鲜时髦，妥善的熨烫和精细的保养昭示着他具备完美的背景和丰厚的财力。当他们挽着手出现在夜深人静的街头时，人们从他们的背影会认为这是一对般配的情侣，不会想到他们之间相差了将近三十岁。他们的约会地点会在咖啡馆、电影院、西餐厅，但大多数时候是在书店、画廊和音乐厅，即便是在精心挑选的时间，他们还是偶尔遇到熟人，于是宣称是朋友，人们也乐于相信这是严世岱资助的众多艺术家中的一个。加上他们在公共场合的出现总是保持合适的距离，这就并没有吸引到特别关注的目光。

严世岱在这种关系中获得持续的澎湃的生命力，甚至坚信，卢婷阁在某些时刻成为他商业帝国成功的最大原因，是因为她，自己才精力充沛地处理了许多本无兴趣的商机，随之又在这些看似鸡肋的决策中阴差阳错获得了巨大的利益。他坚信爱情重新回到身上，就像年轻时候一样。哈尔滨的这些场所他都不陌生，但是和卢婷阁在一起，却获得了完全不同的感受，他觉得很多地方只有情侣相伴才会有该有的情调。尤其当卢婷阁拒绝严世岱巨额资助坚持要自己支付作为一名艺术家的生活所需，这让他感动，并更为珍视这始终在阴影中徜徉缱绻的爱情。对一个男人而言，面对爱情时捂紧钱袋简直是一种折磨，他悄悄安排亲密的朋友适当地购买卢婷阁的作品，并且积极将她的作品推荐到大城市的艺术沙龙里以获得更大的知名度，严世岱才在默默无闻的小心动作之中获得宽心。

直到这种约会悄无声息地进行了一年多的时间，在双方一起获得了更迭四季的滋养之后，他们才终于开始做爱。严世岱惊叹地发现，他的身体依然保持着奋发的活力，而之前曾经在某一刻，他彻底失去了性爱的乐趣，反复思考之后，有些残忍地把这种症候的病因归结到梁珂身上。

卢婷阁的身体弥补了梁珂给严世岱的所有遗憾，她似乎是为严世岱的兴趣定做的，洁白无瑕的皮肤，可以妖娆舞动的腰肢，以及只有艺术家才独有的风骚和悟性，都让他乐此不疲斗志昂扬。更为关键的是，他们彼此可以畅快地谈论丢勒、莫奈，以及许许多多久负盛名的画家，他们彼此爱慕对方的才华，无论观点一致与否，都会认真地思考，从而获得裨益。有时在愉快尽兴的交谈之后，他们会发现在身体上还能获得延续的快感，像轻柔的波涛一样将他们推向幸福彼岸，这让他们都惊喜不已。

严世岱特意安排亲信在城郊购买了一套白俄留下的别墅，他相信，这个僻静的地方可以掩人耳目，毕竟无法把一个和他上床的女人再称作艺术上的朋友，对于两人中的任何一个，这种谎言都是一种折磨。严世岱严格的作息时间表从此会在某处商业应酬上面打个小星号，这是翘首以盼的和卢婷阁约会的时间。他从此发现了一种新的爱情，一方是让女人惊讶的灵魂，另一方是为男人专注的灵魂，它们水乳交融，彼此召唤，无法抗拒。

梁珂不知道在什么时候发现周围偶尔弥漫着一种诡秘味道，起先并没有在意，因为在相当一段时间里，她忙着准备宗峻去德国读书的事情，并帮孩子张罗各种物品，这很大程度上转移了注意力。宗峻远行之后，她重新注意起这种味道，发现经过很长时间之后，这种味道不但没有消失，反而越来越浓烈，随之，她嗅到这种清幽里面还隐藏着躁动的味道，这种感觉愈加让她觉得忐忑。她的嗅觉从没有如此向内心传递过这种不安、空洞、缥缈的感觉，仿佛把自己放置在云端一样，漫无边际无着无落又虚幻空寂。这种说不清道不明的味道持续困扰了她一年多，梁珂暗地里觉得自己可能生病了，她又犹豫彷徨为此事看医生，生怕在自己这个年纪，身体罹患可怕的病症。这时，死神还并没有想起她，检查的结果是她的身体健康无比。这个结论并没有安慰笃信味道存在的梁珂，反而让她陷入一种更为无力的焦灼之中。

严世岱可不是路新斋，他在遮人耳目方面的修行只是一个智慧自信的老男人对自己不可靠的诸多认知之一。他低估了城市里各色人等超凡的联想力，每个人在男女关系上的想象力都不亚于最高明的诗人，涉及床笫之欢，他们的分析链条都不逊于最会吸引眼球的侦探小说家。

小心翼翼的传言都汇总到了某个和严家关系亲近的富人太太耳朵里，这之后，传言又在貌似独一无二的好友谈话中换来一次又一次"我绝不跟别人说"的真诚许诺，在以比蟑螂繁殖还快的速度繁殖着。

没有人有勇气敢跟梁珂直说此事，谁都知道这很可能让自己再无法在哈尔滨商界立足。可是她们合谋创造了独一无二的味道，就像一根根无形却有力的针，把梁珂折磨得痛苦不堪。

终于在某一天，她的脑子忽然清明，认为这种味道来自某地周遭的人，而并不是身体内部的错觉，这种发现让她如释重负之后又重陷困惑。一番思索之后，她在那些欲言又止的眼神中找到草蛇灰线，并且不发一言用小说中的经验得出了震惊的结论。在一天夜里，严世岱鼾声大起的时候，难以入睡的她下了床，走到隔壁的衣帽间，借助微弱的灯光，将目光胆怯地落在严世岱刚刚换下的西装上。她迟疑着走出衣帽间，又在空气里发现一道隐隐的那种味道发出的光线，指引着她走下楼梯，来到洗衣间——她几乎从没进过的地方。在那里，她盯着严世岱换下的内衣裤，被用人整齐搁置在桌面上等待明早清洗。她转身离开，又回来，再度转身离开，又回来，忍住恶心轻轻拨弄了一下严世岱的内裤，眼前出现一道这个年纪男人不该有的污渍。她双臂抱紧纤细的身子，重重倚在门框上，眼前的男士内衣化作了无恶不作的厉鬼。

梁珂在一个大雪纷飞行人稀少的清晨拜访了大名鼎鼎的路新斋医生。经过一上午比上次还复杂的检查后，路新斋轻轻抖动手里的化验单，对着梁珂语气确定又轻松："梁太太，您的身体情况非常好，出乎意料的是……我猜您一定有永葆青春的秘方。"梁珂在那一刻却如坠深渊，她多希望是自己得了病，或者是到了女性告别生育能力的年头，身心都出现了不可理喻的幻觉。她在回到家之后，倒在床上，泪水就一直在眼眶里打转。很多年以后，她才知道路新斋那确定的语气是多么幸福，因为同样一个沉着平静的人说出相反结果时，绝望同恐惧会呼啸而至覆盖苍凉的世界。

晚上，严世岱疲惫地上了床，梁珂对他最近的冷漠寡言已忍无可忍，终于甩掉习惯的温婉语气，用委屈和审视的眼神盯着严世岱，像要点燃一颗炸弹般地颤颤问道："她是谁？那个女人是谁？"严世岱身体微微震了一下，然后又平静下来，他似乎并没有觉得这句话包含着莫大委屈和摧残人心的哀婉，只是看着别处淡淡地说："什么？睡吧……我累了。"梁珂此时想把一记耳光甩到他脸上，但是她并没有这么做，只是在严世岱的辗转反侧中默默地流着眼泪，直到天明。

出乎梁珂预料的是，严世岱最近的烦躁疲惫并不来源于那个女人，而在今天回到家之前，他已经被另一种伟大的情绪所震撼，这让他思考很多，而眼前的男女之情暂时就被淡化。当听到梁珂石破天惊的诛心之问，他是真觉得累了，同时也希望借助白天的悲伤情绪把梁珂的怨怒放在一边。

严世岱是在参加哈尔滨城市煤气开通仪式上听说孙家楠被捕的，这是"满洲帝国"的重大民生工程，严世岱从中也出力甚多。看着自己多年的奔走呼吁终于成就哈尔滨现代化进程中重要的一步，他本是志得意满的。回到办公室，他狐疑地让人送来当天的报纸，看到头版就是耸人的大标题："抗联重要首领孙家楠落网"。他又拿起花镜，反复地逐字逐句地看了几遍，最终根据报上描述的犯人资料，确认这正是自己的大学好友。他倒吸一口凉气，震惊之余，马上决定自己不能见死不救坐等好友被枪决暴尸。

此事事关敏感的共产党，对于旁人简直是异想天开自取灭亡的疯狂行径。严世岱是个现实的人，但无碍他对感情的珍重，对知恩图报的执着，这也是他的立身之本。孙家楠是他朋友图谱上重要的人，虽然归国后见面次数寥寥。他一向自诩不问主义，只问情义，他坚信自己能在万丈悬崖之中、黑暗深渊之上搭建一条隐秘的绳索，瞒天过海帮助孙家楠逃向生机盎然的应许之地。

和所有的重要决策一样，严世岱只让必须经手的人知道必要的内容，绝不会全盘托出，而不相干的人则只字不提，甚至包括梁珂。他有种迷信，只有能坚守秘密用自己内心的力量包容惊涛骇浪，铤而走险的行动才有成功的可能。

比起决定，过程更是出乎想象的艰难。经过无数次小心翼翼精心筹划的尝试之后，他发现无论日本人还是"满洲"的官僚们，都对抗联的共产党员们恨之入骨，这些人率领的此起彼伏的抵抗运动让帝国的执政之基总是晃晃悠悠，各方面的势力都认定要想帝国绥靖，必剿灭抗联武装。严世岱迫不得已只能采取自己素来不屑的行贿手段，但在日本人那里碰壁之后，"满洲"的官僚系统也并不买账。有关系紧密的警告他，营救抗联首犯就是虎口拔牙，断无成功希望，也更无全身而退的可能。

当严世岱一筹莫展的时候，得到消息孙家楠将在下周公开处决，他急得像热锅上的蚂蚁。他甚至找到新任总理大臣张景惠的亲信，希望总理出面协调，这个在哈尔滨主政时收了严家不少好处的"满洲"新贵是他最后的希望。最后总理府回复消息说，这个人在监狱里死不悔改态度死硬，看在严世岱的面子上，如果孙家楠能痛改前非公开悔过，总理愿意依法报请皇帝陛下恩准及签署特赦令，以儆效尤。这已是总理府天大的面子，但熟知孙家楠秉性的严世岱知道一切无法挽回。这个人素来爱憎分明性格倔强，他认准的事情断无轻易放弃的道理。他在监狱遭受轮番酷刑而不屈，已是抱定至死不渝的决心了。

当所有努力行之不通，严世岱最终凭着自己的警锐和丰富的人脉关系，曲折联系到了抗联在哈尔滨的联络点。他冒着风险亲自找到抗联的秘密联系人，报明身份，希望商讨武装营救计划。那时他才知道，抗联战士为了营救孙家楠也已倾尽全力，一天夜里的监狱暴动就是计划的结果，但"满洲"军队早有准备，只是白白损失了数名战士。严世岱这才恍然大悟为什么自己的百般请托毫无作用，军方坚决要马上处决孙家楠。他本想着故技重施，像当年拖延梁寿年案一样拖延孙家楠的生命，以待时机。

就是在梁珂找路医生问诊的同一天，严世岱在大雪纷飞寒风萧瑟的天气里去监狱看望了孙家楠，或者说是告别。

孙家楠早已瘦得皮包骨，伤痕累累像鬼一样，虽早有预料，但严世岱还是心如刀割。他把头望向别处，两只手紧张不安地来回交叉揉搓着，倒是孙家楠惨淡地笑笑，低声告诉严世岱，他知道了严世岱为他做的一切，他在后期已经受到很好的照顾。严世岱过了好久才有勇气盯着孙家楠的眼睛，痛苦地不断摇头，艰难地问："为什么？为什么？"孙家楠双手不自觉往上伸了一下，只是听到哗啦啦的铁镣声，显然铁镣过于沉重，他的手很难举起来。他淡淡地跟严世岱回忆自己身世，也回忆两个人一起求学的日子，也说到严世岱的爱情，说他羡慕严世岱拥有那么多姿多彩的爱情。说着自己又笑了起来，他轻轻点着头像个兄长一样看着严世岱，似乎在回答严世岱的询问："为什么？为什么我没有爱情？因为我爱的人更多，比你还多，甚至还有山河，还有民族，还有主义。所以，我不妄自菲薄，我的爱情也一样多姿多彩……"严世岱的眼睛被泪水充盈，好久才苦笑一下，他不知道说什么。"世岱，你知道吗？世上最古老的情感是什么？"看着严世岱哭中带着笑，心疼地看着自己，孙家楠接着说，"是忠诚！是对国家忠诚！对爱人忠诚！对孩子忠诚！也是……对信仰忠诚！只有这样，才是对自己忠诚！"严世岱终究是不舍得，半天才说："可是，活着才是人性，对吗？有些事情，委曲求全也要等啊，等等啊……"未想孙家楠冷笑一声，看着严世岱，似乎在问也似乎在批判："人性？你说苟且偷生是人性，那我问你，难道，舍生取义就不是人性？"说罢，他费力地扭动身体站起身来，转身对着天窗外的阳光，长长呼了一口气，他似乎并没有因为第二天就要行刑而有留恋，只是转过头看着严世岱说："送你一首歌吧，谢谢你。相交一场，此生无憾。"然后他随着他的歌声，毅然走出了房间，直到慢慢消失在严世岱的泪光里，"起来，饥寒交迫的奴隶，起来，全世界受苦的人，满腔的热血已经沸腾，要为真理而斗争……这是最后的斗争，团结起来到明天，英特纳雄耐尔，就一定会实现……"

严世岱从监狱里走出来，外表还保持着一贯的翩翩风度，只是自己知道，刚才的场景和孙家楠的话打开了他内心的潘多拉魔盒，释放出了无尽的惶恐和不安，他甚至联想到一条丧家之犬在黑暗的巷子里凄惨地流浪，狼狈地寻觅，孤独地残喘，就像这样一直活到世界尽头。

抵达卢婷阁的别墅之后，他枯坐了许久，并没有理会女人的关心。他一句话也不想说,想到孙家楠的歌声和决然的背影,不知怎的,竟有了一丝从未有过的惭愧,体会到这点他更加烦躁。

数小时之后当严世岱启程回家的时候,在被淡淡一层清雪覆盖的台阶上重重摔了一跤,卢婷阁赶忙搀起他,惊慌地打量着严世岱。他弯腰停了一会儿,确认并无大碍,只是浑身疼痛,这才试着缓缓地移动步伐。他突然想起什么,一手捂着剧痛的腰一瘸一拐回到刚才摔倒的台阶上,盯着滑倒的痕迹,腾地挥起另一只手来指着台阶,恨恨地说:"你为什么!你硬!我比你还硬!你想摔死我!不会的,我还要活下去,活下去!"

梁珂那天夜里的一句问话,就像投向水面的一个石子,在一阵涟漪之后,好像没有掀起波澜,只是石子经历了在水面下漫长的安静的下落过程后,总会有抵达水底的一刻。梁珂无法遏制自己的怀疑像点燃的枯草一样漫天燃烧起来,她痛恨自己去了路医生那里,那天的健康结果给彷徨在内心迷宫中的自己指明出路,不愿意面对也不行。深厚的修养让她无法对任何人启齿自己的焦灼,也不想像个怨妇一样去打听丈夫的行踪,更不想翻检严世岱的物品,冒失猥琐的举动是她宁死也不愿去做的。她甚至觉得,在众人眼里颜面扫地也没什么,但一定要保留一点高贵的原则,这样就算去死也对得住自己。

指望严世岱的规律作息和稳重举止有什么变化,就像指望江水倒流一样不切实际。但梁珂看得出来,严世岱从那天后变得寡言少语心事重重,似乎和她一样,在等待石子抵达漆黑的水底那一刻。因为无人曾见识过最深的水底,他们只能一起各怀忐忑无言相对。

梁珂在一个午后接到一通电话之后，寂静终于结束。挂断电话她习惯性地抱着自己的双肩，一会儿又点燃一支烟，先是静静抽着，然后突然在烟缸里掐灭，然后抄起烟缸，走到电话机前面，把电话机砸个稀巴烂，同时自己细腻修长的手也渗出血来。她终于知道，她的灵魂不再纯洁无瑕，已被怨恨玷污。

晚上，还浑然不知的严世岱正准备入睡，梁珂突然坐起身来，使劲拽着自己的长发，让它们像被抛弃似的凌乱散落，然后放肆地哭了起来。严世岱没了睡意，瞪大眼睛，迷离地看着陌生的梁珂。梁珂在哭了一阵之后，把头埋在膝盖里，才发出沙哑的声音："我有权知道她是谁！"严世岱惊讶地看着梁珂，微张着嘴，想说什么又止住了。这时一种升腾着的情绪似乎正化身为魔鬼，吞噬着梁珂原本善良的心，她想着，如果这个男人瞬间死在她面前，她将放声大笑，就算吵醒睡着的孩子们也绝不会停止。她甚至想起书房里有一把别人赠送的手枪，应该冲下楼去，拿着枪回来结果了这个男人，然后把他挫骨扬灰，即便这样也不解恨之万一。

严世岱的脸色慢慢平静下来，似乎对梁珂内心世界的幻象毫无知觉，只是平淡又不失骄傲地问："你不知道？"梁珂随即狠狠地看着严世岱，这让严世岱有些惊悚，没有想过这个圣母一样高贵的女人会有这么歹毒的神情，要么是疯了要么是在共度大半生之后才恢复本来面目。他一阵厌恶，忽然什么也不想说。梁珂拉开床边的抽屉，拽出那些曾浸染着他们无休无止的爱情和歇斯底里欲望的内衣，把它们一起甩到严世岱的身上，咬牙切齿地问："你们不需要这个吗？"看着严世岱目瞪口呆面红耳赤，梁珂感到快感的同时又觉得语言的锋芒也扎到自己，但还是不管不顾地加上一句嘲讽,"你们干得很舒服是吗?"

最后她突然蹦下床,开始手忙脚乱地收拾梳妆台上自己的东西,嘴里喋喋不休:"你不说!我也知道!你们很舒服!让你们舒服去!"当她累得气喘吁吁时,才终于停下来,一屁股坐在椅子上,好像凝结了空气里所有的委屈和怨恨才有了最后的力气,再甩出一把口舌利刃,"好!从此以后,你们干到死!"

第二天的下午梁珂就在两个用人的陪伴下,拖拽着数个装满个人物品的大小箱子登上了开往佳木斯的客船。这距离她上次从佳木斯回到哈尔滨,已经间隔了三十二年。

她在客舱里度过了一个屈辱失望又充满回忆的不眠之夜,当轮船的汽笛声在某个时刻悠扬响起,她便心甘情愿地把这当作一个遥远地方的呼唤,让她离开、启程和归来。薄暮时分,她一个人来到甲板上,静静抽着烟,看着眼前的烟圈被江风吹得凌乱,想着自己的心绪也是一样慌乱不堪。

她甚至记起三十二年前,看着同样的风景,想着哈尔滨那个痴心的人,毫无依据地幻想他们第一次见面的场景,那会是一种多么浪漫不渝的场景,他们瞒天过海地欺骗了所有人,终于在历经波折后可以分享幸福。但她在终于见面的那一刻感到无聊和失落,毫无道义地打碎了自己共谋的爱情。而在昨天,她确定自己又一次打碎了爱情,只是这次是以不容置喙的道义之名。忽然又觉得,这一次她应该是那个被别人打碎爱情的人……

她看到轮船上飘扬的已是"满洲国"旗,不再是沙俄的旗帜,就把手里的烟蒂弹落到江水里,重重吐出一口烟。无论是谁打碎了爱情,世事真的变了。

收到电报的莫梵在码头上迎接梁珂一行，她已经成了一个肥胖不堪的老妇人，年轻时候性感野性的笑还挂在脸上，只是因为年纪的原因，人们现在只能体会到她的热情、爽快和谀媚。她的魅力荡然无存，年轻时她曾以别样风情，有一点能和梁珂分庭抗礼的本钱，而如今在优雅雍容更胜昨日的贵妇面前，她似乎是进入了另一个世界的人。

安顿完毕，莫梵倒在梁珂身边长叹，命运的不公岂止是在出生时，老年才更为明显。因为见到故人，梁珂的情绪已有些向好，索性扬起脖颈揶揄道："那是因为你的爱情太早用尽了，你不老，还要怎样。"然后高傲而无情地看着莫梵，直到两人都像年轻时一样笑得前仰后合。

莫梵已是六个孩子的母亲，而且都是和同一个男人所生。梁珂曾在信中说：我想这是今生最让我吃惊的事情，本担心你会让我头疼，因为我可能有不同姓氏的外甥，会记混名字的。莫梵不以为忤，倒是在回信中拙劣地画了一个母鸡正带着六个小鸡，然后歪歪扭扭地在空白处写着几个字：你看它们长得像吗？

在佳木斯寒来暑往的时光里，莫梵一家的热情和体贴给了梁珂莫大的安慰，这减少了因为背叛所遭受的折磨，也淡化了对孩子们的思念。她也投桃报李，用一封封饱含真诚的书信发动在哈尔滨的朋友们，为莫梵的几个孩子在哈尔滨寻到了不错的出路。

这一切也让莫梵的丈夫，一个百岁老人对她充满尊敬，他对于梁珂的细致关照甚至让莫梵表示嫉妒。这个男人年轻时是在林场谋生，据说一个人可以用一上午时间锯断上千年需要五六个人合抱的参天大树。他后来娶了一个林场的把头,继承了岳父家的全部财产。他是个狂热的人参迷,终年寻觅最古老的人参,然后用各种方式烹饪或者入药,从而保持着鹤发童颜的矍铄样子。他一直没有子嗣,在年过半百之后却让已经四十岁的妻子连续怀孕,并且生下了四个健康的孩子。人们赞叹,是多年对人参的热衷终于治好了这男人的不好明说的疾病。

莫梵则偷偷告诉梁珂,这老家伙当年占了自己的便宜之后还举棋不定,她终于在爱上有妇之夫的瘾中总结出了制胜秘诀。假冒怀孕打上门来,在露馅之前的有限几个月时光里,成功气死了老人的发妻,才得成正果,终于把自己嫁了出去。梁珂早已习惯事关爱情和生存的阴谋诡计,已经不会再像年轻时一样大惊小怪,只是淡淡地笑说:"这才是你啊……"

当梁珂认定莫梵已脱胎换骨成为一个爱情的局外人的时候,最终还是出乎意料。这让梁珂明白,只要还活着,爱情不会随着岁月去死,只是被岁月的烟尘覆盖,总会在某个时刻显露峥嵘。那时她正在自己的房间整理东西消磨时间,突然想到要把严世岱近期的来信拿到院子里亲自点上一把火烧掉,她懒得拆开其中任何一封,但不想让任何人知道。

在认为所有人睡熟之后,梁珂走到院子里却发现披头散发的莫梵正在向西方祷告着什么,还在胸口比画着十字,这让她大吃一惊。莫梵听到声音转身看见梁珂的脸色煞白,才跟她讲起事情的原委。而她讲述的同时,眼睛里又出现年轻时候梁珂再熟悉不过的光芒,性感而有激情。

她问梁珂,还记得那个在哈尔滨时一起过圣诞节的年轻俄国人吗?梁珂双眼茫然,然后轻轻摇摇头。莫梵想了一下,像下定了决心似的说:"你还记得那年春节上咱们家偷东西被打成残疾的俄国人吗?"梁珂这才想起来,她看着莫梵苍老的脸上有些抽动,或是因为激动,也可能是因为触及隐秘的紧张,她点点头:"那个小偷?我记得,想起来了。"莫梵久久没有说话,她似乎被一种内疚缠绕,竟然露出了伤感的神色。

沉默了许久,她才下定决心,告诉梁珂,其实那个人并不是小偷,而是每晚来和她在一楼的卧室约会的。那期间梁珂听到的异响并不是幻觉,更不是贼人,只是一对偷情的人而已。梁珂倒不相信,她说:"不对,我记得,父亲说过,他丢了钱的。"而在说完之后,她意识到后来才知晓的梁寿年的凶狠手段,随即把手轻轻捂在了嘴上。莫梵注意到梁珂的神态,倒是颇有意味又若无其事地笑了笑:"其实,也无所谓了。开始我也怀疑,是不是他偷了钱,可是每次他走的时候我都知道,他没有去过楼上伯父的书房,但事实又是那样,不信也要信。直到前些年,伯父出了事,我才觉得,其实也许我开始就没有看错人,他只是个牺牲品。"梁珂试着问:"你觉得是那段时间,父亲就是想故意把水搅浑,让我处于恐惧之中,让我急于出嫁是吗?"莫梵没有说话,梁珂知道那个年轻人悲惨的下场,此时突然不想纠缠这个久远事件的真相,又说,"那人以后怎么样了?你们还联系?"莫梵摇摇头:"唉……从那以后就没联系了,我在离开哈尔滨的时候去找过他,但是,他不见我,可能是不想拖累我吧……而且我觉得他偷东西,也有偏见,否则我愿意照顾他一辈子……后来,听说他无依无靠,在街上讨饭,哈尔滨发洪水那年啊……之后就没人见过他了。这不,每年都是这个日子,就是他被打成残废那天,我都祷告一下,为他,也为自己……算个念想吧，等我过几年不能动了，就和他一样了。"

梁珂在转过年的春天，雇用了齐备的马队，启程前往通化。那时，新京到通化的铁路早已开通，但是当梁珂知道乘坐火车必须途经哈尔滨的时候，果断拒绝了。她心里觉得，故乡的思念有时候像爱情，在很多年里虽然也会变成一种刻骨的思念，但是回来住得日子久了，才发现自己其实已经在岁月的路途上走得太远了，回不去了。梁珂最终还是跟莫梵商量，在佳木斯物色一座大宅院，以备从通化回来居住。她并没有强求莫梵跟自己一起去看父亲，只是对莫梵让亲属和女儿一众人随行照顾自己表示感谢。

一行人正赶上好天气，很快就到了一面坡。要不是旁人提醒，梁珂已完全记不得这里就是父亲和虎熊搏斗的地方，也是在前些年，她才知道那时候万分危急，是父亲急中生智联手震三江才保全了自己。当然，后来她又知道这个故事还有另外一个版本，其中的凶险和残忍远超自己想象。此刻梁珂似乎重新审视了自己的父亲，感觉一种奇异的暖流在身体里出现，那是一种久违的被爱和呵护的感觉。她想，女人无论年纪多大，都是女儿，父亲的女儿。

梁珂让车队停下，想在山坡上走走。这时候她才注意到远处的山谷里开着无边的鲜艳红花，像红色的河流在山涧中蜿蜒而过。一阵风吹来，她闻到一种让人飘飘欲仙的香气，从头到脚都被这种神奇的美好感觉弥漫着。她被这种感受陶醉，几乎要在地上躺下。但还是坚持走到花海的边上，迷离地看着这一团团挑动性十足的漂亮花朵，甚至联想到年轻时莫梵身上的野性风情。她不禁伸出手来,抚摸着这神奇的花,心下升起一阵阵迷乱。当随行的人告诉她,前些年这里的匪患被消灭,老百姓都回来了,有人趁着政府一时鞭长莫及,种起鸦片牟取暴利,这花正是罂粟花。梁珂嘴里念叨着罂粟花,突然想起了什么,她睁大眼睛,皱起细眉,倒退几步,周身的玄幻被熊熊愤怒之火驱除殆尽,她愤恨地看着这刚才还宛如天堂之路的花海,气不打一处来:"这种东西,害人精,早该烧了它们。"

梁珂在和当年同样的日落时分穿越通化城楼,在当年和辛家人合影的地方多看了一眼,就直接到了辛府。这时的辛府已经有些破败,徐政夫妻二人早已作古,儿子们也没有如当年所期盼的那样出国留洋,而是在几年前就消失得无影无踪,外人只是传言辛家的两个儿子都投奔了抗联,上山打鬼子去了。偌大的宅子只有梁寿年和辛雅住着,而辛家其余的亲属则住在附近,时不时地来照看他们。

时隔多年,梁珂和父亲的见面并没有人们期待的感人场面出现。她进了梁寿年的房间,见到已老得不成样子的父亲拘谨地站起身来,目不转睛地看着她。梁珂并没有多看父亲,反而走到桌边,拎起茶壶,倒上一杯茶,双手递过去,说:"父亲,您喝茶。"就像他们分别的不是十几年,只是十几个小时而已。

梁珂在通化的日子并不短,几乎贯穿整个夏天。她甚至和用人一起给梁寿年和辛雅洗衣服、晒被子,这让旁观的人目瞪口呆。人们不明白,从没做过粗活的梁家大小姐怎会如此熟练和坦然。大多数时间,她和梁寿年都安静地坐着。梁寿年几乎不怎么说话,只是看着梁珂,似乎总也看不够,眼神盯着梁珂的五官,甚至发丝,有时候又会像囚犯看见光明一样傻乐着。

倒是梁珂的话比以前多了，她说着从前的事，也会说起母亲，有时又盯着一旁默默做着针线活的小姨，调侃道："小姨怎么不见老，依然那么漂亮，只是觉得，越来越像我母亲了。"这话不假，辛雅就像吃了灵丹妙药的仙女，丝毫看不出岁月的痕迹。她头发乌黑，身材婀娜，皮肤散发着年轻人的光彩，眼睛清澈如冰。这让梁珂升起了一丝妒忌，她甚至留心观察小姨的作息时间和饮食习惯，终究没得出什么秘方来。很多年以后，梁珂又想起小姨，她才认为，是不是因为没有爱情，没有经历爱情的女人是不会老的，或者说，不会死的。

好像安详日子从不会长久。

夏日将近的一个傍晚，有人狂奔着冲进辛府，把一纸来自哈尔滨的电报急匆匆地塞给梁珂。梁珂在此前已经烧毁了四年里严世岱写来的四十五封信，她甚至都没正眼看过那些书信的信封。然而，这封严府的电报递到手上的时候，她的手臂一沉，险些把电报掉在地上。当她凝目看着简短却字字火急的电文时，感到每一个字都是刺向她眼睛、心脏的利刃。她天旋地转，恨不能即刻死去。她没有任何犹豫，哆嗦着打发人去火车站买最近的火车票，要立刻返回哈尔滨。然后，她接连不断吸了几支烟，感觉自己的情绪可以稍被控制，才走进梁寿年的房间，跟父亲辞行。梁寿年疑惑地看着脸色煞白的女儿，像个小孩子似的轻轻点点头，然后伸出袖子擦了一下几乎流出口水的嘴，又吞咽了几下，摸着梁珂的手臂，眼巴巴地又点点头。

梁珂没来得及和小姨话别，只是匆忙在桌子上留下几捆银圆，就赶往火车站，虽然最近的火车也要明天一早，然后在午夜时分抵达哈尔滨。梁珂在火车站的站台上不断抽着烟，不断走来走去张望着,好像期待黑夜中上天会派来一列救命的火车。

清晨,火车终于驶入站台,她匆忙地上车,却被用人拽了一下。她恼怒地回身刚想训斥,才发现站台上的梁寿年。他弓着背两手插在袖筒里,跷着脚伸长脖子眼巴巴地望着自己。梁珂马上下了车走到父亲身旁,不自觉地整理了一下头发,想让自己的憔悴缓解些。梁寿年的脸色是一种可怜,一种老年人独有的长日将尽的可怜,那无助的神情是无情岁月真实存在过的铁证。他突然抱住自己的女儿,虽然已比年轻时候矮了不少,但此刻还是显得比梁珂高大许多。梁寿年虚弱的手臂尽可能地抱紧女儿,一只手摸索着梁珂的头发,似乎永远也不想放手。在火车汽笛响起的时候,才缓缓放开女儿,在梁珂耳边带着哭腔说:"小珂……小珂啊……送……送君千里……终须一别,别害怕……不害怕……孩子……"

宗岬的出事就像一场风暴,把这个支离破碎的家庭真正带到了至暗时刻。

严世岱在梁珂走以后,慢慢疏远了卢婷阁,至于原因,一向明慧的严世岱也说不清楚。他甚至强迫自己给梁珂写信,每一封信都耗时很久,这曾是他年轻时最排斥的事情。在自己的多封书信杳无回音之后,他开始恼怒,甚至觉得耻辱,只是面对远方那个看不见摸不着的人,他的情绪无处发泄。在一次醉酒之后,昏了头的严世岱做了他一生中罕有的懊悔不已的决定——他的报复心不断升腾,终于化作魔鬼撒旦,驱使他在午夜把卢婷阁带回他的卧室,在见证他和梁珂爱情的床上疯狂做爱。当他的怒火发泄之后,猛然发现,卧室的门留着一条缝,瞬间有些不安,而当看清楚门后站着十六岁的宗岬时,他的眼睛在黑暗里好像在失焦，像死鱼的眼睛。严世岱出了一身冷汗。

一直被梁珂溺爱的宗岬已被母亲的突然远行折磨日久，他脆弱的心灵无法抵御对母亲的思念，这导致他变得抑郁寡言，孤僻无趣。严世岱给梁珂的信里曾描述了这个让人担忧的问题，很不幸梁珂并没有看到。宗岬在下楼之后，终于确认母亲远行的原因，同时为母亲心疼，更感觉到一种肮脏污浊的东西在自己血液里沸腾，这让他愤恨自己，为自己而羞耻。刚才听到的让人恶心的床笫之语让他记起曾经看到过的一句诗，当时他不明白其中的秘义："当你颤抖着、鸣叫着发誓说你是他的，他发誓说他的激情是无限的、不会消逝的。你们两个人一定至少有一个在撒谎。"这让人作呕的爱情，都是骗人的，都是肮脏的。他进了厨房，毫不犹豫地打开了刚刚安装的煤气管道，在一声不响中，如自己所愿，慢慢失去了意识。

抢救宗岬动用了哈尔滨全城所有的好医生，但是这个可怜的孩子只能保持着若有若无的心跳，所有人都对严世岱让宗岬恢复意识的哀求摇头叹息。

一天以后，梁珂疯了似的冲进医院，看见宗岬躺在硬邦邦的病床上已经死去，她想伸手抚摸自己的儿子，但是胳膊刚抬到一半，就像断了线的风筝一样晕厥过去。当梁珂再度醒来，第一眼就看见四年未见的严世岱，她挣扎着站起身来，想去推他，又觉得一种钻心的仇恨让自己不想碰他。她平生第一次当着众人的面撕心裂肺地哭了起来，然后用一生中最高的嗓门，冲着严世岱狰狞叫着："去死吧！你那该死的煤气！"

严世岱魔怔似的呆呆地站着，调动生平所有的克制和教养挽救濒于坠入深渊的理智。他直勾勾地看着妻子，最终一声不吭，也不理众人的规劝，转身出去。他想走出医院一个人静静，没想到下楼时候一脚踩空，飞出去撞到墙上，又顺着墙壁跌到地上，就像一件没有生命的物体。他蜷缩在楼梯的拐角处，挣扎着想站起来，但有心无力。在那一刻，他抽泣着，悲怨地唠叨着："我老了，我该去死了……"严世岱从此认为，人变老并不是一个过程，而是一个时刻，在那个恶魔主导的绝望该死的时刻来临之前，人都是年轻的。

那天以后，他再也没去过白俄别墅，也再没有见过卢婷阁。

康石老了之后，总爱在酒足饭饱大发感慨的时候，拍着铮亮的大脑门念叨着，老而不死是为贼。

那是在一个深夜，康石和几个外地来的神秘客人在马迭尔宾馆进行了一次漫长的对话，谈话的气氛让人压抑，并不是他们缺乏见识和胸襟，而是策划的这件事过于胆大包天，细微的破绽都会让在座的人人头落地。神秘人物们始终面色严峻，直到谈话进入尾声，他们的心中不约而同对面前这位肥胖的商人产生了敬意。他并不像看上去那样平庸寻常，相反思维敏捷胆大心细。也不是一般商人那般精于算计患得患失，臃肿得已失去正常比例的身材下，是一颗生死无惧孤注一掷的决绝之心。大事落定之后，双方连基本的寒暄都没有，各自匆匆消失在浓重夜色里。

康石的卧车就在不远处马街的路口，司机已经习惯康行长的路数，但凡夜间的由浪漫而起的约会，他都会被安排在附近的地方等待。康行长尽兴之后，会匆忙走上几分钟路程才上车，这样既能掩人耳目，又能保障自身安全。近些年哈尔滨的夜晚性感与危险并存，中国的、俄国的、日本的娱乐场所鳞次栉比竞相开业，舞厅、浴池、剧场、影院，每到夜晚更是人流不息。但另一方面，哈尔滨已经成了远东闻名的谍报中心，各国势力暗流涌动你死我活，时常有不知哪个国家的人被不明身份的枪手击毙在街头，而绑架抢劫之类的治安事件更是家常便饭。因此夜间出行的人再小心都不为过，康石年轻时夜晚独自猎莺的安宁气氛已一去不复返。

康石的车子从马街穿越市立公园，在水道街一路向南，打算从买卖街经过铁路涵洞回到傅家甸的家。虽有些疲倦，但他还是闭着眼睛重新复盘刚才的对话，一再苦苦思索可能出现的纰漏，对于他，这件事成败不只关乎身家性命，还关乎他的责任，辜负别人是康石一生都以为耻辱的事情。

在经过索菲亚教堂的时候，卧车突然慢了下来，正紧张的康石心一沉，倒是平时寡言的司机开了口："嘿，真巧了！康行长，您记得前些年您让我去一位英烈家吊唁吗？"康石的眼睛勉强睁了几下，才确认司机说的是卢驷开，那年卢驷开牺牲成仁，康石也受了伤，赶上康家父子先后离世等重大变故，根本无暇亲自去卢驷开家里吊唁，于是委托最信任的司机带了重金去探望，然后转达了卢驷开的遗言。他本想着诸事告一段落之后再亲自去卢家看望，但诸事缠身一直没有脱开身，转过年想着过去，又听说卢家夫妇二人在大水中罹难，唏嘘遗憾一番，就作罢了。康石想起来就问："怎么了？"司机的头往索菲亚教堂广场方向抬了一下："行长，那个就是卢家小姐，叫卢婷阁，看来是谈恋爱了。唉，这姑娘也是命苦……看那位先生倒是体面人，也算有个归宿。"

索菲亚教堂广场占地不小,再加上冬天路面滑,车子开得很慢。司机不认识那位先生,借着微弱的路灯,康石认得这个让他永世难忘的人——严世岱。康石死盯着两个人,他们先是拉着手走着,远远看去就像一对般配的情侣,然后突然紧紧拥吻起来,这热恋的景象在美丽的教堂和淡淡的月光的掩映下,很是浪漫温馨,怪不得司机也在祝福他们。康石却感到一种钻心的疼,很久他才明白,这种疼是为梁珂感同身受。他一时思绪竟乱了起来,鄙视地看着慢慢远去的两个人,他不知道哪里来的愤怒,嘴里小声嘀咕了一句"混账",想定了什么,伸手重重拍拍前面司机的肩膀,冷冷地说:"查清楚他们!"

那件大事惊心动魄地落定之后,康石的心情放松了一些日子。这些年他的兴趣已经变化,开始青睐年纪大一些的女性,而不是以往的妙龄姑娘,因此对严世岱的忘年恋更为不耻。在这些成熟女士身上,他不再像多年前在宋姐、任繁面前那般被动顺从,相反牢牢掌握着节奏,把这些身经百战妖娆成精的身体玩弄得五体投地,叫天天不应叫地地不灵。康石由此认定自己老了,已经不是一个冲锋陷阵只会搏命的战士,而是一个运筹帷幄决胜千里的将军了。他沾沾自喜,完成了从战术大师到战略大师的转变。

在康石像烈火冲日一样热烈,又像老酒飘香一样绵长的性爱之旅中,他多次被领上门认亲的私生子纠缠。开始他慌乱尴尬,再后来驾轻就熟,但自始至终都一个态度,概不承认。随着年纪的增长,他知道他的爱情即便失而复得,梁珂和他也不会开枝散叶了,不过,这更会显得他的爱情纯洁纯粹,而不会有世俗的羁绊。当他慢慢接受了他身上的血脉将在他呼吸停止一刻戛然而止的时候,事情发生了变化。

这是一封简短得让人感到失礼的信函,尤其相对于其中石破天惊的内容来说。他找来几个不同的懂日语的人依次看了一遍,他们无须斟酌便异口同声:"这是你的孩子,请你善待他。"康石看着这个叫康忆然的孩子,有些不明所以,在所有抱上门的私生子里,要么是襁褓婴儿,要么是咿呀学语的小童,可面前这个十六岁的孩子比自己还高,长得英俊、白皙、聪慧,一头打理得整洁漂亮的乌黑头发更衬托得他韶华灼灼。康石拿起随信的一张照片,看着方君抱着刚出生的他,陷入了遐思,方君看上去还有些微产后疲惫,瘦了一些的身材让人感觉她没有获得很好的产后照顾,因此康石觉得她的神情楚楚可怜。他观察着照片上婴儿的五官,又抬起头看看面前的少年,断定这就是眼前这位美少年。

已经到了吃饭的时间,康石让人送来饭菜,让康忆然在自己的办公室用餐。自己倒一口未动,点燃一支烟看着这孩子。他早已习惯镜子中衰老油腻的自己,怎么都没看出面前这孩子和自己有几分相似,倒是觉得他和方君真是像,就像那热爱飞行的女子化身精灵藏在了他身上。康石没有自己年轻时候的照片,曾经拍过一张,但是送给了梁珂,后来被梁寿年扔到火炉里烧了。他抽着烟,想着方君,在这孩子的眉宇间得到一种安慰,也感受到一点忧伤。他甚至下了自己都惊讶的决定,认下这孩子,无论那封信的真假。

想到这一层,康石放下了戒备。他的经验是遇到这种事一概矢口否认而不能打听来龙去脉,更不能对孩子产生辨别的兴趣,这会更加麻烦。他小心翼翼地问:"这信落款的名字,是你妈妈的日本名字吗？"康忆然礼貌地放下碗筷，一双像方君一样明亮晶莹的眼睛平静地看着康石，认真地说："先生，谢谢您的款待。家母，她，她早已经去世了。"康石在惊愕中，从康忆然磕磕绊绊夹杂着日文单词的讲述中，弄清楚了这孩子凄凉的身世。

方君到日本之后，发现自己有了身孕，这影响了工作，使她陷入困顿之中。孩子两岁时，生活刚有好转，又遭遇了震惊世界的关东大地震。人们在废墟里挖出方君的时候，她早已停止了呼吸，而蜷缩的身体僵直地留出来一点空间，仍在顽强地保护着怀里奄奄一息的孩子。方君的日本好友发善心收养了他。

直到上个月，养母病逝之前，又委托朋友把他送到哈尔滨来，并写了这封信。康忆然并不知晓信的内容，养母只是告诉他以后要听从那位康先生的安排。说完，他打开随身的小箱子，轻轻拿出一个小盒子，说这是方君唯一留给他的东西。康石打开盒子，拿起熟悉的齐柏林飞艇，想起那个送她离开自己家的清晨，双手不禁有些颤抖。他想起已经很久远的爱情，想起方君和康又纶父子一样的有关天空的梦想，想起方君和自己在电车上津津有味地吃着的巧克力……他突然觉得自己也应该飞行，应该飞上无边的天空，俯瞰这座美丽的城市，去看看这熟悉的街这爱过的人，还有自己在等待和错过中度过的漫长岁月……

康忆然又想起来什么，在箱子里翻了几下，拿出一张泛黄的纸，递给康石。康石在其中夹杂着的汉字中知道，这是日本诊所开具的登记人口使用的出生证明，上面豁然写着康忆然出生时就叫这个名字，而最让康石崩溃的是康忆然的出生时间，正是康翠去世的日子，那个乌鸦漫天、寒冬料峭的清晨。彼时,方君离开他正好九个月。

康石不顾康忆然的错愕,呜呜哭了起来,然后又盯着少年,一瞬间,觉得这孩子和自己有无数的相像,又在哭声中笑了起来,对着不知所措的康忆然说:"你,你什么都好,你什么都好,好,真好!"说罢,目不转睛地盯着康忆然看,又再度笑了起来,不禁咳嗽了几声,点着孩子鼻子,含着几分心疼,说:"就是你这小磕巴儿,得赶快治好!哈哈!哈哈!磕巴好!真好!哈哈!"

无论一个男人有多么坚强,有了孩子之后,都会知道什么叫铁骨柔肠百转千回。他从来认为自己那看似波澜壮阔的情感世界其实是荒荒苍凉的,但康忆然的出现仿若温暖的河流,滋润出了茵茵绿洲。康石身上焕发出了一向只有爱情降临才能带来的抖擞活力。一件偶然事件的出现,康石更觉得孩子身上天生具备让父亲无可抵抗的魔咒,让自己在父子之情面前沦陷。

康忆然在市立第一中学读书,一次放学后,遇到了抢劫。事后他去警局报案,因为丢失课本的焦急和不熟练的中文,反被警局的人一通奚落。康忆然气愤之极,竟冲到管事的办公室申诉,不承想管事的看他言语磕磕巴巴,不耐烦地将他臭骂一顿,不但侮辱他是舌头不利落的磕巴鬼,还狠狠抽了他两个耳光。晚上康石到家之后,听了儿子的哭诉,只轻描淡写地安慰了他几句,转身进了自己的卧室,对着那面已老掉牙的镜子,在扭曲的镜像里反手揪掉腮边一根稍长的胡须,骂了一句脏话:"老子和你拼了!"

康忆然几天以后就忘掉了委屈,康石没有。他打听到那个出言不逊的副局长正是年轻时殴打过他两次的警官,想起那时屁滚尿流的自己，变得更加愤怒。康石在康家父子去世之后，暗下决心筹划自己的大事，尽可能和"满洲政府"保持距离。这次，他决心违背原则。

康石通过数个月周密打探，掌握了副局长的一些黑料，然后在重金贿赂政府高官之后，把这些材料越过层级直接送到新京警察总部的首脑桌子上。同时，康石买通和副局长有私情的女人，让她上门大哭大闹，把这个人家里搞得鸡犬不宁。在新京的干预下，这位大人变成了不折不扣的纸老虎，很快便以贪污罪被捕，随后被判重刑，身败名裂。

当天，手下跟康石绘声绘色地讲着平日不可一世的副局长像狗一样被从办公室拖走，感觉末日将至的他吓得号啕大哭，死拽着办公室的门把手耍赖。人家没办法就几个合力拖他，没想到把副局长的裤子拽了下来，一阵恶臭，众人才发现他屎尿都拉在了裤裆里。康石的手下上前就是一脚，骂道："穷种一个，乱摸个屁！"康石听着哈哈大笑，捂掌喊道："阴谋，全他妈是阴谋。"

回家后他接康忆然去里道斯西餐厅大吃了一顿，并没有把所作所为透露给儿子一丝一毫，而是抽着烟安心地看着康忆然大快朵颐。

出了多年怨气的康石自己都奇怪，为什么自己可以忍受很大的委屈，但是只要这委屈落在康忆然身上，就可以让他不惜铤而走险与虎谋皮。过了些日子，有下属给康石转达，收了巨额酬金的新京方面问是不是需要在监狱里给那人再下重手。康石满不在乎地拍拍大肚子，梳理了一下残存的几缕头发，大度而有意味地说了句颠三倒四的话："债有主，冤也要有头啊！"

康忆然是安静的孩子，像猫一样；也是敏感的孩子，也像猫一样。他从小就有点结巴，配上他脱俗的外表，反而让人升起几分爱怜。经过好久的时间，他才确信这个戴着眼镜整日忙忙碌碌的男人就是他的父亲，而且不会离开他。

他在学校里是非常特别的，并不是因为中文不太流利，时常说出几个日本词来代替不知道的中国词。"满洲帝国"试行中文和日文并行教学，康忆然反而占了不少便宜。再加上最近两年当局开始改良中文，把一些日本词汇带入到中文之中，说是创造属于"满洲国"自己的语言系统，这种荒诞的语言逐渐在社会上流行，反而使得康忆然的短处变成有些时髦。他之所以引人瞩目只是因为他英俊的外表，尤其是他的眼睛，并不是中国人常见的圆滑形状，而是略有坚硬线条，这在他脸上不显得突兀逼人，反让人觉得英姿勃发气度不凡。他走路时上半身似乎没动，脚步却大步流星，像一阵清爽宜人的风。没多久，市立第一中学每到放学，门前就聚集一些少女，她们都是外校的学生，慕名来看这个远近闻名的俊美少年。

这种事久了就会出事。夏天时康忆然骑着单车去学校，一天放学的时候有一个痴狂的女生猛冲到他的车子前面，慌乱之中他差点摔倒。他尽可能低着头，赶忙挪动车头想绕过这个膀大腰圆的女生，没想到被失去理智的女生一把抱住，还把头钻到他怀里哭了起来。又惊又羞的康忆然怎么也挣脱不掉，满脸通红，自己也要跟着哭起来。林周过来帮他解了围，一把拽开女生，义正词严地训斥那个女生，并扬言再有此事要告知学校并请她的家长来。

在康忆然入学之前，高大健硕的林周才是第一中学备受瞩目的男生。当他们成为整天一起学习消遣的好朋友之后，林周一次在冷饮厅里死盯着康忆然的脸，痴傻一般。康忆然半晌才发觉，疑惑地回看着林周。半天林周才像个学究似的感慨摇摇头，冒出一句摸不着头脑的话："你有一种阴柔之美，像妖精！"

一年多后，他们的友情反而愈加亲密，无论出现在咖啡馆、餐厅还是影院，都会成为学校同学们议论的焦点。两人不是兄弟更像兄弟，不是恋人更像恋人，惹得无数少女艳羡不已。到了假期，两人并不是每天都能看到，林周开始给康忆然写信，像个哥哥似的关心他的生活，说起对人生新的认识，只是林周的语言平实直接，让康忆然觉得有些粗陋。他提笔回的信，字里行间尽是温和雅致，林周看到羡慕不已。两个人觉得这种方式有莫大的好处，可以斟酌之后细致全面地阐述对人生的看法，比起面对面交流更让人舒服。

康忆然收到林周一封关于人生和未来的长信，他对其中一句话耿耿于怀："我相信人生的选择是唯一的，坚定的，也是果断的。一旦选择，就该不顾一切地努力，百般挫败也要达到目标。"康忆然在思虑再三之后，写了一封长度等量齐观的信，他对这种极端的认知感到不舒服，但不好意思明说："我觉得人的未来并不是一成不变的，相反，我觉得在未来中逼近的我们，正是因为前路有着不确定的绚烂，才变得生机勃勃。我想一个人本身就是世界的一个孤岛，只是友情、爱情或者什么缘分之类的把这些孤岛连接起来，变成了世界。我们都憧憬着去往一个不同的岛屿，看到空灵的、魔幻的、奇怪的、熟悉的，总之是被未知之光所包裹着的一个让人羡慕不已的景象。这不就说明不确定所带来的幸福与快乐吗？另外，在我很小的时候,养母就告诉我,这个世界人是为希望而生,为希望而活,希望并不是一成不变的,但都是和美好相关的,在希望来临之前,我们最好凝神聚气,安静等待。所以,我劝你应该像自己宽阔的肩膀一样,拥有更辽阔的视野,而不是决绝武断地去处理我们的现在和未来的关系。有的人觉得我清高孤傲,你也知道,并不是的。甚至有人以为自己是这世上的风,不为世上任何所阻碍,随心所欲,不会被改变,不会被伤害,可我也从没这样想过。老师课堂上说的折中学派对于人生,也是有裨益的呢……"

林周的回信似乎有些沮丧,他反复阐述了回忆的重要性,认为眼下的幸福一定会成为生命中最重要的回忆,为此而活,则是此生无憾。康忆然当时正在读康石送给他的漫画《老夫子》,看到来信后,竟然忍不住笑了起来。他本想着马上回复这封信,但思量了一下,还是决定先把漫画书看完。

直到夜里,康忆然才沉下心来给林周回信,写着写着,他自己都有些感动,才知道书信的妙处,不只是给他人倾诉,还会感动自己,让自己在书写中建立对自我的又一层次的认同。

他在信的结尾写道:"就我个人认为,对于一个人的回忆来说,无论是真实发生的、梦境里的,还是曾经看到的一张张图片、一个个故事,在性质上没有什么不同,只是在那一刻成为记忆里存储的一张图片而已。只要你愿意,很漫长的时间以后,把一切当作真实发生过的也并没有什么道德上的恶意。"

这封信寄出去很久,康忆然才发现并没收到回信,他重新拿起林周的上一封来信,又回忆起自己的回信,在不安之中思索再三,又给林周写了封信。他聪明地没有就自己上一封信做任何解释，而是和这个好朋友真诚地回忆了自己的过去，其中写道："有时候，人总要经历危险的阶段，而这个阶段需要独自面对，虽然是痛苦和无助的，但终究要小心，才能安然无虞。还很小的时候，东京下了一场很大的雪，我在放学回家的路上迷路了。看着陌生的街路空寂无人，只有漫天的大雪把房屋覆盖，把道路阻隔，我看着天上飞流而下的大雪，觉得自己到了一个陌生的星球。我跑了好久，摔了很多跟头，觉得世界空洞洞的，就要崩溃似的，所有熟悉的喜欢的都在渐渐离我而去。我甚至觉得自己是光着身子在奔跑，四周是绝对的寒冷，绝对的辽阔，绝对的毫无希望。可是那时候，又想到，可能有无数人像我一样困在这个奇异的空间里，被绝望折磨着，那就好受了一些……直到天色完全黑了下来，我很害怕，就哭了起来。现在想起来，那是我唯一一次号啕大哭，我不断地喊着，救救我！救救我！……终于有一个叔叔走近我，然后在大雪中走了很远的路，把我送回了家。所以，我想着，在无边无际的虚幻的未来之中，总是要有一个引路人，就像童话里的精灵一样，帮助我走近家的方向。我想，你就是那个精灵吧。"

康忆然和藤香认识的时候，他们还太年轻，不明白世上的一切都早有了名字。

他们是在一个诗歌朗诵会上遇到的。

那个有着百灵一样好听嗓音的日本女孩儿吸引了他的目光。他们在人群中互相眺望了几次，之后她意识到什么，脸色绯红，不自觉低头捂着嘴笑了起来。那天的主题是雪莱，本是一场有着悲伤情调的诗歌朗诵会，但他们各自的情绪显得格格不入，在引来不少人的侧目之后，才稍微收敛起小鹿乱撞一样的心绪来。因为参加的人多，他们并没有说话的机会，康忆然也没有勇气主动上前，散场的时候，环顾一周，在熙熙攘攘的人群中没有看到藤香，才有些失落地回家了。那天以后，康忆然的失落逐渐变成了一种累赘，常常让他发呆愣神，无数次回忆起藤香朗诵诗歌的情景，想象有一道耀眼的光划过长空，穿透云层，直抵天之尽头。

他平素就是沉稳内敛的，脸上天生的波澜不惊，薄薄的嘴唇像雕刻一般完美无瑕，好像永不会轻举妄动。偶尔和别人说上几句话，因为结巴和中日词汇的替换，有的人会不自觉地笑出来，他也会会心地笑上几声，这给人更强烈的好感。所以包括康石在内的一些人并没有注意到康忆然内心的变化，只有林周嘘寒问暖，并为康忆然一再否认的变化而惴惴不安。

康忆然一度以为藤香只是幻觉中的一道光，会遗憾地随着时光的流逝而消失，这让他不安。他在夜里觉得自己就是浩瀚世界里一个孤单的小孩子，必须面对现实的残酷，周围的一切都是世界尽头的模样，寂寞、空冷，到处都是和自己无关的斑斓光芒。于是不得不把自己蜷缩起来，尽量小一点，慢慢变成一个尘埃，这样才能把自己隐藏起来，获得一种安全感。但在这种自怨自艾的幻想里，他又感觉自己身体某个部分的意识在不受控制地萌动、勃发，随之就有一种暖流在身体里涌动，好像火山爆发前的岩浆一样，深藏着巨大的能量。这种能量俘获了他，就像他的敌人，也像一个无所不能的神仙，有着迷人的诱惑力，又有深重的罪孽。

他在夜晚睡不着，走出了院子，就像很多年前的康石一样，只是康石是夜间去猎莺，而他是在寻找那直抵天际的光。

这间院子其实和康石的身份并不相符，还是多年前康翠为康石准备迎娶梁珂购置的。康石并不理会旁人的规劝，甚至声称，老树不挪窝，自己会终老于此。不过，在康忆然住进来之后，康石还是大张旗鼓地重新修整了一下，让这座老宅子变得设施现代且装修豪华。康忆然走到附近的路口，漫无边际地张望，他是个小心的孩子，不敢也不习惯独自去到陌生的地方。但是这次罕有的冒险给了他出乎意料的回报。他正百无聊赖的时候，听见路边的院子里传来一个女孩子讲话的声音，显然是开门迎接晚归的父亲。因为离得很近，他并没有回头，只是装着看远方，心里一阵狂喜，是藤香。

康忆然觉得，那个秋天，连落叶都含情脉脉，那个冬天，连凛冽大雪都温暖如火。雪正大的一天，康忆然用自行车载着她，听她哼唱着日本的情歌，歪歪扭扭地一头栽在雪堆里，然后两人索性躺在雪里，仰头看着天上飘落的雪花，久久地说不出话来，虽然他们想说的很多。藤香毕竟比康忆然大一岁，突然扭头问："忆然君，如果……我是说如果，我们有了孩子……是不是很漂亮，很优秀？"他只是看着她不说话，藤香看见他脸色苍白浑身打战，又问，"你为什么哆嗦啊？"他半天才说："姐姐，我们刚才吃饭，只顾看着你，皮衣被人偷走了。"藤香这才注意雪大如席，康忆然傻傻地穿着毛衣躺在雪地里，她第一次抱紧他，说："你是小，还是傻啊？"那一刻她的眼睛是那么干净。

这世上的冷酷在于，相爱的心再辽阔无垠，也不能要求世界给他们万里长风。很多很多年以后，当康忆然机缘巧合重新找回少年时的日记，看到那段日子里三个孩子翻天覆地的生死剧变，小心地在空白处写下一段话，这段话让他斩断岁月羁绊重回翩翩少年，告诉耄耋老朽的自己，爱情无论如何是不会死的。"在人生的荒原上，时间最长情也最无情，遇到本是上天的厚爱，可是，也会，走着走着分开了，越走越远，等有一天，再回头，生者无涯，风雪无边，就真的再也看不见彼此了……"

康忆然发现自己的担心是多余的。林周毫不费力地接纳了藤香，三个人在一起的时候，他对于藤香的细致关心并不比对康忆然的少。这三个穿着学生制服的漂亮人时常结伴在哈尔滨的各个好玩的地方流连。有一次，路过桃山小学，在林周高大身材的帮助下，三个人先后翻越围墙进了空荡荡的操场。在这个休息日里，他们把校园里的木马、滑梯等娱乐设施玩了个遍，直到夕阳西下，算是圆了藤香的心愿，她说原来在这里上小学的时候，总是好多人排队在玩，自己从没这样尽兴过。

夏天的时候，康忆然迷上了钓鱼，他时常约着两人一起去松花江水草茂盛的岸边。他把长长的渔线在空中用力摇动几个圈，最后潇洒地借助惯性向远方扔出去，听到水面清脆响一下，之后就盯着水面漂浮的线，脸上露出一丝酝酿阴谋般的淡淡的调皮的笑。康忆然对钓鱼的迷恋持续了一生，他可以在水边静静地待上一整天，甚至不吃不喝，沉静地观察着水面一举一动，眼睛里跳动着渴望的光芒，露出各种疑惑、思索、决断的神情，似乎这枯燥的等待中蕴藏着无穷无尽的乐趣——在平静的水面下，有个好朋友一直在乐此不疲和他玩耍。他在钓鱼的时候，林周和藤香就在一旁安静地读书，只是小声说几句话，生怕打扰了康忆然自得其乐的游戏。

没多久，康忆然就听到了让他不安的传言。在经过几天认真而周全的思考之后，他终于找到合适的语境，若无其事般问林周："听说的啊，难不成你也喜欢上了藤香？"林周的身体像被电击一般战栗了一下，这让康忆然感觉自己的轻描淡写完全失败了，随之心里好像突然崩坍了一座冰山。他只是看着别处，想找别的话题先回避这次尴尬的对话。林周似乎很快就从震惊中恢复过来，伸出手搂住他的肩膀，这让康忆然有些不适，他挣脱了一下，走出了两步。林周的眼神中出现一种不甘，又显出决然，最终勉强说："藤香很漂亮，我只是有好感而已。怎么会……"

　　世界局势像战天斗地的无涯乌云一样翻滚动荡，无论战场上传来胜利还是失败的消息，都让民众无从辨知，在幻灭和希望中举棋不定自求多福。人类历史进程中这样的时代并不少见，黑暗和泯灭是苍穹一样大的背景，但其中也有繁荣、欢庆和爱情，也许是荒诞的，但不见得一定是腐朽的。苍生之福，不过蝼蚁之幸，上天好生而已。

　　战争是吞噬资源的洪水猛兽，却挖掘了"满洲国"的经济潜力，这块富饶的土地本就不缺少煤炭、森林、矿石和粮食。这一年，"满洲"铁路会社牵头举行了盛大的新年晚会。藤香的父亲在满铁担任管理者，近水楼台，有一些招待票。藤香就邀请康忆然和林周跟着一起凑热闹。

　　康石听说康忆然出门参加日本人组织的新年晚会，闷坐在沙发上，抽着斗气烟，不发一言。他曾明里暗里做了很多努力，但是最终确定，康忆然对于日本人及日本文化的亲近就和他的结巴一样无从改变。他早就发现，儿子和住在隔壁一条街上的藤香关系暧昧，却装作毫无知觉，并不是因为羞于启齿儿子的感情，而是失望和郁闷。他看着儿子兴致勃勃的背影，那种飘逸帅气还是让他感到幸福。他双手在脸上使劲揉了几下，不知道有一天儿子知道了父亲的往事，会做何感想，最后又长长叹了口气，使劲摇了摇头。

晚会在军人俱乐部举行，这是火车站前最漂亮最奢华的宾馆，正对着高耸的"满洲"建国纪念碑。这栋占地颇大的二层建筑，有着绿色的屋顶、浅色的外墙，看上去鲜艳而不流俗。原本是俄国人的产业，前些年和北满铁路一起卖给了满铁。

康忆然的出现在会场引起了侧目，不只是因为他是国民银行行长的公子，还因为他超群出众的外表，又会讲地道的日语，虽然时而有些结巴，还是让人侧目。藤香的父母对康忆然青睐有加，他们求之不得这两个人能瓜熟蒂落，那会是日满友好的一段佳话，况且这个男孩子的家庭背景非同小可。专门从东京请来的乐团不遗余力，整晚奉献了精湛的技艺，康忆然对地道的东洋音乐很着迷，时而低声和藤香说上两句。直到宴会进行过半，两个人才同时想起，林周并没有来。梁珂凑巧和康忆然打了个照面，也觉得这个少年出众，旁人提醒她这是康石行长的公子，不由得又多看了几眼。

过去这些年，她曾经在一些场合见过康石。有一次，正赶上康石和严世岱寒暄商业上的事情，两个人的谈话进行了足有二十多分钟。站在严世岱身边的梁珂有些尴尬和不安，但还是充分仔细地观察了康石，那是无数个年头里他们彼此距离最近、时间最久的见面。她发现岁月已经彻底改变了康石的外表，厚厚的眼镜令那双曾明亮的眼睛黯然失色。她惊讶于那个瘦小羞涩的青年已经成为体态肥腻满脸皱纹的老年人，他的头发似乎没有像严世岱一样变得花白，但几乎可以用集体阵亡来形容。梁珂一向对生意的事情毫无兴趣，她在注意力集中的二十几分钟时间里最终用肥头大耳俗不可耐定性康石，甚至对自己年轻时候鲁莽的行为感到一点庆幸，虽然在某个时刻她曾觉得是自己伤害了康石。

谈话结束，康石才把脸转向梁珂，和她笑笑并道别。在那一刻，她却感觉到一种细腻、尊重，这让她的烦闷有些缓解，又过了好久，她突然觉得那一刻康石的眼神明明是不舍、怜惜和深情，这又让她不安，甚至对自己恶俗的结论感到内疚。现在她看着康忆然，有些惊诧，这少年即便用最严苛的标准来审视，也是绝美少年，即便年轻时的康石也与之天壤之别。她甚至开始怀疑这对父子关系的真实性。

康忆然恰巧回头，正和梁珂的眼光遇上，于是对这位优雅美丽的阿姨举起手中的红酒杯，礼貌地笑笑。他正处于少年到青年转变的美好阶段，这种笑虽是腼腆的，却有一种让人爱怜的质朴，也有一种让人倾慕的别致。就是这个时候，梁珂知道自己错了，他就是康石的儿子。他们的笑容有一种奇异的共性，是说不清道不明的，而他们的眼神也有一样的深情和细腻，在她一生见过的无数人里面，是没有类似的。她暗自感叹，深情原来也是一种天赋，有就有，没有就没有。

晚会散场，康忆然和藤香还在门口张望了一会儿，终究没找到林周的身影。他们在一起回家的路上，路过英国兄弟烟草公司附近，看见几个东洋打扮挎着腰刀的浪人正在叫嚷着什么。禁不住好奇，藤香往前走了几步，康忆然跟在后面有些不安,他知道这些四处游荡的浪人们声名狼藉。那些浪人们试图把一个箱子拖拽到马车上,但那个衣着破烂披头散发的老人趴在箱子上,双手握拳不住地哭泣着哀求着。

藤香回头看了一眼康忆然,然后拿定了主意,大着胆子喊了一声。浪人们对两个少年的出现怒目而视,告诉他们少管闲事。这时康忆然已闪身挡在了藤香面前,经过一番剑拔弩张的对话,才搞清楚这些浪人是来讨债的,这个老妪欠了他们不少钱。但是老妪在一旁听了,辩解说她的欠债还有一个月才到期,他们突然冲上门来把自己的全部家当搬走,说要抵债,这是在逼死自己这个孤寡老人。没想到其中一个浪人说道:"我们等不了那么久了,有人看见你昨天被街上的疯狗咬了一口,谁知道哪天突然死了,我们的钱跟谁要,你个绝户的老东西。"老人绝望地摇着头,还是不住地哀求他们。

康忆然和藤香毕竟年轻,面面相觑,一时没了主意,浪人们不想得罪这个衣着光鲜可以讲流利日语的人,就吵嚷了一句:"这个宋寡妇!不是什么好人!前些年在窑子里,这几年就是拐卖良家妇女到窑子里!不值得可怜!你们让开!"宋寡妇又羞又怒,竟猛地跃起身来,在一个浪人手臂上猛咬一口,哭喊道:"那是我男人给我留的念想啊!"浪人疼痛之余手起刀落,宋寡妇惨叫一声立时一命呜呼。浪人们看出了人命,一窝蜂拖着箱子上了马车,猛一鞭子想抽身而去。谁想那马受了惊,竟一跃而起冲着路旁早被吓傻的两位少年奔去,眼看藤香就要被马蹄踢到身上,康忆然不知哪里来的滔天勇气,竟一转身把藤香护在身下,烈马见人突然倒地,狂飙似的碾压而过。一晚都在军人俱乐部附近徘徊的林周听到这边的响动赶过来,看到康忆然和藤香已在血泊中昏迷过去。

　　康石在医院陪伴儿子足有半个月。近些年他对生意的事情开始意兴阑珊，这段时间内，索性把业务委托给他人，夜晚也不回家，就睡在儿子身边。康石每天都亲手把三餐端到康忆然床头，看着他吃下才算安心，他背着比他足高出半头的康忆然去厕所，每次都累得满头大汗，回来还不忘细心地照顾左腿骨折的儿子舒服躺下。藤香伤得不重，痊愈后每天都过来，希望代替康石照顾康忆然，都被康石默默摆手拒绝了。只要是藤香在的时候，康石就一个人到医院外面抽烟，看着树木凋零落叶满地，静候又一年的冬天缓缓来临。有人给康石溜须拍马，问他是不是要把这件事情追查一下。康石犹豫一下，淡淡地吐出一个悠远的烟卷，看着它在萧瑟的空气中举棋不定，仿佛等风来把它接走，最后缓缓说了句让人误会的话："日本人的事，我不管。"他哀怨地想象那个凄惨血腥的夜晚，想起那个被疯狗咬了又被疯狗杀死的倒霉寡妇，感叹世道多变，各安其命，死得其所，谁也逃不过。

　　又一个春天来临的时候，在家静养了整个冬天的康忆然终于能利索地下床走路了。医生告诉他，虽然接骨顺利，左腿小胫骨的骨折会痊愈，但脚踝处却有不可逆的损伤，手术排除了积水，不过结合处并没有完全复原，这就会使得他偶尔感觉有些疼痛，最好以后不要长时间走路。而且年轻时候是看不出来的，但是几十年以后很可能出现增生症状，如果严重，就会跛足。康石心疼地看着儿子，打趣说："你放心，很多年以后的事情，爸爸估计看不到你成跛子了。"说罢笑起来，拿出一支烟，刚要点起来，看到康忆然瞪了自己一下，才讪讪地把烟放了回去。

　　林周在三个人重新聚首之后，发生了巨大的变化。他变得沉默寡言，甚至有些神情冷漠，不再像以前一样频繁地和他俩出去玩。就在康忆然猜测林周可能在秘密谈恋爱时，藤香倒拍了他一下，认为林周不会瞒着他们什么，可能只是最近功课太紧的关系。康忆然索性像以前一样给林周写了封信，希望他能跟自己吐露心声。他想着用深邃的、诚恳的笔触来写这封信，但是他发现自己无法再重回以前的状态，在思索之后，他终于明白，有了藤香以后，他已经被爱情滋润，不可能回到那种孤单、冷静、荒芜的内心世界了。他并不满意这封信，但还是满怀希望，自己的热诚会得到林周的理解并得到他的回复，好让自己和藤香放心。

　　当自己的希望落空之后，康忆然逐渐有些着急，甚至怀疑那封信被粗心的邮差弄丢了，因为他在学校没有看到林周有任何改变，还是有意无意地避开自己。康忆然在一天放学时和林周在校门口遇到，他有些焦急地问起那封信，林周则略低下头，看着他，并不像有什么不满，反而好像最近的疏远从来没有发生过。康忆然说："给你写信，是想说明我和藤香的爱情，我想，你会支持我，我们是彼此相爱，你明白的。"林周这才笑了一下，然后无奈地点点头。

　　"那你为什么这样，非要抛弃我这个朋友吗？你还是我和藤香的救命恩人不是吗？"林周抿抿嘴，点点头，看康忆然好像看着不懂事的小孩子，他伸手整理了一下康忆然的头发，然后马上拿开，拖着长声说："收到你的信了，会回复你的。"然后把手里的书包甩在肩膀上，头也不回地默默走了。

终于有一天，是暑期的时候，林周答应他俩一起去钓鱼。这天艳阳高照，阳光在江水的荡漾中闪现出无数美丽的光纹，时而猛地灿烂一下，让人刺目。在一处江湾，绿树掩映了一片清凉，阵阵蛙鸣像惊醒的婴儿在啼哭，裸露的岩石被一阵阵轻柔的浪花轻轻拍打，好像在安慰刚做了噩梦的孩子。岸边的水草中时而发出哗哗的响声，这让康忆然意兴盎然，他兴奋地甩下鱼钩，招呼藤香和林周来围观。只是事与愿违，他们等了好久，并没有上钩的响动。康忆然和藤香刻意地和林周多说话，但是并没有什么过多的响应，他总是长时间看着江水流动的方向，似乎在筹划什么。几个小时过去了，很有耐心的康忆然也有些疲倦，索性坐在岩石上，和藤香依偎在一起，打起瞌睡。

　　康忆然恍惚做了一个梦，林周又和以前一样，像个大哥哥一样保护自己，然后兴高采烈地和自己一起在哈尔滨到处寻觅好玩儿的地方。他们正在房间里热火朝天地聊天，然后商讨晚上去哪里大快朵颐，正说得手舞足蹈，突然"砰"的一声，房间的门打开了，站着怒气冲冲的藤香。就在这一刻两人同时坐起身来，似乎藤香也听到了开门的声音，康忆然盯着藤香不明所以，而藤香的眼中并不是愤怒，而是恐惧。他们不约而同猛地扭头向不远处的江面看去，一刹那意识到响声是来自那里，是落水的声音。两个孩子身体不自觉向后蜷缩起来，恐惧地把手紧紧攥在了一起。

　　林周的死让康忆然大受刺激，一病不起。很多天后，才在康石的照顾下慢慢恢复了一些，他对那天的事情百思不得其解，回想起来就像一把凶狠的刀反复扎向自己的身体。又经过一些日子，康石看他精神状态好了许多，可以返校上课了，才把林周死后第三天寄到家里的信拿给他。

信封上的邮票是帝国邮政发行的附捐邮票，就是在正常邮资面值外加上一点钱，多余的收入捐赠给特定机构或事项的。这枚附捐邮票，上面印着最新型的日本战机，写着小字"同心协力，捐赠战机"。康石在家里收到信盯着邮票看了半天，轻蔑地笑了笑。但看到寄信人落款是林周，脸色严峻起来，琢磨再三，私自把这封信扣留了很多时日。

康石转身出了房间，轻轻关上房门。康忆然迟疑着，有点胆怯地慢慢打开这封信，上面却只有短短一句话，却让这个少年"哇"地痛哭起来："我想，我不会爱她的。"

康石在门外双手插起兜，就像很多年以前那样往墙上支着一条腿，仰着头嘴里叼着烟卷，想着自己年轻的时候，愤恨爱情欺软怕硬，为什么要去打败那些娇美脆弱的少年……

宗岬之死是严世岱和梁珂终其一生都无法翻越的泥泞之地，这片弥漫着死亡、绝望、腐烂气息的地方让他们畏惧，他们都没有勇气单独穿越这片苍凉死寂，宁愿坐以待毙。严世岱精心安排的日本之行是他最后一次踏足东洋之地，他在旅顺登船的一刻，想回身拉住身后梁珂的手，却被躲了个空，他知道自己已不能掌控爱情。他并不失落，认为老年人只能依赖，而不是掌控了。

严世岱在东京的日子并不惬意，他在几个不同的场合都对日本凋敝的民生大感意外，感慨地回忆说日本百姓的生活水准比起世纪初都要下降很多。而回到大手町的帝国酒店，他私下里埋怨，明治维新的成果被战争的深渊彻底吞噬了。他由此第一次表示了对"满洲"局势的担忧，并且小心翼翼地透露出要向更远方移居的念头。梁珂一向对这些话题毫无兴趣，只是说："这些事情，要和孩子们商量。"严世岱看了一眼梁珂，点点头："宗嶂已经开始着手准备了。"他站起身来，从身后伸出长臂抱住梁珂，把头放在梁珂的肩上："国兴，百姓苦；国亡，百姓亦苦。小珂，我们应该珍重眼前的生活，我需要……"梁珂一转身挣脱了严世岱，端起茶几上的茶杯，平淡地说："喝杯茶吧。"

他们新婚旅行之后，这是仅有的一次漫长的旅行。梁珂能感觉到严世岱的体贴和恭维，但是她觉得这是他为人的瘾，他的同情出于体面，善心出于体面，愤怒也出于体面，爱情也出于体面，维护爱情也出于体面。在体面这一点上，外人眼里气质高贵的梁珂也自愧不如。这次耗时数月的旅行自然是体面的，但也让人压抑。愉悦坦诚的光线从没有在日本的空气中抵达过他们两人共处的空间里。

回国前一天晚上，严世岱发了很多感慨，说起自己年轻时候对樱花过敏，尤其鼻子会有严重的反应，可这次竟然没有任何过敏症状，看来岁月可以改变很多，也可以治愈很多。

梁珂对着窗户外面的樱花，吐出长长的烟圈，又抬起头，长长一口气，把缭绕不舍的烟雾吹散，自言自语地说道："樱花不会让人过敏，是日本的杉树在这个季节让人过敏，只是在城市外，在山里，人们看不到，就责怪樱花。"

"我说的是我，别的人我不知道，我对樱花过敏，我的事，我当然知道。"严世岱的语气突然带了几分愤懑的情绪，极为罕见。出乎意料的是，梁珂并没有任何惊讶，反而淡淡地笑了，似乎早有预料。她不露声色地继续说："樱花也没有味道，所有人都知道，樱花没有香味，只有绝色的容颜而已。可你总觉得会闻到樱花的气味。来东京后，你经常这么说。"

严世岱从床上站起身来，站到了梁珂身后，闻到他早就熟悉的香烟味道，此刻却觉得荒唐刺鼻。他微微皱眉，盯着梁珂白皙的后颈，和很多年前一样，像樱花一般让人心疼的淡淡颜色，微微张了几下嘴，最终还是坚决地说："我能闻到樱花的香味，这并没错。"

这天夜里，梁珂做了一个噩梦。

梦里的情景是严世岱一个日本朋友席间的闲聊所提到的，他说在北极寒冷地带有一种人擅长捕猎体型数倍于人类的猛兽，这种叫北极熊的怪物力大无比，擅长游泳，而且狡猾。严世岱就说人类在冰面上行走受限，还真不好抓住这东西。那友人则说非也非也，那种硬拼肯定凶多吉少的。人们是用了一种办法，这种怪物生性嗜血，当地人就把掺杂了兽血的水冻成冰坨放在桶里，但要在冰坨里冻上几把锋利尖刀。北极熊遇到这种血冰，就会伸出舌头舔个没完，渐渐冰融化了，它的舌头和嘴就会被利刃划破，后来，它就是在疯狂地舔自己的血，但它闻到血腥味就会上瘾根本停不下来，于是不停地戳破自己脸和嘴，以获得更多新鲜滚烫的血。半天下来，它自己就折腾得筋疲力尽瘫倒在冰面上，只能引颈受戮了。夜里，梁珂就梦到严世岱、梁寿年都变成了嗜血的怪兽，不断舔舐着血冰里的锋利刀尖，不时怒吼起来，面目狰狞，不管不顾，让身上的血慢慢流干殆尽……

有哲学家说，梦境和现实，无分真假。梁珂在日本的日子里，有人的血在慢慢流干。

小城通化的城楼子上挂了两具血肉模糊的尸体，在那年月，一定是让日本人恨之入骨的人。有人壮着胆子在城楼下面观察了半天，才带着悲怆的腔调哀叹："辛家完了，辛家绝户了。"震动全城的消息传到曾经气派不凡的辛府，梁寿年安顿好辛雅，跟跄着跟随众人来到城门前，他的眼神不好，但是对这两个外甥的身材样貌还是熟悉的，眯着眼巴巴地盯了一会儿，也没说什么，垂着头往回走，路上不住抬起袖筒在眼角擦眼泪。

隔了一些天，才有具体的消息传来。辛家兄弟参加的抗联队伍被政府军打散，沿着长白山撤退，准备到牡丹江、完达山一带休整。没想半路中被叛徒出卖，接着被人端掉了三十几处深山老林的密营。这些地方藏着抗联战士的补给和弹药，战士们因此陷入了生死存亡的绝境。辛家兄弟在随后的一次战斗中，为了掩护威名远播深受爱戴的上级撤退，不惜以身犯险主动暴露自己，成功把追击队伍引开，最后兄弟两人被围困在一个小山包后面。两兄弟弹尽粮绝，用各自手枪里仅存的一颗子弹打爆了自己年轻的头颅。尸体送到医院，解剖之后胃里都是棉絮、树皮，应该是很多天没有吃到粮食了。

梁寿年在深夜里领着辛雅来到正屋，跪倒在徐政夫妇的灵位前，一字一句把事情的经过重新说了一次。说罢梁寿年就枯坐在一边，呆呆地看着灵牌前微弱的烛火，想着自己就是那样的火，照不了多少亮了，没用了，该灭了。一直没有言声的辛雅听完讲述，脸上出现了一丝红润。她婀娜地走到梁寿年面前，拿少女一般晶莹的眼光盯着他，把梁寿年看得诧异慌张。她回到自己的房间，过了一会儿，拿过来两幅画像摆在了案头上,梁寿年惊悚地发现竟然是辛家兄弟。突然,她身子抽动起来,然后也大哭起来,嘴里叨咕着兄弟两人的名字。梁寿年惊魂未定看着两幅炭笔画一样的遗像,仔细分辨斟酌之后判定,那不是笔画的,那是用头发一针针绣成的。

梁寿年在清晨委托旁人打探,能不能把辛家兄弟二人的尸体领回来落土为安,这惹怒了驻扎通化的日本军官佐藤。正是佐藤在那次围剿中率领属下围困住兄弟俩,这是他的荣耀,恨不能把这两具尸体刻在通化城楼子上。他每天都在已发出恶臭的尸体下面抽上几支烟,然后背着手耀武扬威地走上两圈,让自己大皮靴在地面上发出"咯哒咯哒"的响声。他在听到来人的请示后,大声叫骂了几句,然后仔细了解了辛府的情况,以前只知道这家人绝户了,现在看还有给他们送终的人。

他在一个汉奸的带领下,趁着深夜摸到辛府,然后打发走带路人,摸了摸腰间的手枪,才撬开后门,走了进去。这个大院子显得冷清孤寂,这使得佐藤的胆子更大也更嚣张了。他本是个色胆包天的人,就想在今晚来瞧瞧传说中那个风华绝代的不老仙女。

佐藤毫不费劲就找到了辛雅的房间,推开门之后,看到她在烛光下绣那永远也不会完成的花,她的长发在微弱的光火下像瀑布一样洒落在脚面上,仔细看,浓黑得发光,就像最上乘纯种黑马的颜色。而辛雅的相貌更让佐藤惊为天人,他觉得自己受骗了,这绝不是一个老妪,而是一个正当年的妙龄女子。深夜的不速之客没有让辛雅抬起头,她只是若无其事地绣花,还低声唱着什么。这让佐藤警觉起来,他又摸了摸手枪,在房间里检查了一圈,发现并没有什么异样,于是想起旁人跟自己说起的这女子的种种神奇传说，才算放下心来。

　　他终于按捺不住，伸手想掐掐辛雅的脸蛋，没想辛雅虽盯着手中的活计，但似乎觉察到他的心思，稍一闪身轻易躲了过去。这刺激了佐藤，他兽性大发，喊道："我是佐藤！辛家的小崽子都逃不过我！"上前把辛雅的绣花甩了出去，顺势抱起辛雅扔在床上，三下五除二就把默不作声的女人撕扯得一干二净。

　　佐藤正意乱神迷，迫不及待要解开腰带。梁寿年不知道什么时候进了房间，从身后凭着一股子死劲把毫无防备的佐藤从辛雅身上撞了下来，自己则重重地撞在了床角。佐藤暴怒地起身冲着梁寿年死命踢了几脚，想着拔出手枪结果了这老东西。但转念一想，自己私自来寻好事，枪声会惊动旁人，况且，听说这家有个老人的女婿在新京极有势力，万一是此人，恐怕更不好收场。这才又一顿老拳，把梁寿年打得昏厥过去，才又转身扑到辛雅身上。

　　正当好事将成的时候，一个重重的身影猛地压在他身上，他正想使劲掀开，一直默不作声的辛雅突然用长发死命绕在了他的脖子上，佐藤顿觉大事不妙。辛雅的头发极其厚实，佐藤想挣脱开，比登天还难，就在这工夫，头发又在脖子上绕了一圈。而他的双手被梁寿年拼着老命用身体紧紧压住，动弹不得。转瞬而已，辛雅积攒了一生的长发化作天神手中的鞭子，威严凛然，蕴藏千钧力道，佐藤身首连接处发出一声闷响，是颈骨折断的声音。

　　那时正值漫长冬季的尾声，通化城外的积雪还没有融化。赤身裸体的辛雅披散着黑油油的长发在严寒中跑出城去，她的脚印在纯净的雪地里一直通向远处的长白山，罪有应得的邪恶的血一滴一滴报应似的在发梢滑落。在身后很远是一个踉跄的身影，凄惨的月光下，不离不弃地吃力跟着……

天亮时，辛雅来到了山中的一处悬崖，她看着远处朦朦胧胧的通化城，还有城楼子上那迎风飘荡的尸体，放浪地大笑一声，带着一生绝美传说，跳落下去。

又过了不知道多少年，人们在山里发现一树神奇的白花开放，众说纷纭，不知道这是什么花。这花在山涧极险处扎根，那是没人能抵达的尖锐岩石的最顶层，严寒的尾声就开放，赶在春天的前头，而且发出能飘出几十里的阵阵香气。等到了夏天，蜜蜂都会齐聚在这树花朵上，对周遭的姹紫嫣红不理不顾。这树绝美异香的花就像明月在地面驻留，就像神仙的眼泪滴落凡间。

后来有通化的百岁老人闻讯来看这树花，又在这花生长的位置远远观察了一遭。最后跟年轻人说，这种花是一种传说中才有的圣洁无比的花，千百年才能遇上一棵，据说这树不但要历经多年的萌芽、生长才能开出花来，还要有一种可以感动神仙来驱魔除妖的血来滋润它，那是一定要带着命才能作数，在种子入土那一刻，这血就要随后而来的。不信，你们仔细看，那树的根部，还能看出血色呢……

6

城市里，孤零零矗立着一座教堂，木质的彩色屋顶在高处闪现着晨曦的光辉，还未到近前，它又被一团浓雾慢慢淹没。她在马车上有些疑惑，看到万丈金光照射在宽阔的马路上，旷野消失在视野里，取而代之的是更多的教堂、神社和寺庙，似乎带着神的气息；而同时在掠过的风景里，还有庄严的大楼、豪华的宾馆以及生机盎然的花园，却是人的味道。她看见乌鸦在电线杆上起飞，像黑色的画笔一样在天空中游荡，火车的浓烟也升到天上，和它们混为一体。她的马车又在风雨交加中来到松花江畔，江水平静得像镜子，好像千百年来从未曾咆哮过。可倏忽间，一切都消失了，她只能走在寂寥无人的中国大街上，雾气昭昭，竟看不到远方的索菲亚教堂。这时天色低垂，不知不觉来到八杂市上，这里冷清清的，像凝固在橱窗里的微缩玩具，莫梵翻过的春宫画片散落在地上。她在恐惧中向自己家的小花园跑去，但是无论如何也找不到方向，在夜幕降临的时候，看到风停雨歇的街道尽头出现了从没有见过的陌生小路。这是一条陈旧的路，黑魆魆地通往不祥之地……

梁珂终于在梦魇中惊醒，伸手在床上好一阵子摸索，才意识到自己正在家里，自己已是一个寡妇。她在黑暗中点燃一根烟，抽了几口之后，又恍惚想起梦境，喃喃说道："三十七年九个月零八天。"盯着烟头上红色的亮光,又冷笑了一声。三十七年九个月零八天,如果命运记得,一切都将从记忆的繁复之网中重现……

严世岱猝然离世之后,梁珂用了相当长的时间才从最开始的震惊、木然、听之任之的复杂情绪中摆脱出来,甚至有一丝时而浮现的解脱,一个接近六十岁的老妪终于到了告别爱情的时候。她企图让这种轻松的感觉在自己的内心生根壮大,从而打破内心世界的孤独。许多年以来,曾经以为自己是最孤独的,并且习惯孤独,但是严世岱的棺材被绳索缓缓放落深深墓坑的时候,才陡然发现,孤独是这世上最可怕的病,即便死亡也不能治愈。恰恰是严世岱的死,让孤独从内心的疼变成了一种身体上的疼,从血管里发作的隐隐的疼,传递到身体的每一个神经末梢。梁珂把孤独归咎于爱情,希望能用告别爱情的决然战胜孤独,不让孤独在生命最后的日子成为主角。

梁珂曾经是不屑寡妇的,并因之而对爱情抱有最隐秘的恶意。无论在她读过的小说里,还是这些年遇到的,寡妇从来都不孤独,寡淡外表里面都是无数放浪形骸的故事。她们哭天抹泪送别自己人生的男主角,并且信誓旦旦为爱情殉葬也在所不惜。但是不久之后,她们的风流韵事就像夏日里的蚊虫一样无处不在,每一段传闻都让人心口不一地指指点点,甚至成为寡妇之后的女人似乎更加风采光鲜,韵味无穷。梁珂曾轻蔑地认为,成为名媛之前最好先成为寡妇。

梁珂并不害怕自己会堕落,她有着坚定的信念,即便自己有一天像父亲和小姨一样从悬崖跌落,也会坠入灌木丛或者花海之中,而不是摔死在粪坑里。在和路新斋那几次秘密的谈话之后，她更坚信这一点。

　　最近，她意识到孤独已经超越一切病状正成为最大的敌人，这座房子里的一切，都带着严世岱的影子，甚至盖过了宗岬带给她的回忆。这个男人不是死了，只是化作了自己身边的每一道光，每一件物品，甚至每一刻时间。她抽着烟，伸手抓了几下已经灰白的头发，痛苦地发现，曾经关于爱情的不屑是错的，寡妇们并不是爱情的掘墓人，她们之所以背弃誓言，甚至招蜂引蝶卖弄风骚，是因为得了孤独的病，她们在用尊严、欲望和名声等能够拿出来的东西企图治愈孤独，奢望在黑暗中得到一丝慰藉，从而能在时光的善意中不那么冷冰冰地死去。

　　梁珂为自己的思考感到垂头丧气，深信一个已经风烛残年的老寡妇没有治愈孤独的办法。她不由感叹世事的吊诡玄妙，就在不久之前，还在想着自己告别人世的时候，应该如何跟严世岱交代后事，而现在，她成了一个寡妇，并且改变了对寡妇的看法。梁珂起身走到严世岱的书房，恍然发现，这是她第一次独自走进这个男人的书房。她轻轻叹了一口气，坐在了严世岱的大班椅上，然后伸手摁亮了桌子上的绿色台灯。宗嶂在整理严世岱的文件时，发现了父亲对路新斋遗产交办的文件，并且在梁珂的嘱托下，悄无声息地处理好了父亲也是路医生最后的嘱托。梁珂随手打开了一个抽屉，看着里面放了一些未拆封的信件，宗嶂并没有动它们，也没有刻意问她，显然他是想把这些父亲的私人事情留给母亲处理。梁珂用手触摸了一下这些信，然后又缩了回来，关上了抽屉。她凝思一会儿，觉得天亮的时候告诉宗嶂，由他来处理就好。

　　她呆呆地坐在大班椅上，紧闭着嘴唇，直到嘴里有了一点咸味,才重重地眨了几下眼睛。她看着发出柔和光线的台灯,想起这是严世岱的日本同窗送给他们的新婚礼物,一晃竟用了三十多年,她伸手摸了摸台灯垂下的开关吊坠,记得已经换过好几个了,但吊坠还是被频繁的拉拽磨得发亮。她脸上露出一丝笑意,觉得从未对严世岱这样温柔地笑过,因为她从没这样思念过他。而这种笑意维持了一会儿,又变成了一丝愧疚……这个同窗梁珂从未见过,当他们在日本旅行的时候,曾经见过他的遗孀,一个长相普通的日本女人。

严世岱那天回到酒店之后,跟她说起了那位日本同学的故事,这位同学出身于关西财阀之家,人长得高大英俊,是有名的花花公子。第一次婚姻娶了东京的交际花,他们彼此各玩各的,互不干扰。直到四十多岁的时候,有一天,他看到半夜才回家的妻子喝多了酒,瘫睡在沙发上,突然有了一种爱怜之心,于是,就起床帮妻子盖好被子,并且坐在妻子身边,看着熟睡的女人,觉得从此以后应该严肃地认真地生活。他发现妻子头发上有黏液粘在一起,以为是呕吐物,于是伸手去整理,豁然发现竟然是男人的那东西。那一刻,他冲进洗手间呕吐起来,最后大哭了一场。不久他们就离了婚,然后这个花花公子娶了一个在中学教书的普通姑娘,而从此之后,他竟然回头是岸,对爱情忠贞起来,他们一共有了三个孩子,生活非常美满。

临去世之前他曾给严世岱打了电话,告诉老同学他为自己的一生感到幸福,因为发现了爱情的秘密,这甚至治愈了他所有的不幸和无情的时光。在那时,梁珂对严世岱的讲述充满不屑甚至敌意,为意识到的男人的虚伪和狡诈感到不适。而现在,她在这微弱的灯光里,恍惚有些温暖,为这个故事的真相触动，同时意识到了男人的真诚。梁珂深深吁了口气，轻轻拽了一下那个陈旧的开关吊坠，熄灭了灯，让自己重新陷入黑暗中，把脸上的表情藏了起来。死亡能够终止所有因为爱情而生的仇恨，并且还给爱情本身。

春天还没来，欧洲战场局势已发生翻天覆地的变化。苏联和盟友的大反攻非常顺利，历史在重复，苏联人正重演二百年前反击法国一样的角色，欧洲的救世主亚历山大一世沙皇重新降临人间。太平洋战场上，曾经在神州大地不可一世的日本精锐师团飞蛾扑火般被整建制消灭，他们在中南半岛的形势也同样让人担忧。但他们依然保持着中国战场的主动权。

前几天，豫湘桂战役大获全胜，日军占据了湘北、湘南还有广西的大片土地，"满洲"的报纸、广播整天都在鼓吹日本军队正全力备战湘西战役，此战胜利后他们将进入云南，打通中南半岛纵深通道指日可待。不过，舆论宣传素来只能应付乌合之众。哈尔滨的商业秩序已经一片混乱，物资紧张带来的通货膨胀让市场陷入萧条。真正具备观察力的人已可以得出结论，轴心国的崩溃就在眼前，日本人绝无实力将战争进行下去，目前市面上的物资紧张究其根源是战备物资不足和外部资源枯竭所导致的。德国投降，在远东孤军作战的日本将面临来自盟国阵营的灭顶之灾，而"满洲国"的命运则是未定之天。

莫梵是在严世岱葬礼之后很长时间才来到哈尔滨的，梁珂已逐渐习惯在黑暗中徘徊。两个人枯坐在房间里，只有墙上的钟摆发出细微的声响，提醒她们，时光在一寸一寸地向所有意识到它存在的人告别。她们对视许久，同时发现，彼此眼中的异样其实都是因为一个原因，就是她们都身着哀伤的素色衣服,这种打扮因为过于丧气而与美丽无缘,也因为过于寡淡而让人容易走上极端,欲望膨胀或者清心寡欲。两人心领神会,然后对着笑了起来。梁珂用手捂着嘴瘫坐在沙发一角,然后跷起二郎腿,又伸长一条笔直修长而又雪白的腿,自己看着,觉得像一条闪亮的鱼。她才发现,已经很久没有注意自己的美丽了,这让她有些内疚。

梁珂又看着笑得浑身肉颤的莫梵,打趣地说道:"你并不为姗姗来迟……而有一点内疚,现在不想看见你……"伸出一只手指轻轻比画着,"你总在提醒我,我也不年轻了。"说罢点了点自己的胸口。莫梵的笑带了眼泪,她拿出手帕捻起一角擦了擦,似乎对梁珂的打趣无意反驳,叹了口气,双手抱着一个膝盖,晃晃悠悠地说:"是啊,大小姐,我陪了你一辈子,最后陪着你成为寡妇。"莫梵的丈夫在度过了一段痛苦的弥留岁月之后,也在不久前告别人世,这也是莫梵耽搁了严世岱葬礼的原因。这种情况下,两人的见面反而少了应景的寒暄,多了一些说不清的亲切和安慰。世上,没有比同病相怜更好的安慰剂了。

"你……你信教了?"梁珂注意到莫梵脖子上金灿灿的十字架。"嗯……是……"莫梵低头盯着十字架,用手整理了一下,脸上露出一丝虔诚。她看梁珂没有作声,又解释说,"你知道吗,我现在才发现,找个比自己大得多的男人,要做好迎接死亡的准备。所以,我想,等我老了,主会帮助我。"梁珂侧了一下头,苦笑了一声,心里想,也许,信仰是因为恐惧而生,向无惧而死。她又站起身来,伸出修长的双臂在头顶做了一个拉伸,这是她年轻时舞蹈课之前常做的动作。她双腿绷直微微分开,拉伸着手臂的同时扭身对莫梵说:"你记得吗,你曾说过,关于爱情的一切问题,都要在床上解决。"她不断左右做着伸展动作,似乎很享受这种舒展,也没等莫梵回答,接着说,"也许你忘了,但我记得,你说得好,不过……床上不只解决爱情生的问题,也分分钟解决爱情死的问题。"莫梵缓缓站起身来,走到梁珂面前:"是啊,我们都说得对,为什么不对呢,小珂,不是吗?"她帮助梁珂整理了一下头发,"世上所有的幸福,最终都只剩下孤独。"梁珂想起严世岱的话,说:"亲爱的,誓言无论真假,都是刀子。"然后,她们轻拥在一起,分不出先后,都小心翼翼地低声哭起来。

  她们在一起度过了一些日子。一天,两人突发奇想,挤进了同一个浴缸里,就像少女时候一样。莫梵肥胖的身材让浴缸显得格外拥挤,水被洒了一地。她尴尬地说:"不知道为什么主这么眷顾你,还让你和少女时候一样苗条和美丽。"说着,眯起双眼,装出陶醉的样子打量着梁珂的身体。梁珂并没有理会,点上了烟,仰起头呼出一口烟雾,才看着水波里白皙修长的身子说:"只是还是那个样子,也只是样子而已了。"

  她的身形确实保持了少女时候的样子,这已经殊为难得,这是终生自律的回报。但平滑的部分早就有了层层褶皱,而曾经丰盈的部位早不丰盈,只是勉为其难保持个形状而已。她把腿伸出水面,放在浴缸外面,这让浴缸里的拥挤缓解了一些。她欣赏着自己的腿,觉得,这已是她的皮肤上最平滑的部分了,也许,这是那么多年舞蹈训练的结果。莫梵像以前一样,迅疾伸手揪了一下梁珂的乳头,她瞬间意识到苍老并没有放过梁珂,倒是说:"你这姿势,就像个荡妇!"梁珂自己都奇怪,没有半点感觉到不舒服,反而更劈开了浴缸外面的腿,又翘起来，罕有的放肆地笑起来。

她们在对双方的身体评头论足一番之后，才从浴缸里爬出来。梁珂让用人找出年轻时候的芭蕾舞裙，这些衣服已珍藏有年，只是因为保养得当，还未有过多陈旧之色。很多年前，严世岱曾沉迷卧室里的性游戏，那时她还曾经穿上过。梁珂在莫梵的帮助下，认真地穿好舞裙，并在头上戴好绢质花环。最后，她打开留声机，像少女时候一样，跳起了芭蕾舞，只是因为年纪的原因，已显得生硬甚至笨拙，但这无碍两个人的情绪还和很多年前一样，好像时光倒转。

最后她在疲惫中停了下来，坐在地上，看着光线在音乐中虚幻旋转，她觉得自己其实从未接近艺术的本真，为舞蹈倾注过的青春时光并没有让她变得深刻，而是严世岱给他带来过的生活让她在此刻重新意识到舞蹈的真谛，艺术的又是生活的，淫荡的又是克制的，身体的更是灵魂的，自己的最终是他人的，因为时间只有与他人共享才有存在的意义……她又想，跳舞的女孩是不是因为过于爱自己，而忘记了爱别人，只是年少无知被舞蹈骗了自己……

"其实，没必要的，很多事没必要的。都是假的，自己好，孩子好，就好。"

梁珂知道这是朋友的安慰，反而勾起了某种久远的思绪，是啊，没必要的，很多事其实其来有自，知道了全貌，就会觉得惊讶又无聊，似乎一切都不值得。天空之飞鸟画出浪漫唯美的影子，只是一次周而复始赶路无心为之。

她最终还是说了："我知道你勾引的第一个有妇之夫是谁。"
莫梵本来面露笑容，突然脸色呆滞，盯着梁珂。

"是我爸。"梁珂在这时候才突然想到为什么小时候和莫梵的友谊突然中断，那时还是个孩子的莫梵就表现得格外风骚了。梁珂母亲一定是敏感地注意到了这一点，出于保护爱情的目的不再欢迎莫梵到家里玩。

　　梁珂不以为意，又点燃一支烟继续说："是我爸，要不他怎么会由着你来哈尔滨，由着你在我身边，一点都不介怀。那时，他对任何接触我的人，包括女性，都会有一点嫉妒。对你没有，我想只有这个原因——"

　　两个人陷入沉默，对着抽烟，对着观察，对着回忆。

　　"滥交，滥交！破鞋，破鞋！破鞋是对抗爱情的秘密！是吗？"嘲讽的笑声不像是这个一贯高贵的女人。

　　莫梵半晌才瞪着眼睛，张着大嘴，像遇到美男子般惊呼起来："我才发现，你，你的屁股，好圆，好翘，"然后左右晃着脑袋，意味伸张地拉长音，"好——骚啊！"

　　只有最熟悉的人才能意识到一朵花开始枯萎的迹象。

　　当莫梵发现梁珂经常在某个时间独自坐车前往医院的时候，她开始疑惑，并对梁珂夜里偷偷服药感到不安。直到有一天，梁珂再一次拒绝了莫梵陪她度过更长一段时间的建议，反而鼓励莫梵既然想好用余生去做一个虔诚的信徒，去做一个传教士，那么就不该在哈尔滨耽误更多的时间。世上没有什么比浪费时光更僭越的事情，也没有比沉迷于过去时光的老人更可怜的人了。在她们分别的时候，梁珂拒绝解释自己的身体状况，她像往常一样淡淡一笑，不过，她最终抚摸着莫梵的肩膀，云淡风轻地说："姐姐，我们都知道，你我曾是这城市里最美丽的花儿……世界上，没有一枝花生来就是一枝花，也没有一枝花结束的时候还是一枝花。"莫梵最终收敛了担忧,安静地看着梁珂已经开始憔悴苍老的容颜,在胸前画了一个十字,坚定地说:"我会为你祈祷的!我相信,主会保佑你!"梁珂说:"会的!一定会的!"当莫梵在严府门前准备上车的时候,她看到远处一棵正在抽芽的大树,扭身贴近梁珂的耳朵,小声说:"这些日子,我在夜里,看到了那个人,我还记得他,他还在那里……"说罢,指了指那棵树下的几个烟蒂。梁珂的眼神跳闪了一下,出现了一丝光亮,又浮现出少女一样的羞涩,显得无措慌张,这不像个寡妇。莫梵接着说:"妹妹,你和三十多年前一样,是的,你……还是那个姑娘,就像……他……石头?"

康石用了十四年的时光,耗费心机,终于让康家一贫如洗。大功告成的时候,他双手握拳在办公桌上快速地捶了几下,然后用力伸展短小的双臂,伸了个长长的懒腰,大大地呼了口气,好像卸下了一生的负累。

那一年,康又纶在父亲葬礼上的枪声不但杀死了自己,也杀死了康家引以为自豪的事业。当然,要让这一颗子弹获得意义,则需要康石之后的精心摆布和暗度陈仓。

在康佩吉葬礼的前一天,康又纶带着康石站在院子里硕大的香炉前面,恨恨地指着已经几天没有熄灭的火焰,对康石低声说:"这里不全是纸钱!不全是奠仪!"康石望着被火焰映射得变了形的堂哥,用手使劲挠挠头,他已被最近几天遭遇的伤心、焦灼和危险弄得心烦意乱。他皱着眉,显出愤懑的神情,仰头看着高出自己许多的堂哥,完全猜不透这个平日里特立独行的公子心思。"这里面有许多是情报……"康又纶没理会康石在一旁的目瞪口呆，坚毅沉稳地盯着熊熊火焰，"在过去的一些年里，我参与了南京方面在哈尔滨的情报收集工作，这里有很多都是过往的资料。"他轻轻说着，在噼里啪啦的焚烧声中，显得微弱又石破天惊。康石的脸色已从愤懑变成了惊讶，又从惊讶转成了恐慌。他瞬间想到，听闻奉天的国民党情报机构被关东军一网打尽，连带抓了许多东北各地的情报人员，这些人表面身份各异，但都是在过去的年头里针对盘踞东北的日俄势力的。康石才醒过神来，猛地伸手抓住堂哥的胳膊，喘着粗气怒气冲冲地低吼一声："你还不快走！"康又纶这才扭头看着康石因为紧张而涨红的脸，然后又看着远处站着的康继往，头稍稍高傲扬起，转瞬又轻轻放下，轻描淡写地说："来不及了。"

这天，二人的对谈持续到深夜才结束。康石这才知道，康又纶当年在浙江笕桥飞行学校学习时就被当局招募，回到哈尔滨后，利用显赫的身份和丰厚的身家为南京政府搜集了大量日本人的军事、技术情报。这次奉天事件事出突然，让国民政府的情报组织措手不及，大量组织材料被起获，很多情报人员被捕。

康又纶在哈尔滨城破的当天就得到消息，他已被关东军盯上，只是碍于他家的名声，防止因有疏漏反在社会舆论上被动，所以关东军正在做最后的甄别工作。康又纶告诉康石，他已经销毁了自己手中的全部证据，日本人抓不到什么把柄，但是自己不可能挺过他们的酷刑。与其连累他人，不如自己了断，也算舍身成仁报效党国。而且这样也会最大程度减少给国民银行带来的不好影响，因为这个事业还很重要，需要康石帮忙。他叮嘱康石，在自己死后，要把这些事情告诉康继往，并送他去国统区学习飞行，也算继承自己的心愿，同时完成爷爷的遗愿，今生一定要在天空上和日寇决一死战。谈话进行到这个时候，康石已经泪流满面，他浑身不停地哆嗦，看着面前的这位英俊公子，感觉他似乎在天上盯着自己，而自己卑微不堪，卑微至极。

康又纶似乎对康石的表现非常不满，他像说着旁人的事情一般说着这些，甚至没有刚刚丧父的伤痛，平和安然，条理清晰。调动耐心安慰康石的情绪之后，他起身给康石倒了一杯水，淡定地叮咛康石，因为康家的产业过于庞大，而自己了断之后没有证据，日本人拿不出理由没收它们。康石要在日后的这些年里，表面维持国民银行的运营，暗地里转移所有利润以及康家的产业，所有的资金最终都要捐助抗战当局来购买飞机，这也是老人家临终的心愿。他在最后，双手握住康石的手，凝住两条粗壮剑眉，眼神像利刃一般刚毅和果断，咬着牙沉沉地说："拜托你！买飞机！炸死他们！炸死他们！"

康石在堂哥自尽的枪响之后，开始了自己另一种遮人耳目的孤行之旅。这次目标不再是城市街头的夜莺，却要更危险、更隐秘，也更刺激。他先以送康继往出国为名，瞒天过海将他送往了南方的飞行学院。然后通过各种渠道秘密接触抗战当局，通过国民银行海外业务的名义，将资金通过层层审查，甚至绕道英国、美国，耗尽心机让这些资金最终都变成了一架架满载国仇家恨的飞行猛兽，最后不惜一切代价送达抗战部队。

康石最开始是胆战心惊的，但后来开始游刃有余。他一面最大程度赚取"满洲国"的利润，一面暗地里偷天换日。这一切都只有他一个人知道，所有相关的人都只知道自己所经手的一部分业务。他常常笑言：自己的胆子没了，所以吓不坏的。

这时候只有他自己知道，秘密只要能永远成为秘密，那胆子要多大就有多大。每每走在街上，望着街上飘扬的"满洲国"旗帜，他常常会在心里冷笑嘲讽："阴谋，全他妈的是阴谋！"前不久，康石妥善完成了最后一笔捐赠，这次购买的是美国最新式战斗机，价格极其昂贵，而他也把个人多年积蓄几乎全部搭进去，才勉强凑够数。这以后，国民银行连勉强维持业务的资金都捉襟见肘。他清楚，不管"满洲国"能不能逃得过轴心国失败的劫数，他们康家和国民银行的缘分已经山穷水尽了。

康石伸完懒腰之后，双手重重地拍了几下大班椅扶手，又借劲起身倒上了白兰地，兴致勃勃地喝了几杯，他有种志得意满的情绪，念叨着："十四年，十四年啊，"然后再度一饮而尽，让酒香在嘴里发酵着，又低头端详着浓厚的酒体，喃喃哀怨，"是啊，还有更长的……"

微醺之后，康石来了劲头，想在办公室里唱上几句，几十年过去了，已记不起那些情歌的调调了，咿咿呀呀几句之后，自觉失态地笑笑就作罢了。他已是不折不扣的老年人了，经常忘记一些日常的事情，起初有些恼火自己，后来听之任之。最近，他开始欣赏起这种衰退，为背负着别人对自己身世的恶意，在风雨飘摇的世道里安然无恙地活了将近一生感到自豪。他曾实现了那么多遥远的愿望，曾经拥有过那么多别人无法企及的财富，也睡过无数让众生垂涎三尺的女人。当他变成一个肥胖不堪的老迈之人，为自己未曾虚度光阴而暗自喝彩。一个人无论人寿几何，他生命的宏大意义——如果称得上宏大的话，就在这三四十年的时间里实现，其余的，要么是铺垫，要么是收尾。

康石在自得中徜徉了好几个小时，自忖从未自得过这么久，突然警觉起来，多年的暗战心态让他保持警惕，乐极生悲是人生最稀松平常的事。他在审慎复盘过银行的业务和各种人事之后，还是止住了惬意，穿上外套出了门。

康石从车子里出来，四处看了一圈，他已经十几年没来过这里了。捷克领事馆的人最近撤离了哈尔滨，那个硕大的奶头状穹顶随之也干瘪了，曾经风韵满满的建筑看上去像个和性无关的老太太。康石熟门熟路上了楼，看门虚掩着，索性轻轻推开一点，闪身进屋。他听见客厅里有不匀称的鼾声，想起她一定躺在那个曾孕育他无数激情和血性的沙发上，脸上露出一丝坏笑。任繁微微睁开眼，看见一个沉稳的老人看着自己，也露出了一丝暧昧的笑，这让他们看上去都有些诡异。人的哭永远是一样的，笑却最挑年龄，至于原因，笑需要眼睛的千变万化，而哭则只要泪水。

康石坐在沙发的一侧，他想像以前一样跷起腿，但肚子过大腿也肥胖不少，只能勉强把脚踝放在另一条腿的膝盖上，这显得怪异愚蠢，于是就放弃了。任繁看着康石一番折腾，像在看一个淘气的孩子，虽然他油光满面的脸上也有了很多褶皱，眉毛也开始变得稀松并低垂。她开口说：“你可是胖了不少呢……”康石听着这句话就知道任繁判定他会来，同时认定自己来对了，他扑哧地笑起来：“是啊，不知道从什么时候开始，我已经看不到自己的小鸡鸡了，除非借助家里的镜子，才知道它没有丢。”说罢又拍拍自己隆起的肚子，肚子发出砰砰的声音。

任繁已是垂暮之年，极度消瘦让她显得瘦小可怜，看着就像倚在沙发上的一堆衣物。她侧身伸手整理了一下自己的头发，拉长音调说道："有就好，没丢就好。"又琢磨着说，"看不见，没关系的，看不见的越来越多了……"康石也打量着任繁，她现在的年龄比母亲去世时还大上不少，他并没有如此近距离地和这样年老的女人接触过。她的呼吸如游丝微弱，动作像空气里的浮尘一样飘忽，这让康石有些游离和不安。他定定心神，伸出手来，想从任繁的衣服里摸索进去，当触摸到她的皮肤的时候，却犹豫了一下，发现她的皮肤已经和身上的真丝睡衣触感接近，柔软松弛，没有任何弹性，好像可以轻而易举揪起很多褶皱。任繁拿开了他迟疑的手，好像他摸的不是自己的身体，而是属于自己的物品。

他们坐了很久，说了很多，甚至怀念起在这个房间里疯狂做爱的细节。他们坦然而兴致勃勃，好像那对饥渴难耐的男女是他们的孩子，并不是他们自己。就像山丘上一个丢弃日久的房子，躲进来两个人，他们相拥在一起，任凭风刮进来吹落他们的衣服，他们还是瑟瑟发抖地抱在一起，结合在一起。他们能听到江水沉闷的呼吸声从地平线的开端传来。在与世隔绝的空间里，他们什么也没有，什么都有，雨水和希望慢慢渗透到四周的墙壁上，卑微的苔藓顽强地在地上生存着，天空和大地的悲伤在沉寂中消散，却让他们感觉幸福。

任繁显然有些疲惫了，看着康石头顶那几缕头发从右侧盖住了寸草不生的硕大脑壳，灰白跟跄得一塌糊涂，笑笑说："这几根头发，倒奇怪，为什么不会掉？"康石回答："人，总要保留一些吧，是它们想给我留个念想吧，你看，你的头发还是比我多。"说罢，盯着任繁泛黄无神的眼睛，心里想，人老了，眼睛就不会泄露秘密了。任繁听罢，缓缓起身，走到一个柜子前，翻腾出一沓泛黄的文件，双手捧着，递给康石："喏，全在这里了，很多年了吧……我相信你，会改正的……"

康石摘下近视镜，戴上任繁递过的老花镜，简单翻阅了这些文件，正是他适才在办公室复盘之后唯一担心的事情。在为康家暗中转移财产的一开始，他并没有足够的经验，那时任繁还在上班，正是她悄无声息地帮助康石处理了可能留下马脚的财务文件，也在关键时刻挺身而出，为康石蹩脚的借口承担责任，从而消除了很多危险。他们在那个时候从未沟通过这些财产转移的真实目的，只是默契合作，让大笔金钱通过隐秘的渠道流出哈尔滨，仅仅是总是还牢牢掌握在康石手里。这样持续了几年，当任繁彻底退休的时候，康石已建立了天衣无缝的体系，可以避人耳目轻松处理好银行内的所有账目。康石今天的思考事无巨细，隐隐意识到最初的几年，那些漏洞百出的票据是这件大工程的唯一隐患，他笃定，这些文件当初被任繁处理后，未必被完全销毁。

"为什么留着它们？"康石手里握紧这些文件，温情地问。"行长大人……"任繁随之叹了一口气，"现在，无所谓了……可是十年前，我还是在乎的，还不知道岁数大了，孤独的时光如此难熬……"康石把这些文件在房间的火炉上一张张烧掉，最后搓了几下手，长长舒了口气，才转身对任繁说："有时候，爱情给我的太多了……我无法回报。"然后他像当年抱着母亲一样，抱住任繁，把下巴放在她的肩膀上，闻到一种腐朽的味道，但还是很陶醉。任繁没有说话，在推开康石之后，像要断气似的微弱和倦怠，沉吟道："有的人要爱情，有的人要金钱，有的人什么都要……要爱情的，寂寞地死；要金钱的，寂寞地死；什么都要的，连寂寞都不会可怜他……"康石说："要不，我……"任繁轻蔑地笑笑："你很有钱了……我，现在，只等着寂寞，也只要寂寞……"

康石在任繁睡熟之后，为她掖好被子，悄无声息地走出去，又转身蹑手蹑脚关好门。他没有跟任繁解释什么，秘密如果不是秘密了，就会死人，就会沦陷，就会让美好的变成肮脏的。过去的年头里，他曾无数次按捺不住想去跟任繁讲述自己的爱情，但是意志压抑住了一切。他已经习惯火焰炙烤内心，习惯浓烟弥漫身体的每一处，但永远也不会迷路。秘密是爱情存在的前提，没有秘密的爱情是不存在的。他愿意让误解存在下去，这个误解会让任繁的爱情变得伟大，误解能够伤害的不是真正的爱情，误解是真正的爱情的肥料。他愿意在任繁心里做一个偷天换日的爱财之人，并因为她的存在，他实现了目的。

康石上了车，像最近很多日子一样，让司机载他到花园街的路口，然后自己在黑夜里独行，走到那所安放着他挚爱的大宅门前。路上，他在后座上一直盯着跟他有二十几年的司机，对这个人的忠诚恪守有一些感动。抵达花园街停好车的时候，他没有急着下车，而是伸手拍了拍司机的肩膀，另一只手递了一个信封，里面显然装着几根硬通货，当下时局，钞票银圆已经让人生疑了。司机有些慌张，扭头盯着行长。康石用平素那样不容置疑的语气说："够久了，回去吧，好好过生活去。"

康石在严府门前的那棵树下站定，借着月光看到树上有了些翠绿翠绿的嫩芽，用手摸了摸，感觉它们不像看上去那么柔弱，反而有些强壮，顽强地冲着天空分成几瓣，头部都是尖尖的，像嗷嗷待哺的雏鸟的嘴。他靠在树上，看见地上的雪大部分都融化了，之前还是厚厚的冰面，现在就像成块的污渍一样杂乱。他点上烟，把脖子尽可能缩在衣领里，一阵风吹过来，双手又不断搓着。他注意到前一阵经常在窗户边出现的那个胖女人不在了，他依稀记得那似乎是梁珂年轻时唯一的朋友。那个女人并不让他排斥，有时候反而想，她和梁珂那么亲近，要是能攀谈上几句，自己也会觉得很幸福。她有时候会在深夜出现在窗边，观察一会儿，然后就转身消失。康石并不像年轻时候一样胆怯，他通常会高傲地迎着高处那目光，若无其事。这女人似乎离开了，寂静的房子早早就熄了灯，很早就进入了梦乡，也许因为它的男主人刚刚离世，康石觉得这是一栋悲伤的房子。

前两天，康石注意到梁珂的身影出现在二楼的窗前，婀娜身形数十年没有改变，那是康石一生的命门。他那一刻把烟卷丢在地上，右手抬起平放在胸前心脏处的口袋上，那里有梁珂的照片。他喘着粗气，看着那黑漆漆的人影，身体不住地微微抖动，感觉世界停止了。直到那身影消失了很久之后，他才逐渐恢复了意识，然后拖着一身疲惫离开，丧丧的像条孤独的狗。

今天，那身影再度出现，康石像病状发作的患者，又完全重复了之前的澎湃情绪，登时也觉得自己不像人，没有这种年纪的人会这样面对一个深夜的身影，他确信这一点。那个剪影般利落瘦削的身形停留了很久，让康石觉得不同寻常，甚至感觉到身后的大树在和他说话，在勉励他，安慰他。小时候，妈妈告诉他每一棵树都住着一个神灵，现在才信了。他就这么站着，产生着翻江倒海的感情，和年轻时候一样，唯一的不同是，康石不再害怕了。他试图上前几步，宁愿那个身影消失，也要上前几步。可是，那个身影动了一下，并没有离开，而是推开了窗子。

康石清楚记得,这一生,第一次看见她推开窗子。倏忽间感觉飞了起来,好像在半空中和梁珂直视,而不是像刚才一样,根本看不清楚她的眼睛。他想起了曾经唱过的情歌,匆忙找着调子,确认着歌词,准备唱起来。但是,那扇窗户又被她用曼妙的动作关上了。这让康石心头一紧,踮着脚,抬起手臂,想向梁珂打招呼,又想比画着让她打开窗户,这就让他的动作变得滑稽。梁珂在窗前又纹丝不动站了许久,然后在某一刻突然迅速拉上了厚厚的窗帘,把月光挡在了窗外。

即便是冬天的尾声,东郊墓园依然萧瑟孤寂。春天总是最晚才到这里,也许是因为住在这里的人不那么讨厌料峭的天气。许多乌鸦和他们做伴,它们在树林中扑扇着翅膀,带动着残雪从树干上跌落。乌鸦的叫声回荡在墓园的上空,却不见喧闹,反显得更加凄凉。最近这些年,康石经常来这里,他甚至觉得除了银行和家里,这是他拜访次数最多的地方。同僚、友人,甚至他们的家属,只要哈尔滨有些头面的人家办丧事,大多要到这里走一遭。而康家父子、母亲的忌日,也是必定要准备些纸钱和鲜花,一大早就来祭拜。无论什么季节,这里的天气都是一样的,晦暝、悲戚,并且湿漉漉的。他有时候想,这里的很多人他都认识,当有一天,他在这里躺下的时候,想必不会寂寞。死人没有秘密,都是故事,哪里还有寂寞。

康石在夜里梦见母亲了,所以一早醒来,就决定来这里看看。这也是他多年来的习惯,只要梦到某个逝去的人,就会到墓地来瞧一瞧,然后在墓碑前坐上一会儿,抽上两支烟。这也是他的秘密。

他走路已经不像年轻时候一样迅疾,尤其在几次痛风发作之后,脚步的挪动变得有些生硬。意识到这一点,他开始注意放慢脚步,这样会变得不明显,也不容易为外人发觉。他在墓地中意外地迷了路,走上了一条没来过的甬道,康石双手插在大衣兜里,感觉有些新鲜,索性在微凉的冷风中逡巡。这时他发现一处红色的墓碑,在暗色调的墓群中显得格外扎眼。康石走过去,仔细看着这个墓碑,阳光这时恰好离开了,红色又变成了普通的暗色。但他的眼睛没有离开,因为这是那个女人的地方,那个叫苏比的混血女人。

康石的心一颤,点燃了一支烟,插在了墓座前面的土里。他的面色有些严峻,似乎在回忆着什么,但并没有内疚或者哀伤,他双手扶住墓碑的两侧,就像抱着一个女人。不知道过了多久,他仿佛看到这个墓碑两边长出很多有着粗大藤蔓的红色玫瑰来,慢慢地把他和这座墓碑缠绕在一起,就像一座新的雕像。康石赶忙抽出身来,想着刚才见到的红色并不是阳光,而是红色的玫瑰种子。他快步走着,生怕那些藤蔓会再来缠住他。到了很远的地方,惶恐地回头去看,却又发现什么也没有,没有什么硕大的玫瑰,只是刚才没注意到,墓碑上方有个金色的十字架,在阳光下熠熠生辉……

天色宁静得瘆人,墓园里的空气好像都不流动,一切都在凝固之中。康石倒希望能有一阵狂风,赶快把这份可怕的气氛吹走,即便飞沙走石温度骤降也好。他终于找到母亲的墓碑,这是他精心选择的石材,自己再熟悉不过。墓碑是淡色的上好大理石,许多年过去了,更加显得厚重深沉,让人肃穆。康石像以往一样,鞠了躬之后,坐在墓碑一侧的小台阶上,静静地抽着烟,想着小时候的事情。他甚至逼迫自己这样做,因为经过太长的岁月,生怕再不想起来,就会慢慢忘记了。

他想起了康翠曾跟她讲过的一个关于死亡的故事,不觉就笑了起来。有一天,一名地位显赫的俄国人正在花园散步,他的一个仆人慌慌张张跑过来说,刚才他遇到了死神,死神还威胁恐吓他。这个仆人非常害怕,央求主人借给他一匹好马,他要马上逃往莫斯科,那座城市人很多,在那里,死神就不会找到他了。主人答应了他,仆人迅疾上马,绝尘而去。主人进到房间里,正好遇到了死神,就不快地问:"你为什么要吓唬我的仆人?"死神回答:"我没有吓唬他,只是碰巧看见他待在这里,觉得很奇怪,因为按计划,我本想今晚在莫斯科找他的。"

这时,天空降下了大大的雪花,就像每个冬天一样,最冰冷最浓烈最凄凉也最匆忙的一定是最后一场雪。康石盯着墓碑上康翠的忌日,又想起那一天是康忆然的生日,就站起身来,满怀感激地深深鞠了一躬。环顾四周,蓦然发现当年遗漏了一个重要的考量,这周围已经没有空地,那时还太年轻,没想过在母亲身边为自己留个亲近的地方。康石有些沮丧,在墓园里四处逛了起来,想找找有没有合适的地方。逛着逛着,在墓园的另一处,他听到了稀疏而有节奏的脚步声,循声走过去,确认这是前段时间严世岱下葬的地方。

无尽雪花飘舞之中,那是一个多么美丽的女人,美得让人忘记了岁月、衰老和磨难。她束腰的灰色大衣没有影响舞姿,一招一式都在深色的墓碑丛林中显得圣洁耀目。阳光透过树林,穿过大雪,在她身上投射出斑斑点点,乌鸦在她头上轻轻

379

划过,然后停留在树干上,目不转睛。康石忽然觉得,死神并不是这世上最残酷最强大的力量,这世上的阳光才是。在阳光的照射中,这世上所有的美丽、感情和回忆都会化作无数美妙的光影,在哭泣、在吟唱,为永不再来的时光,为永不重现的分别。这些令人痛惜的都成为一个整体——瞬间的整体,带来一束无限惆怅的阳光,最终投射在幸运之人的身上,这会治愈死亡,治愈所有的决定。死神一定不会觉得这种理解有什么意义,他不会理解通往爱情的道路上被抛弃的人有多么可怜。

雪中,阳光下,康石心里哼唱着年轻时候的情歌,默默地陪着她跳完一支舞。她停下来,把目光投在康石的脸上,她在想着年轻时,阳光照在他脸上的模样。隔了许久,她才让自己的呼吸从刚才的舞蹈中平复下来,她的手上还是戴着牛皮手套,不过她没有像三十七年一样高傲地抬起手来,而是又稍微用力地看了看康石的眼睛,说:"先生……"

康石打断了她的话,他对那年在八杂市里面的对话记忆犹新,就接着说下去:"小姐,我想……我忘不了,我没有忘记过……"

梁珂的手终于抬了起来,但是双手合十顶在鼻尖下面,眼神变得和那一天有些类似,这让康石屏住了呼吸,她终于开口:"我想,我还是该说……对不起?"然后她把手放下,有些高傲地微扬起头,让雪花一片片落在脸上。

"是我,小姐,我该说对不起,"康石用手划拉了一下盖住脑壳的几缕头发,"您看,都掉光了,而我,却和以前一样……是的,是一样的,"他用力点点头,"还和以前一样穷了。"

梁珂突然笑了一下,她扭头看了一下严世岱高大的墓碑,然后舌头在嘴里调皮地搅动了几下,让她的嘴和脸颊出现了有点可爱的动作,最后,抬起手,用修长的手指点点自己,一字一顿地说:"我……要告诉你,我……活不了多久了……"

康石的眼神黯淡了一下,突然又像被雷电点燃的火焰一样又闪亮无比,好像能把此刻天下所有的雪融化。他的嘴角向一侧上翘,似乎想好好笑笑,随之表情却凝住不动,右手抬起来,按在心脏的部位,就像固定住一样。最后,闪亮的眼睛里流出了大粒的泪水,一颗又一颗,迅疾又在脸上冻成了冰碴,他抽动两下鼻子,保持着开心的表情说:"梁小姐,我和您一样……"

爱情,遇到河就变成桥,遇到山就变成路,碰到黑暗就变成满天星辰,陪着你,等着你,看着你慢慢走。爱情要时光做证,但和年纪没关系。只是爱情够老了,只剩下了爱,他们的爱情没有老。

一个迷雾重重的午后,康石陪着梁珂从市立医院出来。他比以往显得利落些,小心地把腿叉开站在医院大门前高高的台阶上,费力弓着腰侧身,双手扶住梁珂的一只手臂,双腿交换,一步一挪地帮她缓缓走下来,不时还要腾出一只手招呼女人长长的大衣衣摆,又不时照看着女人头上紫色的圆边阔檐绒帽。因为他的卖力和认真,穿着高跟鞋的女人可以从容地走下台阶,同时右手还可以优雅地挽着一只漂亮的手袋。可因为康石的体贴,旁观者也会担心女人的身体情况,虽然远看上去,女人的身姿典雅完美,步履恰到好处,仿若沐浴在春天里的艺术家。她的神情幸福而有着高贵,皮肤已经褶皱苍老,但并不沧桑,却能看到戚戚病容,那是某种说不清的东西,可以无情地侵蚀到无论多么完美精致的气质里，然而带来某种不祥的兆头，就像世界上所有的绝色都没缺少过的那种不祥。他们一高一矮，一瘦一胖，本不该协调，但好像一个皓月当空一个磐石高山，天地之差，却浑然一体。

两人上了车，康石看着车窗外雾气浓重起来，能见度已经很低，扭头跟梁珂说："要是天天这样就好了。""为什么，这还怎么开车？"梁珂皱着眉，手伸进手袋里摸了摸，然后又抽出来嗔怪地拍了拍康石想阻止的手，最后还是拿出烟，点燃。康石无奈地笑笑："如果总是这样，我们的爱情故事就不会传播得这么快了，我们现在是城市里最热门的八卦，不是吗？"梁珂吐着烟圈，有些不屑："都会忘记的。知道了好，知道之后就是忘记了。"说完就轻轻笑了，脸上浮现一丝红晕。康石抬手扶了扶眼镜，又看着梁珂说："你说好就好，什么都好。可惜，有的人就是死不悔改，永远不会忘记。"梁珂笑着给了康石一个白眼，然后俏皮地说："够了啊！一天说八遍，没见过这么絮叨的男人。"

康石慢慢启动了汽车，身体前倾，眯着眼睛看着前方，在第一中学门前绕过，然后路过市立公园，穿越新城大街，开到了马街上面，最后转到了中央大街上。本来有些瞌睡的梁珂被大街上面包石带来的震动吵醒，稍稍扭动了身子，向窗外张望一下，问："中央大街了？什么都看不清，来这里干吗？"康石并没有急着回答，他在马迭尔宾馆附近停车，然后左右看着横穿中央大街的面包街，最后才缓缓说："你还记得吗？"梁珂蹙了一下眉，想了一会儿，低头小声笑出来。康石倒继续说："三十七年前，咱们在这里第一次面对面，那天是这条街的开通仪式,你不记得吗?"梁珂的手轻轻捂住了嘴和鼻子,没有说话,扭头看着他,表情鲜活像个少女一样。"你笑什么?"康石露出故装的愤懑,"难道,你忘了吗?"梁珂来回扭动着修长的脖颈,露出一丝莫衷一是的表情,缓缓才说:"三十七年,其实,并不久。"康石伸出一只手将梁珂搂在自己肩膀,用下巴在那苍白的头发上来回蹭着,伤心地说:"是的,小珂,你说得都对。人家说,第一眼爱上一个人,会很久,可是三十七年,还是太久了……"说罢,他便不伤心了,苍老的脸上只剩下委屈。

　　他们在迷雾的包围中挽着慢慢走,好像除了他们两个人以外的世界都不存在似的,没有时光和空间,他们走到哪里哪里才有光,哪里才有路。他们看不清天空,身上星星点点落了雨滴,倒有种奇异的感觉。他们想去松光电影院看电影,但是门口的封条提示着他们,现在是非常时期,世道混乱,暂停营业。人们在国家命运未卜之际,已没有心思娱乐。街上偶然走过的行人都是步履匆匆的,大多低着头,似乎心中也有迷雾一般,无所适从看不清前路何方。远处偶尔会传来枪声,这在最近已经见怪不怪,抢劫暗杀在这城市屡见不鲜,这么持续了一段时间,人们对刺透空气的惊悚之音已毫不理睬。康石在路过一个杂货店时,透过玻璃窗看到里面的货架空空如也,地上一片杂乱,店主模样的人站在货架边上,双手扶着墙,眉头紧锁,低头看着地上爬着的小孩子,一身的悲哀无奈。他们小心避过横冲直撞的兵车,漫无目的地走着,感觉走在时光的迷雾里,因为看不清去路,反而多了一丝侥幸和感恩。

　　路上遇到瑟瑟发抖的乞丐,梁珂想拿出钱接济,康石手臂用力，夹了夹挽着自己的她，然后默默地摇了摇头。梁珂只能作罢，她明白，如果掏出钱来，马上就会招来很多个乞丐，这会给他们带来纠缠，甚至危险。康石担心梁珂疲惫，想找个咖啡馆歇会儿，经过了几间紧闭的店面之后，最终在大街上一处休闲椅坐了下来。梁珂歇了一会儿说："有些穿多了。"就解开了大衣的扣子，然后盯着康石，双手拍拍康石肥厚的脸颊，"我给你……跳支舞吧……"康石放声笑了起来，双手捂着肚子，半天也停不下来，突然站起身来，一把拉起怔怔的梁珂，大声说："好，来！"

梁珂穿着高跟皮靴，在面包石铺就的沧桑路面上敞开了大衣，露出红色围巾，戴着那紫色的绒帽，像只彩色蝴蝶般在浓雾中斑斓飞动。她的动作也许是虚弱的，但也是轻盈的；表现力也许是衰败的，但也是挚爱的，是末世的，更是爱情的……雾霭弥漫的大街上，每一个忧郁的行人都不会否认这一点。康石一把擦去了脸上的雨滴，好像擦去了三十七年的光阴。他犹豫了一下，想着要不要透露自己的秘密，终究还是大声唱起了年轻时候的情歌，像在脚手架上表白的那个少年一样，像三十七年前一样，什么都一样，他也相信这一点，因为他看到成群的乌鸦落在榆树上，和它们的祖先一样，听着他的歌，看梁珂舞蹈……

大雾没有因为夜晚的来临而消散，甚至没有因为热烈的爱情在中央大街上演而丝毫减弱。远处传来急促奔跑的脚步声，在湿滑的路面上格外清晰，正朝着大雾中的这对爱人跑来。他们看不清楚，但和所有的路人一样，能听清楚大雾里的叫喊声，和所有的人一样，能感到滔天狂潮在扑向自己："号外！号外！德国无条件投降！德国战败！"

两个老人紧紧依偎在一起，相顾无言，又对着摇摇头，脸上似乎在苦笑。康石突然明白，为什么这大雾不会散去，因为这并不是雾，这是无数人的哀怨、眼泪化作的叹息，这是无数人的生命、牵挂燃尽后的烟尘，永远都不会散去，永远像幽灵一样在天地之中徘徊，绝望地找寻着故乡、爱人、亲人和自己。阳光和掌声根本不是纪念，只是庆幸，大雾才是。

形势急转直下。城市的物资供应已经极度匮乏，商业几乎陷入全面停顿，公共秩序维持在最低水平，城市已经奄奄一息。短暂夏天的来临没有给恐慌的市民带来任何安慰，所有人都清楚，当政者苦心经营的繁荣图景彻底分崩离析，精心维护的"东亚共荣"现在看起来就如康石的口头禅一样的："阴谋，全都是阴谋！"

宗璋一家被梁珂以死要挟先期离开哈尔滨，到欧洲和大哥团聚。但是宗璋和那钰商量之后，又和梁珂做了几轮交涉，最终的协商结果是他们陪梁珂在哈尔滨再停留一段时间。如果日本确实挺不住了，像德国人一样投降，那么再想办法一家人一起离开。宗璋夫妇是在梁珂面前跪下苦苦哀求之后，才得到梁珂勉强同意的。她无法想象自己还能离开这座城市，她不想死在颠沛流离的旅途之上，更不想像三十七年前一样，把那个人抛弃在孤独的黑夜里。

梁珂在那时才第一次和儿媳亲近，她把那钰扶起来，拉着她坐在自己身边，心中才有了长辈该有的宽容和怜悯，说了很多让人如沐春风的话。她知道，宗璋起初接受不了她和康石沸沸扬扬的爱情，各种风言风语确实让这位严家的公子非常难堪，每天的脸色都不好看，又不敢对自己发作。她并不想和任何人解释自己的选择，对家里人也不例外。正是那钰私下的宽慰和开导，宗璋才算慢慢接受，这让梁珂多了一些对儿媳的感激，甚至为过往对她莫名其妙的排斥感到一点歉意。

康石费尽心机也没能搞到紧俏的汽油，终于放弃了开车。他和梁珂经常坐着电车去市立医院，在那里，会拿到一些药品，偶尔做些检查，虽然于事无补，但是这种程序化的折腾会让两个人心安些。后来，药品基本买不到了，医院里的患者也少了很多，就变得有些阴森，梁珂终于说："石头，我们以后不来了。"康石嘴上应着，心里还是在盘算，看看能不能通过老关系从北平搞到些药品，又或者能找机会送梁珂到北平的协和医院再争取一下。但他知道，在兵荒马乱的当下，实现的可能性微乎其微，人们都顾着自己家庭的活路，又有谁能给一个破落的银行家面子。何况，战场上浴血奋战的青壮战士们还缺医少药，又凭什么把宝贵的资源给一个风烛残年百无一用的老人。

人老了，自然会对忽视和嫌弃坦然接受，甚至对被牺牲也心安理得。康石像以往一样，搀扶着梁珂走下市立医院那高高的台阶。虽然是夏天了，穿得少了很多，但他们的动作却明显迟缓了许多。最近的电车站在石头道街上，那也是一条横穿中央大街的东西道路。康石搀扶着梁珂没走多一会儿，梁珂的面色开始变得难看，不断地喘着粗气。康石赶紧陪她坐在路边的长椅上，歇了好久，看着有几趟电车"当当当"地开过去，他们对着苦笑，梁珂又轻轻摇摇头，摆着手说："我们赶不上车了，真的赶不上时候了……"

几个人匆匆往中央大街方向走着，嘴里还念叨着，那家久负盛名的香肠店不知道从哪里搞到原料做了一批香肠，正在高价出售。康石看到梁珂侧耳听着，然后看着那些人的背影，就双手一按大腿，努力站起身来说："大小姐，你等着，我去买回来。"他最近痛风发作，但还是尽力加快脚步，赶上那些人的身影。香肠店前簇拥着不少闻讯赶来的客人，康石在眼镜被挤掉两次之后才算买到了几根，他小心提着几根香肠，有些兴高采烈地回去找梁珂。

适才他掏出的鼓鼓囊囊的钱包惹了祸，几个年轻力壮的从身后包抄过来，轻而易举把他踢倒在地，然后低身从他怀里翻出了钱包，康石抱紧香肠，紧闭着嘴唇，就像个逆来顺受的哑巴。几个人没走远，其中一个人又转身回来，想把那几根难得的香肠夺走。未料到这个猪一样的糟老头子突然尖叫一声，张开嘴猛咬住那人的手，像个王八一样，怎么撕拽也不松口，扭动着肥胖的身子，嘴里发出闷闷的低吼声。那几个年轻人又聚拢过来，对他死命地拳打脚踢，没想到康石死人一般对痛击毫无反应，眼睛里的光就像凝固住了一样，挣命似的盯着地面。那个企图抢他香肠的人最终好不容易把手挣脱，他的手已鲜血淋漓惨不忍睹，康石的假牙套也被甩在了路边。康石抱着香肠，蜷缩在一边，瑟瑟发抖，眼睛看着梁珂从远方一步一步走近，想扶起他。那个被咬伤的人愤怒之极，上前几步试图把过来的老太太推倒。就这时，康石就像弹射起来的子弹，整个人疯了似的扑在那人身上，将他猝不及防压到在路边，张嘴在那人脸上脖子上死命撕咬，当发现没有假牙所以没有伤害力时，他又抓紧那人头发用尽全身力气把他的头一次次砸在地面上，嘴里魔一般吼叫着。刚才不可一世的几个人被这老人的亡命气魄吓破了胆,把抢到的钱包扔在地上一哄而散。被压倒的人在康石彻底没有了力气之后,才跌撞着跑开,连头都没敢回。康石蜷腿坐在地上,接过梁珂递来的牙套,嘴里不解恨地骂了一句,抬起头跟梁珂含含糊糊地说:"岁数大了,要搞把枪了。"

他们相互搀扶着回到康石家已经很晚了。梁珂第一次来到这个院子,在康石的提醒下,才恍惚想起,三十多年前,石头的信中提起过,他妈妈攒了足够的钱打算买一个小院子给他们结婚用。梁珂在房间里看到康忆然的照片,惊叹这个已长大了的孩子更加俊逸帅气,得知他作为电气工程师去满铁会社新京总部开会后,还有些遗憾。

没多久,康石已经在桌子上安排好了几个菜,切得整整齐齐的香肠被摆放在了中间。康石在留声机前面摆弄了半天,好不容易弄响了声音,放的是一张日本民乐唱片。他坐下来,就像和梁珂已经在这张餐桌边坐了很多年,发着牢骚:"忆然这小子,就爱鼓捣这些日本东西。"梁珂笑了一下:"他简直像太阳之子,灿烂得让人无法直视。"康石有些欣慰,把香肠夹给梁珂:"是,他也来自天上,你也是!就我,地上的石头啊……"说罢也笑起来。"喝点酒吧……"康石仰起头,惊讶地盯着梁珂,她又补上一句,"不怕死得快些。"康石犹豫了一会儿,方说:"好!"他们着实喝了不少啤酒,屋子里充满了酒精的气味,康石眼睛有些发红,趁着音乐的节奏,他身子摇动起来,上前拉起梁珂,让她陪自己跳支舞。梁珂扶着椅子,身子稍稍跟上节奏,看着比自己矮上不少的康石像个陀螺一样在身前转来转去,竟然显出一丝和年纪不相称的灵活。康石时而看着自己,时而闭着眼睛,头上的几缕头发也垂落下来,在额头前起伏着,但他毫不在意,反而跟着节奏不停摇着大脑袋,又对着梁珂,用力噘起肥厚的嘴唇,在空中卖力地亲着,就像音乐已把他带入极乐世界……

梁珂见到的第二个男人的裸体。

他们有天壤之别,又完全相似,他们有美丑之别,却无善恶之分。梁珂脱下自己的胸罩时,康石看到里面放满了茉莉花瓣,他终于明白这女人和一般舞者不同的完美线条和迷人的香气源于哪里。他想看看自己下身的情况,但确实无法再亲眼看到它了。在梁珂的身体完全展现在康石面前的时候,他才脱下自己的衬衫,露出了软塌塌的上身。梁珂的眼泪流了下来,她看到康石的胸前文着她的名字,名字下面还装饰着繁复的花纹,就像他曾在信中承诺的那样。康石光着身子躺在梁珂身边,半晌才说:"我第一次,在女人面前光着上身。你是第一个看见我裸体的女人。"然后他的脸部有些抽搐,想起方君留的那封信。康石有些哀伤,除了面对身边的这个女人,他的一生,只是个欲望的怪兽。他曾放任自流地消耗过无数个情色的夜晚,更在那扇镜子前面有过无数次幻想的销魂时刻,可在阴影和光线交织的当下,他只祈求一点点力量,为爱情戴上尊严的王冠。

梁珂让他的手在自己身上四处移动,她多想能够好好配合他,但是感觉自己的身体正在和意识分离,中间出现了越来越大的云雾霭霭的深谷,好像什么也抓不住。她勉强才把双腿分开,感觉比第一次分开的时候还难堪、纠结。她知道自己只是个干涸的荒原,再不会有生机眷顾。她的双臂很长,但还是不能团团抱着身上的男人,这让她有一些缺乏安全感。她轻轻吻着他，让身上的疼一点点折磨着自己，她回忆着自己的一生，可是无法让记忆再向前，只能徒劳止步在三十七年前那个瘦弱少年出现的那天。

最终，她在他耳边说了过程中唯一一句话："兄弟，加把劲儿。"

清晨，康石先醒来，感到浑身疼痛，无法起身。在床上歇了很久，直到外面传来邮差自行车的铃声，怕吵到梁珂，才勉强起床，走到院子里拿了信件。看到发件人的地址康石倦意顿时消失，他左右看了一下，快步回到房间里，屏住呼吸，小心拆开信。这是一个已多年没联系的友人，正是这个人帮助他将康继往送到了国统区加入了国民党空军。这个朋友曾经给他传递过康继往的消息，过去这些年，孩子在抗日战场屡立奇功，已经成为国民党空军的上尉军官。这些消息曾让康石非常兴奋，也悄悄在祭拜的时候说给康家父子听。

此时，康石在信封中抽出一张稍大些的硬纸，上面印着国民党的蓝色党徽，康石定睛看上面的文字，眼前一黑，几近晕厥："空军上尉军官康继往，于民国三十四年湘西会战中，为保卫芷江空军基地，英勇抗敌，壮烈殉国，功照千秋。"

康石慢慢从沙发上滑落在地板上，他的四肢根本不听使唤，不时抖动着，就像菜市场被割喉后的鸡。不知道过了多久，他才注意到还有一封友人附上的信，上面说明了情况，康继往率三架僚机在芷江上空冒雨作战，僚机先后坠毁后，他没有抓住时机撤离战场，反而孤军作战，又连续击落两架敌机后，不幸被多架敌机包围。康继往耗尽子弹后驾机撞击日军战机，如坠亡的鸟从高空垂直而落，化作一把凝铸九州之铁的复仇之剑，携滔天之怒，穿透天幕，扎向死敌。那一刻，在天空中，云层之上，群山之巅，无数无畏的、辉煌的火焰绽放、燃烧、飞翔，驱散了笼罩大地的厚重阴霾，照亮了山河万里。那是抗战胜利的最后关头，中国战场的最后一场空战。

康石看完把信扔在地上，绝望地自言自语："完了！完了！完了啊！这孩子，这孩子，你，你让我怎么交代啊……"他呆呆的不知如何是好，茫然四顾，一点点爬到了卧室里，又撕拽着上了床，像要上岸去死的老乌龟。他伸着脖子，颤着头，盯着被惊醒的梁珂，又像个被戳穿秘密的孩子，下嘴唇不自觉地用力凸了出来，呜呜地哭了起来。

一个人天生的不凡外表通常是假象。康忆然并不是具备超常禀赋的人，无论在艺术方面，还是功课上，都稀松平常。虽然他自己也试过悄悄努力，后来发现，相对于很多优秀的人，他的付出通常事倍功半，毫无建树。时间久了，自己也慢慢接受现实，从而在生活上习惯循规蹈矩、萧规曹随。这使得他给人的印象愈加平静和克制，翩翩公子的形象更让人心生向往、浮想联翩。世上所有的幸福和完美私下都有无奈的秘密或者阴差阳错，坦然接受和佯装不知是享受人生的唯一出路。他的爱情，就是被藤香呵护着、引导着，在青春的年华里美满静好。

他们第一次拉着手出现在街头的时候，本来想在正阳大街上逛一会儿买点必需的东西，然后趁着康石没回家时，冲进康忆然的卧室，激情四射地亲热一番。但是路人对这对情侣艳羡的目光让两人陶醉不已，他们意识到本身有多么般配，又有多么幸福。于是，藤香干脆挎着康忆然的胳膊，两人不约而同更亲近起来。他们干脆从正阳大街转到许公路上，沿着这条笔直的大街一直走到秦家岗附近，一路上享受着爱情公布于众的骄傲和自得。他们在街心花园坐了下来，藤香把头放在康忆然的肩膀上，用日语说着俏皮的话，不一会儿，两人就笑得前仰后合。藤香看着对面的哈尔滨特别市警察局，感叹说这要还是以前的图书馆有多好，他们可以进去好好参观这栋白色城堡一样的漂亮建筑。康忆然不知道这以前是图书馆，他看着耀眼的阳光把这座精美的建筑打扮得神圣庄严，想着这里竟然是让人胆怯的警察局，就不耐烦地说："我倒觉得，这还不如桃山小学好玩，我们可以去坐滑梯玩秋千。"说罢两人大声笑了起来，不过又马上想到那时还有林周在，又不约而同陷入了沉默。

　　他们的爱情得到了藤香一家的认可，但在康石那里，却遇到了暧昧不清的局面。随着年龄的增长，康忆然觉得父亲开始变得陌生、疏远。他本以为会在学业结束后进入国民银行，理所当然地成为父亲的助手。但是康石用了相当长的时间，委婉告诉他自己和康家的复杂关系，并让康忆然对自己的定位理解和接受。康石用了一个词来形容自己——看门狗。康忆然对父亲的煞费苦心并没有表示任何遗憾，除了性格使然，他很清楚，自己没有父亲的本事，一生都不会有，因此还暗自侥幸。他只是有些疑虑，不知道父亲是真心使然这么决定，还是因为看穿自己没有这个本事。

　　藤香的父亲对康忆然却充满厚望。川上先生在短短几年时间里，已荣升为满铁会社的高官，他对大女婿印象平平，心里认定他是关西农民的后代，资质平平，不成大器。而对康忆然就另眼相看，不但因为康石大名鼎鼎，还因为康忆然聪慧充满灵性的眼神，以及周身上下文质彬彬淡定自若的优雅气质。他一说起康忆然，总会竖起大拇指，由衷称道"一表人才啊，一表人才"。康忆然知道，他寡言的性格，掩盖的不只是他的结巴，还有很多平庸。

在川上先生的帮助下，康忆然进入了满铁会社工作，成为一名电气工程师。康忆然非常满意，除了钓鱼，唯一就对机械的东西有些兴趣。很多年以后，他觉得，这种兴趣源于那艘母亲留给他的遗物——齐柏林飞艇。

一日，康忆然看父亲心情不错，正对着卧室那面已成古董的镜子凝视。他鼓足勇气说起了和藤香的婚事。康石似乎对此有些惊愕，他有些吃惊地看着儿子，然后躲开眼神，拿起烟，点燃抽了起来。一时两人默不作声，康石吐着烟圈在房间里走了一会儿，然后挨着康忆然坐下。他的神情本已平静下来，却突然显得有些苍老和胆怯。康石伸出手臂搂住了儿子，用力让两人紧紧贴在一起。之后，康石又抽回胳膊，俯下身，把头扭向儿子一侧，以便能看清康忆然一直低着的头，有些心疼地说："孩子，你知道什么是爱情吗？"康忆然的眼皮跳动了一下，他的脸永远都显得内敛平静，有时让人觉得周遭的事情都和他没有关系，半晌康忆然才说："父亲，我当然知道，我和藤香就是。"说罢眉头皱了一下，双手在膝上轻轻一摊。康石禁不住轻笑了几声，然后把笑挂在脸上，站起身来，摸了摸儿子的头发，确定康忆然不会抬头看自己的时候，眼睛有些微红。康忆然把双手插在裤兜里，心里翻江倒海，告诫着自己，父亲在这个时候首先是父亲。他背对着康石，长舒了口气，眼睛重重地闭了一下才说："我早就说，我不管日本人的事情。只是，日本人和你的事情，我不知道，我该不该管……"他停住口，想等康石说些什么。康石只能抽出一只手，在空中尴尬地打了个手势，说："那好，很多事情，没到水落石出的时候，谁也不能完全明白。你们的爱情，就如你说的，爱情是不是可以先等一等……"

康石知道日美不久前已经在太平洋开战，他不确定会不会波及日本人在"满洲"的统治，会不会给儿子的爱情带来变数。康忆然能持续得到庇护吗？但是这层意思，格局过小，作为父亲，康石觉得无论如何难以开口。

"父亲，我们认识已经六年了，还要等？"康忆然少有地加重了语气。"六年……"康石挠挠头，"六年了！她比你大一岁还……"康石说着爱怜地看着儿子，突然表情又变得严肃诡异，让人琢磨不透，"你还是不知道爱情是什么！你太年轻了……"说罢，突然转身，走出了房间，随手轻轻带上了门。

康石的预感没错，美国参战以后，日本坚持没几个月就有大厦将倾之相。这次父子谈话之后的第二年，坊间就开始悄悄议论，"满洲国"有可能保不住了。康忆然对父亲的新恋情心知肚明，而他从各种风言风语中小心翼翼地还原了父亲年轻时的爱情。他意识到导致自己出生的爱情，和这个爱情不可同日而语。不过，这并没有让他心生波澜，反而是藤香一家人惶惶不可终日的异常表现让他担忧。

"超级大炸弹"在长崎引爆的消息传来那天，藤香一家人的惶恐显而易见。一家人围坐在餐桌旁，没人动筷子。来做客的康忆然从没有见过一向自信威严的川上像条丧家犬一样晦气颓废，他的手握成拳头不住地捶打着餐桌，又不断地叹气。除了康忆然,其余人脸上都挂着泪痕。这一刻,他突然觉得和藤香一家有了某种距离感,他们并不是完全混为一体。

没多久,川上的断言破灭了。他那天还斩钉截铁地说,盟军只能造出一颗这样的大炸弹,不会再有第二颗,帝国军队的反攻指日可待。而广岛显然也是被这种大炸弹瞬间毁于一旦的。回头看,不止川上,在广岛,日本平民也被这种言论蛊惑。盟军在前几天就空投传单,警告要有巨大攻击,平民提早躲避。广岛人对此却视而不见。

川上在酒后打了劝解他尽快收拾细软逃回日本的妻子,这是他生平第一次如此对待妻子。他甚至抽出墙上悬挂的武士刀,扬言要砍死一切有投降言论的人。他突然跑到门外,站在院子里,不断高喊:"一亿玉碎!"这疯狂的口号,让人觉得丧心病狂。

随后几天,不断有坏消息传来,"满洲帝国"像被当街扒光了衣服一样彻底没了体统。苏军入境参战的消息是压倒"满洲国"的最后一根稻草,自此,所有人都知道,这个持续了十四年的帝国就此分崩离析,红色政权不会让皇帝再存在。而关于苏军在欧洲战场各种行径的传言更是甚嚣尘上,让人们更加慌乱恐惧。

历史所以成为历史,是因为某些关键的日子人们永远希望忘记而不会被忘记。爱情成为爱情,是因为某些关键的日子永远希望痛哭一场却欲哭无泪。那是阳光明媚的一天,气候宜人,如果无视人心,哈尔滨在绿荫的点缀下正生机盎然,这和十四年前那个悲怆的春节相比恍若隔世。城市里所有的收音机都被打开了,音量被调到了最大,每一个收音机前面都聚拢了周围所有的人。

收音机里在直播"玉音放送",日本天皇的声音被称为"玉音"。除了少数人,人们千年以来第一次听到天皇的声音。这是一种日本古代贵族使用的语言,晦涩难懂也显得高深莫测。虽然和平民使用的日语大相径庭,但是其中的语意却清楚无误:"日本战败!放下武器,无条件向盟军投降!"这是日本帝国最高贵的语言最高贵的声音发布的最高贵的敕令。

刚听完广播,震惊之下的康忆然就想冲出家门,康石拦在了他身前。他把儿子重重地推倒在沙发上,这样破天荒的粗鲁态度,让康忆然惊诧。而更让他惊诧的是康石没有对此行为表示任何歉意,反而用一种委屈的、怜悯的、期盼的、哀求的,甚至软弱的眼神看着自己,他从没有见过父亲如此奇怪又含义丰富的表情,父子二人这么对视着。康忆然的怒火慢慢平息下来,他似乎被父亲表情所震慑,被其中某种绝望的气氛驯服,慢慢陷入虚无的冷静里,放弃了去藤香家的想法。

不过,在这天之后,他经常被那个复杂的表情侵扰,陷入无法逃脱的精神折磨里。直到很多年以后,临死之前,他才笑着发现,他遗漏了一个含义,那本是父子之间唯一的含义——勿念。

康石看到儿子似乎屈服了,平静了。他突然退后几步,然后在腰间摸了摸,警惕地看了看周围,好像这个房间是如此陌生。然后神经质地冲出门外,突然又折身回来,对着在沙发上因为紧张而大口喘着粗气的儿子大吼了一句,临走时重重地摔上了门。稍等了几秒,里屋传来一阵破碎声音。过了许久,康忆然才缓缓起身,走进父亲的卧室里,那扇古董镜子碎了一地。他走到近前，看到地上闪耀着长短光芒的无数大小碎片，里面有各种各样的影子，有父亲，有母亲，有梁珂，还有藤香，也有自己。同时，他踩在玻璃上的脚流出了血，慢慢流淌在这些碎片上，让一切变得模糊、血腥又恶心……

天皇的"玉音放送"不亚于投放在日本本土的"超级大炸弹"。所有日本人占据的地方都陷入了死寂，连绝望的慌乱都没有，直接陷入了死寂。天皇的"投降声明"在瞬间杀死了很多人的精神和魂魄。哈尔滨的街上显得格外平静，好像前段时间的混乱和惊慌从未出现过，那些曾大包小裹奔波在街上的各色人等都已各安天命各归其位。关东军士兵的身影十四年以来，第一次彻底地在这座城市消失了……

空荡荡的街上，一个肥胖的老人推着一辆破旧的平板车。他的脚步极其缓慢，毫无生机，好像随时会跌倒，再也爬不起来了。也许正因为知道这一点，所以身子在拼尽全力，即便膝盖快跪到地上，他带着劲喘息一会儿，最终还是迈起步，艰难地推着平板车。康石的汗水已经浸透了西装，他索性把脖子上的领带摘了下去，扔在了路旁。他不时紧张地看着车上缩作一团的梁珂，直到看到她的身体微微动着，还有着呼吸，才算稍有些安慰。

他这几天走遍哈尔滨大街小巷，没有找到任何药品，更没有见到哪怕一个医生。这座城市已经成了空城。他答应严宗嶂夫妇会妥善照顾梁珂，好歹让这家人上了逃离的列车。不过，所有人都知道能做的其实极为有限，老太太的时间不多了。康石推车载着梁珂最后来到市立医院，期待能等来奇迹，恰巧碰上个医生或者懂些医术的，能帮忙想想办法。在等待了一个下午后，如他预料一样，毫无所获。

康石用了许久，才把车子推到松花江边，在铁路大桥旁找到一个长椅。他把瘦弱不堪的梁珂背起来，挪动了几步，又放到长椅上。虽然是夏日，哈尔滨的傍晚还是有几分凉意的，尤其在江边。康石把放在平板车上的紫色大衣拿了过来，小心盖在梁珂身上。看着梁珂微微睁开了眼睛，就大着声说："这个大衣，你说你结婚时候在上海做的，最喜欢，正给你盖着呢。"梁珂试图抬起一只手臂，康石就帮她举起手，让她轻轻摸着衣领。梁珂抬头看看康石，竟然露出一丝微弱的羞涩。康石明白了意思，就又把大衣拿起来，一手搂着梁珂，细致地把大衣套在梁珂的身上。这时候，梁珂轻轻咳了几声，手指动了动，康石就坐下来，和梁珂的手紧紧握在一起。

他们就这么坐着，紧紧靠着，看着江水。不一会儿，太阳的余晖就在江面浮现，显得松花江格外宁静，不像白天那般绚丽，但静美如画。松花江和它滋养的哈尔滨不一样，城市有不同的时代，繁荣、衰败、沧桑，乃至忧伤，但江水流年，永远都是希望、宽容、奔涌，从不会停息。许多人，望着一条江，逛着一座城，风风雨雨过了一生的时光；许多人，陪着一个人，守着一次爱，缝缝补补过了一生的日子。这样的人或许是幸运的。他颓废过、放纵过、骄傲过、沮丧过，也诅咒过，现在，他对爱情一往情深。

梁珂的手似乎有些变凉，康石意识到身上轻了些，于是低头看她。梁珂的头一直倚在康石的肩膀上，此刻已经抬不起来了，但是她很平静，嘴角似乎有一丝笑意。康石的表情有些着急,他不断说着话,梁珂只能偶尔些许抬起眼皮,费力地看一眼康石。康石突然想起什么,他忙站起身,把梁珂的头靠在椅背上,轻轻晃着她,急促地说:"小珂,小珂,你等会儿,等会儿我。"

说完他脱掉上衣,站在梁珂身前,背对着夕阳横斜的松花江面。突然身上一阵抖索,像换了个人一样,完全不似六十多岁的老人,而是一派年轻气质。他的双手慢慢伸展开,然后肥大的头向着一只胳膊的方向凝视,充满了爱情或者艺术的味道;他脚尖踮了起来,竟然撑起了圆滚滚的身躯,熟练地跳起芭蕾舞来,丝毫看不出他被痛风困扰多年,一度走路都跟跟跄跄。他跳的是梁珂最熟悉最擅长的芭蕾舞选段。

学习芭蕾舞,是他一生中最漫长的秘密之一,康石是个多么擅长保守秘密的人。为了能学会这段舞蹈,他付出了常人难以想象的艰辛,他是个毫无舞蹈天赋的人。为了能在某个时刻跳给梁珂看,他不断地练习,重病期间也不曾间断。他背人耳目,在漫长的岁月里,始终在那面衣镜前反复打磨,就像年轻时候他看到梁珂在房间内练习舞蹈一样。他相信一定有这样一天,他能跳爱人曾经倾倒自己的舞蹈;能用这支舞蹈告诉梁珂,他为这一天,付出了多少的艰辛和忍耐,抵抗着孤独的折磨、光阴的冷酷,把一次次滔天而来的绝望一遍又一遍杀死。最重要的是,他多么相信,这一天一定会来到,无论有多老。

这几个月,他曾无数次鼓起勇气,想跳起这支芭蕾舞,并调侃梁珂:"年轻时候,你不是跟我说,只要我不逼你跳舞,你就可以嫁给我吗?你看,我跳舞的时候就觉得是你在跳舞。"可是,在拥有完美身材的梁珂面前,他每每在最后关头气馁。

梁珂逐渐加重的病情也让他暂时忘记了这件事。现在，他终于扭动肥胖的身材，舞起短小粗壮的四肢，在江边，在哈尔滨，在爱人面前，他——如蝶翩翩。

他是这个世界上，为了正式演出，排练最久的舞者，用了耗尽一生的时光。

舞蹈结束的时候，他完成了自己的一生一样畅快淋漓，心满意足。他娴熟地给梁珂恭敬鞠了一躬。再抬起头的时候，自信满满笑意盈盈地看着爱人，然后慢慢地，脸僵住了……

康石心满意足地坐在长椅上，把梁珂的头轻轻放在自己怀里，盯着那张让他一辈子无时无刻不在思念的白皙的脸，眼睛都不舍得眨一下。过了许久许久，天色完全暗淡下来，他看到梁珂脸上淌满了泪水，这让他诧异，抬起头，才发现已经渐渐沥沥下起雨来。他伸手抖落了梁珂大衣上的雨滴，又帮梁珂擦干净脸庞，轻松地笑着说："小珂，我知道，你怕孤独……"又过了片刻，牛气哄哄地拖着长音对梁珂说，"你别怕，有石头呢。"

他腾出一只手，摸索出腰间的左轮手枪。这时才把眼睛从梁珂脸上移开，对着黑茫茫的江面，眼神里露出一丝狠绝和凝重，把枪管熟练地插入口中，用牙关死死咬紧。同时用拇指，毫不迟疑扳了下去。

他永远也不会知道了，枪声震落了小珂手里的小小花朵，在空中翻滚了几圈，也像在跳舞，然后消失在细雨之中……

办完离婚手续当天，康忆然就拎着一个已经严重褪色的黄褐色皮箱离开家，从大直街上的高干家属楼搬到了道外区头道街的一个大杂院。那是二层楼房围合的院落，从院门口进去，空地正中是一个宽阔的木制楼梯，上去几步，就左右分开两边楼梯，通往二层不同方向的连廊，而紧挨着的每个房间的门都对着连廊。这个院子建设之初规制是大气，甚至有些奢华，但现在，从院门口到楼梯再到走道，到处堆满了各家的破旧杂物，自行车、平板车、三轮车，东一辆西一辆地东倒西歪着。人进去，像进了垃圾场，缩脖弓背，左右躲避，才能闪身前行。

康忆然没有成为跛子。他费劲地拎着皮箱，绕了半天才算找到自己家。这是一个只有十几平方米的昏暗小屋，进去就是一个小小的厨房，再往前迈两步，就是卧室。里面只放了一张双人床、一个大衣柜，显得极为逼仄。康忆然把大皮箱放在地板上，看到地板的斑驳老旧正好和皮箱的陈旧很搭，倒有些安心。他凑到窗前，透过脏兮兮的玻璃看着外面，到处是破败的楼房，偶尔走过几个行人，也是佝偻着身子，双手插在兜里或者对着插在袖筒里，灰头灰脸。他双手合十搓了几下，稍微显得暖和些，呼出的气息都在眼前成了雾气，这让视线更加朦胧。

他想起小时候在东京，个子还不高，双手扒着窗台，眼睛正好可以望向外面。东京经常下雨，眼前经常是布满水滴和雾气的玻璃，外面的景色迷离恍惚，走过的人只有晦暗不清的影子。他尴尬地笑笑，想着，如果时光太久，回忆只会让人觉得尴尬，半个多世纪了，怎么还没忘……他回头看看地上的大皮箱，十六岁的时候，他也这样拎着它，从东京回到哈尔滨，第一次见到父亲。

这个小房间和那个皮箱是康忆然的全部财产。这个院子本是甘二爷那闻名遐迩的妓院所在，在几十年前就改成了居民楼，住进了四五十户人。而身处的这个小房间，是甘二爷那年落实政策分到的栖身之所，最后又留给了康忆然。

康石死后，甘二爷陪康忆然度过了风云变化的几年时光。妓院关张之后，就和康忆然住在了一起。但两人做伴的生活好景不长，甘二爷被当作大毒草揪了出来，年老体衰的他被接连的批斗会打得奄奄一息。他坚决阻止康忆然带他看病，当康忆然要为他出头论理的时候，老人拿起烟袋痛苦地敲着他的脑袋："你糊涂啊，你要给我说话，哪怕说一句话，我就一头撞死在墙上，对不起你爹啊我。"

最后一次批斗是和现在一样的数九寒天，老人的棉裤在拖拽中被丢在了路旁，转眼间就被不知什么人捡了去。他在集会上赤裸着下身，几乎没有了生气，这时候，众人的辱骂声已足够把他杀死。过来几个人索性把他的上衣也撕扯下去，想着痛打他一顿，让这个妓院老板血债血偿。甘二爷身上竟然有几条崭新的皮带印，殷殷血迹未干。他用尽力气骂道："康忆然这个狗东西！狗混蛋！他要给无产阶级报仇啊！他跟我决裂啊！"说罢，大笑几声，大哭起来。

他的呐喊刺激了众人，大家兴奋起来，拿起够得着的足够重的不值钱的物件死命往甘二爷身上砸。还有两个血气方刚的，蹦了起来，让全身的力气通过皮鞋传递给万恶的大毒草。在群情激奋中，甘二爷突然爬了起来，冲着自己家的方向，冲着那扇紧闭的窗户，还有窗后流泪的眼睛，大骂道："去你妈的爱情！活着啊！活着！"然后，对着那个方向，吐出一口老血，死了。

康忆然老了，他比父亲母亲活得都久，这让他非常慰藉；

他和前妻没有孩子，这更让他慰藉；而坚持在岳父病逝后才去离婚，能回馈这个庇护他半生的权势家庭，则是最大的慰藉。他在这个小房间里度过了一些年头，就已经老得不成样儿了，年轻时候那倾倒众人的魅力似乎根本没有眷顾过他。在甘二爷最后那句呐喊之后，他的结巴竟然痊愈了，他始终没有搞懂为什么，就像不懂为什么那么多女人一见到他就浑然发呆毫无矜持，头脑发热的以为爱情已来，至死不渝。当然包括他的前妻，那个公主一般地位崇高但其貌不扬的小个子姑娘。

夏天时候，他经常拿着鱼竿和一个小水桶穿过新修的北环路到江边，坐上一整天，像年轻时一样，看着美丽沉静的江面，享受着等鱼上钩的那种乐趣。

有一天，他钓鱼回来，鬼使神差绕了一圈，想到北九道街去看看，听说那里正拆迁。康忆然站在看热闹的人群外，探着身子眯着眼睛微张着嘴，看一辆推土机开了过来，张牙舞爪地将一栋漂亮的日本小屋推倒，然后一次次退后再前进，直到把这栋房子弄得面目全非支离破碎，最后又开过来几辆更大的铲车，加大轰鸣，冲了进去，一阵呛人的浓烟翻腾起来，康忆然眼睁睁看着藤香家彻底消失了。

这时候，他听见身边几个看热闹的老人大声议论着，说这里之前住着的满铁会社的大官，他的女儿有多么漂亮，然后说，一家四口加上大女婿，在日本投降那天，全部剖腹自尽了。最后又津津有味谈起剖腹有多疼，说那几个人是按照日本最专业的方式剖腹的，就像用刀精心分割一条死鱼一样。一个人感叹，这日本人对自己都这么狠，让人害怕。一个老头插话道，活该！他妈就是活该！康忆然没有回头看这几个人，只是抬头看着刚才的浓烟飞尘慢慢散去，然后露出明亮的天空，他逼视着刺眼的太阳，嘴里的牙不自觉敲合了几下。他又不自觉笑了，笑出声来，就像一个童心未泯的看热闹的老头儿。

一条纯黑的小狗从废墟中跑了出来，好像受尽了委屈，一脸无辜地在康忆然周边蹭来蹭去。他蹲下身，盯着小黑狗，嘿嘿笑着。小狗也侧头注视他，有些想亲近。看到康忆然起身要走，就跟在身后，发出极其委屈的汪汪叫声。江边传来了客船的汽笛声，像此时的阳光一般嘹亮清澈。康忆然停了停脚步，双手轻轻摩挲了几下裤管，头也不回，向着别的方向，走远了。小黑狗却奔着汽笛方向去了。

康忆然在家里的黑白电视机前看完了"澳门回归庆典"直播。听见有人敲门，就起身开门。居委会的人送来一封有关部门转来的信，说这个台湾人和市里联系了很多次，希望能寻亲。七拐八拐，他们总算找到了康忆然，觉得在哈尔滨只有康忆然能帮助这个台胞了。

康忆然送走客人，打开了这封信。他有些惊愕，并不是为这种寻觅惊愕，而是惊愕，他这个残年之人，还能听到爱情故事。康继往在芷江空战中牺牲，并不只是牺牲了自己，还牺牲了自己的爱情。他留下了一个遗腹子。年轻美丽的母亲生下她之后，无法抑制对爱人的思念，将她托付给朋友之后投江自尽，而这位朋友又在战后的疫情中死去。这个孩子被一个好心人收留，在1949年初抱着这个孩子乘船前往台湾。如同丧家之犬穿越台湾海峡的船只在风暴中沉没，这好心人在最后时刻把她托付给了身旁的友人，然后沉没在冰冷的海水里。她本来抱着一块木板，是因为力气用尽，才慢慢松开的。她最后跟友人说："求求你！她是康继往的孩子，卫国英烈的孩子，求求你了！"这孩子是在养父母离世之前才知道这一切的，仅凭借着"康继往"这个空军烈士的名字，她抽丝剥茧找到了自己身世的蛛丝马迹，于是数年里她屡次和哈尔滨联系，希望得到生父家族的信息。辗转知道这家人只有一个后代时，她给康忆然写了这封信。

康忆然在深夜摊开纸笔，直到天亮，也没有写出一个字。他是个不太会写东西的人，但是思索良久，他又觉得这一夜徒劳无功并不是因为这一点。他要讲述的过于复杂，焦黑的残骸、倾颓的房屋、生命的边缘，过于让人痛苦。而他突然意识到，其实，自己从不爱回忆，回忆有什么意义呢。他出生长大的地方，还有他生活的地方，在他经历每一件事的起点之前，其实都是不存在的。而在他之后，这一切也都是不存在的。为什么像幽灵一样回顾这注定不存在的东西，这只会让自己孤身一人在时间面前不寒而栗。于是，他不想、不能、不会满足来信的要求，给她一个让她慰藉的回忆。

在天大亮之后，康忆然干脆把纸笔收起来。他打开了那个黄褐色大皮箱的两条皮带扣，然后虔诚地拿出一个油布包裹的东西，一层层小心打开，端起那个齐柏林飞艇模型。它保养得非常好，还散发着温暖厚重的光泽，尾部的小螺旋桨，轻轻一碰，还能顺滑转动。

他想起唯一记住的妈妈的话，那是从没跟别人说起的秘密。在地震废墟下面暗无天日的逼仄缝隙里，他们的身体已经数日无法移动。妈妈一只手攥着他的手，另一只手艰难地摸着他的脸，希望缓解孩子的恐惧。她用尽最后一点力气，极尽温柔地说:"别怕,孩子,天空那么大,我们一定还会遇到。"想着,他来回抚摸飞艇,又用禁不住抖动的衰老的手,爱怜地拍了拍,像妈妈对他一样,鬼使神差嘟囔了一句:"妈妈,我在等呢。"

康忆然先到附近的照相馆,付了钱,在摄影室里坐下。把飞艇端正地放在布景的小桌子上,然后整理好衬衫,双手整齐地放在大腿上,想着要美滋滋地笑一笑,但还没笑,摄影师就按动了快门。

之后,他坐着公交车,经过幽静的南马路,穿越宽阔的尚志大街,来到人声鼎沸的中央大街邮局。他一笔一画填好台北的地址,然后双手把严严实实的油布包裹递给营业员。他伸长脖子,看着营业员把东西稳妥地封在小纸箱里,不时想伸手帮忙,又跟着营业员的身影眼巴巴盯着人家把箱子放在了国际邮递专区。最后把邮递收据反反复复看了几遍,才小心叠好放在上衣口袋,一步三回头出了门。

他走过马迭尔宾馆门前,想到前面等公交车。看到一个熟悉的身影,心头猛地一颤,康忆然使劲揉揉眼睛,不由自主跟着那个女人的背影。虽然一步三晃,但眼睛死死地盯着她。那个女人绕过红霞街,走过兆麟公园,来到了兆麟小学门前,她拿起相机对着这座学校拍了几张照片,然后注视着校门,良久不语。康忆然远远地看着,感觉遇到了鬼魅,他的大脑一片空白。那个女人注意到了盯着自己的老先生,倒走了过来,打了招呼。

康忆然揉揉眼睛,鬼使神差地用日语问了好。女人脸上一阵惊讶,然后两人用日语交谈起来。康忆然好多年没说日语,竟和年轻时候一样结巴起来。他才弄清楚，这个和藤香长得极其相似的女人是这所学校毕业的，这次从日本来重游故地，以前这座小学叫桃山小学。康忆然盘算一下，藤香应该比面前这个人年纪大，但是如果藤香活着，一定是面前这人的样子。他的某种冲动战胜了理智，嘴唇哆嗦起来，眼睛也开始红润，之后感觉头晕目眩。就在两人告别的时候，他战战兢兢问那女子："请，请，请问君的名字……"

"先生，我叫藤香。"

康忆然一直站在路边，两手垂在身侧，反复地紧张地攥成拳头，轻轻磋磨着。他看着那女人慢慢消失在路口，然后看到对面桃山小学的围墙，想起了他和藤香，还有林周相扶着在那里翻身而入的情景，不是昔日，而是现在。

过了一会儿，他鬼迷心窍，挪动步子，想着快走几步，追上刚才那个女人，要再看看她，问问她："藤香，你还好吗？"

他慌里慌张地冲到了路口，左右张望的刹那，迎面一辆卡车疾驶而来，他还没有任何反应，就眼前一黑，翻在了空中……

一切即将过去，所有的日子都像日子一样温柔地过去。一个人在与城市的纠缠中用爱情之刃温柔地杀死了所有和自己有关的一切。最美的刀锋杀人成魔，把最温暖的风锻造成无数钻心利箭从而把最温柔的光化作万千刺骨寒冰死无葬身之地的孤魂野鬼，这是昭然若揭又无可避免的事实。

殊途同归是人最乐意看到的梦幻泡影，一时终结所有的纠结。爸爸和妈妈有意无意地庄严地为孩子安排和自己一样的路。这两条路一条貌似通往天空的尽头，享受着俯瞰的快感；

一条路似乎抵达人心的密林深处,被爱情枝蔓环绕的树神正睁开一双闪亮沧桑的眼睛拭目以待。世上最善战的君主在征服"知识神殿"的途中饮恨而死,这是知识对人类做出的最严峻警告。能够安慰心灵的谎言就像房间里一朵带着自然气息盛开的花,所有人都在这样的芬芳花朵里完成对孩子的爱。

一切即将过去,所有日子都像和自己无关的日子一样温柔过去。他奇异地忘记了疼痛,看见妈妈正在一件件脱掉他儿时的衣服,落在深夜熟悉的灯光里。他问:"妈妈,爸爸呢?"看见爸爸正在一件件为他穿上少年的衣服,送他走在城市熟悉的大街小巷里,他问:"妈妈呢?"最后陈旧的衣服在空中和他的身体彻底决裂,狂野地抽动着,绝然告别赖以生存的时空,飞往了遥远的更高的地方,他问:"我会埋在哪里呢。"他光着身子,像条受惊的鱼飞出水面,翻在了阳光明亮的空中。看着司机惊慌的脸,望着藤香远去的身影,耳边万籁俱寂,终于意识到,飞翔的秘密是离开。

很多年以后,他终于等来濒死一刻。

当最后一缕阳光开天辟地般进入眼帘的刹那,他神奇地想起了那个充满爱情和血腥的日子,这本在意料之中。

一切就像无情的利刃划过崭新的冰面。

康石神经质地冲出门外,突然又折身回来,对着在沙发上因为紧张而大口喘着粗气的儿子大吼着,说出了父子一场最后一句话:"你知道什么是爱情吗?爱,是要命的!"

后记

这是我的第三部小说,创作历程大概一年多。

斟酌再三,先说说往事。

这是一部久违的小说。十七年前,我刚刚大学毕业。那时的我以为爱情是一种生活,爱我的人是生活应当应分的色彩。我甚至不愿意去听任何爱情故事,相信精彩纷呈是天经地义。

有一个人,文学专业的姑娘,给我讲述了很多爱情故事。我讽刺她是一个在爱情小说中寻觅生活的无聊之人。

回首从前,对文学的点滴记忆却是源于她,源于夜晚案头一盏小黄灯掩映的消磨时光。

爱情蓬勃生长的日子,她的讲述记忆犹新,穷小子爱上美丽富裕的姑娘。

"那种爱情俯首皆是,在哈尔滨,就发生过类似的故事。"

她说:"也许爱情故事都是相似的,但是解读却各有千秋。为人打开心灵世界一扇扇崭新的门,是文学的意义。要不,你讲给我听?"

我没有耐心,更不愿意陈旧故事呱噪的情节打扰日复一日的青春美梦:"有一天,我会写一本最好的爱情小说。把哈尔滨久远的爱情写出来,那会打开爱情的终极之门。"

"真的是一样的故事吗？中国人也会有如此深沉的爱情？"

"不只是深沉的爱情，是庄严的肃穆的情感，还有高贵。而不是你说的那些故事，平凡得像海边的沙子，配得上任何美丽的词汇，又配不上任何特别的词汇。"

从小在国外长大的她充满疑问："中国人也能？"

我点点头："只会更好。"

"你要写小说？"她好像第一次看见我。

"我，我困了——"

那时的我，从未想过和文学、小说发生关系，甚至叫不出来任何一位外国作家的全名。

老练的岁月终究会为一个人推开一扇扇看似不经意实则预谋已久的门，带他领略浩瀚却容易迷失的情感之海，带他穿过绚烂却危险的世事之网。这一扇扇门是光华之门，命运之门，更是灵魂之门。它们都是岁月的朋友，却因为铁面无私而和每个人为敌。

在一个温馨的夜晚，窗外树影婆娑，月光轻柔，我听到邻居家那个美丽的小女孩在演奏小提琴，是她最喜欢的曲子。十七年的光阴好像在这一刻如蝶偏偏不老如梦。

时间是不经意就忘记的，光阴是不经意就记得的；时间是光阴的衣服，光阴是时间的买家。

我抬头窗外，暮色渐入静谧而美丽的山林，飞鸟正在天空滑过。

我重新想起她的讲述，那个平凡简单的爱情故事，于是想兑现不是约定的约定——在哈尔滨发生过的爱情故事。这其中的意义起初并不是庄重的，严谨的，甚至谈不上卓然不凡，但是我知道，兑现的时候，就是温馨的，和煦的。

我像一个心机婊般固执地愚蠢地尽量复原曾经的一切，曾经又曾经的一切，自有算盘。有一天，有人会发现这个故事因她的讲述而起，从十七年前就写下了谁也没看见的第一个字。她一定会想起："我会写一本最好的爱情小说。把哈尔滨久远的爱情写出来，那会打开爱情的终极之门。"

诺言，其实是自己私藏的一颗永不会过期的解毒药丸。兑现诺言会让一个人心心念念的故事成为一道愈合的伤痕，除了会在岁月的漠视下变得模糊不清，什么也不会留下。那是世上唯一聊胜于无的后悔药。

诺言并不是约定。把诺言当作约定的人，一定像康石一样，手里拿到了爱情之门那画满神秘花纹的钥匙，却遭遇爱情魔法的诅咒，把自己锁在了会因开启而失去光彩的灵魂密室之中……

再聊聊创作。

每当我重新翻阅这部书稿，总会留恋于那些构思、创建和雕琢的日子。不能免俗，总试图给这部小说赋予一个不同寻常的意义，并把这种意义传递给读者。但最终，没有找到那个期待的天衣无缝的灿烂词汇。

可我相信，这个意义是存在的，也许不是摄人心魄的，只是质朴的粗拙的，所以难于发现，难以被富丽堂皇地表达。不过，这本来也应该是文艺作品一种根本的意义。

我总认为，情感和客观世界本身的逻辑并不是完全由理智来联结。心之向，履之往。这其中还包含着更多的抽象的因果关系，这种恍惚不定的，不太好被"物化"的逻辑路径却是很多人生行为的坚实基础。

有一些事物,唯恒才珍,唯真才秒,唯庙才欢。菩提树下,无间极乐,概莫能外。

哈尔滨是我的家乡,也是最留恋的城市。这部作品中,理所当然当仁不让投入故土的历史背景里,家园的文化系统里。我知道,只有哈尔滨,才能给我操控自如的话语体系和取之不尽的精神力量,否则,我将没有在庞大叙事里风雨兼程的勇气,失去在漫长时间跨度中自我把持的定力。

家乡给人的所有一切,会在一生中淡如风烈如电,历久弥新。

这部小说的爱情故事,历经四代人一百多年,涵盖了哈尔滨开埠之后的大多历史阶段。能把美丽家乡的往昔重新赋予光彩浪漫和璀璨生动,窃以为荣。

以上,是为记。

刘轼聿